KB162702

이혼했는데 왜 집착하세요?

ZERONOVEL

연비 장편소설

I

동아

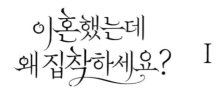

이혼했는데 왜 집착하세요? Ⅰ

초판 1쇄 인쇄일 | 2023년 6월 8일
초판 1쇄 발행일 | 2023년 6월 23일

지은이 | 연비
펴낸이 | 조승진
펴낸곳 | (주)동아

출판등록 | 제2023-000038호
주소 | 서울특별시 강서구 양천로 570 NH서울축산농협 NH서울타워 19층 (등촌동)
전화 | (070)8826 - 4508
팩스 | (02)337 - 0668
E - mail | bear6370@hanmail.net

정가 | 13,000원

ISBN 979-11-6302-635-8 (04810)
     979-11-6302-634-1 (set)

I

이혼했는데 왜 집착하세요?

ZERONOVEL

연비 장편소설

동아

contents

프롤로그

내 인생은 바닥으로 떨어지는 쇠구슬 같았다.

부모님은 이혼했고, 그 과정에서 선택된 건 명석한 오빠뿐.

중고 마켓에서도 팔리지 않는 딸이. 그게 내 신세였다.

늘 오빠와 비교당하고, 폭언이 인사말처럼 익숙한 나날 속에서

손녀라는 이유로 치매에 걸린 할머니를 부양하기까지 했다.

취직하면서 탈출에 성공했다고 생각하던 어느 날,

불운은 급작스레 찾아왔다.

퇴근길에 과속하던 트럭에 부딪혀 죽고 빙의로 다시 시작된 삶은 그
야말로 가시밭길이었다.

Chapter 1

콰쾅!

천둥이 치며 빗물이 후드득 떨어져 내렸다.

저택의 굳게 닫힌 철책 앞.

그곳에서 두 무릎을 꿇은 소년이 내게 빌고 있었다.

"미안해요···."

쾅!

번쩍이는 번개와 함께 울려오는 천둥소리를 들으며 나는 무거운 눈꺼풀을 들어 올렸다.

나는 그가 달갑지 않았다.

아니, 정확히는 지금의 상황이 달갑지 않았다.

그런 내 마음을 모르는지 죄인처럼 머리를 숙였던 소년이 고개를 들었다.

"…저를 버리실 건가요?"

소년이 내게 물었다. 동시에 빗물에 젖은 흑발, 그 아래 어둑한 벽안이 나를 향했다.

애처로운 눈동자가 갈 곳을 잃고 헤매는 버려진 강아지를 떠올리게 했다.

"내가 능력이 없어서…."

흐느끼던 소년이 본래는 붉었을 입술을 깨물었다.

열아홉의 생일을 앞두고서 그는 빗물에 젖어 팽팽해진 허벅지에 손을 올렸다.

꽈악.

커다란 손등에 핏줄이 돋더니 제복의 주름이 억세게 잡혔다.

"나와 이혼하겠다고……."

소년은 핏기를 잃은 입술을 달싹이다 웃었다.

여름밤의 폭우는 열병을 앓던 그의 몸을 더 뜨겁게 달궜다. 창백한 뺨을 붉게 물들인 열기가 그 증거였다.

빗물을 맞으면서 노아는 떠나려는 내 모습을 계속 담았다. 그의 파란 눈동자가 어둑하게 잠겼다.

"미안해요, 백작님."

난 가까스로 말을 꺼냈다.

이 상황에서 내가 할 말은 정해져 있었다.

"왜……."

노아는 고개를 서서히 떨구었다.

빗물과 섞인 눈물이 그의 눈동자에 그득 담겼다가 턱 끝을 타고 흘렀다.

나는 애원하는 남편을 보면서도 아무 말도 꺼내지 못했다.

'노아, 당신은 나한테 전생이 있던 걸 모르겠지.'

내 전생의 마지막은 교통사고였다. 죽고 나서 이세계에서 다른 사람의 몸으로 눈을 떴다.

'이번이 여섯 번째야.'

그렇게 난 여섯 번이나 솔리아 로튼으로 살았다.

무릎을 꿇고 울고 있는 남편, 노아.

그와 정략결혼한 아내이자, 졸부의 딸인 솔리아로서.

첫 빙의는 솔리아가 다섯 살 때였다.

귀족도 아닌 가난한 선원의 딸로 눈뜬 것이다.

평민이었던 그녀의 친부는 상단주로 자수성가했고, 솔리아가 열두 살이 되었을 무렵에는 돈으로 남작 위까지 얻어 냈다.

5년 후.

남작 영애가 된 솔리아는 가난한 레니스터 백작과 정략결혼을 했다.

레니스터는 제국의 정치, 경제, 문화를 이끄는 명문가였으나 그것도 옛말.

선대 백작 내외가 마차 사고로 세상을 떠난 뒤, 가문은 망했고 빚은 어린 아들에게 떠넘겨졌다.

유일한 직계였던 소백작은 백작이 되었다. 솔리아와 처음 만났을 당시 그의 나이가 열다섯이었다.

그렇게 솔리아는 노아 레니스터의 두 살 많은 아내가 되었다.

가난한 노아가 싫었지만 솔리아는 아버지의 명령을 거부하지 못했다.

그녀가 결혼함으로써 아버지는 정통 귀족 가문과 연을 맺을 수 있었다. 남편인 노아는 결혼의 대가로 먹고살 만한 지참금을 받았다.

노아와 그의 가문은 찢어지게 가난했다. 무늬만 귀족인 처가에서 지참금을 받아야 저택을 운영할 수 있을 정도였다.

아버지의 눈 밖에 날까 두려웠던 솔리아는 지시받은 대로 남편을 괴롭혔다. 평민이었던 부친이 태생이 귀족인 노아에게 열등감을 품은 탓이다.

그렇게 난 병약한 남편을 괴롭히고 내탕금으로 사치하다가 결국엔 남편의 기사단장에게 목이 잘려 죽었다.

죽고 나서 두 번째도 솔리아의 몸에서 눈떴다. 노아와 결혼하고선 병약한 그를 피해 다녔다.

백작 부인이 된 후로도 남편의 가문에 관여하지 않았다.

자주 식사도 거르고 밤을 지새웠다. 그러다 결국 폐병에 걸렸고 스물이란 나이에 수도원에서 요양하다 죽었다.

세 번째로 눈떴을 땐 복수를 목표로 삼았다.

자식 팔아 장사하던 부친의 금고를 털었다. 빈 금고에 그를 가두고 사제 폭탄을 설치했으나 연금술사의 계산 실수로 나도 폭발에 휘말려 죽었다.

네 번째는 얌전하게 지내다가 부친의 부동산을 모두 **빼돌려** 남편인 노아의 명의로 돌렸다.

그러다 부친에게 매수된 가신이 휘두른 단검을 맞고 그대로 즉사.

다섯 번째엔 병약한 남편을 돌보겠다고 결심했다.

약초인 줄 알고 독초를 달여 건넸고, 이를 마신 노아는 의식을 잃었다.

그 길로 노아의 가문에서 내쫓겨 길바닥을 헤매다 아사.

그리고 바로 지금.

'솔리아 로튼'으로 살게 된 여섯 번째였다.

지난 다섯 번째와는 다른 점이 있다면 대한민국 직장인, '유채화'로서의 전생을 기억한단 거였다.

'겨우 살아남았어! 항상 단명했는데. 이번엔 이혼까지 간 거야.'

지난 다섯 번의 삶은 모두 실패했다. 지금이 도망칠 마지막 기회라고 본능이 속삭여 왔다.

'내겐 운명을 막을 힘도, 바꿀 능력도 없어.'

그렇다면 정해진 운명에 순응하면서 내 살길을 도모해야 한다.

난 무릎 꿇은 남편에게 다가가 그의 귓가에 속삭였다.

"병약한 남편은 싫어요."

마음에도 없는 말을 내뱉는 건 미안해. 그래도 난 살고 싶어. 살려고 널 버리는 거야.

비에 젖은 남편의 모습이 더 안쓰럽게만 보였다.

심장이 바늘로 쑤신 것처럼 콕콕 아려 온다. 떨리는 입술을 계속 움직였다.

"돈 없는 빈껍데기 백작인 것도 싫어. 노아가 가진 게 뭐가 있어요? 백작 위라는 그 고명한 작위 빼고 뭐가 남아?"

"……."

"당신 가문, 레니스터는 망한 지 오래야. 백작이란 것도 우습지 않아?"

노아가 상처받음을 알면서도 비수를 꽂았다. 그래야 남편이 날 붙잡지 않을 테니까.

탁.

품에서 이혼 서류와 건물 명의서가 든 가죽 케이스를 꺼내 노아의 앞에 던졌다.

축축한 진흙 바닥에 가죽 케이스가 처참히 뒹굴었다.

"여기 위자료예요. 못해도 30년은 먹고살 수 있어요."

대답 없는 노아에게 난 계속 말했다.

"자존심 세우지 말고 그냥 받아요. 아버지 소유였던 수도 상가 건물 하나를 빼돌려 당신 명의로 해 둔 거니까."

노아는 침묵했다.

분명 기뻐할 일인데, 그는 텅 빈 눈동자로 가죽 케이스를 볼 뿐이었다.

"저 골칫덩어리 저택만 팔면 굶진 않을 거예요. 전처럼 순진하게 아무나 믿지 말고 건물 명의만 잘 지켜요."

그러려고 친부에게서 뺨을 맞아 가며 건물을 빼돌린 거니까.

고개를 떨군 노아가 날 불렀다.

"솔리아."

언제 울었느냐는 듯 나른하고도 단정한 목소리로.

"내가 능력이 없어서 떠나는 건가요? 병약하고 무능력해서?"

"……맞아요."

비를 그대로 맞으며 고개를 끄덕였다.

그런 식으로 생각한 적 없지만 병약한 남편과 정을 떼야만 했다.

"만약…… 내게 능력이 생기면?"

"그럴 리가 없잖아요, 노아."

난 단호히 말하며 팔에 걸쳤던 싸구려 암색 코트를 들었다. 겨울에 입을 것이 없어 급히 챙긴 거였다. 바닥에 뒀던 몇 없는 짐도 챙겼다.

곧 있으면 상업 마차가 올 것이다. 그러면 그땐 정말로 이별이다.

고개를 든 노아가 떠나가려는 날 물끄러미 봤다.

그를 볼 자신이 없다. 고개를 살짝 숙인 채 말했다.

"이혼해요, 우리."

이번에도 노아는 답하지 않았다.

"이혼은……."

안 된다고 할 것 같았던 노아가 별안간 수긍했다.

일어난 그가 내게 느릿하게 다가왔다. 그의 구둣발이 가죽 케이스를 지나쳤다.

그때 노아의 붉은 입술이 열렸다.

"나를 버린 걸 후회했으면 좋겠어요."

"후회 따위 안 해요."

"끝까지 잔인하게 구네요, 솔리아."

노아가 허락도 없이 날 끌어안았다. 못 떠나게 막으며 그가 낮게 속삭였다.

"날 떠나면 불행해질 텐데…."

예민한 귓가에 그의 입술이 닿았다.

노아의 품에 갇힌 채 난 말했다.

"……착각 마. 불행할 일 없어요. 내 인생은 노아가 없어야 행복해질 테니까."

말해 버렸다. 노아와는 이제 끝이다.

그를 이성으로 좋아한 적은 없지만 그래도 아꼈었다. 가족, 친구도 없던 내겐 노아가 유일했다.

'이대로 날 놔주지 않으면 어쩌지?'

난 초조함에 입술을 깨물었다. 놀랍게도 노아는 품에서 날 쉽게 놔주었다.

무표정한 그가 입매를 비트는 게 보였다.

"이혼해 줄게요, 솔리아."

눈물과 어울리지 않는 차가운 말을 듣고도 난 답하지 못했다.

"당신이 바라던 대로."

노아는 무심한 표정으로 눈을 내리깔았다. 상처를 애써 감추려는 사람처럼.

내가 빗겨 준 흑발이 비바람에 살짝 흐트러졌다. 예전처럼 그의 머리에 손대지 못했다.

"쓸모없는 남편은 버려야죠. 새 출발 하려면."

속삭인 노아가 숨이 닿는 거리에서 고개를 멈췄다.

아슬아슬했다. 내 입술 끝에 그의 입술이 닿을 거리였다.

결혼식 때도 입을 맞춘 적 없는데 이혼을 앞두고 하나 싶어 당황했다.

그런데 노아는 고개만 비스듬히 기울일 뿐 키스하진 않았다.

그는 언제나 완벽한 인내심을 갖춘 모습만 보였다.

신을 믿지도 않으면서 금욕하려는 순결한 사제님처럼.

성년이 된 후부터는 검은 장갑을 끼고 내 뺨을 만졌다. 아내인 나를 만지는 것이 죄악이라도 되는 것처럼.

"작별의 키스는 못 하겠네요. 이제 난 당신의 전남편이니."

나른하게 뇌까린 노아가 길바닥에 널브러진 가죽 케이스를 짓밟았다.

꽈악.

새까만 군화에 짓이겨진 가죽 케이스가 꼭 내 운명 같았다.

그 기억을 마지막으로 난 노아 레니스터와 이혼했다. 이혼한 뒤로는 모든 게 끝났다고 생각했다.

그리고.

순진한 건 노아가 아니라, 나였다.

무거운 침묵을 가르고 상업 마차가 도착했다. 공교롭게도 마차는 전 남편이 된 노아의 앞에 정차해 버렸다.

'왜 하필…!'

난 떨리는 손으로 짐 가방을 들고 마차에 앉으며 말했다.

"바로 출발해 주세요."

마부가 문을 닫기 전에 노아가 성큼성큼 걸어 마차로 다가왔다.

"솔리아, 이제 당신과 못 보겠지만…."

쏴아아.

쏟아지는 비를 맞으며 노아가 입술을 떼었다.

시야가 흐릴 텐데도 그는 집요하게 날 쳐다봤다. 먹잇감을 놓치지 않는 흑표범처럼.

마차의 문이 닫히기 직전, 비틀린 미소가 노아의 입가에 머물렀다.

그 미소를 본 순간, 난 숨을 삼켰다. 순순히 이혼해 줬던 노아가 나를 놔주지 않을 것만 같아서.

쾅-!

단숨에 문을 젖힌 노아가 허리를 숙이며 내 귓가에 낮게 뇌까렸다.

"숨바꼭질, 좋아한다는 걸 깜빡했었네요."

덜커덩-.

나는 딱딱한 의자에 몸을 기대며 눈을 감았다.

이제 끝났다. 노아 레니스터와는 이혼했으니까. 그가 상처받았을지 걱정됐지만 다시 되돌릴 순 없었다.

'더 냉정하게 대했어야 했어. 미련 갖지 못하게……'

하지만 그게 최선이었다.

늘 내가 떠나갈까 전전긍긍하는 남편에게 그 이상 매몰차게 대할 수가 없었다.

사용인들도 떠난 차가운 저택. 그곳에 홀로 남아 있을 노아를 생각하니 마음이 무거웠다.

난 따끔거리는 가슴께를 쓸어내리고는 창밖으로 시선을 돌렸다.

마차는 빠르게 내달려 수도로 향하고 있었다. 가난한 영지가 점점 멀어졌다.

빛을 잃은 것처럼 낡고 음울한 레니스터 저택이 시야에서 작아져 갔다.

* * *

솔리아 로튼은 가난한 선원의 딸이었다.

그녀의 아버지, 로튼은 무역선의 하급 선원으로 일하며 닥치는 대로 돈을 벌었다. 돛대에서 떨어져 한쪽 다리를 잃는 사고도 부자가 되겠다는 그의 집념을 막지 못했다.

그에겐 열병으로 죽어 가는 아내가 있었고, 아내를 쏙 빼닮은 어여쁜 딸 솔리아도 있었다.

하지만 로튼이 몸을 갈며 일을 했던 건 아내와 자식 때문은 아니었다.

"더러운 가난 같으니라고!"

로튼은 가난이 병이라도 되는 듯 혐오했다.

어릴 적 생계를 위해 자신을 선원으로 팔았던 아버지를 원망했고, 병들어 일하지 못하는 아내를 경멸했으며, 짐 덩이라며 솔리아를 눈엣가시로 여겼다.

화풀이하기 위해 솔리아의 뺨을 때리거나 떨어진 음식을 먹으라며 권한 적도 있었다.

억지로 먹으라며 소리칠 땐 언제고, 다섯 살의 솔리아가 땅에 떨어진 음식을 주워 먹으면 로튼은 "네가 거지새끼냐?"며 소리를 질렀다.

힘겹게 벌어들인 피 같은 돈을 병든 아내와 어린 딸한테 써야 한다는 게 그의 화를 돋웠다. 그렇다고 생활비를 넉넉히 준 것도 아니었다.

그나마 다행은 로튼이 1년에 한 번 집을 들른다는 거였다. 두 번 오는 일은 없었다.

아내와 딸에게 쓰는 돈은 치를 떨며 아까워하면서도 유흥비에는 아낌없이 써 댔다. 레오나 항구의 창부들은 로튼의 얼굴만 봐도 학을 뗐다.

로튼은 "개같이 번 돈, 개같이 쓰겠다는데!" 하고 천한 계집들 주제에 사람을 가린다며 화를 냈다.

붉은 술집에서 쫓겨난 날이면 집으로 돌아와 폭군 행세까지 했다.

1년에 한 번, 솔리아는 영문도 모른 채 매타작을 당해야 했다. 아픈 어머니는 아버지를 말리지 못했다.

솔리아는 어머니를 보살피랴, 아버지의 눈치를 보랴 바삐 살아야 했다. 또래 아이처럼 투정을 부릴 수도 없었다.

먹을 게 없으면 제 발로 구해야 하는 처지였고, 이웃집을 돌아다니며 남은 음식을 달라며 구걸하곤 했다.

이웃집에서 개를 주려고 쑨 죽도 솔리아의 몫이었다. 그마저도 없으면 종일 굶어야 했기에 솔리아는 부지런히 움직였다.

일곱 살이 됐을 무렵, 작은 농가에서 잡초를 뽑는 일을 하며 푼돈을 받았다.

그렇게 솔리아는 힘든 게 힘든지도 모르고 자랐다.

투정 한번 없었다. 어린아이였지만 너무 일찍 철이 들어 버렸다.

어릴 적부터 솔리아는 눈물이 없는 편이었다. 아버지에게 뺨을 맞아 도 울지 않았다.

"독한 년."

그런 소릴 들어도 고개를 빳빳이 든 채 울지 않으려 이를 악물고는 했다.

솔리아는 병든 어머니를 간호할 때면 어른스럽게 굴었다. 어린 그녀 가 곧 가장이었다.

'정신 차려! 내가 어머니를 지켜 줘야 해!'

어린애처럼 엉엉 운다면 어머니의 병세가 나빠질 뿐이라며 부르튼 손 으로 제 뺨을 쳤다.

매일 굶주리던 솔리아도 건국제가 되면 음식을 조금 얻어먹을 수 있 었다.

기다리던 건국제 날에는 커다란 달이 떴다.

솔리아는 메마른 어머니의 손이 보름달처럼 차오르길 바라며 소원을 빌었다.

늘 기력 없이 누워 있던 어머니가 아이의 머리를 부드럽게 쓸며 물 었다.

"무슨 소원을 빌었니, 솔리아?"

"난 엄마가 건강해지는 거! 빨리 나아서 리아랑 시장 구경도 가고. 소금 호수도 가 봤으면 좋겠어!"

솔리아는 배시시 웃으며 어머니의 손을 꼭 붙잡았다.

딸의 소원을 듣고도 어머니는 말없이 웃었다. 그녀가 빈 소원은 솔리아와 달랐다.

그날 밤, 어머니의 소원이 이루어졌다.

짐이 되길 원치 않았던 그녀는 아이만 홀로 두고 세상을 떠났다.

"쯧쯧, 딱해라. 애비는 술과 여자에 미쳤고. 애 엄마는 병으로 죽었다며? 하나 있던 오빠도 어린 동생 두고 수도로 도망쳤다던데."

솔리아는 홀로 장례식을 치렀다.

아픈 어머니를 제대로 돌보지 못했다는 죄책감이 장례식이 끝난 뒤에도 그녀를 괴롭혔다.

폐허가 된 집에서 솔리아는 홀로 버텼다.

유흥에 미쳐 딸을 내팽개쳤던 아버지가 로튼 남작이 되어 돌아올 때까지.

"이제부터 넌 남작의 딸이다."

솔리아는 번지르르한 옷을 입은 아버지를 쳐다보았다.

1년에 겨우 한 번 들를까 싶었던 그가 귀족처럼 말하고 귀족의 차림을 하고 있었다.

평민이 귀족이 되려면 황가에 막대한 기부금을 바치거나 중앙 귀족과 연줄이 닿아야 했다.

때마침 선원으로 일하던 항해선에 황제의 측근인 벤조 공작이 탔었고, 로튼은 운 좋게 그의 눈에 들어 사업하는 방식을 배울 수 있었다.

공작을 뒷배로 시작한 수목원 사업이 잘 풀려 상단을 운영하게 되었고, 결국은 황제로부터 남작 위까지 하사받았다.

떼돈을 벌고도 로튼 남작은 딸을 수년간 방치했다. 그러다 정략혼의 도구로 쓰려고 데리러 온 거였다.

"쯧, 아들이었으면 기사 작위라도 언어 줬을 텐데! 하필 쓸모없는 딸이어서. 이참에 네가 파산한 가난뱅이 '명문' 귀족과 결혼하면 남작가도 다시는 비웃음 사지 않을 거다."

그렇게 솔리아는 아버지의 뜻에 따라 하루아침에 남작 영애가 되었다.

그로부터 5년이 흘렀다.

남작의 사업은 날로 번창해 작은 영지와 용병 출신의 기사들도 생겼다.

솔리아는 정략혼의 도구로서 엄격한 예법 수업을 받았고, 매를 맞지 않으려면 태생이 귀족인 것처럼 말하고 웃어야 했다.

무기력하고 아버지에게 순종했던 그녀가 달라진 건 어느 날이었다.

고분고분한 남작 영애로 살던 그녀의 몸에 다른 이의 기억이 흘러든 것이다.

여섯 번째 빙의에 이르러서야 산전수전 다 겪은 유채화의 기억이 되살아났다.

하필 레니스터 백작과 결혼한 후라서 기억이 돌아오고도 한동안은 혼란스러웠지만, 노력 끝에 유채화는 솔리아로 사는 데 적응했다.

유채화도, 원치 않던 여섯 번의 빙의도 모두 그녀의 기억이었으므로. 빙의가 지긋지긋했던 그녀는 새로운 계획을 세웠다.

병약한 남편과 이혼하고 식음료 사업으로 거금을 벌어 건물주가 되기로!

결심한 그날, 마차 사고로 죽고 일곱 번째 빙의가 시작될 줄은 몰랐지만.

'이젠 나도 몰라! 막 살 거야.'

그렇게 열일곱의 솔리아는 다른 사람처럼 바뀌었다.

반복된 죽음과 빙의는 무딘 영혼을 담금질했고 불꽃에 벼려진 검으로 제련됐다.

생각, 가치관, 말투. 그 모든 게 각성했다고 해도 좋을 만큼 변했다.

로튼은 오히려 그런 딸의 변화를 뛸 듯이 반겼다. 멍청하고 소극적이던 딸이 드디어 쓸 만해졌으므로.

"네가 이제야 정신을 차렸구나! 매일 방에 틀어박혀 질질 짜는 건 이제 그만둬라. 아비에게 은혜를 갚을 때도 되었지."

야망에 눈이 먼 아비를 보며 솔리아는 웃었다.

"친애하는 아버지, 당신을 위해 정략결혼을 할게요."

드레스 자락을 살짝 쥐며 그녀는 속으로 중얼거렸다.

'절 믿어 주세요, 아버지.'

아버지의 소중한 가문.

창고에 숨겨 둔 금은보화. 겨우 얻은 귀족 작위.

뜨듯한 국밥 먹듯 시원하게 다 말아먹어 줄 테니까.

"제게 기회를 주세요, 아버지. 실망시키지 않을게요."

고아한 미소를 지으며 솔리아는 로튼 남작에게 고개를 살짝 숙였다.

우아한 예법에 맞지 않게 가운뎃손가락을 유독 펴고서.

* * *

거울에 비친 소녀가 눈을 깜빡인다.

탐스러운 금발이 아름다운 소녀의 뺨을 타고 흘렀다.

'또 빙의했어, 시X.'

거울을 보자마자 난 욕부터 내뱉었다.

누구라도 내 상황이 된다면 머리를 쥐어뜯거나 욕을 한 움큼 토했으리라.

'왜, 왜, 왜!'

왜 또 죽은 거냐고!

속으로 소리쳐도 돌아오는 답은 없었다.

분명히 노아 레니스터와 잘 끝냈었다. 그와 이혼했고 레니스터 영지를 벗어나는 데도 성공했다.

'평온하고 안락한 삶만 살면 되는 거였는데!'

이건 다 상업 마차를 잘못 고른 내 탓이다.

우편배달부보다 바퀴 달린 마차가 느리길래, "급한 일이 있어서 그런데 빨리 가 주실 수 있나요?"라고 했을 뿐인데.

싸구려 확성기로 마부가 "엉덩이 안 터지게 꽉 붙잡으쇼!" 하고는 미친 듯이 내달렸다.

끼익! 다그닥다그닥!

폭주 기관차처럼 달리던 상업 마차가 뒤집힌 건 한순간이었다.

쾅! 하는 굉음과 함께 내가 탄 마차가 종잇장처럼 허물어졌고, 그 충격으로 난 숨이 끊겼다.

주마등을 겪을 새도 없이 여섯 번째 삶도 죽음으로 끝났다.

'병약 남편과 이혼했는데 왜 죽는 건데!'

로판 법칙대로 하면 죽음도 순조롭게 피할 줄 알았다.

여기가 어딘진 몰라도 책 속이란 확신은 있었으니까. 마차에다 확성기가 있는 세계라니…. 딱 봐도 빙의물이잖아.

취준생일 때부터 취직해서 대리 달 때까지 로맨스 판타지를 읽었고 그게 6년 차였다.

'망할. 그래도 힌트는 줘야지.'

내가 어떤 소설에 빙의했는지 떠올리려 하면 머리가 깨질 듯이 아파져 와서 생각을 멈춰야 했다.

지금도 제목은 생각나지 않고 머리만 지끈거려서 생각을 관뒀다.

여기가 어떤 책 속인지 기억을 못 해도 괜찮았다. 나 정도면 방구석 로판 박사니까. 언젠간 기억나겠지, 뭐.

"하아…. 이혼하고 수도로 가려고 했는데."

수도에는 온갖 시설이 있으니 거기서 지낼 생각이었다.

휴대폰도, 인터넷도, 미튜브도, 엔플렉스도 없어 심심했으니까.

수도에서 오페라도 보고, 잘생긴 희극 배우 덕질도 하고. "늘 하던 진주 팩으로."라며 미용 살롱도 다니면서 잘 먹고 잘 살려고 했는데.

"이혼한 전남편이 날 찾지 못하는 50가지 방법 정도는 세워 뒀다고."

이혼한 뒤에는 가사 상태에 빠지는 독초 퓌브를 먹곤, 꾀꼬닥 죽은 척한다.

멋들어진 관을 준비했고, 배산임수의 조건을 갖춘 풍수지리 좋은 묏자리도 알아봤다. 그러면 죽은 줄 알고 전남편도 단념할 거라 확신했단 말이야.

그대로 실행에 옮기려 했는데 운이 없어도 너무 없었다.

내 죄가 있다면 클리셰를 꿴 탓에 이혼 법칙을 따랐다는 거.

'뭐…. 룰렛캐쉬학과 K-로판 박사도 가끔은 실수하니까.'

내가 빙의한 소설에선 이혼하면 죽는 걸까? 아니면 그냥 운이 없었던 건가?

이혼물을 너무 많이 봐서 착각해 버렸다. 이혼하면 무조건 살 수 있을 거라고.

꽁냥꽁냥 잘 지내다가 어느 날, 기다렸다는 듯 남편에게 일방적으로 이혼을 선포하는 여주인공.

그걸 못 참고 이혼 서류를 갈기갈기 찢어 버리는 가위손 남주인공도 빼놓을 수 없다. 전직 미용사였을지도.

준비한 서류가 찢길까 긴장했던 게 무색할 만큼 노아와의 이혼은 쉬웠다.

친절하게도 서류 하단에 백작가의 인장까지 별말 없이 찍어 주지 않았던가.

'하, 이혼하고 나서 마차 사고로 죽을 거야. 허무하게 죽은 건 그렇다 쳐.'

다행인지 불행인지 이번에는 열일곱 살의 솔리아에 빙의했다.

파릇파릇한 미소년 노아 레니스터 백작. 그와 강제로 결혼하게 되는 시기란 소리다.

'왜 자꾸 죽는 건데? 일곱 번 빙의라니, 지긋지긋해!'

똑똑.

혼란의 소용돌이로 빠지던 상념은 들려오는 노크 소리로 인해 멈췄다.

"들어갈게요, 아가씨."

허락도 없이 시녀복을 입은 여자가 들어왔다.

난 바로 그녀를 알아봤다. 5년간 솔리아를 남작 영애로 모셔 온 전담 시녀 아니던가!

'아. 또 너야?'

이 시녀가 작정하고 고의로 괴롭힌 탓에, 솔리아의 유년 시절은 트라우마로 범벅되었다.

아무리 나중에 정의 구현 하려면 트라우마를 겪는 것도 필수 코스라지만.

처음에는 소스라치게 몸을 떨었었다. 유년 시절에 겪었던 공포가 몸에 각인된 탓이었다.

그러나 일곱 번이나 빙의하고 나니, 공포와 두려움은 무뎌졌다. 남은 건 괘씸함과 분노뿐.

'기다렸다는 듯 삼류 악역 등장이라니.'

어디 한번 악역답게 설쳐 보렴. 그런 생각으로 시녀를 곁눈질했다.

"오늘도 늦잠을 주무셨네요? 도대체 아가씨가 하시는 게 뭐람."

시녀가 세상에서 제일 한심한 이를 보는 표정으로 날 조롱하기 시작했다. 물 만난 물고기도 쟤보단 더 안 신나할 텐데.

'오히려 좋네.'

불청객의 등장에 난 속으로 반색했다. 그래, 못 만났으면 아쉬울 뻔했어.

'자기가 솔리아에게 트라우마를 준 걸 알기나 할까.'

어린애를 그렇게 모질게 괴롭혀 놓고는…. 스스로를 좋은 사람이라 생각하겠지.

남작가의 시녀를 관둬도, 하녀장 추천받아서 다른 귀족가로 가서 잘 먹고 잘 살 거고.

솔리아는 매일 밤 침대에 웅크린 채 잠들지 못했다. 잠들면 전담 시녀가 와서 목을 조를까 봐.

저 시녀는 발 뻗고 푹 잤겠지. 나쁜 X.

'이래야 K-로판 빙의지.'

나 같은 소시민에게 못된 기집애 엿 먹일 기회를 주는 게 얼마나 좋아?

그래도 저 머저리 시녀에게 기회는 한번 주자. 난 굿 걸이니까.

"으응…. 미안. 바보같이 늦잠 잤나 봐."

모시는 주인이 멍청해서 미안해. 내가 봐도 답답한데 넌 오죽하겠니?

난 그런 표정으로 메마른 눈가를 닦으면서 시녀를 흘끗 살폈다.

"그걸 이제야 아셨어요? 제가 늘 말했잖아요. 아가씨는 한결같이, 시종일관 멍청하다고."

멍청한 솔리아. 네가 그럼 그렇지! 시녀의 눈가가 희열로 번들거렸다.

'흐응. 너 나랑 한번 해 보자는 거지?'

시녀가 가소로워서 난 웃음을 참으려 애썼다. 솔리아의 과거를 망친 건 너니까.

'용서 안 하면 어쩔 거야? 내가 내 마음대로 하겠다는데.'

누가 나한테 용서를 강요할 수 있겠는가. 내가 하고 싶을 때 하는 거지.

이번엔 내가 못된 시녀의 미래를 곱게 망쳐 줘야 인지상정.

난 너보다 더 나쁜 X이거든.

빙의하고 이 구역은 내가 찢을 거란다. 일단 너부터.

"어서 와, 제리."

난 눈매를 휘며 머리칼을 쓸어 올렸다.

한 손에 대충 바구니를 들고 온 시녀가 나를 심드렁한 눈길로 훑었다.

그녀의 이름은 제리.

로튼 남작이 직접 골라 저택에 오게 됐는데 질투가 많았다.

평민 출신인 내가 부모 잘 만난 덕분에 귀족으로 지낸다며 몹시 미워했다. 악의를 숨기지 않고 은근히 괴롭히기까지 했다.

솔리아는 남작 영애였는데도 제리의 말이라면 뭐든 따랐다.

'무서웠으니까.'

어릴 때 구박받고 자라서 겁도 많고 자존감도 낮았다. 시녀와의 신분차를 알면서도 제리에게 수그렸다.

'아, 귀찮아…. 막상 치우려니 왜 이렇게 귀찮지?'

일곱 번째 빙의에서도 이 여자를 봐야 한다니.

내가 노아와 결혼하고 나서 제리는 감시역으로 나를 따라왔었다.

'거치적거리는 시녀를 어떻게 떨굴까.'

난 벽에 붙은 달력의 날짜를 확인했다. 아직 노아와 결혼하기까지 반년이 남았다.

질질 끌 것 없이 단숨에 해치우는 게 낫다. 시녀를 해치울 덫도 좀 깔고.

난 결심한 즉시 제리를 향해 상냥하게 웃었다.

"치장은 평소대로 부탁할게."

평소처럼 웅얼거리지 않고 또박또박 말하자 제리가 미간을 찌푸렸다. 꼴에 말하는 연습이라도 했냐는 표정이다. 귀찮은지 묻진 않았지만.

"부탁은요. 시녀인 제가 당연히 해 드려야죠."

정중한 말투지만 질투가 녹아 있었다. 제리는 픽 웃고는 바구니를 든 채 내게 다가왔다.

* * *

화장대에 올려진 바구니에는 치장 도구가 한데 섞여 있었다.

제리는 거침없는 손길로 머리핀을 쥐어 내 머리의 반을 말아 올렸다.

"머리부터 빗어 드릴게요, 아가씨."

제리는 주로 내 치장을 돕곤 했다. 전담 시녀로서 생활 전반을 맡아야 했지만 귀찮고 힘든 일은 피했다. 식사 시중을 든 적도 없었다.

남작 눈 밖에 나기는 싫은지 그가 있을 때만 내게 화려한 치장을 해 줬다.

그녀는 어린 솔리아를 과하게 화장시키고 비웃었다. 귀신 같은 광대 모습에 울먹일수록 희열을 느낀 것이다.

두껍게 그려 떡 진 아이라인.

얼굴을 우악스럽게 잡고 세척 안 한 붓으로 두드려 대는 볼 터치.

쿰쿰한 곰팡이가 묻은 립스틱으로 입술 칠하기.

그 때문에 솔리아는 줄곧 살롱에 가서 따로 치료를 받아야 했다.

다행히 지금 피부는 그 나이대 소녀답게 뽀얗고 깨끗했지만, 언제 또 곤혹을 겪을지 모른다.

'피부도 피부지만 트라우마 생겼잖아.'

5년간 애 얼굴을 꽉 잡고 꽥꽥 소리치며 화장시키는데. 겁 안 먹을 수가 있겠냐고.

"머리부터 빗을게요, 아가씨."

슥슥, 나무 빗으로 빗자 탐스러운 금발이 흘러내렸다.

난 거울 쪽으로 눈을 들었다.

소녀의 푸른 눈동자가 느릿하게 떠진다.

실로 인형 같은 외모다. 일곱 번 죽음을 반복한 탓인지 별로 실감은 안 났지만.

'하.'

또 그 지겨운 과거를 반복할 생각을 하니 한숨부터 나왔다.

노아 레니스터와 결혼하고서 병약한 남편을 학대하는 게 내 역할이긴 한데.

그러면 바로 데드 플래그가 꽂힐 거다.

아픈 사람을 괴롭히는 건 당연히 안 되고, 노아에게 해를 끼치는 것도 죽음에 이르는 지름길이었다.

'책 빙의면 어떤 소설에 빙의했는진 알게 해 주지!'

알아서 헤쳐 나가면 된다고 생각하면서도 한편으론 아쉬웠다.

'모든 미래를 아니까 제대로 대처할 수 있잖아.'

이건 그냥 내가 알아서 잘하는 수밖에 없었다.

난 무표정하게 거울을 바라보며 생각을 정리했다.

1. 노아와 결혼해서 악역 포지션 유지 (악역으로 사망)

2. 결혼 안 하고 도망 (3회 차에서 결혼하지 않고, 로튼 남작에게 복수하려다 사망)

3. 노아에게 잘해 주다가 이혼 선고 (이혼 후 사망)

모두 내가 저승길 갔던 루트였다.

'살려면 노아 곁에 무조건 붙어 있어야 해.'

그렇다고 나 살겠다며 노아 옆에 평생 붙어 있는 것도 민폐다.

내 생존도 중요하지만 몇 번이나 남편이었던 노아의 삶을 망가뜨리고 싶진 않았다.

진짜 사랑도 해 보고 그런 사람이랑 재혼도 해야 되는데. 호호 할머니 될 때까지 노아에게 빌붙을 순 없다.

'일단 노아와 다시 결혼해야 돼.'

노아가 죽으면 나도 죽는다. 내가 살려면 그가 죽지 않게 잘 돌봐야 했다.

'6회 차 때 약초 전문가가 돼서 그나마 다행이네.'

5회 차 때 남편을 독살한 실수를 만회하려 다음 회차에서는 약초만 미친 듯이 연구했다.

죽게 돼도 지난 생의 기억과 경험은 사라지지 않는다. 실수를 반복할 일은 없었다.

'빙의 시점은 랜덤으로 각각 달랐지만. 지금은 꽤 좋은 시기야.'

우선적인 목표는 제리를 내쫓고 노아와 빠르게 결혼하는 것.

내가 계획을 정리하는 동안, 바구니를 뒤적이던 제리가 입매를 비틀었다.

"이제 머리에 웨이브를 넣을 겁니다, 아가씨. 뜨거울 테니 얌전히 계세요. 풋, 저번처럼 어깨 덴다고 징징거리지 말고."

인형처럼 "응." 하고 얌전히 답하자 제리가 나무 바구니에서 쇠막대를 꺼냈다.

두 개의 네모나고 반듯한 철을 특수한 철사로 이은 도구로, 현대의 고데기와 비슷했다.

그녀가 희열에 찬 얼굴로 열 오른 쇠막대를 만지작거렸다.

'여전히 기분 나쁜 표정이야.'

거울을 물끄러미 보고 있자니 지난 기억이 스쳐 지나갔다. 두 번째 빙의 때였다.

결혼식 이틀 전, 제리의 고의로 내 오른쪽 어깨에는 불에 덴 흉터가 남았다. 손가락 두 개만 한 흉은 꽤 눈에 잘 보였다.

거금을 주고 치료사를 부르면 말끔히 나았겠지만 제리는 내가 다쳤단 사실을 숨겼다.

응급 처치 할 시간을 놓쳐 그대로 흉이 남았고, 그 뒤로 난 오프숄더 드레스라면 질색했다.

그전에도 기분이 나쁘면 제리는 일부러 쇠막대로 겁박했었는데. 결혼식이 다가오자 참지 못하고 일을 친 것이다.

두 눈에 번뜩이는 희열과 입에 걸린 조소가 지금도 적나라하게 떠올랐다.

남작가의 시녀인 제리를 바로 해고하기엔 내게 그만한 실권이 없다. 하물며 남작저에서 내쫓기는 걸론 한참 부족했다.

다른 곳에서도 이따위 짓을 못 하게 시녀 일을 그만두게 만드는 편이 세계 평화에도 이로웠다.

'이제 어찌할까…'

난 고개를 비스듬히 기울이며 미간을 살짝 찌푸렸다.

"여기 왼쪽 머리가 별로야."

"네? 그게 무슨…!"

"대칭이 안 맞잖아. 같은 모양으로 웨이브가 져야 하는데, 오른쪽이 더 굵어. 왼쪽도 똑같이 맞춰."

"지, 지금 뭐라고 하신 거예요? 간밤에 잠 잘못 주무셨어요? 평소엔 다 마음에 든다면서 고분고분 가만히 계셨잖아요!"

"그땐 그때야. 언제까지 태만하게 굴 거지?"

다시 하란 눈짓을 보내자 제리가 헛웃음을 삼켰다.

미용실에서 그랬다면 진상이겠지만 상대는 최악의 아동 학대범.

이러나저러나 죽는 건 똑같은데. 이젠 못 참아. 아니, 안 참아!

이렇게 된 거 시녀의 열폭 스위치를 누르기로 했다.

"제대로 하라고 했잖니? 베테랑이라면서 간단한 치장도 제대로 할 줄 몰라?"

참는다는 표정으로 내 요구를 들어주던 제리는 곧 터져 버렸다.

"이게 진짜! 야! 너 미쳤어? 내가 만만해? 네가 진짜 귀족이라도 되는 줄 알고 이딴 식으로 싸가지 없게 나오나 본데!"

그녀가 달군 쇠막대를 내 눈앞에 바짝 들이대며 소리쳤다.

"응, 만만해. 실력도 인성도 없는 네가."

난 사르르 눈꼬리를 접으며 웃었다. 눈앞에 열기를 뿜는 검은 물체가 아른거렸다.

"뭐, 뭐?! 방금 뭐라 그랬어!"

예기치 못한 상황에 제리는 당황했다. 매번 교묘히 괴롭혀도 울기만 하던 상대가 반격하니 그녀는 적잖이 놀란 듯했다.

"사과해! 나한테 막말한 거 사과하라고! 네까짓 게 뭔데! 네 애비가 돈 쓴 덕분에 귀족 영애 된 거 누가 모를 줄 알아? 사람을 이렇게 무시해도 돼?!"

울먹이며 소리친 제리가 뜨겁게 달군 쇠막대로 내 어깨를 콱 눌렀다.

치이익-.

살갗이 타며 나는 불쾌한 소리가 귓가에 선명했다. 살 타는 냄새와 끔찍한 고통에도 난 이를 악물고 참아 냈다.

비명 하나 없이 무표정하게 거울을 쳐다보자 겁먹은 건 시녀였다.

"허억, 헉. 미친, 미쳤어!"

오히려 그녀가 질린 얼굴로 쇠막대를 떼어 내 바닥으로 던졌다.

캉, 소리를 내며 바닥에 부딪친 쇠막대를 보다가 난 자리에서 일어났다.

평소처럼 움츠리는 대신 어깨와 허리를 펴고 문 앞까지 걸어가 문고리를 잡았다.

"다 했니?"

흐트러짐 없는 자세로 고개만 살짝 돌렸다. 얼굴 핏기가 싹 빠진 제리가 보였다.

"……뭐?"

넋이 나간 제리가 되물었다.

멍청하긴…. 아직도 사태 파악을 못 했어?

"화풀이는 다 했냐는 말이야."

귀족 아가씨처럼 사근사근하게 묻자 제리가 새하얗게 질렸다.

"미, 미친! 미친 거야! 평소엔 안 그랬잖아, 너!"

"그랬지. 그간 수고 많았어, 제리."

난 차분히 말하고는 문고리를 돌렸다.

그대로 나가기 전, 벌벌 떠는 제리를 벌레 보듯 훑어보며 통보했다.

"넌 해고야."

열린 문으로 걸어가는 발걸음이 사뿐했다.

사실은 아팠다. 죽고 싶을 만큼 아팠다. 울음 섞인 비명이 목 끝까지 올라왔지만 꾹 참았다.

솔리아의 유년 시절을 망친 사람 앞에서 아이처럼 엉엉 울고 싶지 않았다.

얼이 빠져 무릎 꿇은 제리를 두고서 남작의 집무실로 향했다. 걸음이 빨라졌다.

톡.

"…하아."

그제야 힘껏 참았던 숨을 토해 냈다. 눈꼬리에 맺힌 눈물이 뺨을 둥글게 타고 흘렀다.

고통은 견디면 된다. 익숙한 일이었으니까. 참는 건 자신 있었다.

사뿐사뿐 걷는 걸음에 따라 실크로 된 드레스 자락이 사락거렸다.

* * *

짝!

날 기만했던 제리의 뺨이 세차게 돌아갔다.

"흐윽, 흑. 제가 잘못했어요. 잘못했어요. 살, 살려 주세요!"

로튼 남작에게 뺨을 맞고 휘청이던 제리가 무릎을 꿇고 빌어 댔다. 그녀의 눈에 난 안중에도 없었다.

비는 상대가 잘못됐단 자각 따위 없는 거겠지.

"감히 내 딸의 어깨에 상처를 내?! 네년이 지금 무슨 짓을 한 건지 알기나 해?"

남작은 격분했다. 흉곽이 들썩일 만큼 거칠게 호흡했다.

이거, 속 편한 놈이네? 자긴 더한 짓을 해 놓고 시녀에게 씩씩거리는 게 우스웠다.

손을 치켜든 남작이 날 한심하게 쳐다봤다. 고작 시녀에게 당했냐는 표정이다.

시선을 피하지 않는 사이에 제리가 끼어들었다.

"아, 아가씨가 먼저 저한테 협박했어요. 먼저 어깨를 들이대서……."

"아버지."

난 그녀의 말을 끊고 로튼 남작을 불렀다.

이미 치료사를 불러 어깨 치료를 끝마친 터라 피부는 말끔히 재생된 뒤였다.

고통도 한결 가셨지만 어쩐지 한동안 뜨거운 물건을 못 만질 것 같았다.

"자르세요."

차분한 목소리가 집무실 안을 울렸다.

그러자 날 한심하게 훑던 남작의 눈이 동요했다. 달라진 내 모습에 놀란 것 같았다.

당황한 남작이 "안 그래도 그러려고 했다. 봐줄 수 없지!" 하고 소리치며 제리의 뺨을 한 대 더 내리쳤다.

"이 정도면 만족하겠느냐?"

한 대 치고 흘끔거리는 게 꼭 내 눈치를 보는 것 같아서 기분이 묘했다.

글쎄. 만족하고 아니고의 문제가 아니지, 그건.

난 무표정한 얼굴로 고개를 저으며 입술을 뗐다.

"다른 귀족 가문에 고용되려면 추천장이 필요하다던데, 써 주실 건가요?"

한마디로 제리에게 추천장 따윈 써 주지 말란 소리였다. 추천장을 받지 못하면 시녀로선 끝이었다.

남작이 오히려 놀란 얼굴로 날 봤고, 그제야 사태를 파악한 제리가 무릎걸음으로 기어와 내게 빌기 시작했다.

"…추, 추천장은 안, 안 바라요. 조용히 나갈게요."

난 가까스로 입술을 꽈악 물었다. 사죄하며 비는 꼴이 우스워서 웃음이 새어 나올까 봐.

이까짓 일로 저 여잔 반성하지 않는다. 단순히 운이 없었다고 투덜대는 게 다겠지.

"몸은 성히 보내요. 어디 하나 다치는 곳 없게."

"아, 아가씨…! 고맙습니다, 고마워요. 제게 자비를 베풀어 주셔서…."

설마. 내가 널 봐줄 줄 알았니?

난 속으로 픽 웃고는 입을 열었다.

"아, 다시는 시녀 일을 못 하게 해 주세요. 사교 모임에 들렀다가 저 얼굴을 보면 불쾌해질 테니까. 저 모자란 여자 때문에 귀부인들 앞에서 표정 관리라도 못 하면 큰일이잖아요?"

조곤조곤 타이르는 목소리에 남작은 홀린 듯이 고개를 끄덕였다.

그러다 핫, 하고 표정을 관리하더니 엄중한 얼굴로 말했다.

"저 잡것이 다시는 시녀로 일 못 하게 앞길을 막아 두마. 이 아비만 믿거라."

믿고말고. 당신, 쓰레기답게 이런 일 잘하잖아.

조소를 삼키고서 드레스를 쥐고 살짝 무릎을 숙여 보였다.

눈에 띄게 좋아진 예법에 남작은 "이제야 완벽하구나. 돈 처바른 보람이 있어!" 하고 흡족한 미소를 지었다.

내가 왜 달라졌는지, 어떻게 달라졌는지 관심도 없고 궁금해하지도 않아서 다행이었다.

그럴 거라 예상했었다. 평소 딸을 주의 깊게 봤어야 달라진 걸 알았을 테니까.

*　*　*

사흘 뒤.

내 전담 시녀였던 제리는 남작 가문에서 내쫓겼다.

어디 하나 다친 곳 없이 가문을 나갔지만 다시는 귀족가에 시녀로 발 디딜 수 없으리라.

작은 소란이 마무리된 뒤, 난 먼저 남작을 찾아가 무릎을 굽히며 말했다.

"아버지, 그때 레니스터 백작과의 정략결혼을 말씀하셨죠."

"아, 그, 그래. 그렇지."

고작 사흘이 흘렀을 뿐인데 남작은 전과 다르게 날 어려워했다.

슬쩍 눈치를 보는 그에게 난 생긋 웃으며 말했다.

"그땐 가난한 남편이 싫다고 울고불고했었는데…. 제 생각이 짧았어요."

지난 생에는 노아와 결혼하고 나서 빙의한 바람에 제대로 대처하지 못했다.

나보다 두 살 어린 가난하고 병약한 남편과 결혼하고 싶지 않았다. 노아와 결혼하면 굶어 죽을지도 모른다는 생각에 매일 울고 방에 숨어 틀어박혀 지냈다. 그러면 결혼이 없던 일이 될까 봐.

난 언제 그랬냐는 듯 눈매를 붓꽃처럼 접었다.

"친애하는 아버지."

"어, 음? 그래, 말해 봐라."

"이젠 제 쓸모를 보여 드릴게요. 아버지를 위해 가난하고 병약한 백작과 결혼하겠어요."

그래야 나도 살고, 너도 망하고.

맑은 눈을 들며 입술을 다시 뗐다.

"아버지의 딸, 솔리아 로튼. 돈 없는 비렁뱅이 '노아 레니스터'와 결혼하는 걸 허락해 주시겠어요?"

"허. 그게 정말이냐? 허락하다마다! 내 비싼 돈을 주고 널 귀족 영애로 가르친 보람이 있구나! 네 어미도 드디어 정신 차렸다며 하늘에서 기뻐할 거다! 그래, 좋다! 키워 준 은혜는 갚아야지!"

"은혜는 꼭 갚아 드릴게요, 아버지."

난 더없이 고아한 미소를 지으며 무릎을 굽혀 인사했다. 물론, 등 뒤로는 가운뎃손가락에 힘을 줘 폈지만 말이다.

* * *

노아와의 만남은 예상보다 일찍 찾아왔다.

오늘이 바로 그와 만나는 날이었고, 난 보름 전에 새로 뽑았던 시녀에게서 치장을 받아 외출 준비를 마쳤다.

쫓겨난 제리와 다르게, 새로운 시녀는 날 대하는 게 조심스러웠다.

시녀의 이름은 에델로, 평민 출신인 그녀는 귀족 영애를 모시게 된 건 이번이 처음이라고 했다.

"준비를 마쳤습니다, 아가씨."

올해 스물둘이라 했었다. 긴장이 역력한 얼굴로 에델은 내 드레스와 모자, 구두까지 챙겨 준 뒤에야 안도했다.

꼭두각시 인형이 된 기분에 난 미간을 살짝 찌푸렸다.

에델은 동화 속 공주님을 본 것처럼 황홀하게 눈을 빛냈다.

"그렇게 애쓸 필요 없어, 에델."

"네? 애쓰다뇨?"

"나, 정통 귀족도 아니거든."

내 말에 에델은 한참 눈을 끔뻑거리다가 고개를 끄덕였다.

"정통이 아니면 뭐 어때요, 아가씨. 그거 아세요? 시골 출신 촌뜨기라 며 귀족 부인들은 절 무척 싫어했어요."

맑은 웃음을 띠며 에델이 덧붙였다.

"그래서 세탁방 하녀로만 일했어요. 어쩌다 부인 눈에 띄면 그날은 매 타작행이라서 고개를 숙이고 다니느라 좀 힘들긴 했지만요."

한쪽 무릎을 꿇은 에델이 내게 프릴 달린 구두를 신겨 주었다.

"그때 매 맞으면서 했던 생각이 뭔지 아세요? 그래도 참으면 좋은 날 이 있겠지. 그렇게 버티고 버티다 아가씨를 만나게 된 거예요."

"글쎄. 더 좋은 기회도 있었을 텐데."

"음, 없었을 거예요. 아가씨처럼 사람 눈 맞추며 얘기하시는 귀족 영 애는 잘 없어요. 공기보다 못한 존재가 저희 사용인들인걸요."

에델과 함께한 보름간, 난 그녀에게 특별히 잘 대해 준 기억이 없었다.

그저 에델의 이름을 기억하고, 그녀가 하는 말을 들어 남동생이 있다 는 걸 기억했을 뿐.

"저번에도 감사해요, 아가씨. 그날 일손이 부족해서 남작님 집무실 청 소하다가…… 제가 바보같이 도자기를 깨 버렸잖아요. 근데 아가씨께서 깨셨다고 하셔서—."

에델은 말을 멈추고 굽혔던 무릎을 폈다. 상냥하고 부드러운 시선이 올라와 내 뺨에서 멈춘다.

"아가씨께서 마음 써 주신 덕분에 내쫓기지 않을 수 있었어요."

"별거 아니었어. 소란이 생기는 게 싫었을 뿐이니까."

난 한쪽 눈썹을 들어 올리며 에델을 쳐다봤다.

서대륙에서 들인 비싼 도자기라 매질로는 안 끝날 상황이었다. 시끄러워지는 게 싫어 대신 깼다고 했을 뿐이다.

호의를 베푼 건 맞지만 에델을 위한 게 아니었다.

난 누굴 도울 정도로 심성이 착하지도 않고, 남작이 이제 내게 함부로 대하지 못해서 나선 거였다.

내가 깼다고 했는데도 기어코 나서려는 시녀를 눈치 줘서 막은 게 고마운 듯했다.

"아가씨는 상냥한 분이세요. 전 배운 게 없어 복잡한 일 같은 건 잘 모르지만, 좋은 남편분을 만나셨으면 좋겠어요."

에델은 생긋 웃고는 준비했던 모자를 씌우는 대신, 프리지아 꽃 장식을 내 머리 옆에 달아 주었다.

"기억하시나요? 첫날, 저한테 선물해 주신 도쉬즈 왕국의 비단으로 만든 건데, 아가씨께 잘 어울려서 기뻐요."

"……."

낯간지러운 기분이라서 난 답하지 않았다. 에델은 별 신경을 쓰지 않는 기색이었다.

드레스 밑단의 리본 장식까지 살피고 나서야 에델은 날 놔주었다.

그녀는 내 손을 조심스레 잡고는 벽면의 거울로 이끌었다. 유리에 비친 솔리아 로튼이 보인다.

가엾은 졸부의 딸.

아버지의 명령을 곧이곧대로 따르며 병약한 남편을 죽이려 했던 멍청한 여자.

반복되는 운명에서 끝내 도망치지 못한 마리오네트였던….

과거와는 달라지겠다고 결심한 순간, 굳게 닫혔던 문이 벌컥 열렸다.

"아가씨, 레니스터 백작님께서 본관 2층 응접실에서 기다리고 계십니다."

제법 정중한 태도로 기사가 가슴에 손을 얹으며 묵례했다.

지난 보름간, 시녀만 새롭게 뽑은 건 아니었다. 난 내게 무례했던 용병 출신의 기사들을 싹 눈앞에서 치워 버렸다. 전담 시녀였던 제리를 쫓아낼 때처럼 특별히 나설 것도 없었다.

내가 먼저 노아와의 결혼을 말한 뒤로 남작은 겉으로나마 날 대우해 줬고, 이건 그 연장선이었다.

"그래, 가야겠지."

난 짧은 숨을 들이쉬곤 기사의 손등에 내 손을 살짝 얹었다.

'노아 레니스터.'

과거의 내 남편이었으며 다시 한번 내 남편이 될 남자.

"레니스터 백작님을 기다리게 할 순 없으니."

더없이 정중한 기사의 에스코트가 낯설었다.

남작가의 사람이 내게 정중해진 건, 실로 이번 일곱 번째 삶이 처음이리라.

* * *

"아가씨께서 도착하셨다고, 백작님께 고하겠습니다."

본관의 2층 응접실 문 앞에서 난 걸음을 멈췄다. 이 문을 열면 지난 생에 이혼했던 남편이 있을 것이다.

끼익.

철문의 경첩이 돌아가며 문이 열렸다.

반쯤 열린 문틈으로 이국적인 문양의 융단이 보였고, 그 위를 오후의 햇볕이 감싸고 있었다.

난 천천히 심호흡하고는 응접실 안으로 발을 내디뎠다.

고개를 들자 단정한 인상의 중년 여인이 날 먼저 반겼다.

"어서 와요, 솔리아."

그녀는 필론 자작 부인으로 귀족 자제들 간의 결혼을 중매해 왔다.

"오늘은 특별한 손님이 와 있답니다."

말하며 그녀는 앉은 자리에서 대각선을 가리켰다. 손길을 따라 시선을 돌리니 등을 기대고 앉은 소년의 뒷모습이 보였다.

"자, 백작님. 백작님의 피앙세께서 오셨으니 어서 인사하셔요."

긴 철제 테이블의 상석. 그곳에 앉은 흑발의 소년이 서서히 고개를 돌렸다.

다리를 꼰 채 무릎 위에 깍지 꼈던 손이 스륵 풀어졌다.

내 남편이 될 노아 레니스터.

그가 열다섯의 앳된 소년 모습으로 날 돌아봤다.

"반갑습니다, 로튼 양."

그의 인사는 무미건조하고 딱딱했다. 긴장했을 수도 있지만, 그보단 나와 만나야 하는 상황이 달갑지 않은 것으로 보였다.

난 드레스를 쥐던 손에 힘을 주었다. 노아의 태도에 화가 나진 않았다. 올 게 왔구나, 싶었을 뿐.

"이렇게 뵙게 되어 영광이에요, 레니스터 백작님."

스륵, 손에 힘을 풀고는 무릎을 살짝 굽혔다.

완벽하기 그지없는 예법에 노아는 놀란 모양이었다. 그 증거로 그의 눈이 살짝 커졌다.

놀란 기색을 지우려는 듯, 금세 무표정한 눈매로 돌아왔지만.

놀란 건 노아뿐만이 아닌지 필론 자작 부인이 부채로 입가를 가리며 웃었다.

"어머! 이처럼 훌륭한 예법이라니…. 진심으로 놀랐답니다. 숙녀다운 품위가 손짓 하나하나에 담겨 있어요. 타멜 남작 부인께서 오래간 가르친 귀족 집안의 영애들을 보는 것 같군요."

"과찬이세요. 타멜 남작 부인께서 가르치시는 가문의 영애들이 저보다 예법이 더 훌륭하지요."

"그분께선 예절 교사로 어린 귀족 영애들을 가르치시죠. 서로 오래 알고 지냈지만, 그분께서도 인정할 만큼 기품이 흘러요. 그간 열심히 노력한 것으로 보여서 대견하군요."

필론 자작 부인은 날 진심으로 칭찬하는 듯 보였다. 보조개가 파일 정도로 웃고 있었다.

그러나 난 마음껏 기뻐하는 대신 차분한 표정을 유지했다.

내가 계속 서 있자, 필론 자작 부인이 화급히 손짓했다.

"이런, 내 정신 좀 봐…. 어서 앉아요, 로튼 남작 영애."

"네, 부인."

나는 대답하고는 노아를 흘끗 쳐다봤다. 결혼 상대를 눈앞에 두고도 그는 초연해 보였다.

결혼만큼 남녀에게 절대적 영향을 끼치는 게 또 있을까?

사랑에 빠져 결혼하든, 빚 때문에 하는 정략혼이든 낯선 사람과 한집에서 살게 되는데도….

그는 결혼 상대가 누구든 상관없다는 태도였다.

'잊고 있었어.'

지난 생에도 노아는 녹지 않는 얼음 장벽을 세웠다.

시간이 흘러선 나와 이혼하고 싶지 않다고 했지만, 그건 날 사랑해서가 아니었다.

확신컨대, 나는 그의 '애착 인형'이었을 뿐이다. 미치도록 가지고 싶으면서도 가질 수 없는.

심지어, 본인조차 왜 가지고 싶어 하는지 모르는 것 같았다.

'이해는 가. 나도 그랬으니까⋯. 기대고 싶고, 의지할 수 있는 사람이 있었으면 했어.'

노아의 곁에는 아무도 없었다. 가족도, 연인도, 그 무엇도.

지금도 노아는 혼자다. 언뜻 보기엔 성숙한 모습이었다. 결혼 예정 상대를 보고도 별 반응이 없으니 말이다.

열다섯이면 한참 이성에 관심이 많을 텐데⋯. 그의 무관심은 소년을 어른처럼 보이게 하는 장치란 생각이 들었다.

'팔려 오듯 결혼하게 됐으니, 날 보는 상황 자체가 거북하겠지.'

제국법에 따르면 남녀 모두 열아홉은 되어야 성년이다. 성년이 되기 전에 결혼하려면 부모나 후견인의 동의가 필요했고, 로튼 남작이 보호자로서 내 결혼에 동의할 터였다.

하지만 노아는 예외적으로 동의가 필요치 않았다. 그가 레니스터 '백작'이었기 때문이다.

제국법에선 '부모 또는 친족의 타계 시, 열다섯 이상의 직계 및 방계 비속에 한하여 작위 승계를 인정하는 바이다'라 명명한다.

그러니 올해 열다섯으로 백작이 된 노아에겐 후견인의 동의가 필요 없었다.

성년이 아니나, 백작인 그를 '성년'인 것으로 법이 간주했기 때문이었다.

노아의 신분이 아직 소백작이었다면, 그의 숙부가 나와의 결혼을 허락했을 거다.

조카를 사지로 내몰고도 양심의 가책을 느끼지 못하는 부류로, 내가 혐오하는 인간이었다.

'결혼하고 근 4년간은 그 작자를 볼 일이 없겠지만….'

어쨌거나 지금의 노아는 안쓰러울 정도로 감정을 억누르고 있었다.

감정을 깨닫고 그에 직면할수록 처절해지니까. 괜찮다고 스스로를 몰아붙이고 있겠지.

'뭐라도 감정을 보이면 좋을 텐데.'

빚 때문에 매매혼에 처하게 됐으니 분노를 느낀다든지. 팔리는 신세라 수치스럽다든지.

하다못해 자신의 가문과 작위를 노리는 로튼 남작. 그의 딸인 내게 경멸과 멸시를 보인다든지….

내가 말없이 노아를 빤히 보고 있자, 필론 자작 부인이 나섰다.

"내가 눈치가 없었네. 어서들 이야기해요. 난 자리를 지키는 것뿐이니, 신경 쓰지 말고요."

난 알겠다는 뜻으로 고개를 살짝 끄덕였다.

노아를 어떻게 대할지 보름 동안 줄곧 생각했었다. 막상 실제로 보니 조금 고민이 됐다.

노아는 화를 낼 상황에서도 아무렇지 않아 보였다. 그게 답답하고 속상했지만 나는 모른척하기로 했다.

결혼 장사로 팔리는 상품이 되기로 자처한 지금은.

'아버지를 위해 빚뿐인 노아와 결혼하려는 순종적인 딸.'

그렇게 보이고자 필론 자작 부인을 속이기로 결심했다.

'필론 자작 부인은 로튼 남작에게 자기가 본 대로 전할 거야.'

적을 속이려면 아군부터 속여야 하는 법. 필론이 내 적군인진 모호했지만, 아군이 아닌 건 확실했다.

'슬슬 계획한 그림대로 가 볼까….'

지금부터 나는 졸부의 딸답게 오만하고, 무례한 여자다.

사교계에 속한 데다 중매를 서는 필론 자작 부인에겐 깍듯이 예의를 지키지만, 파산한 노아 레니스터에겐 제멋대로에 드센.

'영악한 구석도 있고, 약았지만 생각이 얄팍한 여자.'

그게 딱 좋겠어. 필론 자작 부인이 봐도, 로튼 남작이 봐도 내가 어떤 의도로 행동하는지 파악할 수 있는 수준이면 더없이 완벽했다.

'스스로가 고상한 줄 알지만, 실상은 아무것도 해낸 게 없는 귀족 영애.'

난 노아와의 두 번째 만남에서 내가 보일 모습을 속으로 되새겼다.

2미터는 될 법한 긴 거리에 그와 난 서로를 마주 보는 상황이었다.

노아와 나의 심리적 거리만큼 멀었다.

"잘 부탁드려요, 백작님."

"저야말로."

무표정한 얼굴로 노아가 고개를 살짝 숙였다.

부탁한단 말과는 다르게 난 그에게 웃지 않았고 그도 날 향해 웃지 않는다.

으음. 사람을 잘 믿지 않고 경계가 심한 노아의 마음을 열기 위해선….

'따로 둘이 있는 시간이 필요하겠는데.'

하지만 필론 자작 부인이 자리를 비켜 줄지는 모르겠다.

사적인 자리에서 미혼의 남녀 둘만 두는 건 사회적으로 꺼려졌다. 노아와 내가 결혼을 앞둔 사이라고 해도 그랬다.

'결혼은 예정됐지만…. 아직 노아에게 청혼을 받은 건 아니니까.'

강제로 청혼을 받아 낸다든가. 협박했다든가…. 결혼 과정에서 절차상의 문제가 있다면 그 결혼은 무효였다.

법원에 증거를 제출하는 게 까다롭긴 하나, 로튼 남작은 그 때문에 패가망신한 놈들 몇몇 봤다며 예상외로 신중한 모습을 보였다.

레니스터 가문에 지참금을 주겠다고 간사한 혀로 꼬드기면서도, 결코 강제하는 법이 없었다.

'그래서 내가 노아에게 잘 보여야 하는 거고.'

하지만 지금은 잘 보일 필요도 없었다. 노아에겐 솔리아 로튼 말고는 다른 선택지가 없었으니까.

노아도 다른 혼처를 찾아봤겠지만, 로튼 남작이 내건 조건을 따라올 만한 곳은 없었을 것이다.

레니스터 가문의 빚을 전부 갚아 줄 테니.

'로튼의 수목원 사업이 잘되고 있다지만…. 빚을 전부 갚아 줄 능력은 없어. 윗선이 있다는 거지.'

배후는 안 봐도 훤했다. 황제의 측근인 벤조 공작이겠지.

벤조 공작이 관여하지 않았다고 해도, 노아의 선택지는 솔리아 로튼 뿐이었다.

정통 귀족이라면 자기 딸을 파산한 레니스터 백작과 결혼시키진 않을 테니 말이다.

'오늘은 필론 자작 부인을 끼고 만나는 걸로 해야겠어.'

필론 자작 부인이 지켜보는 상황에선 노아에게 과도한 친절은 금물이었다. 거리를 잘 재서 로튼 남작의 의심을 사지 않아야 한다.

우리 사이에 이렇다 할 대화가 없자 자작 부인이 호호, 웃으며 껴들었다.

"어머나, 남작 영애는 백작님을 보고도 안 놀라시네요. 전 매번 봐도 놀라운데."

"네?"

모르는 척 묻자 자작 부인이 눈짓으로 노아를 가리켰다.

의자에 등을 깊숙이 기댄 채 다리를 꼬고 있는 귀족 소년을.

"살면서 이렇게 잘생긴 사람은 백작님이 처음이지 않나요?"

"네, 그러네요."

내가 인형처럼 영혼 없이 답하자 자작 부인이 한쪽 눈썹을 올렸다.

호감도를 쌓으려면 적당한 칭찬이 필요한데. 내가 노아와 거리를 둬서 마음에 들지 않는 눈치였다.

"남작 영애, 다시 들여다보세요. 남편이 되실 분인데 얼굴은 잘 기억해 둬야겠죠?"

"네, 부인."

난 고분고분하게 답하고는 노아 쪽으로 시선을 던졌다. 그러자 노아도 날 무심하게 쳐다봤다.

'잘생기긴 미치게끔 잘생겼어.'

짙은 흑발이 부드럽게 이마를 덮었고, 요요한 파란색 눈동자는 사람을 홀리기 좋아 보인다.

솔직히 이번에 노아를 처음 봤다면 한 5초는 숨을 못 쉬었을 거다.

병약한 그였지만 외모만으론 대륙에서 제일이지 않을까.

감히 그런 확신을 할 만큼 노아는 조각상처럼 잘생겼다. 이대로 자란다면 대륙을 뒤흔들 만큼.

'사연 있어 보이는 냉미남.'

밤의 조각을 오린 듯 새까만 흑발.

그늘진 눈매와 어둡게 잠긴 벽안.

장인이 섬세하게 빚은 듯 오뚝하고 높은 콧날과 석류를 머금은 것 같은 붉은 입술. 다시 봐도 예술이다.

그런 대단한 미남과 결혼하면 행복이 꽃피겠지 생각했던 적도 없잖아 있었다.

하지만 계속되는 죽음 속에서 난 결심했다.

'죽지 않는 조건을 알아내서 노아의 곁을 순조롭게 떠날 거야. 그 뒤엔 평온하고 무탈한 삶을 사는 거지.'

노아는 평범한 귀족이 아니었다. 지금은 파산한 백작가를 책임져야 하는 가엾은 소년 가장이라지만.

앞으로 4년 뒤.

열아홉의 노아 레니스터는 '검은 나비' 반란군에 가담하게 된다.

반란군이 승리할지 실패할지 그런 거대한 미래는 모르겠다. 늘 그 전에 죽었으니까.

난 그냥 평화롭고 조용한 삶을 살고 싶을 뿐이다.

'그러기 위해선 4년 뒤엔 떠나야 해. 노아가 반란군에 직접 가담하기 전에….'

지난 생엔 이혼해야 살 수 있는 줄 알고 이혼하자고 했었다. 노아가 반란군에 속한 것도 작지 않은 이유였다.

지난 여섯 번의 죽음이 모두 우연이라곤 생각지 않는다.

왜 죽는지는 대강 알겠는데…. 어떻게 해야 살 수 있는지도 알아내야 한다.

그렇다고 노아와 결혼하지 않고 도망치면 그 또한 죽음의 원인.

'우선은 노아와 결혼해서 거지 같은 남작 가문에서 벗어나는 거야.'

앞으로의 계획을 정리하며 난 노아를 정면으로 보던 시선을 내리깔았다.

달칵.

테이블에 놓인 고급 찻잔을 들며 노아를 향해 말했다. 다시 그를 똑바로 바라보면서.

"레니스터 백작님, 저와 결혼해 주시겠어요? 쓸모 있는 부인이 되어 드릴게요."

여상한 어조와 맞지 않는 파격적인 청혼 인사였다.

뎅그랑!

"남작 영애!"

놀랐는지 찻잔을 놓친 자작 부인과 다르게 노아는 무표정했다.

하지만 난 봤다. 그의 한쪽 눈썹이 살짝 치켜 올라간 것을.

노아는 곧 놀란 기색을 완벽하게 지워 냈다. 그러고는 지극히 무미건조한 표정으로 입을 열었다.

"거절하겠습니다, 로튼 양."

빠르게 속전속결로 가자는 내 제안을 노아는 단번에 거절했다.

난 울며 자리를 뛰쳐나가는 대신 아무 일 없었다는 듯 차를 홀짝 들이켰다.

노아가 내 청혼을 거절할 거라고 예상했었다. 예정된 결혼이라 해도 언제 팔릴지는 그의 선택이었으니까.

난 평온한 눈을 들어 노아에게 조곤조곤 물었다.

"저와의 결혼을 거절할 명분은 있나요?"

"그게 무슨 소립니까?"

노아가 고개를 비딱하게 기울이고는 팔짱을 끼며 날 쳐다봤다.

"백작님, 한 푼도 없으시면서."

난 오만한 귀부인처럼 픽 웃고는 노아를 은근히 훑어 내렸다.

위아래로 훑는 시선에 그의 고운 미간이 살짝 찌푸려졌다.

"…하!"

헛웃음을 터뜨린 노아에게 난 단숨에 못 박았다.

"그냥 나랑 해요, 결혼. 내 아버지가 당신 빚 다 갚아 줄 테니까."

그래야 나도 살고, 내 아버지도 망하고 당신 빚도 갚지.

"하늘의 별이라도 따 드릴 테니까, 저와 결혼해 주세요."

영혼도 맥락도 없는 청혼에 노아가 제 목으로 손을 뻗었다.

확.

거칠게 크라바트를 끌어 내린 그의 손등에 도드라진 핏줄이 선명해졌다.

우악스레 잡힌 천을 보다가 난 자리에서 일어나 한참 걸어 노아의 옆자리에 앉았다.

그러고는 턱을 괸 채 노아를 보며 속삭이듯 말했다.

"저와 결혼하면, 아버지가 지참금을 원하는 대로 드릴 거예요. 언제까지 레니스터를 파산한 가문으로 두실 건가요?"

내 말에 노아는 헛웃음을 흘리고는 입술을 꽉 깨물었다.

화난 표정을 숨기지도 않은 채 그가 내게 허리를 숙였다.

"뭘 믿고 그렇게 오만하게 구는 겁니까, 로튼 남작 영애?"

날 내려다보는 서늘한 눈동자가 위압적이었다. 어려도 백작은 백작이라 이건가.

난 입술을 열었다. 뭘 믿고 그러냐는 물음에 답해야 할 차례.

"제 아버지 믿고요."

"…하. 지난번 만남 때는 자리를 피했잖습니까?"

"그땐 그때고 지금은 지금이죠."

노아의 시선을 피하지 않고 받아쳤다.

사람 사이에선 첫인상이 제일 중요하다지만 첫 번째를 망친 터라 더 거리낄 것도 없다.

"난 훌륭한 신부가 되기 위해 자수를 배웠어요."

실력은 영 꽝이란 말은 속으로 흘렸다.

"개인적인 흥미로 검술도 배우고 있어요. 물론 예법도 완벽하죠."

"예법은 완벽한데 예의는 없는 것 같군요."

"이만하면 예의 있는 편 아닌가?"

난 턱을 괴던 손을 풀고 머리칼을 살짝 꼬았다.

누가 봐도 제멋대로에 오만한 졸부 딸로 보이기 위해서.

'우선 결혼하고 그다음에 노아의 호감을 사면 돼.'

자작 부인은 차만 마시며 힐끔 우리를 살폈다. 굳이 중재하려 들지 않았다.

헛웃음을 흘린 노아가 팔을 뻗어 내 손을 잡아챘다.

"고운 손이군요. 검술 연습 한 것치곤."

"네. 레이스 장갑 끼고 목검 훈련 하니까요. 이제 두 달쯤 됐나?"

난 뽐내듯 매끈한 손을 펴 보였다.

어렸을 때 고생했던 흔적은 돈을 처바른 덕분에 지워진 지 오래다.

고운 손등을 심드렁하게 훑으며 말했다.

"가문에 기사가 항상 상주해 있는데. 레이디가 검을 쓸 일이 있을까요?"

"…맞는 말입니다."

답하고 노아는 더 얘기할 가치도 없다는 듯 입을 다물었다.

노아는 여섯 살 때부터 시작해 작년까지 검술을 배워 왔다. 그마저도 몸이 약해 기사가 되는 건 무리였다.

그의 손등은 언제나 상처투성이. 따로 돌봐 준 사람은 없어 그 흔적이 남아 있었다.

난 노아의 상처 난 손을 보다가 자작 부인에게 몸을 돌렸다.

"피곤해서 이만 물러날게요, 자작 부인."

"좀 더 있는 게 어떤가요, 남작 영애. 제대로 얼굴을 본 건 이번이 처음이잖아요? 서로에 대해 알아가는 게 좋지 않겠어요?"

필론 자작 부인이 곤란한 듯 미소 지었다.

중매 비용을 이미 받았기에 행여 결혼이 취소되면 그녀는 위약금을 뱉어야 한다. 그러니 어떻게든 노아와 잘 얘기해 보란 소리였다.

"하지만…."

내가 말끝을 흐리자 그녀가 웃는 낯으로 의자에서 일어났다.

"어머, 내 정신 좀 봐. 어른이 껴 있으니 불편할 거란 걸 깜빡했네요."

"그래도…."

"남작 영애, 그러지 말고 좀 더 이야기를 나누다 가요. 백작님께선 사흘 걸려 먼 걸음을 오셨으니까, 저택 구경도 시켜 드리고요."

당부의 말을 덧붙인 자작 부인이 부채를 챙겨 응접실을 나갔다.

탁.

문이 닫히고 졸지에 노아와 둘만 남게 됐다. 고요한 적요가 낯설었다.

'드디어 둘만 남았어.'

난 긴 숨을 뱉었다. 드레스 주머니로 손을 뻗어 무언가를 꺼냈다.

스륵.

주머니의 천을 풀고 금속 통을 꺼낼 때까지도 노아는 시선을 주지 않았다.

"실례할게요, 백작님."

그가 답하기도 전에 난 노아의 손을 부드럽게 잡아 테이블 위로 올렸다.

그리고 원형 통 안의 연고를 검지로 듬뿍 퍼서 그의 손등에 꼼꼼히 발라 주었다.

간지러운지 그의 미간이 살짝 찌푸려졌다. 달라진 태도에 의아한 듯 그가 눈을 가늘게 떴다.

"…뭐 하는 겁니까?"

내 손길을 떨쳐 내고 싶은 얼굴로 노아가 물어 왔다.

"약이에요. 야생초로 만든 연고인데 상처에 잘 들거든요."

"이걸 왜…."

자기 손등에 발라 주냐는 거겠지.

난 답하는 대신 노아의 손등에 약을 마저 다 바르고 붕대까지 감아 주었다.

다른 손도 치료해 주고 나서야 잡았던 그의 손을 조심스레 뗐다.

그때까지 노아는 내 손을 뿌리치지 않았다. 나도 의문이었지만.

"약이 마를 때까지 물기가 묻으면 안 돼요. 이따 밤이 되면 붕대는 풀어 주세요."

"이런 귀찮은 짓을 왜…."

노아는 말을 끝맺지 못하고 입술을 살짝 깨물었다.

여전히 무표정이었지만 복잡한 심경의 기색마저 숨길 순 없었다. 그에게 이런 치료를 해 준 사람이 아무도 없었을 테니까.

난 쓴웃음을 삼키고는 연고가 든 금속 통을 천에 잘 갈무리하고 주머니에 넣었다.

"귀찮아도 해야죠. 놔두면 상처가 덧나요."

노아는 계속 답이 없었다. 행여 독이라고 의심할까 싶어서 덧붙였다.

"걱정 마요. 귀한 약재라 잘 듣거든요. 제가 어릴 때 썼던 거예요."

어릴 적부터 구걸하느라 내 손에는 상처가 멎을 일이 없었다.

'약값은 비싸서 뒷산에 올라가 약초를 돌로 찧어 약으로 만들곤 했으니까.'

혼자 끙끙대며 상처투성이 손에 바르고 나았으니 효과는 이미 검증된 셈이다.

"좀 더 쉬다 가요. 몸에 좋은 차를 끓여 줄게요."

"…됐습니다."

잠깐 망설임 끝에 노아는 내 호의를 거절했다. 난 그를 붙잡아 도로 앉히는 대신 슬쩍 말을 흘렸다.

"지금 가면 로튼 남작을 봐야 할 텐데. 괜찮겠어요?"

"……."

침묵은 곧 부정이었다.

괜찮을 리 없지. 로튼 남작은 노아를 대놓고 혈통 좋은 종마 취급 했다.

"차는 잠깐이면 되는데, 기다려 줄래요?"

"그럼 부탁하겠습니다."

노아는 차분히 답하고는 고개를 살짝 숙였다.

그의 귓불이 붉어진 게 보였지만 난 모른 척 응접실 옆 주방으로 향했다.

* * *

"국화차예요."

난 노아의 앞에 연주황색 차를 건넸다. 창문 틈으로 비친 햇빛 때문에 금빛으로 보였다.

말이 없던 노아가 찻잔으로 손을 내밀었다.

그의 앞에 하녀가 가져온 쌉싸름한 파운드케이크 한 조각을 놓아 주며 덧붙였다.

"감국의 꽃을 말려 만든 차는 사람의 마음을 편안하게 해 줘요. 진정 작용이 있거든요."

청두명목(淸頭明目). 머리는 맑고 눈은 밝게 하는 효능이다.

전생에서도 차를 좋아해서 종종 끓였는데. 잠들기 전에 심장이 두근 두근 뛸 때면 따뜻한 차를 마시곤 했다.

"차에 대해 잘 모릅니다."

노아가 말했다. 그의 표정은 날 경계하듯 굳어 있었다.

선대 백작 부부가 마차 사고로 죽고 난 후, 재산을 탐낸 숙부가 노아를 찾아왔다.

하녀가 내온 차를 두고 향이 좋다는 노아의 말에 그는 대놓고 비웃었다.

"허, 가세가 기울었다는 말이 정말이었군. 평민 잡배들이나 입에 댈 싸구려 차를 마시고 좋다고? 네 수준을 딱 알겠구나."

막말한 숙부는 선대 레니스터 백작이 소유했던 부동산, 광산, 수목원, 말 목장 소유권을 앗아 갔다.

'노아가 유산을 처분해 빚을 갚기 전에 빼돌렸지.'

재산만 쏙 가져가고 가주 자리는 내팽개쳤기에 자연스레 빚은 모두 노아의 몫이 되었다.

그중에 선대 백작이 실제로 진 빚은 4할밖에 되지 않는다. 나머지 6할은 갑작스레 생겼는데, 조작된 빚 문서를 들고 다른 가문에서도 달려들었다.

하지만 황실에선 오히려 사기꾼들의 손을 들어 주었다.

가문 내부에서는 숙부가, 가문 외부에선 황실이 주도적으로 수탈했다. 결국 노아는 자신의 이름으로 파산을 택했다.

그때 그의 나이가 고작 아홉 살이었다. 또래보다 영특했어도 황실이 주도한 빚잔치에서 벗어나기란 불가능했다.

노아는 모든 책임을 져야 했고, 그는 레니스터의 가주로서 온갖 조롱과 경멸 섞인 소리를 들어 왔다.

이 사실들은 6회 차 때 겨우 노아에게 들었었다. 그러니 지금은 아는 체하면 안 된다.

"백작님도 그러세요? 저도 차에 대해 잘 몰라요."

노아는 망설이다가 차를 마셨다. 차 맛이 괜찮았는지 그의 눈이 동그래졌다.

나는 다시 찻주전자를 기울여 그의 앞에 따르며 이어 말했다. 조륵, 소리가 맑았다.

"몰라도 좋아할 수는 있다고 봐요. 처음부터 잘 아는 사람들이 어디 있겠어요."

교양 있는 부모를 뒀다면 가르쳐 줄 거다. 그러한 환경이 없다면 스스로 깨우쳐야 한다.

"서툴러도 부끄러워할 필요는 없다고 생각해요. 차는 어디까지나 취향이잖아요."

일이 아니라면 좀 서툴러도 괜찮다.

"…귀족이잖습니까, 전."

노아가 입술을 깨물자 난 고개를 가볍게 저었다.

"백작님의 일이 차 마시는 건 아니잖아요? 일에는 노력을 기울이고 좋아하는 것에는 마음을 쏟으면 돼요."

매사에 완벽해지려 들면 피곤하고 지친다. 노아가 그래 보였다.

결국엔 환경을, 이후엔 스스로를 탓할 수밖에 없다.

자신을 힐난하지 않고 일어서는 법을 그 누구도 노아에게 가르쳐 주지 않았다.

'아직 열다섯 애인데.'

아홉 살에 가주가 됐다. 노아의 시간은 그때에 멈춰 있었다.

그가 마지막으로 행복했던 시간에.

몸은 자랐을지언정 마음은 멍들고 상처투성이란 걸 그는 모르겠지만 난 알았다.

한때 내가 그랬으니까. 부모와 형제가 있었지만 나는 그림자 신세였다.

장남인 오빠만 사람이지. 난 장손만 애지중지하던 할머니의 화풀이 대상이었다.

과거 생각은 그만하자. 쓰게 웃으며 말했다.

"귀족이라고 다 잘한다는 것도 편견이에요. 의지할 곳 하나 없겠지만…. 그럴수록 스스로를 다독여야죠."

"……."

오랜 침묵이 찾아왔다.

나도 알았다. 내 말이 지금의 노아에겐 닿지 않으리란 건.

"백작님."

난 찻주전자를 내려놓고 노아의 곁으로 다가갔다.

조심스레 뻗은 손이 그가 반듯하게 올린 머리로 향했다. 아이답지 않게 어른스러운 꾸밈을 한 소년이 날 물끄러미 보고 있었다.

"백작님은 이제껏 잘해 왔어요. 숨도 내쉴 틈도 없이 달려왔잖아요."

그렇게 말하고 난 노아의 새까만 머리를 조심스레 쓰다듬었다.

위로가 필요해 보여서 나도 모르게 손을 뻗고 말았다.

그런데도 노아는 내 손을 뿌리치는 대신 가만히 있었다.

"향이 깊군요."

한참 후에 노아가 무표정으로 말했다. 힘껏 참았던 숨을 뱉는지 가슴팍이 살짝 들썩였다.

따뜻한 온기를 느끼려는 듯 찻잔을 손으로 감싼 채 그가 눈을 내리깔았다.

* * *

노아는 허름한 방에서 눈을 떴다. 동트기 전 새벽녘이었다.

로튼 남작의 시종이 내준 다락방은 낡고 좁았다. 습기가 차서 퀴퀴한 냄새가 났고 벽에는 곰팡이가 피어 있었다.

어제 티타임이 꿈만 같다. 그는 손을 뻗어 멍하니 보았다.

"노아, 잘 들어요. 선대 백작님이 남긴 빚은 노아의 책임이 아니에요."

선대 백작이 실제로 진 빚은 노아가 모두 갚았단 걸 그녀는 모를 것이다. 지금 쌓인 빚은 황실의 누명이었다.

파산 전에 남았던 재산은 숙부가 모두 **빼돌렸다**. 가진 게 없는 노아는 황실에 몸을 바쳤다. 실험체로 자원한 것이다.

민간에 떠돌던 오래된 야화가 있다.

레니스터를 세운 초대 가주에겐 세상을 정복할 특별한 이능이 있었다고 한다.

흑기사 에녹 레니스터는 마물 '델몬'이 점령했던 라나 대륙 북부를 수복했다.

아서 왕을 도와 왕국을 세웠고, 그 왕국은 천 년의 시간이 흘러 제국이 되었다는 이야기.

오랜 시간이 흘러 레니스터의 피는 탁해졌고 이능은 구시대의 허무맹랑한 전설이 되었다.

그러나 오래간 대륙 전쟁을 염원해 온 제국 황실은 전쟁 영웅을 필요로 했다.

그래서 6년 전부터 시작된 비밀 실험 *'청명'.*

레니스터 시조의 눈은 기이할 만치 파랬다. 전장에서 푸른 안광은 형형히 빛나 델몬과 적에겐 두려움의 대상이었다.

노아도 그런 눈을 갖고 있었다.

"아들을 바치게, 백작. 짐이 대가는 후하게 쳐 주겠소. 후계는 또 낳으면 되는 것 아닌가."

선대 백작 내외가 살아 있을 적엔 황제의 제안을 거부했다. 그러나 타계 후엔 노아를 지킬 세력이 없었다.

그 뒤로는 숙부의 끈질긴 설득이 이어졌다. 결국 노아는 제 발로 황실에 자원해 들어갔다. 지난 5년간 실험을 받으며 끔찍한 고통을 견녀야만 했다.

실험은 잔혹했다. 노아는 현자들의 손에 이끌려 연구되고 고통스러운 실험을 받았다.

미치지 않는 게 이상했으나 노아는 아슬아슬하게 버텨 왔다.

거대한 고통이 아가리를 쩍 벌려 소년의 감정을 삼켜 버렸다. 더는 두려움도, 슬픔도, 외로움도 느끼지 못하도록.

동이 트며 금색의 태양이 차오른다. 어둠을 가른 햇빛이 노아의 손등에 닿았다.

'이상해.'

이상하다. 이상했다. 뭔지 모르겠다.

솔리아의 부드러운 손이 제 머리칼에 닿는 순간, 노아는 숨이 막히는 기분이었다.

뭐라 설명할 수 없는 감정이 치솟았다. 안도와 불안, 그리움이 뒤섞여 빈 팔레트를 혼란한 색으로 덧칠했다.

"노아의 잘못이 아니에요. 열심히 버텨 온 게 어떻게 잘못이에요?"

알지도 못하면서. 아무것도 모르면서.

그렇게 차가운 말을 뱉기엔 솔리아의 웃음이 희미했다.

익숙한 조소도, 지겹던 경멸도 아니다. 그저 아무것도 담기지 않아 깨끗한 푸른 눈.

그 자애로운 눈동자가 노아를 보고 있었다.

노아는 솔리아에게 묻고 싶었다. 어떤 게 당신의 진짜 모습이냐고.

사람에게 무관심했던 그였다. 그가 사랑하거나 아끼는 것들은 노아의 곁을 모두 떠나갔으므로.

그래서 누구를 만나든 간에 감흥이 없었고, 흥미는 물론 의문조차 들지 않았다.

그에게 선택지는 '황명에 따라, 로튼 남작의 딸과 결혼하는 것'뿐이었다.

황제의 실험체인 노아는 결혼 또한 황제의 뜻에 따라야 했고, 그가 지목한 것이 로튼 남작의 딸이었다.

로튼 남작은 한미한 신분에 이렇다 할 권력도 없잖은가. 문제가 생기면 쓰고 버릴 패로 딱 적당했다.

노아는 솔리아가 선량한 사람은 아니기를 바라며 계속 결혼을 미뤘다.

첫 만남 때 그녀는 노아를 피했고, 두 번째 만남에서는 모욕했다. 그래서 오히려 다행이었다.

그런데….

둘만 남게 되자 솔리아는 변했다. 조금 전의 날 선 말과 오만한 태도가 거짓이었던 것처럼.

"노아가 자라게 해 줄게요. 어른이 되게 도와줄 거예요."

솔리아의 말에 노아는 하마터면 소리 내 웃을 뻔했다. 고작 두 살 더 많은 주제에 그녀는 어른인 척 군다.

불쾌해서 손을 쳐 내려 했다.

함부로 아는 척 마. 그렇게 날카로운 말을 내뱉으려 했다.

그런데 보드라운 손이 머릿결을 따라 쓰다듬는 순간. 그의 숨이 멎었다.

"백작님은 이제껏 잘해 왔어요. 숨도 내쉴 틈도 없이 달려 왔잖아요. 제 앞에선 편히 숨 쉬어도 돼요."

노아는 힘껏 참았던 숨을 토해 냈다. 의식하지 않은 행동이었다. 살고자 하는 본능에 가까운.

누군가의 위로는 낯설다. 위로란 게 뭔지 잊어버린 지 오래였다.

똑똑.

노크 소리에 노아는 낡은 침대를 짚고 몸을 일으켰다.

'로튼 양이 찾아온 건가?'

심장이 작게 요동쳤고 시선이 문가로 고정됐다.

끼익, 문이 열리고 노아의 눈은 실망으로 물들었다. 솔리아가 아니었다.

'괜한 기대를 했어.'

노아가 표정을 갈무리하고 이유를 묻자 하인이 읍했다.

"아가씨께서 조찬을 준비하였으니 늦지 않게 오시면 됩니다."

'로튼 양이 날 찾았어. 잊은 줄 알았는데….'

문이 닫히고 노아는 제 가슴께에 손을 올렸다. 기분 좋은 울림이 손끝에 퍼졌다.

* * *

"마음껏 먹어요, 노아."

잘 차려진 식사에 노아는 눈이 휘둥그레졌다. 그가 포크와 나이프를 든 채 망설였다.

'수년간 제대로 된 식사를 해 본 적이 없어선가? 음식을 보기만 하네.'

난 노아에게 어서 먹으라고 재촉하는 대신 먼저 스푼을 들어 따뜻한 수프로 가져갔다.

그러자 노아도 스푼을 움직여 수프를 한 모금 떠먹었다.

"칠면조 구이, 신선한 샐러드, 베이컨 감자수프, 갓 구운 호밀빵입니다. 식사를 마치시면 차와 디저트도 내오겠습니다."

식사 시중을 들던 하인이 설명하자 난 "차는 내가 준비할게." 하고 일렀다.

천천히 식사하던 노아가 도중에 몇 번 입술을 떼며 머뭇거렸다.

불편한 게 있나 싶어 물었다.

"입맛에 안 맞으시나요?"

"…맛있습니다."

노아가 작게 답하고는 나를 힐끔 봤다. 할 말이 있는 표정이었다.

무슨 말을 하려는지 궁금했지만 모른 척했다. 밥부터 든든히 먹여야지.

"이것도 먹어요."

달고 짭조름한 소스를 바른 칠면조 구이를 먹기 좋은 크기로 잘라 노아에게 건넸다.

시중들던 하인의 일을 내가 직접 하자 노아는 놀란 듯 눈을 깜빡였다.

"나와 있을 땐 그렇게 예의 차릴 필요 없어요. 마음 편히 먹어야 맛있지."

고개를 살짝 끄덕인 노아가 내가 잘라준 고기 한 점을 집어 먹었다.

그의 눈이 조금씩 커지는 걸 보며 난 웃었다.

"맛있죠? 오늘 특별히 수석 셰프에게 부탁했어요. 좀처럼 안 해 주던 데 달달 볶은 보람이 있네요."

"번거롭게 해 드린 건 아닌지 모르겠습니다."

"첫 데이트인데 이 정도는 해야죠."

장난스러운 말에 노아가 물을 마시다 말고 고개를 숙였다. 당황했는지 그의 얼굴이 붉어졌지만 난 모른 척했다.

"농담이에요. 사레들렸어요?"

"괜찮습니다."

노아는 단정한 얼굴로 답하곤 손등으로 입가를 가렸다.

'어설퍼라. 제대로 안 가렸네.'

얼굴이 하얀 편이라 붉게 물든 뺨이 유독 잘 보였다.

'두 번 놀렸다간 애 체하겠네.'

노아가 아침 식사를 마칠 때까지 느긋이 기다려 주었다.

"레몬 크림치즈 파운드케이크입니다. 아가씨께서 준비하신 디저트라…"

하인이 말하다 말고 내 눈치를 봤다.

'수석 셰프에게 의뢰한 디저트의 맛이 의심스러운 표정인데.'

그냥 파운드케이크도 맛있지만, 노아에게 새로운 맛을 알려 주고 싶었다.

"재료는 발효된 무염 버터, 크림치즈, 백설탕, 소금, 레몬 제스트, 슈가 파우더예요. 조리법은 적어 왔으니 이대로 만들어 줘요."

어제 직접 수석 셰프를 찾아가 부탁했다. 처음엔 거절당했지만 "레시피대로 해서 맛없으면 다시는 부탁 안 할게요." 하며 승부수를 걸자, 결국 수석 셰프는 뜻을 꺾고 디저트를 만들었다.

"그런 듣도 보도 못한 디저트를 제가 왜 만들어야 합니까?" 하고 못마 땅한 얼굴을 한 것치곤 완벽한 맛이었다.

그때, 주변을 살피던 하인이 내게 다가와 작게 속삭였다.

"저, 아가씨…. 수석 셰프가 다른 레시피도 알려 주시면 기쁜 마음으로 만들겠다고 했습니다."

"잘못 들은 거 아냐? 다시는 부탁하지 말라고 했었는데."

"그, 어제 만든 디저트가 굉장히 맛있었다고…. 앞으론 군말 없이 만들겠다고 수석 셰프가 말 전해 달라고 하였습니다."

"알겠다고 전해 줘. 아 참, 레시피 유출하면 만든 음식에 족족 레몬 테러 할 거라고 얘기해."

장인이라더니 변덕스럽네. 난 픽 웃고는 고개를 끄덕였다.

하인과 속닥거리자 노아가 물끄러미 날 봤다. 궁금하단 표정이라서 난 "별거 아냐. 디저트 이야기예요." 하고 말해 주었다.

"맛은 어때요?"

이어 묻자 노아가 냅킨으로 입가를 닦으며 답했다.

"맛있습니다."

"그게 끝?"

아쉬운 얼굴을 하자 노아가 잠깐 생각하다가 덧붙였다.

"모양도 신기했습니다. 꼭…."

저걸 어떻게 표현하지? 그런 표정이라 난 웃으며 말했다.

"큐브 모양이에요. 보통 파운드케이크는 식빵 모양으로 넓적한데. 모양을 달리해 봤어요."

디저트를 만들려고 큐브 모양의 틀까지 주문 제작 한 보람이 있었다.

"그렇군요."

노아가 케이크를 들고 한 입 더 베어 먹었다. 딱딱했던 표정이 살며시 풀어졌다.

그러자 그 나이대 소년으로 보였다. 풋풋함과 귀여움은 감출 수가 없나 보다.

'디저트 좋아하는구나. 난 단 건 별로 안 좋아하는데.'

지난 생에선 쓴 약초만 준비했었지. 디저트는 생각지 못했다.

'노아에 대해 잘 안다고 생각했는데.'

난 속으로 한숨을 삼키고는 차를 준비해 노아의 앞에 가져다주었다.

"마셔 봐요. 강불에 볶아 향이 고소한 녹차예요."

노아는 잠깐 망설이다가 찻잔을 쥐어 입가로 가져갔다. 이내 한 모금 머금더니 그의 미간이 살짝 찌푸려졌다.

"조금⋯."

조금 별로야? 녹차를 태웠나 싶어 맛보려고 찻잔을 들었을 때였다.

"어릴 때 마시던 것과는 다르군요."

노아가 신기한 듯 말했다. 제국은 차 문화가 발달해서 홍차, 녹차, 꽃차 등 그 종류가 다양했다.

하지만 호지 티는 제국에 없는 차라 생소할 만했다. 다음엔 라떼로 해 볼까.

"어떤 게 더 맛있어요?"

찻잔을 내려 두고 한쪽 턱을 괸 채 묻자 노아가 날 빤히 쳐다봤다.

'어릴 때 마시던 게 맛있으려나. 추억의 맛이니까.'

속으로 생각하며 노아를 흘끗 봤다. 그가 내게서 시선을 떼지 않으며 말했다.

"로튼 양의 것이 더 맛있었습니다."

무심히 답하곤 노아는 차를 다시 입가로 가져갔다.

"맛있었다니 됐어요."

눈매를 휘며 말하자 노아의 뺨이 붉어졌다. 하인도 날 멍하니 보다가 노아의 헛기침에 정신을 차린 듯했다.

난 테이블을 톡, 톡 치며 잠깐 생각에 잠겼다.

'노아도 고소한 걸 좋아하려나.'

혹시 미숫가루 같은 것도 좋아할까?

무더운 여름에 미숫가루 탄 물에 꿀을 섞고 얼음 동동 띄워서 마시면 그야말로 낙원이었다.

어떤 외국인이 미숫가루를 마약인 줄 알고 흡입했다는 이야기도 있잖은가.

'노아 입맛엔 어떨지 모르겠네.'

지난 생에선 해 보지 않은 것들이라 잘 모르겠다.

'쑥 파운드케이크도 수석 셰프한테 부탁해 볼까.'

이곳 세계에선 쑥이 잡초였다. 음식에도 잘 안 쓰고 디저트엔 더욱 안 쓴다.

'이것저것 고민하다 보니 차가 식어 버렸네.'

새로 끓이겠다는 하인에게 괜찮다며 손짓하곤 그대로 입에 털어 넣었다.

'미지근해.'

차를 원샷 하는 나를 보고 하인이 떡 입을 벌렸고 노아도 시선을 떼지 못했다.

"방금 건 실수예요. 잊어줘요."

나도 모르게 막창에 깡소주 먹던 버릇이 나왔지 뭐야.

그래도 지금은 미성년자니까 쓥, 안 되지. 안 돼.

"아, 제가 준비한 방은 어땠어요?"

내 물음에 노아는 잠깐 말이 없었다. 갑작스레 고민이 생겼는지 입술을 깨무는 게 보였다.

'특별히 2층 귀빈실로 준비해 두라고 했는데. 별로였나?'

내 침실보다 더 좋은 곳인데 노아의 눈엔 마땅찮았나 보다.

생각이 짧았다. 파산 전엔 유복하게 지냈던 노아의 눈에 찰 리가 없지.

"마음에 듭니다. 신경 써 주셔서 감사합니다, 로튼 양."

무심한 표정으로 노아가 말했다. 고개를 살짝 숙이는 모습도 예의 그 자체였다.

"노아에게 딱 어울리는 방이라고 생각했는데 다행이네요."

하인의 얼굴이 당혹감으로 물들었다.

말하진 않았지만, '우쭈쭈' 하며 다친 새에게 잘해 줬다가 괴롭히는 사이코 보듯 날 보고 있었다.

"저도 그렇게 생각합니다, 로튼 양."

이번에도 노아는 표정 변화 없이 말했다.

우리를 흘긋 보던 하인이 조심스레 내게 다가와 "백작님께선 다락방에서 지내고 계십니다." 하고 속닥거렸다.

평온히 차를 마시던 내 표정이 굳었는지 노아가 의아한 얼굴이었다.

"…로튼 양?"

"다락방."

난 짤막하게 말하고는 "후." 하고 깊은숨을 토해 냈다.

단전에서 올라오는 깊은 빡침이 얼굴에 보였는지 하인이 "주, 주제넘게 말씀드렸습니다." 하고 움찔했다.

"아니, 잘 말했어."

난 생긋 웃고는 단정히 빗은 앞머리를 쓸어 올렸다.

짜증 섞인 눈으로 주변을 보다가 노아와 시선이 마주치자 다시 상냥히 웃었다.

"노아, 미안한데 부탁이 하나 있어요."

"어떤 부탁입니까?"

"그 비좁고 낡은 방에서 나가 줘요."

난데없는 축객령에 노아는 당혹한 표정이었다.

로튼 남작에게 "이보게, 사위. 아직 결혼하기 전이잖나. 분위기도 볼 겸, 짧게 한 1년만 머물다 가게나." 하는 헛소리를 들었던 표정이 딱 저랬다.

"남작저에 지내는 게 불쾌하시다면 그리하겠습니다."

노아의 사과에 난 앞머리를 쓸다 말고 한쪽 눈썹을 들었다.

"네, 불쾌해요. 귀빈실을 떡하니 두고 다락방에서 지내신다니. 참을 수가 없네요, 이건."

난 차갑게 말하고는 노아에게 다가가 그의 손목을 붙잡았다.

그가 움찔 몸을 굳혔지만 이미 결심한 뒤였다.

"새 방으로 갈 준비해요, 노아. 다락방은 없애 버릴 테니까."

농담이 아니라 진심이었다.

허름한 다락방에서 노아를 내쫓아 봤자 로튼 남작이 또 눈치 줘서 옮기게 할 것이다.

난 내쫓고 남작은 또 옮기고. 그 짓을 할 바엔….

"렘."

"예, 아가씨."

이름을 부르자 화들짝 놀란 하인이 황급히 다가왔다.

부른 적 없으니 자기 이름을 모른다고 생각했나 보다. 그치만 가문 사용인들의 이름과 정보는 다 꿰뚫고 있다고.

"폭파시켜."

"……예?"

"아, 아니다. 나 연금술에 갑자기 꽂혀서 그런데. 남작님이 그때 사기당해서 창고에 처박은 가짜 폭죽 좀 갖다주겠어?"

"고, 곤란…하지 않습니다! 즉각 대령하겠습니다."

부탁하는 시선이 서늘해지자 렘이 더듬거리며 손을 이마에 가져가 경례했다.

누가 보면 내가 부하 잡아먹는 악덕 길드 마스터인 줄 알겠다.

'솔리아가 표독한 인상은 아닌데. 내 성격이 많이 안 좋았나?'

그런 생각을 하며 노아를 흘끗 봤다. 그의 시선이 줄곧 손목을 향해 있었다.

내 손에 붙잡혀 버린 그의 죄 없는 손목을.

"아, 미안해요."

실수했다. 황급히 손을 떼려는데 노아가 더 빠르게 팔을 뻗었다.

"괜찮습니다. 마음대로 잡으셔도."

턱. 그가 내 손을 붙잡는 바람에 잡힌 손을 빼낼 수 없었다.

아플 정도로 강한 힘이 아니었는데도 어째선지 노아의 손을 뿌리칠 수 없었다.

정작 노아는 아무 일도 없었단 표정이다. 무심한 얼굴치곤 놔줄 생각이 없어 보였다.

아니지, 이건. 난 노아의 손등에 슬쩍 다른 손을 올리며 말했다.

"아니에요, 노아. 결혼 안 한 신사분의 몸에 손을 대는 건 무례라서요."

상당한 무례잖아요? 그러니까 나하고 그냥 결혼부터 하자.

그렇게 말하면 노아에게 위험인물로 찍히겠지. 그래서 난 속으로만
생각했다.

그런데 노아의 표정이 이상했다. 그가 뜸을 들이다 말했다.

"로튼 양은 괜찮아요. 맛있는 걸 줬으니까요."

하, 노아 당신. 유괴범이 된 기분을 느끼게 해 주다니.

누가 보면 내가 병약한 미소년 상대로 약탈혼이라도 하는 줄 알겠다.
이래 봬도 고상한 귀족 아가씨인데.

하인도 그걸 느꼈는지 날 미묘한 표정으로 쳐다봤다.

"전략이 대, 대단하십니다." 하고 치켜세우는 걸 무시하곤 난 노아를
향해 허리를 숙였다.

고개를 비틀면 그의 이마에 입술이 닿을 거리. 거기서 딱 멈췄다.

숨결이 잠깐 닿았을까. 노아가 급작스레 날 잡던 손을 놓았다.

"마음이 바뀌었습니다. 물러나 주세요, 로튼 양."

그가 이마를 손으로 가리며 몸을 뒤로 기울였다.

끼익, 의자가 끌리는 소음이 퍼졌다. 어떻게든 나한테서 내빼려는 모
습이 인상적이었다.

"아, 거리가 너무 가까웠죠."

두 번의 실수를 깨닫고 난 정중한 척 물러났다.

그러자 뺨을 한껏 붉힌 노아가 고개를 푹 숙였다. 목덜미까지 붉은 기
가 올라왔다.

"이젠 안 괜찮습니다."

접근하지 말라는 단호한 의사 표시다. 난 갑갑함에 앞머리를 쓸어 올리며 한숨을 흘렸다.

'노아가 외강내유형 미소년이었나? 다가가기 어려운 냉미남 분위기면서 마음은 여리네.'

지난 생에는 날 보고 부끄러워한 적이 몇 번 없었는데.

"앞으로는 일정 거리를 둬 주셨으면 합니다, 로튼 양."

네, 네. 그래야죠. 거리 두기 좋죠.

방금 전까지만 해도 내 손을 꼭 잡더니…! 갑자기 또 거리를 두는 모습에 난 눈썹을 치켜세웠다.

'노아가 한국인이면 합심해서 남작 등쳐 먹기 더 좋았을 텐데.'

난 아쉬움을 삼키고는 혼자 팔짱을 낀 채 물었다.

"얼마나? 2미터면 충분하려나요?"

"너무 가깝지만 않으면 괜찮습니다. 숨결이 닿을 정도만 아니면…."

아까부터 계속 괜찮다면서 좀 까다로웠다.

'그나저나 돈을 처바른 덕분에 머릿결이 엄청 부드럽네. 비숑 털인 줄.'

흐트러진 내 앞머리를 매만지는데 노아가 날 물끄러미 봤다.

'왜, 너도 만지고 싶니? 그럼 결혼하면 돼.'

수치사하고 싶진 않아서 이번에도 속으로만 삼켰다.

잠깐 말이 없던 노아의 입술이 느릿하게 열렸다.

"거리를 지켜 주세요, 로튼 양. 너무 가까우면 실수할 것 같습니다."

말하는 노아의 표정은 무심한데 얼굴은 붉었다. 귓불이 달아오른 걸 자기는 알려나.

4년 뒤에 '검은 나비' 반란군에 가담할 사람치곤 부끄러움이 많은 편이라니까.

'뭐. 반란군과는 상관없나?'

트럭과 부딪혀 사고 난 날, 잠깐 봤던 로판 소설이 떠올랐다. 꽤 재밌게 읽었는데.

부끄러움도 타지 않고 철면피에 암살을 잘하던 흑막이 생각났다. 걔 이름이 뭐더라….

'기억이 안 나네. 그 흑막도 반란군이었는데.'

트럭에 부딪혀 날아가면서 머리부터 땅에 떨어졌고 그다음은 암전.

지금은 일곱 번 빙의하다 보니 기억이 가물가물하다. 빙의한 소설을 정확히 알았다면 훨씬 더 편하게 살아남지 않았을까.

"찐한 집착 피폐물이었는데."

19금 집착 피폐물이었지, 아마.

"예?"

내 입에서 야릇한 단어가 나오자 하인이 딸꾹질했다.

"아, 내 시녀가 즐겨 보던 소설이 생각나서."

미안해, 에델. 여기 없으니까 이름 좀 팔게.

그렇다고 '전생의 나는 야한 19금 피폐 집착 감금물을 다독하였습니다'라고 말할 순 없잖은가.

꼭 19금만 읽은 건 아니다? 뽀작뽀작 육아물 같은 전연령가도 많이 읽었습니다만.

이 세계엔 그런 소설이 있으려나.

'뭐라고 불렀지? 통속 소설? 낭만 소설? 연애 소설인가.'

의식의 흐름대로 생각하는데 노아가 자리에서 조용히 일어났다.

"차는 감사히 잘 마셨습니다, 로튼 양."

그러곤 가슴에 손을 얹고 고개를 꾸벅 숙였다.

아, 귀여워라. 나도 모르게 소리 내서 말할 뻔했다.

"백작님이신데, 제게 그렇게 예의 차릴 필요는 없어요."

"그게 제 마음이 편합니다."

"난 더 편한 게 좋은데."

내 중얼거림에 노아의 눈이 동그래졌다.

날카로운 눈매가 저렇게 놀랄 때면 꽤 귀엽다니까.

"…무례한 걸 좋아하십니까?"

노아가 굉장히 조심스러운 어조로 물어서 난 잠깐 침묵했다.

'대체 날 뭘로 본 걸까, 노아는.'

무례한 건 싫은데 박력 있는 건 좋아. 취향인 피폐물이 좀 그렇잖아. 그렇다고 쌍팔년도식 벽 치기 하면 벽과 함께 보내 버릴 거지만.

"취향이 바뀌었어요. 귀여운 게 더 좋아."

난 등 뒤로 손을 가져가며 몸을 살짝 기울였다. 노아가 피하려 뒤로 물러났지만 늦었다.

내 입술이 그의 귓가에 닿을 듯 가까웠다. 그의 어깨가 바짝 굳었다.

"그래서 다락방에선 언제 나가 주실 건가요?"

축객령에 노아는 굳어 있다가 휙 하고 몸을 돌려 피했다.

"전 다락방이 좋습니다. 아늑하고 따뜻해요."

거짓말. 좁고 낡고 추운 걸 내가 모를 것 같아?

고시원, 지하 원룸, 옥탑방을 전전했던 과거의 내가 모를 순 없다. 모른 척할 순 있어도.

"렘."

난 뒤에 병풍처럼 서 있던 하인을 불렀다. 종종걸음으로 온 하인이 내 눈치를 보다가 읍했다.

"당장 백작님을 귀빈실로 모시렴."

"나, 남작님께서 크게 화를 내실지도 모르겠습니다."

아, 그건 이미 예상했다.

'노아 레니스터의 기를 죽이겠다며 저런 다락방을 내준 거겠지.'

요즘 달라진 내 모습에 눈치를 보고 있다지만… 아직 권력은 로튼 남작이 꽉 쥐고 있다.

내겐 이렇다 할 힘도 권력도 없다. 그렇기에 정략결혼의 '쓸모 있는 도구' 취급 받는 거다.

'하지만 도구이기에 쓸 수 있는 전략이 내겐 있다고.'

난 노아에게서 떨어져 손을 뒤로 뻗고는 반올림했던 머리를 풀었다.

스륵.

하얀 프리지아 꽃장식이 떨어지며 탐스러운 금발이 넘실거렸다.

노아의 시선이 사르르 흩어지는 금발로 향했다. 난 금발을 힘껏 움켜잡고서 테이블에 있던 나이프를 들었다.

"지금 당장 아버지한테 가서 물어봐. 다락방 신세인 노아 레니스터와 결혼할 바엔 머리 박박 깎고 종기사가 될 건데. 그래도 괜찮은지."

딸이 머리 박박 깎은 귀족 영애라니. 날 팔아 치우려던 남작이 알면 혈압으로 쓰러지고도 남았다.

"향기 나는 남자 아니면 결혼 안 하겠다고, 고상히 전해 드리렴. 다락방은 냄새나서 진짜 싫어."

듣도 보도 못한 내 협박에 하인은 덜덜 떨다가 "예, 아가씨." 하고 모습을 감췄다.

'미안해요, 렘. 이러다 나 진짜 성격 파탄자 되는 거 아냐?'

나이프를 쥔 채로 한숨을 흘렸다. 그때였다.

노아가 성큼성큼 다가와 내 손에 있던 나이프를 빼앗아 가져갔다.

"······?"

"날을 잡고 있었잖습니까."

화난 듯한 시선이 내게 꽂혔다.

근데 왜 화났지? 무딘 날이라 다친 것도 아닌데.

"아, 어쩐지 손이 미끄럽네요."

칠면조 자르던 나이프를 맨손으로 잡았으니 기름이 밴 거다. 찝찝해서 물티슈를 찾다가 고개를 저었다.

'나도 참. 이 세계에 물티슈가 어딨어?'

탁. 노아가 나이프의 손잡이를 쥔 채 테이블에 고이 올려 뒀다.

하인을 생각한 건지 바닥에 던지진 않았다. 누가 봐도 노아는 행동이 바르고 단정했다.

"손 주십시오."

품에서 손수건을 꺼낸 노아가 내 손을 붙잡고 닦아 주었다.

꼼꼼하고 세심한 손길에 강아지가 된 기분이었다.

뒷동산에서 신나게 뛰어놀다가 미남 주인의 품에 안겨 앞발을 닦이고 마는···.

'왜 이런 생각을···. 내가 좀 개처럼 행동했나.'

요 며칠 남작에게 망나니처럼 굴긴 했지. 품행이 단정치 못한 것에 반성하는데, 날 다루는 노아의 손길이 꽤 조심스러웠다.

'무슨 깨질 법한 유리 다루듯 하네. 내 손은 그냥 손인데.'

값비싼 보석도 아니고 귀한 분의 손도 아니다. 그만큼 애지중지 자란 적은 없었다.

내 손을 살피는 시선은 무심한 듯 다정했고, 날 잡은 손은 겨울바람처럼 차가웠다.

'와아······.'

그런데도 내려다볼 때 보이는 그의 눈동자가 예뻤다.

파랗게 빛나는 청명한 보석이 더없이 귀해 보였다.

노아는 내 양손을 모두 닦아 준 뒤 몸을 살짝 뒤로 물렸다.

나도 모르게 노아가 잡고 있던 손수건을 잡아 버렸다. 반사적인 행동이었다.

"손수건은 버리세요, 로튼 양."

난 의아한 듯 그를 보았다.

아직 쓸 만한데 손수건은 왜 버리라는 거지?

"······어젠 다락방에서 지냈으니까. 습기나 냄새가 로튼 양에게도 밸 수도 있잖습니까."

노아의 말에 나는 입을 다물었다.

빠따 든 천사가 '요놈!' 하며 뒤통수를 세게 친 기분이었다.

전생의 난 늘 꿉꿉한 곳에서 살아서 노아보다 더 잘 알았다. 난 괜찮지만, 노아가 그런 곳에서 지내는 게 싫었을 뿐인데.

'그 비참함을 노아까지 느낄 필요는 없잖아.'

난 노아를 보며 고집스레 말했다.

"간직할래요."

"······로튼 양."

"내 거 할래요."

난 제멋대로 결정하곤 노아의 손수건을 꽉 손에 쥐었다.

변덕스러운 내 행동에 노아는 놀란 듯 눈을 깜빡였다.

그는 내게서 손수건을 앗아 가는 대신 같은 자리에 서 있을 뿐이었다.

"백작님, 이거 찻값으로 가져가도 되죠?"

'이거'는 노아가 버리라고 했던 손수건.

그도 알고 나도 아는데도 허락한단 말은 없었다. 괜찮다는 말도.

잠시 고민하던 노아가 말했다.

"……로튼 양 마음대로 해요. 다시 달라곤 안 할 테니까."

노아가 잠깐 '돌려줘요, 내 손수건' 하는 걸 생각했다가 웃었다.

그것도 귀엽겠지만 그가 내 손수건을 가져가지 않으리란 걸 이미 알았다.

"좋아요. 노아의 손수건, 이제부터 내 거예요."

난 재빠르게 말한 뒤 노아를 두고 응접실에서 벗어났다.

손안에 감긴 손수건이 따뜻하고 부드러웠다.

*　*　*

솔리아가 떠나고 노아는 응접실에 홀로 남았다.

기분이 묘했다. 새하얀 깃털이 붉게 심장을 덧칠하듯 간질거리는 감각이 낯설다.

조금 전에는 숨이 멎을 뻔했다. 그가 하려던 말을 솔리아가 해 버렸을 때는.

그녀가 더 빨랐기에 노아는 먼저 말할 기회를 놓쳤다.

'가져요. 내 손수건, 이제부터 로튼 양의 것이니까.'

그렇게 말하려 했던 자신을 그는 이해할 수 없었다.

아니, 이해할 필요도 없다. 그저 의미 없는 손수건일 뿐이다.

"의미 따위 없다는 거, 알아."

아는데 기뻤다. 그래, 조금은 기뻤다.

'바보같이 기대 따윈 안 해.'

노아는 고개를 살짝 젓고는 손등으로 얼굴을 감췄다.

아무도 없는 곳에서 뺨에 닿은 손등이 여름날 햇볕처럼 뜨거웠다.

Chapter 2

노아가 남작저에서 지낸 지 한 달이란 시간이 흘렀다.

솔리아는 거의 매일 노아를 보러 갔다. 처음엔 낯설어하던 그도 어느새 미리 문을 살짝 열어 두었다.

문이 닫히면 하녀였고 그대로 열리면 솔리아였다. 노아는 벌써 그 차이를 알아차렸다.

"소리가 달라요."

침대 헤드에 기대앉은 노아가 책에서 시선을 떼며 말했다.

문을 열고 들어온 솔리아가 "어떻게 나인 줄 알아요?" 하고 묻자 답한 거였다.

"시원시원한 발걸음이라고 해야 하나."

보는 사람이 많을 땐 부채를 살랑이며 우아하게 걷는다. 그러다 노아의 침실을 찾아올 때면 시원시원하고 빠른 걸음이었다.

그 차이를 노아는 알게 됐고 어느덧 그녀를 기다리게 됐다.

미묘한 변화가 나쁘지 않다고 생각하며 노아는 책을 덮었다.

"오늘은 무슨 일로 왔어요?"

솔리아를 내려다보는 노아의 시선이 한결 부드럽다.

완전히 그녀를 믿는 건 아니다. 그런데도 신뢰가 계속 깃드는 걸 노아
도 어쩌지 못했다.

언제부터인지는 몰라도 마음이 가는 대로 솔리아를 보게 됐다.

솔리아가 바닥에 앉은 채 양팔을 침대에 올리고 턱을 괬다.

자연스레 노아를 올려다보며 그녀가 답했다.

"여름이잖아요. 새 커튼과 캐노피가 필요할 것 같아서요."

"생각지 못했는데."

노아의 눈이 살짝 크게 떠졌다. 솔리아는 배시시 웃으며 고개를 저었다.

"렘이 도와줄 거예요. 노아는 손끝 하나 까딱이지 마요."

"귀족 도련님처럼 먹고 쉬고 편하게 지내란 건가요, 솔리아."

묻는 목소리가 다정했다.

노아는 제 목소리에 놀랐다가 옅은 숨을 흘려보냈다. 솔리아를 이름
으로 부르고서도 자각하지 못했다.

고민이 있는 듯한 노아의 모습에 솔리아는 몸을 일으켜 그에게로 팔
을 뻗었다.

부드러운 손이 노아의 머리를 머릿결에 따라 쓸었다. 그게 싫진 않은
지 노아는 눈을 내리깐 채 가만히 있었다.

'타인의 손길은 거북하지만 솔리아는 괜찮아.'

남작저에서 그를 유일하게 사람으로 대해 주는 이는 그녀뿐이었다.

아니, 그건 레니스터 백작저에서도 마찬가지였지만.

돌아갈 보금자리가 없었지만 노아는 그런대로 괜찮았다.

한 달간 로튼 남작은 집요하게 노아를 괴롭혔다. 기사들이 있는 훈련장에서 온종일 서 있게 시킨 것도 그중 하나였다.

뙤약볕에 물도 마시지 못하고 반나절을 버틴다. 때로는 그 반나절이 하루로 길어지기도 했다.

노아의 감시역을 자처한 기사가 비아냥거렸다.

"똑바로 서! 자세 흐트러지면 물 한 모금도 없어! 가난뱅이 귀족 나리가 요망하게 아가씨를 홀려 환심을 샀다지?"

노아는 자신이 겪은 일을 솔리아에게 말하지 않았다. 그녀가 걱정하는 게 싫었다.

황실에서 받던 인체 실험에 비하면 이 정돈 아무것도 아니었다.

그런데도 솔리아는 어떻게 알고 연무장을 찾아왔다. 나흘 전 일이었다.

화려한 양산에 노란색 드레스 차림을 한 솔리아가 기사들 쪽으로 사뿐사뿐 걸어왔다.

우아하고 아름다운 아가씨의 모습에 기사들의 시선이 모두 그녀에게 쏠렸다.

훈련하던 스물의 기사가 일렬로 선 상황에서 솔리아는 한 명을 골라 앞으로 불러냈다.

"아가씨께서 제게 무슨 일로……."

"그러게. 무슨 일일까."

짝!

말을 마친 솔리아가 기사의 뺨을 후려쳤다. 매서운 손길을 기사는 그대로 맞아야 했다. 울컥했지만 참았다.

눈앞의 눈요깃감 계집은 돈 많은 귀족. 가벼운 화풀이는 참으면 된다고 부들대며 넘겼다.

솔리아도 기사가 남작의 명령을 받았단 건 안다. 그렇다고 희열에 찬 저열한 눈을 넘길 만큼 너그럽진 않았다.

기사단장이 "아가씨!" 하며 솔리아를 말렸지만 솔리아는 눈 하나 깜짝하지 않고 "네가 뭘 잘못했지?"라며 물었다.

"억울합니다! 전 아무 잘못도 안 했습니다! 저 병약한 백작에게 훈련을 시켜 준 것뿐입니다. 그것도 남작님 명령으로요!"

짜악!

솔리아는 픽 웃으며 더 높이 손을 치켜들어 후려쳤다.

백작이 남작보다 높다는 걸 모르는 게 아니다. 종마처럼 데릴사위로 팔려 온 노아가 만만한 거지.

"설마. 내가 그것 때문에 찾아왔다고 생각해? 네가 하녀들을 더러운 말로 희롱한 걸 모를 줄 알았어?"

노아를 위해 나선 거였지만, 솔리아는 그를 들먹이지 않았다. 노아의 명예를 위해서였다.

'나 때문이 아니었어.'

이를 모르는 노아는 자조 섞인 웃음을 삼켰다. 기대한 스스로가 우스웠다.

자신만만하던 기사의 얼굴이 창백히 질렸다.

노아를 괴롭힌 건 남작의 명령이라 핑계 대면 된다. 그러나 하녀를 희롱한 건 핑곗거리도 없다.

가벼운 희롱이 큰 잘못이라곤 생각지 않았지만, 윗사람이 지적한 순간 수그려야 했다. 알면서도 기사가 울컥해 소리쳤다.

"희롱했다뇨! 저는 절대로 그런 적이 없습니다! 실수로 부딪친 거였고, 엉덩이를 보니 애 잘 낳겠다고 덕담 한마디 했을 뿐이라고요! 내 여동생 같아서…."

"어디서 입을 놀려? 닥치고 꿇어."

솔리아는 부채로 툭, 그녀의 손바닥을 치며 싸늘한 시선을 내렸다.

뒷말은 들을 필요도 없다. 어떻게 짖는지 궁금하지도 않고.

"저, 저 같은 고급 인력을 이, 이리 함부로 대하셔도 되는 겁니까?!"

고급 인력? 아, 기사의 몸값이 높긴 하지. 기사 하나 키우는 데 말 네 마리 값이 비용으로 든다지.

근데 지금은 여물 먹고 살찐 하등품밖에 더 되겠나.

솔리아는 입술을 비틀며 낮게 읊조렸다.

"싸구려 주제에 입만 살았군."

그때였다. 항명하려던 기사의 무릎이 확 꺾였다.

"아아악!"

비명을 지르는 기사의 입이 막혔다. 서슬 퍼런 검이 그의 목울대를 눌렀다. 단장의 것이었다.

눈빛만으로 기사단을 휘어잡은 솔리아가 명령을 내렸다. '저것'이 감히 그녀를 내려다보게 하지 말라고.

무릎을 꿇은 채 기사는 혼절할 때까지 두들겨 맞았다. 그에게 유감인 동료가 많았는지 손길이 제법 매서웠다.

"손목을 자르지 않는 걸 다행이라고 생각해. 기사직은 잘리겠지만."

솔리아는 기사도 퇴직시켰다. 전담 시녀였던 제리에 이어 두 번째였다.

얼핏 제멋대로 보이는 결정에도 토를 다는 이는 없었다. 공정한 판결임을 모두가 알았으므로.

기사의 뺨을 내쳤던 손은 벌겋게 부어 있어서 보기만 해도 따끔거렸다. 노아는 품속을 더듬다가 멈췄다.

손수건은 그에게 없었다. 솔리아가 '내 것'이라며 가져간 뒤로는.

이때다 싶은 기사단장이 손수건을 꺼내 솔리아에게 다가가 손을 붙잡았다.

다른 사내가 그녀의 손을 함부로 붙잡자 노아는 정말로 불쾌했다.

잡힌 건 그녀의 손인데도 벌레가 그의 손등을 스멀스멀 기어오르는 기분이었다.

탁!

"감히."

조소한 솔리아가 단장의 손을 쳐 냈다. 들어 올린 눈이 서늘했다.

"몬스테라 경, 내 몸에 손대도 좋다고 허락한 적 없다."

솔리아는 예전부터 타인의 감정과 시선에 민감했다.

어렸던 그녀를 지켜 줄 어른이 없었다. 부정적인 감정은 특히 예민하게 알아차렸다. 솔리아도 그랬고 유채화도 비슷했다.

위로를 위해 손을 잡아 주는지 사심인지 모를 수가 없다.

설령, 위로의 의미였다고 해도 솔리아는 허락지 않았다.

'실낱같은 가벼운 동정 따위, 내겐 필요 없어.'

그녀는 벽처럼 서 있던 노아에게 다가갔다. 노아가 준 손수건을 실수인 척 흘렸다.

"……!"

노아가 한쪽 무릎을 꿇고 손수건을 주웠다. 그는 주저 없이 솔리아에게 다가갔다.

조심스럽고 따듯한 손길로 그녀의 손을 감싸며 그가 말했다.

"다치지 말아요, 솔리아."

노아는 솔리아의 손등에 입을 맞추고 천천히 떼어 냈다.

그답지 않은 충동이었다. 보는 이들이 많았는데도 그랬다.

늘 '로튼 양'으로 불렀던 그다. 그녀의 이름을 두 번째로 뱉었다는 걸 노아는 자각하지 못했다.

솔리아는 눈을 크게 떴다가 입을 다물었다. 노아의 입술이 느릿하게 열렸다.

"내 눈앞에서 다치는 걸 보고 싶지 않아요."

노아가 양손으로 부어오른 그녀의 손을 감쌌다.

형식적인 위로라기엔 여름날의 온기가 잔향처럼 실렸다.

* * *

그로부터 며칠 뒤, 캐노피와 새 커튼이 노아의 방에 설치되었다.

덧신을 신은 하인이 땀을 뻘뻘 흘리며 침대에서 내려와 말했다.

"캐노피를 설치했으니 창문을 열어도 괜찮습니다. 벌레 때문에 괴롭진 않으실 겁니다, 하핫."

"수고했어, 렘."

금화 두 푼을 내밀자 그가 "감사합니다, 아가씨." 하고 반색하며 방을 나갔다.

이 세계엔 방충망이 없었다. 무더운 여름엔 벌레가 꼬이기 쉬웠다. 특히 단잠을 방해하는 모기가 제일 거슬렸다.

'귀족들은 벌레 퇴치용 마법 조명등을 써서 괜찮았지만. 노아의 방엔 없으니까.'

그래서 새 캐노피를 주문하는 김에 커튼도 새로 달았다. 깨끗해지니 속이 시원했다.

"어서 앉아 봐요."

먼저 침대에 앉은 내가 매트리스를 팡팡 쳤다. 노아는 좀 더 멀찍이 떨어져 창문가를 보고 있었다.

그의 시선을 좇으니 여름 빛살이 새하얀 커튼에 닿아 그림자가 진 게 보였다.

쏴아아.

열린 창문으로 나뭇잎이 바람에 흔들리는 소리가 들린다.

바람에 하늘거리는 커튼이 휴양지의 호텔에서 보던 것과 같았다.

노아의 파란 눈동자에 짙은 색채가 머물렀다. 저 커튼을 보고 무슨 생각을 하는 걸까.

"여름 바람을 좋아했습니다."

노아가 말하며 뒤를 돌았다. 시선이 마주치자 그가 희미한 미소를 지었다.

"커다란 나무 둥치에 앉아 샌드위치를 먹곤 했어요."

누구와 함께 먹었는지 노아는 말하지 않았다. 그래도 누군지 알았다.

'선대 레니스터 백작 부인이겠지.'

일하느라 무심했던 아버지와 다르게 노아의 어머니는 상냥하고 다정했다. 6회 차에서 들은 적이 있었다.

노아가 바람에 흔들리던 커튼을 꽉 쥐었다.

그는 무언가를 갖고 싶어 하거나 가져 본 적 없는 사람이었다.

행복했던 기억이 그의 손에서 모래처럼 빠져나간 뒤로.

* * *

"잠깐만요, 솔리아!"

다음 날 정오, 노아가 당황한 얼굴로 나를 뒤따랐다.

난 그의 손을 붙잡고서 무작정 후원으로 향했다.

"말도 없이 대체 어디로 가는…."

말을 멈춘 노아가 우뚝 멈춰 섰다.

녹음이 진 나무. 흐드러지게 피어난 색색의 꽃.

새털구름이 펼쳐진 여름의 하늘.

그의 시선이 정면에서 느리게 위로 향했다.

눈앞에 펼쳐진 풍광에 반한 듯 노아는 시선을 떼지 못했다.

"어제 그랬잖아요. 여름 바람이 좋다고."

"……."

"노아와 같이 와 보고 싶었어요. 오길 잘했죠?"

내가 묻자 노아는 답하지 않았다. 그의 시선은 여전히 하늘이었다.

몇 분이 흐른 뒤에야 노아는 "좋네요." 하고 중얼거렸다.

텅 비어 있던 그의 눈동자에 하늘빛이 차올랐다.

햇볕이 비춘 그의 눈이 다각도로 빛나는 사파이어처럼 짙었다.

"오랜만에 하늘을 봤어요."

노아는 담담히 말하고 하늘로 흩어지는 구름을 오랫동안 바라봤다.

다시는 이곳에 못 올 사람처럼, 이번이 마지막 기회인 것처럼.

노아가 구경하는 사이에 난 휴대용 돗자리를 깔고 가벼운 피크닉 도

시락도 내렸다.

"자, 식사 시간이에요."

드레스 차림이라 무릎을 꿇은 채 노아를 불렀다. 내 손짓에 그가 얼른 다가왔다.

"제가 준비했어야…."

"됐어요, 됐어. 노아는 요리할 줄 알아요?"

"못합니다."

솔직한 답에 "나도 그래요." 하고 웃었다.

직접 요리하는 건 잘 못하지만 맛있는 음식을 먹는 건 좋아해 다양한 음식을 접했고, 레시피를 보고 외우는 것도 좋아했다.

그래서 수석 셰프에게 음식 재료와 조리 방법을 전해 색다른 맛을 볼 수 있었다.

이를테면 오늘의 바질 페스토 샌드위치 같은 것 말이다.

텃밭에서 따온 로메인, 고수와 신선한 토마토, 아보카도, 오이를 곁들어 반쪽을 가른 샌드위치를 노아에게 건네자 그가 정중하게 받았다.

"어때요?"

내가 먼저 먹길 기다리던 노아에게 눈짓하며 물었다.

한 입 베어 문 노아의 눈이 동그래졌다. 미간이 미미하게 찌푸려지는 게 이어졌다.

'맛있구나? 이번에도 성공이야.'

노아의 진실의 미간을 보고 난 안도했다.

날씨 좋은 날, 바람 쐬는 것도 좋지만 미식을 곁들여야 더 즐거운 법.

"많이 먹어요. 4인분은 가져왔으니까."

"그렇게나 많이요?"

깔끔히 반쪽을 먹어 치운 노아가 놀란 듯 나무 바구니를 흘끗했다.

"한창 자랄 나이잖아요? 그 나이대 소년은 돌도 씹어 먹는다는데. 이 정돈 먹어 줘야죠."

"로튼 양께선 저와 두 살 차이인 걸로 알고 있습니다만."

노아가 말하고 웃었다. 기분 좋은지 입꼬리가 살짝 올라간 게 보여서 나도 웃었다.

앉은 자리에서 노아는 샌드위치 두 쪽을 더 해치웠다. 난 흡족히 지켜보다가 말했다.

"그거 알아요? 빨리 어른이 되는 아이가 있대요."

"아, 성장이 빠른 사람을 봤었습니다. 제 나이에 벌써 거인처럼 컸었는데…."

"몸 말고요. 마음 말이에요."

난 샌드위치 반쪽을 끝낸 뒤 입가를 정리했다. 내 심장가로 손을 내리자 노아의 시선이 따라왔다.

"어릴 때 마음이 유독 빨리 자라는 아이들은 자기가 다 큰 줄 알아요."

노아가 고개를 끄덕이자 난 이어 말했다.

"신기한 건, 정말로 성년이 되면 그때는 마음이 성장을 멈춰요. 그러다 보면…."

어릴 때 겪어야 할 슬픔. 흘려야 할 눈물. 맞이해야 할 성장통.

그 과정을 제대로 거치지 못한 아이들은 어른이 되어 아프곤 했다. 몸 밖으론 보이지 않는 상처라 치료할 방법도 없다.

어른이 되어 자신의 삶을 책임져야 하는데 그 무게가 바위처럼 무거워 어깨를 짓누른다.

아이 때부터 참고 버티다 보면 결국엔 무너지는 때가 오고 만다.

"어쩔 줄 몰라서 그냥 앞만 바라보게 되죠."

그래도 일어섰다. 원하던 대학에 입학하고 홀로 사는 법을 익혔다.

죽어라 일만 하다가 겨우 깨끗한 원룸을 구했다. 발버둥 쳐서 아늑한 보금자리를 만들었으나, 난 죽게 되면서 더는 그곳에서 지낼 수 없었다.

솔리아로 살면서 유채화의 기억은 서서히 무채색으로 잊혀져 갔다.

이 세계에서도 안온한 보금자리를 찾진 못했다. 죽지 못해 산다는 말이 제일 싫었는데…. 지금의 나는 그 말을 온전히 부인할 순 없었다.

난 살아가고 싶었다. 그런데, 모순적이게도 무채색인 세상에선 살고 싶지 않았다.

노아의 곁을 떠나고 마차 사고로 죽어 갈 때, 죽음이 덮쳐 오는 두려움보다 안도가 먼저 들었던 건….

노아만이 이 세계에서 유일한 색깔을 가졌기 때문이었다. 난 본능적으로 그와 운명이 얽혀 있음을 깨달았다. 사랑이라 말할 순 없다고 해도.

그를 떠났을 때 든 감정은 해방감과 동시에 고독함이었다.

노아는 내게 산소와도 같았다. 살려면 필요했지만, 너무나도 많으면 중독되어 버리는.

'노아가 이 세상에 존재하지 않으면…. 나는 이 낯선 세계에서 살아갈 자신이 없어.'

아, 그제야 깨달았다. 나는 노아를 사랑하지 않는다.

그러나, 어쩌면, 만약….

노아가 내 눈앞에서 죽을 위기에 놓인다면, 나는 생각할 겨를도 없이 그를 지키기 위해 뛰어들 것이다.

사랑하지 않음에도, 노아를 구한 대가로 죽게 된다 해도 후회는 없을 것 같았다.

후회가 있다면 좀 더 잘해 주지 못한 것…. 아, 이런 생각의 산란은 스스로를 집어삼킨다.

중요한 건 지금. 난 이미 자라서 내겐 더 해 줄 것이 없지만 노아에겐 있었다.

'그러니까…. 내가 더 잘해 줄 거야. 내가 못 했던 걸 넌 누리게 해 줄 거야. 내가 못 받았던 걸 너에겐 줄게.'

목 끝까지 차오른 말을 삼키며 난 웃었다.

일곱 번 빙의로 노아와 정이 들었나 보다. 그를 지켜 주고 싶은 걸 보면.

4년 뒤엔 떠나기로 결심했으면서…. 그래도 그 전까진, 솔리아로 살아가는 한은 노아는 내 가족이었다.

'노아를 지킬 수 있는 건 나뿐이야. 모두가 그를 외면했거나, 이용하려할 테니까.'

단단한 어른인 내가 노아를 지켜 줄 차례였다.

"제가 좋아하는 노래가 있어요, 노아. 힘들 땐 하늘을 보면 돼요."

그렇게 말하고는 톡, 내 옆자리를 쳤다.

"특별히 무릎을 베고 누울 기회를 줄게요."

"로튼 양, 제가 거절할 거라고는 생각지 않는 얼굴이네요."

"들켰네요? 근데 잘 생각해요, 노아. 거절하면 다시는 없을 기회니까…."

농담이었는데 노아의 표정이 심각했다.

그는 내게 '무례'하게 굴어도 될지 고민하는 것 같았다.

"실례인 것 같습니다."

노아는 말하곤 가슴에 손을 얹었다. 거절의 뜻이라 그답다며 웃었다.

그런데….

"실례하겠습니다."

느릿하게 말한 노아가 자리에서 일어나 내 곁으로 다가왔다.

잠시 망설이던 그가 결심한 듯 몸을 숙였다. 그러곤 눈 깜짝할 사이에 내 무릎에 얼굴을 베고 누웠다.

노아는 옆으로 누운 채 눈만 깜빡였다. 뭐라 할 말도 없는지 그냥 그렇게 있기만 했다.

"긴장하지 말아요."

경직된 노아의 어깨를 살살 눌러 주며 힘을 풀게 했다.

노아는 오래간 검술 지도를 받았다. 올해는 몸 상태가 나빠져 검술 지도 받는 건 쉬었다지만….

그럼에도 그는 끊임없이 몸을 움직이려 했다. 내게 부탁해 남작저의 기사단 훈련까지 함께했을 정도로.

지금의 노아는 더없이 건강해 보였다. 한 달 하고도 열흘쯤 지켜본 결과, 발작하거나 쓰러지는 일은 없었다.

'지난 생에는 자주 열병을 앓거나, 가끔 발작하곤 했는데.'

노아는 평소에 챙겨 먹는 약도 없었다. 열이 나면 해열제가 다였다.

가끔 과호흡이 올 때면 그는 사람들을 물리고 쉬곤 했다.

'황실에서 주기적으로 먹는 게 있댔지. 반년에 한 번씩….'

여섯 번째 삶에서 노아는 열에 들떠 말했었다. 정확히 뭘 먹는다고 말해 주진 않아서 그게 뭔지는 모른다. 실험 때문에 먹는 건 분명했지만 말이다.

나는 경직된 노아의 어깨를 정성껏 풀었다. 씁쓸함은 미소로 감춰 버렸다.

"좀 더 편히 쉬어도 돼요. 노아와 나 말고는… 아무도 없으니까."

부드럽게 말하곤 노아의 머릿결을 쓸어 주었다.

나답지 않은 다정한 손길에 스스로가 낯설었다.

'내가 노아를 변화시키는 걸까. 노아가 날 변하게 하는 걸까.'

그걸 물으려 시선을 내렸을 땐 노아는 이미 눈을 감고 있었다.

어느덧 옆을 향했던 그의 고개가 정면을 향했다. 눈부신 햇살이 그의 얼굴로 내려앉아 한 폭의 그림 같았다.

'와아…. 진짜 잘생겼어.'

매번 하는 감탄을 하고는, 잠든 노아의 얼굴 위로 손을 들었다.

따가운 여름 햇볕을 차양처럼 막아 주자 노아의 표정이 한결 부드러워졌다.

'아기처럼 곤하게 자네.'

순한 양처럼 잠든 노아를 보니 기분이 이상했다.

눈을 뜬 그는 서늘한 분위기의 소년인데도, 곤히 잠들 때는 아이같이 고왔다.

문득 그런 생각이 들었다. 나는 성장이 멈췄지만 노아는 자라는 날이 올까.

몸도 마음도 어른이 되는 날이 찾아오면 그땐…….

* * *

노아가 잠에서 깬 건 서너 시간이 흐른 뒤였다.

백색으로 빛나던 태양이 붉게 타올랐고, 보랏빛으로 번진 빛줄기가 하늘을 에워쌌다.

벌써 저녁이었다. 노아는 몸을 일으키다가 숨이 멎었다.

"……!"

솔리아가 바로 코앞에서 잠들어 있었다.

거리가 무척 가까워 그는 굳어 버렸다. 솔리아를 깨울까 하다 관뒀다.

깊이 잠든 건지 새근새근 곤한 숨소리가 들렸다. 노아는 눈도 깜빡이지 않고 솔리아를 바라봤다.

촘촘한 금색의 속눈썹이 눈가에 옅은 그림자를 만들었고, 살짝 벌어진 입술 사이로 숨결이 흘렀다.

'솔리아의 무릎을 베고 잠든 건 기억나.'

근데 어째서 서로 마주 보며 잠든 것일까. 물을 수도 없어서 노아는 한숨만 삼켰다.

그는 조심스레 몸을 돌려 하늘을 쳐다봤다.

눈이 부셔서 손등으로 눈을 가리고 쉬는데, 마음이 복잡했다.

'솔리아는 왜? 대체 왜….'

왜 여기서 같이 누워 있는 거지?

'내가 깨지 않았다면 버리고 가면 되는데. 잠들 때까지 기다려 준 건가….'

솔리아에겐 말하지 않았지만 노아는 불면증이 있었다.

마차 사고로 양친을 보낸 뒤 불면은 습관처럼 찾아왔다. 레니스터 백작가의 저택에서 벗어나도 악몽은 그의 곁을 쫓아다녔다.

매일 밤 죽은 부모님의 얼굴이 떠올랐고, 네 탓이라고 소리치던 숙부의 고함이 귀에 메아리쳤다.

먹잇감이 홀로 남길 기다렸던 악몽은, 노아가 고립되자 그를 게걸스럽게 집어삼켰다.

죽는 것조차 황제의 결정에 따라야 했기에 노아는 죽지도 못했다. 그 무력감이, 홀로 남겨졌다는 고독이 그를 미치게 만들었다.

사랑하는 사람이 약점이었다면, 그래서 사랑 때문에 죽지 못한다면 이를 악물며 살려고 했을 텐데….

그런 존재가 있었다면 노아는 지옥도 버틸 수 있었다.

솔리아가 곁에 있으면 그를 집어삼켰던 악몽이 주춤거리며 뒤로 물러난다.

눈으로 볼 순 없어도 알 수 있었다. 장막 속 새장처럼 노아를 가뒀던 스산한 한기가 솔리아가 올 때면 물러난다는 것을.

노아는 지독한 욕심임을 알면서도 간절히 바라고 있었다.

솔리아를, 그녀의 온기를, 그녀의 웃음을.

밤에는 잠들지 못했고, 낮에도 그랬다. 그런데 솔리아의 곁에선 세상 모르고 잠들어 버렸다.

그것도 솔리아의 무릎을 함부로 베고서. 무릎을 빌려준다는 말에 잠깐 고민했지만 기회를 놓치고 싶지 않았다.

이제는 솔리아를 놓치고 싶지 않아서 그게 더 문제였다.

'솔리아는 부유한 사업가의 딸이고 난 빈털터리야.'

더 최악은 황제와 그의 측근인 벤조 공작이 노아의 결혼에 관여했다는 것이다.

솔리아는 모르는 사실이었다. 로튼 남작은 얼추 아는 것 같았지만.

정말로 그녀를 위한다면 결혼에 응하지 않아야 했다. 로튼 남작이 어떤 식으로 노아를 협박하고 회유하든.

"나와 결혼하면 힘들어질 거예요."

노아는 잠든 솔리아의 온기를 느끼며 속살거렸다.

감히 그녀를 볼 수 없었다. 고개를 돌리면 그녀의 숨결이 또 그의 이마를 제멋대로 간지럽힐까 봐.

"난 로튼 양과 결혼할 수 없어요. 그래야 솔리아가…"

더 좋은 남자를 만나 결혼할 수 있을 테니까. 종마 취급 받는 건 노아 자신만으로 충분했다.

'솔리아, 당신은 나 같은 취급을 받지 않았으면 해.'

결심한 노아가 몸을 일으키려던 때였다.

"으음."

잠결이 묻어난 목소리가 들리더니 그의 가슴팍에 무언가가 닿았다.

소녀의 늘씬한 팔이 그를 멋대로 끌어안은 거였다.

쿠션이라도 되는지 한쪽 다리마저 척 올려서 노아는 진심으로 당황했다.

솔리아를 깨우려 일어나려던 노아가 몸에 힘을 뺐다.

'나 따위가 감히 탐내도 되는 게 아냐.'

그런 생각을 했지만 이대로 벗어나기 싫었다. 오늘이 솔리아와 함께 있는 마지막일지도 모른다고 서늘해진 바람이 속삭였다.

노아는 입술을 질끈 깨물고는, 제 가슴팍에 닿은 솔리아의 손을 조심스레 내렸다.

그러곤 조금 떨어진 거리에서 팔베개를 해 준 뒤, 그녀를 제 몸에 편히 기대게 했다.

'솔리아가 무릎베개를 해 줬으니 나도 뭔가를 해 주고 싶어.'

그래, 그뿐이었다.

기묘한 죄책감이 그의 심장을 꽉 붙잡았다. 노아가 참았던 숨을 느릿하게 뱉었다.

"무례를 용서해 주세요, 솔리아."

노아는 그렇게 말할 수밖에 없었다.

"감히… 욕심내는 걸 허락해 주세요."

기도를 올리는 순결한 사제처럼 노아는 절박했다.

잠든 솔리아가 그의 짙어진 눈동자를 볼 수 없어서 다행이었다.

* * *

눈을 떴을 땐 밤이 가까워진 무렵이었다.

"이제 들어가요."

차가운 손이 내 뺨에 닿았다. 졸린 눈을 깜빡이자 노아가 보였다.

흑단 같은 새까만 머리칼은 평소보다 흐트러졌다. 반듯하게 올렸던 앞머리가 부드럽게 이마를 덮고, 파란 눈동자가 날 물끄러미 담았다.

"…응."

나도 모르게 반말하곤 노아가 이끄는 대로 걸었다.

"따뜻한 물로 목욕하고 밤에는 푹 쉬어요."

"응, 알았어."

내 손을 잡고서 노아는 왔던 길로 돌아갔다. 어깨에 뭔가 닿아 시선을 내리니 그의 얇은 재킷이 걸쳐져 있었다.

"옷은?"

돌려줘야 하는데. 그런 생각을 하며 걷다 보니 어느덧 멀리서 본관이 보였다.

"여기선 홀로 돌아가요, 로튼 양."

겹쳐진 나뭇잎 사이로 저택의 불빛이 어른거렸다.

난 고개를 끄덕이곤 노아가 준 재킷을 손으로 붙잡았다. 찬 바람이 스치자 정신이 깼다.

"노아는요?"

"전 후원에서 좀 쉬다 들어갈 겁니다."

노아가 답하고는 무언가 생각하듯 눈을 내리깔았다.

'같이 들어가면 곤란하단 걸까. 노아의 평판 때문에라도.'

내 평판이야… 이미 더 떨어질 데도 없을 텐데.

난 물끄러미 그를 보다가 그대로 몸을 돌리며 말했다.

"일찍 들어가요, 노아. 감기 걸리면 안 돼."

어깨를 감싼 그의 옷자락이 따뜻했다. 내 뺨을 감싸던 차가운 손과는 달랐다.

노아의 답은 조금 느렸다.

"그럴게요, 로튼 양."

한여름 낮의 소풍은 그렇게 끝이 났다.

* * *

에델이 곤란한 얼굴로 방 안을 서성였다.

이미 아가씨의 이부자리와 침실을 정리했는데도 그녀는 계속 정리할 것을 찾고 있었다.

아가씨가 돌아오지 않았다고 기사에게 얘기할까 싶었지만, 일이 커질 것 같아 초조해하며 기다리는 중이었다.

그때, 달칵 소리가 났다. 문이 열리고 들어온 건 솔리아였다.

연녹색 은방울꽃이 달린 드레스에 검은 재킷을 걸치곤 그녀가 물었다.

"기다렸어? 쉬어도 되는데."

"아니에요, 아가씨. 옷시중을 들어 드릴게요."

솔리아는 고개를 끄덕이곤 에델에게 몸을 맡겼다. 능숙한 손길이 드레스를 벗기자 가벼운 속옷 차림으로 욕실로 향했다.

솔리아가 벗은 드레스를 정리하다가 에델은 검은 재킷을 보고선 망설였다.

'누가 봐도 남자 옷인데. 세탁방에 맡기는 건 그렇고…. 마을 세탁소로 가야겠다.'

결정을 내리고서 에델은 욕실로 향했다.

조르륵.

대리석 욕조로 늘씬한 다리가 드러났다. 솔리아는 에델이 준비한 냉차를 마시며 눈을 감았다.

"두피 마사지 해 드릴게요, 아가씨."

"응…."

부드러운 손길이 머리 안을 꾹꾹 누르자 시원했다. 적당히 데운 온수로 머리를 적시니 몸이 노곤해졌다.

쌓였던 피로가 풀리자 솔리아의 입가도 부드럽게 풀렸다.

"저, 아가씨. 가져오신 재킷은…."

"아, 노아 거야. 세탁만 해 둬. 돌려주는 건 내가 할게."

솔리아의 말에 에델은 고개를 끄덕였다.

엄격한 귀족 사회에서 결혼 안 한 남녀가 단둘이 있는 걸 기피했다.

형식적인 약혼이라도 해야 그나마 뒷말이 줄었다. 하지만 아가씨와 레니스터 백작은 결혼은커녕 약혼도 하지 않은 사이.

에델의 걱정스러운 시선이 솔리아를 향했다.

그것을 눈치챈 솔리아가 "왜?" 하고 묻자 에델은 조심스레 의견을 전했다.

"아…. 걱정했었구나, 에델."

꿀을 바르듯 다정한 목소리에 에델의 뺨이 붉어졌다.

주제넘게 나선다고 구박받을 줄 알았는데 솔리아는 이해한다며 웃었다.

"나와 결혼할 사람이 없어지는 게 걱정되는 거지, 에델은?"

"네…. 뭣 모르는 사람들이 뒷말을 흘릴까 봐 무서웠어요. 만약 레니스터 백작님께서 청혼하시지 않는다면…."

저택에는 입이 가벼운 자가 많다. 날이 좋아 노아와 피크닉을 간 건데 이상한 말이 돌 수도 있었다.

"노아와 결혼 못 하면 난 평생 혼자 살아야 할 거야."

솔리아는 그걸 알면서도 노아와 단둘이 피크닉을 갔다.

'뒷말이 어떻게 돌든 상관없어. 노아 말고는 결혼할 생각이 애초에 없거든.'

솔리아가 힘없이 눈을 내리깔자 에델이 당혹해했다.

귀한 향유며 정성 들인 마사지를 받아도 아가씨께선 울적해 보였다.

솔리아는 속으론 '어차피 노아와 결혼할 텐데'라며 덤덤했지만, 아직 에델에게 모든 걸 털어놓을 순 없었다.

"노아와 결혼 못 하면 내 인생은 끝이야."

힘 빠진 목소리로 솔리아는 말하다가 에델을 올려 봤다.

에델은 동의하듯 고개를 끄덕였으나 다른 생각 중이었다. 굳은 표정으로 가운을 입히는 에델에게 솔리아가 물었다.

"에델, 무슨 고민 있어?"

힘없는 에델의 손을 솔리아가 부드럽게 잡자 결심한 듯 에델이 입을 열었다.

"네. 그게…."

엿새 뒤에 저택의 프리지아 화원에서 가든파티가 열린다.

그런데 주방 하녀의 실수로 귀한 찻잎을 다 태워 버렸다. 잘릴 위기에 처하자 하녀는 에델에게 부탁했다.

"네가 태웠다고 해 주라. 응? 한 번만! 딱 한 번만 도와주면 안 돼? 에델 넌 평민이면서 전담 시녀라 나보단 여유롭잖아."

"그건 좀 그래…. 난 연회 담당이 아닌걸. 거짓말도 싫어."

"아가씨가 차를 부탁했다고 해. 에델 너는 별일 없을 거야. 요새 남작님이 그렇게 아가씨를 아낀다면서? 적어도 아가씨 마음에만 들면 잘릴 일은 없잖아."

어렵다며 에델은 고개를 저었다. 간절한 부탁이 거절당하자 점차 원망으로 변했다.

순전히 운이 좋아 아가씨의 전담 시녀가 된 주제에 거들먹거린다고 욕했다.

그래도 에델은 괜찮았다. 참으려 했다.

"너나 아가씨나 똑같아! 하, 아가씨도 아니지. 그 계집, 졸부의 딸이라 시녀도 제대로 볼 줄 모르는…!"

철썩! 에델은 저도 모르게 동료의 뺨을 쳤다.

'날 욕하는 건 괜찮아. 그런데 아가씨는 안 돼. 아가씨는 아무 잘못 없잖아.'

에델은 그 주방 하녀가 솔리아를 모욕했고 그래서 뺨을 쳤단 이야기는 숨겼다.

알고 지내는 하녀가 부탁했다고만 전하자, 솔리아가 제 머리칼을 쓸어 올리며 물었다. 에델을 잡던 손은 놓은 뒤였다.

"그런다고 대답했어?"

"아뇨, 아직…."

에델은 양손을 가지런히 모은 채 말을 끌었다. 괜히 말을 꺼내 아가씨의 기분을 해치게 한 건 아닐까? 그녀는 화장대로 가는 솔리아를 힐끔거렸다.

'생각할수록 괘씸하네. 나까지 들먹이면서 에델에게 그런 부탁을 해?'

솔리아는 화장대에 앉아 거울을 보다가 눈을 지그시 감았다.

집안의 우두머리로 군림했던 유채화의 할머니는 오빠의 실수를 그녀의 잘못으로 강요했었다.

항명하려 들면 "시끄럽다! 계집애가 말 많아 봤자 어딜 써먹어?"라며 머리채를 잡고 뺨을 내쳤었다.

그래서 문제를 더 넘길 수 없었다.

"하…."

솔리아는 묵직한 한숨을 뱉었다. 에델은 숨을 죽이고 그녀의 머리를 말리는 데 집중했다.

"아가씨, 아로마 오일을 귀 뒤에 살짝 묻힐게요."

은은한 향이 감돌자 솔리아는 마음이 한결 진정되었다. 따뜻하게 목욕도 하고 머리도 말리니 온몸이 나른해졌다.

잠옷으로 갈아입고 침대에 눕자 에델이 곁으로 와서 불을 꺼 줬다.

연한 등불만이 방을 비추는 가운데, 솔리아가 팔을 뻗어 에델을 잡았다.

"그 일은 내가 해결할게. 에델, 넌 나서지 마."

"그래도 될지……."

할 말을 고르지 못하고 에델이 고개를 푹 숙였다. 솔리아는 그런 그녀를 보며 희미하게 웃었다.

"넌 내 사람이잖아, 에델. 그 정도는 해 줄 수 있어."

에델은 인성과 능력을 모두 갖춘 시녀였다. 그러나 에델이 솔리아에게 맹목적인 충성을 바칠 만한 단계는 아니었다.

충심을 얻기 위해서는 은혜를 베풀고 마음을 움직여야 한다. 모시는 아가씨로서 능력도 보이면서.

'사람의 마음을 얻는 건 내 노력과 능력에 달려 있어.'

천천히 물밀듯이 마음을 사로잡을 것이다. 에델뿐만 아니라 다른 사람들도.

* * *

"차가 별로네요."

엿새 뒤, 가든파티에 참여한 말론 백작 부인이 혹평했다.

쉐릴 말론은 수도에서 제일 잘나가는 사업가였다. 평민 출신으로 남편인 말론 백작과 결혼하면서 상류 사회로 편입된 케이스였다.

결혼하고 사교계에 처음으로 등장했을 당시에는 모두가 그녀를 무시했다. 쭈뼛거리는 데다, 말도 더듬는 바람에 한 가십지에서는 '절륜한 바람둥이 남편을 둔, 말 더듬는 가엾은 신데렐라'라며 그녀를 신랄하게 조롱할 정도였다.

그러나 쉐릴은 사업에 놀라울 정도로 재능 있었다. 뼈를 깎는 노력도 마다하지 않았다. 차명으로 모아 뒀던 재산 전부를 투자했던 붓꽃 의상실이 큰 성공을 거둔 뒤로 그녀의 삶은 정반대로 바뀌었다.

주눅 들고 말을 더듬던 과거의 모습을 싹 지운 채 한층 젊어진 모습으로 나타난 그녀는 밑에서부터 바득바득 올라와 황후의 시녀까지 되었다. 그녀를 조롱했던 가십지는 어느 날 소리 소문 없이 폐간됐다.

말론 백작 부인이라는 호칭보다 제 이름인 '쉐릴'로 더 유명해진 지금. 그녀가 바람만 피워 대는 말론 백작과 이혼하지 않은 건, 사업에 유리한 귀족 신분을 유지하기 위해서였다. 제국법도 귀족에게 편향적이었고, 신분 계급도 재산만큼이나 중요했으므로.

오래전부터 사교계의 꽃이었던 벤조 공작 부인이 실종된 이후로, 이제는 쉐릴 말론이 명실상부한 사교계의 꽃이었다.

오늘은 그녀를 주축으로 오성 귀부인회의 모임이 있는 날이었다. 그런데 쉐릴은 미간을 확 찡그렸다.

로튼 남작의 저택이 연회 장소로 훌륭하다며, 필론 자작 부인이 추천했던 거에 비해 형편없었다.

식사와 디저트는 그럭저럭 먹을 만했지만 차가 형편없었다. 찻잎을 태웠는지 쓴맛이 났고 오래 우린 탓에 떫었다.

당혹함을 숨긴 필론 자작 부인이 찻잔을 내리며 말했다.

"그러게요. 전에는 괜찮았는데 오늘은 왜 그렇담."

쉐릴은 하녀를 보다가 눈을 가늘게 떴다.

"차는 이게 다인가? 특별히 주문했던 차가 있었을 텐데."

엄숙한 목소리에 신입 하녀가 화급히 고개를 숙였다.

"차, 찻잎에 문제가 있어서….”

"내가 준비한 찻잎에 문제가 있었다고?"

쉐릴이 손수 로튼 남작저까지 보냈던 당아꽃 찻잎은 최상급품이었다.

가을이 오기 전까진 늘 마시던 차라서 그 향과 맛을 구별하기 어렵지 않았다.

'태웠을지 빼돌렸을지 모르는 거지….'

직접 공수해 온 차를 태울 정도면 저택 관리가 아예 안 된다는 소리였다.

쉐릴은 하녀를 삐딱하게 쳐다봤다. 길쭉한 눈매가 서늘해졌다.

"이 쉐릴이 실수했다는 건가?"

"아, 아닙니다. 저희 쪽에서 자, 잘못을…."

답답해진 쉐릴이 목소리를 낮췄다.

"책임자가 누구지? 로튼 남작이 직접 연회를 준비하진 않았다고 들었다."

"……."

연회의 책임자는 남작의 딸인 솔리아 아가씨였다. 신입 하녀는 알면서도 입을 열지 못했다.

신입이라 저택의 상황을 잘 모른다지만. 아가씨께선 좀처럼 나서는 법이 없으셨다.

'내가 입을 잘못 놀리면 아가씨께서 누명을 쓰시게 될 거야.'

그렇다고 마땅한 해결책이 있는 것도 아니라서 하녀는 벌벌 떨었다. 쉐릴의 눈썹이 올라갔다.

"이따위 쓰레기를 차랍시고 준비한 게 누구냐고 물었을 텐데?"

"그 귀한 당아꽃 차를…. 대체 관리를 어떻게 하는 거람."

필론 자작 부인도 쉐릴의 눈치를 보다가 거들었다.

연회에 쓸 찻잎을 모두 태웠던 선임 하녀는 신입에게 뒤집어씌우고 자리를 비웠다.

서대륙의 도쉬즈 왕국에서만 수입된다는 당아꽃 찻잎은 사라진 것이다. 태운 찻잎이 있었다고 해도 차로 끓일 수 없었을 테니 무용지물이었겠지만.

대신, 그 자리엔 다른 찻잎이 놓여 있었다. 시장에서나 팔 법한 싸구려 찻잎을 급히 우렸다.

아무도 도와주지 않아서 혼자 해결해야 했다. 수석 셰프는 너무 바빠 보였고, 얼떨결에 차 담당이 된 신입 하녀가 벌벌 떨며 울먹거렸다.

그때, 트롤리를 끌며 솔리아의 시녀, 에델이 귀부인들에게 다가왔다.

"차 대신 새로 준비한 음료입니다." 하고 에델은 공손히 말하고 손님들 앞에 준비해 온 것들을 내렸다.

앤티크 찻잔 대신 긴 유리잔이 놓였다. 연한 커피색이라 쉐릴의 얼굴이 굳었다.

'사업 때문에 신경 쓸 게 많아 오래간 불면증을 앓아 왔거늘.'

그런데 커피라니.

"지금 장난하나? 커피는 못 마신다고 일러둔 걸로 아는데."

쉐릴의 서늘한 목소리에 에델은 "아가씨께서 말론 백작 부인을 위해 특별히 준비하신 음료입니다."라며 커피는 아니란 말을 덧붙였다.

"오늘 일은 기억해 두겠어. 내 연회를 망친 책임자가 누군지도."

불쾌했지만 쉐릴은 목이 타는 기분에 유리잔을 쥐었다.

무더운 여름에 준비된 저녁 식사는 맛은 있었지만 모두 뜨겁고 매운데다 자극적이었다.

준비된 물조차 미적지근해 쉐릴은 불쾌했다.

로튼 남작저의 프리지아 화원이 아름답대서 거금을 주고 하루 빌렸는데 이따위로 연회를 준비해도 된단 말인가.

'수도의 별장에 화재만 안 났어도…!'

돈을 써서 대관했지만 돈값을 하지 못했다. 가든파티 주최자인 쉐릴 말론의 명성에도 먹칠이 될 상황이었다.

프리지아 후원을 연회 장소로 추천한 필론 자작 부인도 덩달아 가시방석에 앉은 기분이었다.

로튼 남작의 뒷배가 벤조 공작이다. 로튼 남작을 쉐릴에게 소개해 주는 대신, 필론 자작 부인도 벤조 공작을 소개받으려 했었다.

'로튼 남작, 그 얼간이 때문에 다 망쳐 버렸어!'

남작가의 연회 준비가 미흡해 벤조 공작과 접선할 기회를 날려 버렸다. 이러다 쉐릴이 주최하는 오성 귀부인회에서도 쫓겨나는 건 아닌지 겁도 났다.

"차가 좀 그러네요. 디저트는 맛은 있었지만 기름졌고."

"그러게요. 좀 아쉽네. 식사가 자극적이라 깔끔한 차를 원했는데."

다른 두 명의 귀부인도 주최자인 쉐릴에게 고상한 미소로 말했다. '고작 이 정도밖에 안 돼?'라고는 말하지 않았으나, 쉐릴의 귀에는 꼭 그렇게 들렸다.

"별장이 복구되는 대로 그때 다시 연회를 열게요."

쉐릴은 이를 빠드득 갈려다가 가까스로 미소를 지었다.

생활 능력이 없는 무능한 남편 대신 의류 사업을 시작했었다. 그러다 남편이 사업 자금을 들고 날랐을 때만큼 화가 났었지만, 자리가 자리인 만큼 참아야 했다.

'공작의 눈에 들려 한 내가 멍청했지. 로튼 남작과의 연은…… 대관료로 치워 버려야겠어.'

평소라면 설명도 없는 음료 따위 마시지 않았을 텐데. 그날따라 쉐릴의 목이 탔다.

'안 그래도 요새 내 갤러리 스포르자에 입점한 카페와 찻집이 별로란 혹평을 들어서 짜증 났는데! 매출도 바닥 쳐 버렸고.'

쉬려고 휴가까지 내서 개최한 가든파티가 최악으로 치닫자 가슴께가 활활 불타올랐다.

'완벽한 쉐릴 말론'이 언제 실수하나 웃으며 기대하는 지인 둘 때문에 화낼 수도 없다.

왼쪽 대각선에는 타멜 남작 부인이 말없이 식사했고, 티 하우스를 운영하는 오드리는 은은한 비웃음을 감추지 않았다.

"근사한 차네요. 말론 백작 부인의 수준에 딱 맞는다고 해야 하나."

"하…. 남편과 이혼해 놓고 사교계를 들락거리는 당신 수준만 할까."

"어머나! 귀부인들에게 인기 있는 게 내 탓이야? 그러는 쉐릴의 남편은 백마 탄 왕이라도 되나 봐? 레오나 항구에서 왕 노릇을 한다지?"

"오드리!"

"조만간 말론 백작께서 레오나 항구 출신 여자를 정부랍시며 데려올지도 모르는데…. 마음의 준비라도 해야 하지 않겠어?"

"너처럼 이혼은 안 해! 작위도 없이 사교계에 드나드는 꼴이 얼마나 없어 보이는지 모르나 본데…."

"작위가 없으니 없어 보이는 건 어찌 못 하겠네. 난 앞에서 비웃음을 사겠지만, 쉐릴 넌 뒤에서 조롱당하는 건 모르나 봐? 귀족이니 체면은 지킨다는 합리화라도 하려고?"

오드리는 참지 않았다. 그녀의 생각으론 '백작 부인' 칭호를 놓지 못한 탓에, 바람피우는 쓰레기 남편과 이혼하지 못하는 쉐릴이 더 멍청해 보였다.

"우리 말론 백작 부인께선, 정부가 남편의 아이라도 낳으면 생계까지 책임지게? 나처럼 끊어 냈어야지, 쯧…."

"오드리 넌 이제 평민이라고! 알아?! 더는 귀족도 아니면서 귀부인 흉내는…."

"아아, 내 이마에 '평민이요'라고 써 붙이고 다닐까?"

오드리가 픽 조소했다. 쉐릴은 이를 까드득 물었다.

오늘은 쉐릴의 패배였다. 그러나 결국 무릎 꿇게 되는 건 오드리라고 생각하며 그녀는 화를 억눌렀다.

티 하우스를 운영하는 오드리에게 쉐릴이 준비했다던 차는 끔찍했다. 오드리는 이때다 싶어 잔뜩 비아냥거렸다.

"그러게…. 물론 백작 부인께선 차에 관심을 가지지 말라니까? 작년처럼 내가 오성 귀부인회의 차를 준비했으면 이런 일은 없었을 텐데. 안 그래요, 타멜 남작 부인?"

타멜 남작 부인은 고개만 살짝 끄덕여 보였다. 오늘 모임의 차가 최악이란 뜻이었다.

쉐릴은 격분에 몸을 떨었다.

'저 계집이…! 그래. 마음껏 비웃어. 관에 묻히게 되는 건 오드리 네년이니까.'

확신하면서도 쉐릴은 더 속이 탔다. 오드리와는 오페라 배우를 사이에 두고 싸웠던 적이 있었기에 더 속이 부글거렸다.

'이렇게나 연회가 형편없다고? 열받아 죽겠어!'

그녀는 유리잔을 입가로 기울여 벌컥벌컥 마셨다. 귀족으로서 품위도 잊고 저지른 행동이었다.

"……!"

그 순간 쉐릴의 눈이 크게 떠졌다.

그녀는 홀린 듯이 유리잔으로 시선을 내렸다가 3초간 멈췄다.

'이게 대체 뭐지? 베이스는 친숙한데 낯선 맛이야.'

진하고 고소한 곡물과 천연 꿀, 시원한 얼음이 완벽한 조화를 이룬다. 맵고 자극적인 맛에 괴로웠던 혀끝에 평화가 찾아왔다.

'미쳤어! 어떻게 이런 맛이…!'

현악 삼중주로 고소함, 달콤함, 시원함이 입 안에서 감돈다.

"…이게 대체 뭐지?"

"저도 잘 모르겠습니다. 아가씨께서 '곡물로 만든 음료'라고만 말씀하셔서….'"

에델이 답했다. 한참 후에 유리잔을 놓은 쉐릴이 손수건으로 입가를 훔치며 물었다.

"아가씨라면 로튼 가문의 영애를 말하는 건가?"

"네. 레이디 솔리아로, 로튼 남작님의 외동딸이시지요."

에델은 긴말은 아꼈다. 계획을 꾸민 솔리아는 자리에 없었으므로.

'아가씨가 예상한 대로야. 쉐릴이 관심을 보였어.'

솔직한 심정으론 놀라웠다. 행여 일을 그르치게 될까 봐 에델은 담담한 표정을 지으려 애를 썼다.

"흐음…."

생각에 잠긴 쉐릴이 테이블을 톡, 두드렸다.

"손수 공수해 온 찻잎을 내다 버린 건 괘씸하지만…. 새로 준비한 음료는 나쁘지 않군."

'솜씨가 괜찮아. 갤러리 스포르자의 문제를 해결할 수도 있겠어.'

유력 가문의 영애가 아니었기에 지금까진 기억할 필요가 없던 것뿐.

"레이디 솔리아를 꼭 만나고 싶은데 대신 말을 전해 주겠나?"

쉐릴이 속내를 숨기고 싱긋 웃었다.

"저, 실은 그게……."

에델은 솔리아의 책략에 감탄하며 말을 흐렸다.

나흘 전 새벽, 솔리아는 수석 셰프 제프리를 찾았다.

주방에는 보는 사람이 많아 약속 장소를 프리지아 후원으로 잡았다.

점심이 지나면 연회 준비로 하인들이 오가곤 했지만, 새벽의 후원은 한산했다. 그 덕에 솔리아는 그 누구의 방해도 받지 않고 제프리와 얘기할 수 있었다.

시녀 에델이 멀지 않은 곳에서 자리를 지키는 가운데, 솔리아는 제프리를 설득하기 시작했다.

원래 연회 메뉴였던 담백한 음식을 매콤한 해물 스튜와 매운 가재 요리로 바꾸자고.

고민하던 제프리가 손을 만지작거렸다.

"…그래도 되겠습니까? 로튼 남작님께서 노하실 겁니다."

"셰프님이 그랬잖아요. 재미없고 무난한 메뉴는 싫다고. 이 김에 다른 음식도 해 봐요."

제프리의 눈이 번쩍였다.

로튼 남작은 연회에서 늘 같은 음식을 내오도록 시켰다. 5년째 같은 재료로 동일한 음식을 만들자니 지겨웠다. 스스로가 기계의 부속품에 불과하단 생각에 끔찍할 정도였다.

솔리아의 부탁에 기뻤으나 설렘은 잠시, 걱정이 앞섰다. 저택의 실세는 로튼 남작인데 아가씨의 부탁을 들어줬다간….

"이번 연회에서 실수하면 저, 잘릴지도 모릅니다."

"셰프님께선 요 며칠 휴가가 잦았던 걸로 아는데…. 수도 변방에 가게 알아본다고 바쁘셨던가?"

솔리아의 말에 제프리는 "아니, 그걸 어떻게…!" 하며 눈을 부릅떴다.

30년 경력의 셰프로서, 제프리는 5년 전에 높은 연봉을 받고 남작저로 왔지만 로튼 남작의 폭언에 오래간 시달려 왔다.

"야! 이걸 음식이라고 내왔어? 생각이 있는 거냐, 없는 거냐?"

이대론 화병에 걸려 제 명에 못 살 거라고 생각한 제프리는 퇴직하기로 결심했다. 30년간 모아 둔 돈으로 음식점을 차릴 방법을 모색 중이었으나 눈앞이 깜깜했다. 모아 둔 돈으로는 한참 부족한 데다, 돈이 있어도 인맥 없이는 입지 좋은 가게를 구하기도 어려웠다.

솔리아는 제프리의 상황을 단번에 파악하고선 말했다.

"셰프님은 일평생 요리해 왔으니 장사해도 굶어 죽진 않을 거예요. 그런 데다, 일류만 다닌다는 마르티장 아카데미 출신이잖아요?"

제프리는 부끄럽다는 듯 헛기침했다.

"수석은 천재가 가져가고, 운 좋게 차석으로 졸업했었지요…. 황실에 가는 건 제 뒤에 있는 놈들이었습니다. 가문도 빵빵하니 그럴 만했죠."

"많이 속상했겠네요."

"졸업하고 반년을 폐인처럼 지내다가 정신 차렸습니다. 수도에 있는 식당에서 일했다가…."

제프리는 말하다 입을 다물었다. 담배 한 모금이 절실했다.

"그때가 벌써 30년 전입니다. 수도에 있는 귀족 정찬을 만드는 레스토랑에서 일하다가 귀족 가문에도 몇 번 스카우트됐지요. 지금은 보시다시피 로튼 남작님께 욕만 들어 먹는 상황이고요, 하핫."

"그렇다고 해도 셰프님에게 실력이 있다는 건 확실해요."

솔리아의 말에 제프리는 울컥했다. 괜히 눈가가 시큰거렸다.

그는 음식과 결혼했다. 요리가 아내이자 아이였다. 그렇게 일평생 달려왔건만 지금은 로튼 남작저에서 폭언이나 들으며 썩는 신세였다.

"주방에서 썩어 가는 토마토보다 제가 나은 점이 뭔지 모르겠습니다…."

제프리는 푸념을 늘어놓으면서 고개를 저었다. 왜 아가씨에게 이런 얘기를 하지?

스스로도 이해할 수 없었다. 아가씨에겐 사람을 무장 해제 시키는 마력이 있을지도 모른다. 굳게 걸어 잠갔던 마음의 틈을 열고야 마는….

"소싯적엔 '파란 혀'에 이름을 한번 올리는 게 꿈이었지요. 내 힘으로 이룩한 가게가 별 다섯 개를 받는 것 말입니다…."

제프리는 물잔의 귀퉁이를 어루만졌다. 여름에도 새벽 공기는 차가웠다.

한때는 열망을 연료로 꿈을 태웠으나, 지금은 꺼진 재만 남은 신세였다. 미련이 남아 가슴속에 쌓인 재를 치워 내지도 못했다.

잠자코 들어 주던 솔리아는 물을 한 모금 마셨다.

"제프리의 꿈을 얘기해 줘서 고마워요."

〈파란 혀〉는 솔리아도 아는 유명한 미식 잡지였다. 황실 전 총주방장이 수석 편집자로 있으며, 음식 장사를 하는 사람이라면 누구나 이름을 올리길 꿈꾼다는.

"'파란 혀'는 수도의 음식점을 상대로 1년에 두 번 평가하곤 해요. 레시피 아이디어가 대단히 기발하거나, 굉장히 맛이 뛰어나야 이름을 올리게 되고요."

솔리아는 제프리도 당연히 알고 있을 사실을 읊으며 덧붙였다.

"반대로 죄악일 정도로 끔찍해도 오르긴 하지만…. '검은 혀'에 오른 가게들은 해가 지나기 전에 문을 닫는다죠. 귀족이건, 평민이건 '파란 혀' 잡지는 모두에게 인기 있거든요."

문 닫는 사람은 억울하겠지만, 〈파란 혀〉는 신랄한 혀를 멈춘 적이 없었다.

"그해 최고의 음식으로 뽑히면 '파란 혀' 명예의 전당에 오르지요. 신년 축제와 건국제 때 황실 만찬에 셰프 이름을 딴 음식을 내올 수도 있고요. 그 영예를 어찌 이루 말할 수 있겠습니까? 황제 폐하께서 제 음식을 먹어 주신다면…!"

그는 스스로도 흥분했단 생각에 큼, 헛기침하고는 말을 이었다.

"제국 모든 요리사의 꿈일 겁니다. 때문에 무리해 가면서 수도에 가게를 여는 사람도 있으니까요. 전 오랜간 수도에서 떠돌듯이 지냈지요. 그래서 더 성공해서 수도에 정착하고 싶은 걸지도 모르겠습니다, 하핫!"

제프리에겐 생계가 중요했다. 그러나 꿈도 포기할 수 없었다.

"셰프님 말대로, 장사는 음식 실력만으론 자리를 잡을 수 없어요. 적어도 땅값 비싼 이 수도에서는…. 자리를 잡는다 해도 오랜 시간이 걸릴 거예요. 평민의 가게가 잘되면 눈여겨봤다가, 건물 임대료를 올리고 레시피를 훔치는 일도 있으니까."

솔리아는 찻잔을 내려놓으며 마저 이야기했다.

"지금부터 준비하면 4년 뒤에는 황실과 연이 닿아 있을 테니, 수도에서 목 좋은 곳에 가게를 놓는 것도 가능해요. 이를테면 갤러리 스포르자에 입점하는 방법도 있을 테고요."

솔리아의 확신에 제프리는 눈을 휘둥그레 떴다.

"갤러리 스포르자요? 에이, 말도 안 됩니다! 말론 백작 부인께서 절 거들떠보기나 하겠습니까?"

손사래를 쳤던 그가 넌지시 "…혹, 특별한 방법이라도 있는 건지요?" 하고 물었다. 솔리아는 방법이 있다며 고개를 끄덕였다.

올해 안으로 황실에서 식음료 사업을 추진할 건데, 그중 하나가 기사나 용병들이 먹을 수 있는 이동식 식량이었다. 사업 대상자로 선정되면 갤러리 스포르자에 입점할 수도 있었다.

상세한 계획은 세워 뒀지만, 지금의 제프리에게 말할 단계는 아니었다.

"시행착오를 거쳐 메이 황후와 가까워질 거예요. 사업을 키울 때까진…."

"허허, 이것 참…. 황후 폐하를 뵈신 적이라도 있으십니까?"

"아직은 없어요. 4년 뒤엔 황후의 곁에 가까이 있을 거라 확신하지만."

솔리아의 대답을 듣고 제프리는 한참 고민했다.

"30년 전엔 사기도 당해 봤지요. 사기꾼을 거르는 데는 도가 텄다고 자부했고 실제로도 그렇고요. 가게 건은…… 좀 더 생각해 보겠습니다."

제프리는 바로 결정을 내리지 않았다. 섣부른 결정은 화를 부른다고 생각해 온 그였다.

"그래도 마음을 써 주셔서 고맙습니다. 이 늙은이의 주책 어린 푸념도 들어 주시고…."

제프리는 촉촉해진 눈가를 닦고는 말했다.

"아가씨께서 남작저에서 계시는 동안은, 제가 손 닿는 곳까지 도와드리겠습니다."

"그것만으로 충분해요. 그래도 마음이 바뀌면 말해 줘요. 제 사람이 되겠단 결심이 서면, 그땐 후회 없게 해 드릴게요."

솔리아는 고개를 설레설레 젓고는 웃고 말았다.

처음 뜬 한술에 배부를 거라곤 생각 안 했다. 능력과 신념으로 마음을 움직여야 그녀를 따를 테니.

"아, 이건 기억해 둬도 좋아요. 내가 남작저를 나가는 그때, 제프리도 날 따라나설 테니까."

"허허…."

제프리는 확신에 찬 솔리아에게 너털웃음을 지었다.

긍정도, 부정도 아닌 미묘한 반응에 솔리아는 예상했다는 태도였다. 그녀가 바람에 살짝 흐트러진 머리칼을 넘기며 말했다.

"제프리의 가게는 나중에 다시 얘기해 보죠. 그러니 열심히 돈 모아요. 퇴직금도 꼭 챙기고."

솔리아는 화제를 바꿨다. 당장 중요한 건 프리지아 후원에서 열릴 연회 준비였다.

"제 계획을 위해선 셰프님의 도움이 필요해요. 그때 제가 요청했던 샌드위치 기억나죠?"

"아, 예…. 바질 페스토 샌드위치라고 하셨지요. 처음 먹어 봤는데, 정말 맛있었습니다. 그 샌드위치를 연회에서 만들면 되겠습니까?"

"아뇨. 연회 때 나올 음식은 아까 말한 메뉴뿐이에요. 셰프님에게 익숙한 음식일 테니 제가 준비한 레시피는 없고요."

솔리아는 접힌 쪽지를 건네며 덧붙였다.

"이걸 그대로 만들어 줘요. 그럼 바질 페스토 샌드위치 레시피를 독점으로 사용할 수 있는 권리를 드릴게요."

"그, 그래도 로열티는 드려야…."

"됐어요. 이번 연회 준비만 도와주면 아무 대가 없이 넘길 거예요."

솔리아가 "공개된 적 없는 레시피예요."라고 밝히자 제프리는 반색했다.

"흠흠, 좋습니다. 그럼 이번 연회는 맵고 자극적인 음식들로 준비해 보겠습니다."

"시원한 물도 빼 줘요."

"그, 그럼 가든파티를 주최한 말론 백작 부인이 격분하실 텐데요. 아 가씨께선 모르시겠지만 사교계에 입김이 장난 아닌…."

"나도 알아요. 말론 백작 부인이 갤러리 스포르자의 주인이잖아요?"

한량 남편을 대신해 의류 사업을 시작한 그녀는, 붓꽃 의상실과 협업 한 사업이 큰 성공을 거두자 수도의 상업 지구에 거대한 쇼핑센터인 갤 러리 스포르자를 세웠다.

그곳에는 붓꽃 의상실의 분점을 포함해서 유명 식당, 디저트 가게, 찻 집, 카페가 있었고 고급 살롱과 양품점도 유명했다.

모두가 쉐릴의 눈에 들고자 안달했지만 쉽진 않았다.

쉐릴이 눈여겨보는 건 오로지 실력. 실력이 뛰어나다면 평민에게도 가게를 낼 수 있도록 허가해 주었다. 상대에게 이용 가치가 있다고 판단 되면 거리낌이 없었다.

그 '뛰어남'의 기준이 무척 높아 쉐릴의 마음에 든 사람은 이제껏 손 에 꼽았지만.

쉐릴은 작년 사교계 모임에서 그런 말을 했다.

"신분, 성별 막론하고 내 마음을 흔들 사람이 있다면 바로 사업 파트 너로 삼기로 했어요. 그런데 줄곧 없다는 게 아쉽더라."

쉐릴의 눈에 들려던 수많은 귀족들도 결국엔 체념했다.

비즈니스 관계로 엮이는 건 하늘의 별 따기였고, 소소한 친분을 쌓아 붓꽃 의상실의 분점 이용권이나 살롱 우선 예약권 따위를 얻는 게 다였다.

그런데, 바로 오늘.

최악이라 생각했던 연회에서 쉐릴은 기적을 맛봤다.

화병에 쿵쿵대던 심장이 기분 좋게 울린 게 얼마 만이던가?

고소한 곡물의 맛이 느껴지면서도 시원했다. 호불호가 강할 맛이라 대중적으로 판매하기는 어렵겠지만, 평소 곡물을 좋아하는 쉐릴의 취향에는 딱 맞아 들었다.

'일부러 맵고 짠 음식들로 준비했군. 미지근한 물로는 갈증을 해소할 수 없을 테니.'

그때 시원하고 달콤한 곡물 음료를 내온 것이다. 쉐릴은 레이디 솔리아의 치밀한 계획에 혀를 내둘렀다.

'고향의 곡물 음식을 좋아해도 사람들이 있을 때는 잘 먹지 않았어. 백작 부인씩이나 돼서 촌스럽다고 할까 봐….'

단순한 우연은 아니라고 직감이 말해 왔다. 그렇다면 쉐릴 자신의 취향을 어떻게 알아낸 걸까? 놀라울 정도로 무서운 정보력이었다.

'갤러리 스포르자에 입점한 찻집에 컴플레인이 많았지. 응대가 불친절하다고.'

거기다 〈파란 혀〉에서 별 네 개는 받았던 개업 초기와 다르게 요샌 차 맛도 별로였다.

'작년부터 매출이 소폭 하락하더니 올해에 이르러선 절반으로 폭락했어.'

카페의 커피는 스테디 메뉴라 잘 팔렸으나, 시즌별로 새로운 메뉴를 개발하지 못해 카페 매출은 성장이 멈췄다.

'흥! 더는 절박하지 않은 거겠지! 경쟁할 가게가 없으니까. 새 메뉴를

만들 아이디어도 없고.'

굽실대기 바쁜 찻집 주인은 운영을 게을리했고, 카페 주인은 멍청한데 의욕만 넘쳤다.

'어쩌면 레이디 솔리아가 돌파구가 될지도 모르겠어.'

기대감에 쉐릴의 입가가 부드럽게 풀어졌다.

'솔리아 로튼…이라. 신분도 귀족이니 데리고 다니기 편하겠어. 그렇다고 명문가 출신은 아니라서 내 입맛대로 휘두르기 좋을 거고.'

제 주제를 알 테니 시키는 대로 시녀 노릇도 잘하겠지. 어리고 영특한 귀족 영애를 곁에 둬서 나쁠 건 없다. 너무 영특하면 기어오르려고 해서 곤란하겠지만.

"레이디 솔리아는 어디에 있지? 지금 만나 보고 싶은데."

"솔리아 아가씨께선…."

에델이 곤란한 표정으로 말을 멈췄다.

나흘 전 저녁부터 솔리아는 방에 거의 감금당한 신세였다. 로튼 남작의 허락 없이 노아를 귀빈실로 옮겼다는 죄목 때문에.

솔리아는 로튼 남작의 집무실에 불려갔고, 그 뒤로 소란이 있었다.

"네년이 내 계획을 다 망쳤다! 얼굴 빼고 시체인 백작 놈을 싸고도니 그놈이 너와 결혼하겠느냐? 대체 뭐한 게야?! 사내놈 하나 못 휘어잡아?!"

"조급하신가 봐요. 패는 이쪽이 쥐고 있는데도."

휙!

솔리아는 로튼 남작이 책상 위의 탁상시계를 던져도 평정을 유지했다.

"남작 가문에서 제가 사용인들에게 무시를 받고 있다는 걸 아버지도 아실 텐데요? 누가 이런 저와 결혼하고 싶겠어요?"

"핑계 대지 마라! 청혼을 못 받은 게 다 널 무시하는 사용인들 때문이란 게야?"

"아닌 것 같나요? 레니스터 백작에게 필요한 건 저택을 운영할 수 있는 안주인이에요. 그 자질을 보여야 백작이 믿고 맡기지 않겠어요? 가뜩이나 빚 때문에 예민할 텐데."

일리 있는 말이라서 로튼 남작은 말문이 막혔다. 솔리아가 주눅 들지 않자, 그는 벌컥 화를 냈다.

"빙빙 돌리지 말고 원하는 걸 말해!"

"제게 저택의 사용인들을 통솔할 권한을 주세요. 누굴 자르고 고용하든 간섭받지 않을 권리 말이에요."

두 손을 공손하게 모았던 솔리아가 눈을 날카롭게 떴다. 어차피 로튼 남작은 그녀의 손아귀에 있었다.

"우린 같은 배를 탄 거예요. 배가 침몰하면 함께 빠지게 될 테니 현명한 판단을 내리시길 바라요."

"망할 계집 같으니라고…! 좋다. 네 뜻대로 해 주마. 내 직속이 아닌 사용인들은 마음대로 해도 좋다. 책임을 묻지도 않으마. 그 대신!"

로튼 남작은 그의 곁에 서 있던 중년 여자에게 눈짓했다. 여자는 가정 교사처럼 옷을 입었지만, 책 대신 나무 회초리를 쥔 채였다.

"백작을 멋대로 귀빈실로 옮긴 책임은 지도록 해. 이쪽은 메를린. 네 버르장머리를 고치려고 초대했으니 정신이 번쩍 들 게다. 지금이라도 무릎 꿇고 빌면 없던 일로 해 주마."

"벌 받겠습니다."

, "독한 년…. 이건 경고다, 솔리아. 한 달 내로 청혼받지 못하면 다리몽둥이를 분질러 주마."

솔리아는 옅게 미소 짓고는 종아리를 걷었다. 회초리를 든 중년 부인에게는 눈길조차 주지 않으면서.

"친애하는 아버지. 당신의 뜻대로 하세요."

"미쳐도 네가 단단히 미쳤구나!"

"아쉬워하지나 마세요. 한 달 내에 청혼 받아 낼 테니."

그 대화 뒤로 어깨와 종아리가 피투성이가 될 때까지 솔리아는 매를 맞아야 했다.

비명 하나 내지르지 않아 오히려 회초리를 내려치던 중년 부인이 질색할 정도였다.

흉이 지면 곤란하니 남작은 연회 기간에 사제를 불렀고, 솔리아는 치료받는 중이었다. 거의 감금이나 다름없었다.

그 사실을 모르는 쉐릴이 서늘하게 말했다.

"로튼 남작 영애를 만나고 싶단 내 부탁이 그리 어려운 건가?"

"죄송합니다."

"남작 영애 본인이 거절하면 몰라도, 그게 아니라면 이유는 알아야겠다."

에델은 입술을 달싹이다가 "말할 수 없습니다." 하고 고개를 숙였다. 아가씨가 처한 상황을 그녀의 허락 없이 알릴 순 없었다.

"일주일 뒤, 이 시간에 다시 오겠어. 그땐 로튼 남작 영애를 볼 수 있길 바라지."

그리 말하곤 쉐릴은 유리잔을 입가로 가져가 싹 비웠다.

쌓였던 스트레스를 날릴 만큼 달콤하고 시원한 음료였다.

* * *

연회가 끝난 후.

주방에는 기쁨의 환호성이 흘렀다.

"다들 봤어요? 그 무서운 말론 백작 부인께서 웃던 거!"

"어어, 나도 봤어. 확 터지겠다 싶었는데 음료 한 방에 웃으셨잖아."

"그러게요. 그 음료가 대체 뭐길래…."

그랬을까요, 하고 말을 이으며 하인들의 시선이 유리잔을 향했다.

"어, 남았네요? 말론 백작 부인과 필론 자작 부인께선 다 드셨는데."

머리를 올린 하녀가 갸웃했다.

"이상하네요. 말론 백작 부인의 입맛만 관통했다기엔……. 체면 따지는 필론 자작 부인도 싹 비웠는데요?"

"그러게. 필론 자작 부인은 체중 관리 한다고 달콤한 음료는 안 마시잖아."

다른 하녀가 팔짱을 끼며 말했다. 그녀의 시선이 입도 안 댄 유리잔으로 향했다.

"타멜 남작 부인께선 딱 반 정도만 마셨고, 오드리 씨는 입도 안 대셨네요?"

"그러게. 오드리 씨가 수도에서 제일 큰 찻집을 운영한댔지? 대접한 게 차가 아니라서 기분 상했나….'"

저마다 추측이 오갔지만 확실한 답은 나오지 않았다.

미식가로 정평이 난 오드리는 곡물 음료를 마시지도 않고 전부 남겼다.

"먹고 남겼다면 취향이 아니거나 맛이 없던 거겠지. 근데 말론 백작 부인의 극찬에도 입 대지 않은 건 좀 신기하네."

"말론 백작 부인과 사이가 안 좋잖아요, 오드리 씨."

"그래? 몰랐어. 둘이 오랜 친우 지간 아니었어?"

"가십지 '라임 핫' 못 봤어요? 오랜 친구였던 말론 백작 부인과 오드리 씨가 작년에 대판 싸웠다고요. 욕설이 오가고 물건도 날아다녔대요."

〈라임 핫〉은 사교계 가십지로 유명했다. 사교계의 스캔들이나, 귀족들의 사생활 폭로도 서슴지 않아서 저작권자는 자신의 신분을 감춘 상태였다.

무언가 생각났는지 머리를 올린 하녀가 아, 소리를 냈다.

"왕년엔 둘이 오페라 미남 배우를 두고 누가 정부로 삼을지 펜싱 대결도 했대요. 배우가 두 귀부인과 바람피웠는데, 하필 친구 사이여서….'"

벌써 20년 전 일이지만 가끔 사교계에서 나오는 이야기였다.

사업과 연애. 그 모두에 호전적이던 두 귀부인은 시간이 흘러 온건해졌다. 겉보기에는 말이다.

〈라임 핫〉의 저자는 이를 두고 촌철살인을 남겼다.

〔금화 그득한 호수의 백조처럼 겉으로 고상한 체하는 귀부인 둘. 그녀

들은 가슴 속에 오우거도 잡을 시퍼런 검을 갖고 있다.〕

〔둘은 **절교**했는데도 '**오성 귀부인회**'에 매번 나와 얼굴을 비춘다. 모임에서 빠지는 쪽이 멍청하고 조악한 패배자라고 암묵적으로 동의했기 때문이다.〕

〔작년, 두 부인의 싸움은 대단히 유치한 대결로 손꼽힌다.

어찌나 수치스럽고 부끄러운지, 지켜보던 양측 시종들의 얼굴이 붉다 못해 터진 수박으로 변할 정도였다.

오드리 씨는 *"야, 쉐릴! 계집질하는 고자 새끼, 남편으로 둬서 저-엉말 부럽구나."*라고 손가락질했고,

말론 백작 부인은 이에 맞서 *"네 남편은 키도 작고 못생겼는데, 정복왕 알렉산드로 그레고리보다 정부가 많다며? 미약 사느라 네가 준 용돈 다 써 버렸다지?"* 하고 비아냥거렸다.

그러자 오드리 씨는 *"10년 전에 이혼한 새끼는 왜 들먹여?"* 하고 들고 있던 찻잔을 내던졌고, 말론 백작 부인은 *"너보다 오우거 부인이 더 고상하겠다!"*고 비꽜다.

둘은 대차게 싸우고 헤어졌는데, 그 뒤로 매주 목요일 모임에는 꼭 참석했다.

과연 '**오성 귀부인회**'에서 빠질 패배자는 누가 될까?

과거, 주최자인 **벤조 공작 부인이 실종**된 후론 말론 백작 부인이 모임의 주도자로서 실권을 장악했다고 알려져…….〕

가십지 기사를 줄줄 읊자 주방에서 웃음이 터졌다. 지체 높은 귀족이라지만 자리에 없으면 나라님도 까기 마련.

모두가 웃는 가운데 주방 구석에서 훌쩍이는 소리가 들렸다.

나흘 전에 '찻잎을 태운' 신입 하녀였다. 누명을 썼다는 걸 모르는지 주방 하인들은 그녀를 유령 취급 했다.

수석 셰프인 제프리가 막내라며 알게 모르게 그녀를 챙겨 줬었지만, 크고 작은 실수가 빈번해지자 관심을 거둔 지 오래였다.

목소리 큰 올림머리의 하녀가 주방 구석을 흘겼다.

"하마터면 저 신입 때문에 망할 뻔했다니까! 찻잎 태워 놓고 당일이 돼서야 말하는 게 말이 돼요?"

"맞아! 케시가 아가씨에게 알렸으니 망정이지. 아니면 전부 퇴직금도 없이 해고됐을 거야."

"그나저나 아가씨는 연회가 끝날 때까지 얼굴 한번을 안 비치시던데. 무슨 일이라도 있는 거 아니에요?"

"에이, 일은 무슨…. 원래도 방에서만 머무셨잖아."

"근래엔 아니지. 레니스터 백작과 티타임도 자주 가졌다는데? 수석 셰프님 말로는, 프리지아 연회도 아가씨가 총대를 멘 거래."

"그러니 실수가 잦지. 케시 아니었으면 어쩔 뻔했어?"

"맞아요! 그 비싼 찻잎을 태웠단 것도 연회 당일에나 알았을 거예요. 물론 백작 부인께서 너그럽게 넘어가 주셔서 다행이지…. 아가씨도 보면 참 운이 좋아요."

하루아침에 평민에서 남작 영애가 된 것만 봐도 그랬다. 주방 하인들은 암묵적으로 동의했다.

머리를 올린 하녀가 신입 하녀를 흘기면서 이어 말했다.

"수석 셰프님의 기지가 없었다면 연회는 아주 처참하게 망했을 거라니까요? 그리고 우리 케시, 정말 대견하지 않아요? 대처 능력 하나는 알아줘야 한다니까!"

입 모아 칭찬하자 단발 하녀 케시가 웃음을 참았다. 겸손한 자세로 "모두가 도와준 덕분이에요."라며 고개를 살짝 숙였다.

신입 하녀는 억울해 가슴께가 바짝 탔다. 선배인 케시의 잘못을 지금까지 한두 번 덮어쓴 게 아니었다.

"케시한테 잘해, 신입. 너 챙겨 주는 거 케시밖에 없다?"

신입 하녀는 소리치고 싶었다. 약점을 잡힌 거라고. 이제껏 케시가 누명을 씌워 왔다고.

"너 가짜 신분증으로 남작 가문에 취업한 거라며? 내가 입만 벙긋하면 잘리겠네?"

"여, 여기 아니면 갈 곳이 없어요. 제발⋯."

"어머? 얘 좀 봐. 내가 그렇게 정 없어 보이니?"

신입 하녀는 무릎 꿇고 빌었다. 케시가 이죽거리며 속삭였다.

"앞으로 내 실수는 모두 네가 한 거로 해. 수석 셰프님이 물어도 무조건 네 잘못인 거야. 나이 어리다고 너만 봐주는 거 은근 열받더라?"

진실을 알렸다간 케시가 약점을 폭로할지도 몰랐다. 신입 하녀는 덜덜 떨며 웅크렸다가 종소리에 몸을 일으켰다. 멍하니 앞으로 걸었다. 주방의 활짝 열린 창문이 눈에 보였다.

댕, 댕—.

저녁 무렵, 타종 소리가 울리는 높은 첨탑이 시야에 들어왔다.

그냥 이대로 사라져 없어진다면⋯.

그때였다.

동공이 텅 빈 신입 하녀의 귀로 우아한 목소리가 들렸다.

"연회에서 차 담당이 누구였지?"

신입 하녀 버디를 찾는 목소리였다.

버디가 눈을 들었다. 역광을 등지고 누군가 주방으로 들어섰다.

"모두, 아가씨께 예를 갖춰 주시길."

그 뒤를 따르던 단아한 인상의 여자가 고했다. 아가씨의 전담 시녀인
에델이었다.

버디의 눈이 커져 갔다. 생기를 잃은 눈동자가 주방 입구 쪽으로 멎었다.

사뿐사뿐한 걸음. 우아한 직각 어깨. 꼿꼿하게 허리를 세워 들어오는
아름다운 귀족 아가씨.

"다들 왜 긴장하고 있지? 죄라도 지은 것처럼."

사제라도 홀릴 법한 아름다운 소녀가 수려한 미성으로 중얼거렸다.

사락-.

태양빛의 금발이 바람에 따라 부드럽게 흩날렸다. 새벽별을 박은 듯
한 푸른 눈동자가 주변을 무심하게 훑었다.

저택의 두 번째 주인, 솔리아였다.

눈치 빠른 수석 셰프는 급히 고개를 숙였다. 사태 파악에 늦었던 다른
하인들도 뒤늦게 묵례했다.

형식적인 인사 없이 솔리아는 바로 물었다.

"누가 함부로 찻잎을 태웠지?"

서늘한 눈동자가 주변을 훑자 주방 하인들이 눈치를 봤다.

침묵이 흐르는 가운데, 10년 경력의 베테랑 하녀 케시가 나섰다.

"신입인 버디가 준비했습니다, 아가씨. 제가 사수로서 잘 가르쳤어야

했는데… 죄송합니다."

지켜보던 버디가 눈을 질끈 감았다. 이제 그녀는 끝이었다.

"너였구나."

솔리아는 거침없는 걸음으로 다가와 버디의 앞에 섰다.

창백하게 질린 버디가 벌벌 떨었다. 아가씨의 손속이 얼마나 자비 없는지 들어 알았다.

"자, 잘못했어요…. 제 실수였어요. 부, 부디 용서해 주세요, 아가씨."

책임지지 않아도 될 일을 버디가 사과하던 순간이었다.

"여기 있었어. 연회를 대성공으로 이끈 일등 공신이."

솔리아는 눈꼬리를 휘곤, 덜덜 떠는 버디를 안아 주었다.

"버디, 네가 날 살렸다."

와락, 거침없는 포옹에 버디의 숨이 멎었다.

솔리아는 버디의 귓가로 입술을 가져가 "알아, 모두." 하고 속삭였다.

야트막한 목소리는 버디의 귀에만 들렸다. 솔리아가 의도한 대로였다.

"…흑, 흐으윽! 아, 흑, 가씨."

버디는 오열했다. 어린 하녀의 눈에 서러움이 맺히다가 뚝, 떨어졌다.

* * *

버디는 펑펑 울었다. 아직도 내 품에 안긴 채였다.

눈물로 내 어깨가 젖어 들자 에델이 "죄송합니다, 아가씨." 하고 대신 사과해 왔다.

에델은 새삼스레 내 어깨를 신경 쓰고 있었다. 몸값 비싼 사제를 치료 사로 불러서 흉이 남지 않았는데도. 난 "옷은 갈아입으면 돼." 말하곤 주변을 둘러보았다.

역시나. 모두가 어안이 벙벙한 표정이다.

'내가 버디를 호되게 잡을 거라 생각했겠지.'

적어도 뺨을 서너 대는 치고 해고시킬 거라고. 난 그들의 예상을 깨고 어린 하녀를 품에 힘껏 안아 주었다.

버디는 연고 없는 아이였다. 이제 겨우 열네 살이 되었을까.

"버, 버디의 실수로 연회가 망할 뻔했는데….."

단발 하녀가 당혹한 표정으로 버디를 손가락질했다. 난 서늘하게 물었다.

"너."

"네? 네, 아가씨!"

"케시였지, 네 이름. 버디의 사수라고 했고. 버디가 귀한 찻잎을 태울 동안 뭘 한 거지? 막내 하녀가 실수하도록 가르쳤나?"

"연회 준비로 바빠 신경을 쓰지 못했습니다…. 죄송합니다, 아가씨. 뭐라 변명할 말이 없습니다."

케시는 변명 않고 즉각 사과했다. 언제 당황했냐는 듯 태연한 미소를 지으며.

'얘 고단수네?'

오랜만에 제대로 된 상대를 만났구나. 웃음이 절로 나왔다.

'약속한 한 달은 로튼 남작이 간섭하지 않기로 했으니…. 저택의 기강을 바로잡아야겠어.'

난 손목을 살짝 걷어붙이곤 케시에게 다가가 그녀의 턱을 붙잡아 올렸다.

"어디서 감히 세 치 혀를 놀려. 내가 우습니? 그래서 그랬나?"

"오해이십니다, 아가씨."

내가 진실을 아는데도 케시는 뻔뻔하게 고개를 저었다.

"왜 거짓말했지? 찻잎을 태워 놓고도."

"……네?"

그제야 케시가 반응하며 몸을 떨었다. 난 그녀의 눈가를 손으로 쓸며 웃었다.

"감히 내 시녀에게 그런 부탁을 하고도 모른 척 발뺌할 셈인가?"

"그, 그게 아니, 아니에요! 아가씨께서 뭘 잘못 아시고…."

"닥쳐. 주절대지 말고."

난 고아한 미소를 지으며 서늘히 덧붙였다.

"충직한 에델이 내게 거짓을 고했다는 건가? 감당할 수 있겠어?"

"그, 그건…!"

그녀의 눈동자가 갈피를 잃고 헤맸다. 일이 더 커질까 두려운 거다.

"다시 물으마. 엿새 전 찻잎을 태운 게 누구지?"

"저, 전 아니라고 했잖아요! 버디가 멋모르고 실수한 거라고요!"

예상대로 케시는 자기 잘못을 인정하지 않았다. 너무 예상대로라 식상했다.

"비싼 찻잎을 신입 하녀가 담당하게 했다는 건가?"

"아, 아가씨!"

케시가 사색이 되어 나를 불렀다. 내가 이렇게까지 나설 줄 몰랐는지 당황한 표정이었다.

"아, 그래. 주방 전체가 책잡힐 일이지, 이건. 방관한 수석 셰프에게 책임을 물어야겠어."

"케시! 아가씨께 바른대로 고해라! 내가 특별히 네게 맡겼잖느냐!"

연회를 총괄하느라 정신없이 일했던 제프리가 경악해 외쳤다. 지목당한 케시는 손을 벌벌 떨었다.

"저런…. 일이 커질 줄 몰랐다는 표정이구나."

나는 낮게 혀를 찼다. 케시의 귓가에 입술을 가져가 속살거렸다.

"네 입으로 똑똑히 밝히렴. 처음이자 마지막 기회란다."

난 엄중히 경고하며 몸을 천천히 뒤로 물렸다.

겁에 질렸던 케시가 충혈된 눈으로 버디를 노려봤다. 무언의 압박에 버디가 고개를 푹 숙였다.

"버디."

버디를 부르자 그녀가 고개를 들고 날 봤다.

"똑바로 말해, 버디. 울어서 해결되는 건 아무것도 없어. 신입 하녀라도 하녀. 계속 일하고 싶다면 스스로 자긍심은 지켜야지."

끅끅거리던 버디가 하녀복을 꾹 붙잡고 고개를 들었다.

"케시 선배가 끅, 찻잎을 태웠어요. 그, 근데 내, 내가 한 거라고…!"

울먹이던 버디는 끝까지 말을 잇지 못했다. 이쯤 되면 어떤 상황인지 주방 하인들도 깨달았을 거다.

"너! 네까짓 게 날 배신해?!"

격분한 케시가 버디에게 달려들려고 했다. 겁에 질린 버디는 눈을 질끈 감았다.

"에델, 잡으렴."

나는 눈썹 하나 까닥 않고 명했다. 에델이 날뛰려던 케시의 팔을 억세게 잡아챘다.

"놔! 이거 놓으라고! 다 말할 거야! 버디, 네가 실은…!"

붙잡힌 케시가 소리치자 난 에델에게 눈짓했다. 처음엔 망설이던 에델이 케시의 몸을 돌리고는 뺨을 내리쳤다.

좌악! 짝! 짜악!

매서운 타격음에 주방 모두가 얼어붙었다.

"그만."

됐다는 뜻에 에델은 손을 내렸다. 충직한 그녀는 동요를 감춘 채 케시를 꽉 붙잡았다.

"칼을 들어야만 사람을 죽일 수 있는 건 아니지. 네 세 치 혀로 사람을 해칠 수 있다는 건 알려나?"

눈물범벅으로 엉망이 된 케시에게 말했다. 그녀는 날 멍하니 봤다.

"당아꽃 찻잎을 태운 건 실수였어. 허나, 죄를 덮은 건 명백한 고의."

난 눈을 내리깔며 말을 더했다. 주방 하인들이 숨을 죽였다. 뺨에 닿는 공기가 제법 사늘하겠지.

"실수로 태운 찻잎은 네 이름으로 배상하게 될 거야. 후회는 없겠지?"

"그, 그, 그건, 그런…!"

케시가 울먹였다. 희게 질린 얼굴로 엉엉 소리 내며 울었다.

네가 준 상처는 가볍고 받게 될 상처는 무겁던가. 사람은 본디 이기적이라지만 그게 변명으론 쓰일 순 없다.

"세 치 혀를 잘못 놀려 평생 빚만 갚다 죽게 생겼구나. 가엾게도…."

안타까운 목소리와 다르게 내 시선은 무감정했다.

"내 친히 아버지에게 말씀드려……."

말을 전할 생각은 없었지만, 저택의 주인은 로튼 남작이니 일부러 거론했다. 그때였다.

"……비, 빚은."

망설이던 버디가 나섰다. 떨리는 손으로 제 옷자락을 꽉 쥐며 고개를 저었다.

"저, 저희 같은 평민은 혼자서는 절대로 갚, 을 수 없어요. 제가 조금이라도…."

털썩!

내가 무표정한 시선으로 버디를 보자 그녀가 무릎을 꿇고 빌었다.

"하, 함부로 끼어든 절 용, 서하지 말, 아 주세요."

"케시의 빚을 덜어 주겠다는 건가? 오래간 빚에 시달려 왔을 텐데도."

"……."

"가짜 신분증을 만드느라 빚을 졌다지? 빈민가 출신이니, 귀족 가문에서 일하려면 새 신분이 필요했을 테고."

케시가 폭로하기 전에 내가 먼저 밝혔다.

'내가 먼저 밝히면 뒷말은 나와도 버디가 계속 일할 수 있겠지.'

약점이라 숨겼던 진실은 때론 별 게 아니었다. 권력자 앞에서는.

"그, 그걸 어떻게…!"

버디는 절망에 빠진 얼굴로 흐느꼈다. 모든 게 끝났다는 표정이었다.

주방 하인들도 모르는 사실을 내가 알고 있으니 놀랄 만도 하지. 버디가 사람들에게 따로 말한 적도 없을 거고.

"난 모르는 게 없단다. 적어도 이 저택 안에서는."

촤락.

나는 부채를 펴고는 입가를 가렸다. 미소를 보일 수는 없으니.

"재밌구나. 피해를 입고도 케시의 빚을 덜어 주겠다니."

내게는 맹목적인 측근이 필요했다. 한낱 이익에 휘둘리지 않는.

"이를 어찌할까…."

입가를 여전히 부채로 가리고는, 무표정한 눈을 내리깔았다.

"케시의 빚은 모두 버디의 이름으로 단다. 버디의 선택에 그댄 동의하나?"

넋을 잃은 케시의 팔을 에델이 놔주었다. 풀썩, 다리에 힘이 풀렸는지 케시가 무릎을 꿇었다.

"…끅, 네. 버, 버디 잘못이었으니까요."

이변은 없었다. 버디의 배려에도 케시는 제 안위를 택했다.

예상했던 결과라 재미가 없다. 조금은 기대했건만.

"빚은 케시 본인이 갚는다. 케시는 추천장 없이 저택에서 떠나게 될 거고, 주방 모든 사용인들의 봉급을 3개월간 10퍼센트 삭감하겠다."

케시는 숨죽여 흐느꼈다. 신속한 결정에 하인들은 놀라면서도 토를 다는 이가 없었다.

'암묵적으로 알았겠지. 신입 하녀에게 비싼 찻잎을 맡길 멍청이는 없다는 걸.'

케시가 주방에서 오래된 베테랑이니, 만만한 신입 하녀를 괴롭히는 데 방관한 것뿐. 올바른 처사에 모두가 침묵했다.

"앞으로 주방 하녀로서 버디의 월급은 없다. 빈민가 출신인 것을 숨기고 저택에 들어왔으니."

버디의 숨이 멎었다. 절망이 그녀의 얼굴에 스쳤다.

"책임에는 무게가 따르기 마련."

케시의 빚을 대신 갚겠다는 선택은 어리석었다. 그러나.

주인의 과한 처사에도 항거하지 않는 순종.

'그게 내 마음에 들었단 말이지.'

고요가 깔린 곳에서 느릿하게 입술을 떼었다.

"버디, 널 내 측근 시녀로서 임명하겠다."

모두가 내 말에 놀란 표정이었다.

"……아, 아가씨?"

버디의 목소리가 염소처럼 흔들렸다. 그녀가 멍하니 날 보았다.

"앞으로 버디 네 봉급은 내 사재로 받는다. 로튼 가문과는 상관없이. 버디, 앞으로 넌 날 위해 일하게 될 거야."

"그, 그런, 제가 어찌…."

버디가 더듬거렸다. 그녀의 눈에 눈물이 고였지만 이번엔 서러움이 아니었다. 안온과 기쁨이 공허했던 눈에 차올랐다.

"난 내 시녀가 어디 출신이든 신경 따위 쓰지 않아. 빚도 내가 해결하마."

나는 탁, 부채를 소리가 나게 접고는 주방을 훑었다.

"버디의 출신을 두고 함부로 입을 놀린다면… 저택에서 내쫓길 각오들 해야 할 거야."

"지당하신 말씀입니다, 아가씨."

제프리가 죄송하다며 고개를 숙였다. 주방을 제대로 다스리지 못한 책임이 그에게도 있었다. 수석 셰프가 깍듯이 묵례하자 다른 하인들도 눈치를 봤다.

"명심하겠습니다, 아가씨."

"아가씨께 송구합니다…."

질겁한 주방 하인들이 차례로 고개를 조아렸다.

난 무릎 꿇은 버디에게 다가가 몸을 살짝 숙였다. 훌쩍이던 버디가 내 손짓에 따라 고개를 천천히 들었다.

"아가씨…. 솔리아 아가씨…."

맑은 눈에 차오른 감격이 뺨을 타고 흐른다. 버디의 턱 끝에 맺혔던 눈물이 내 손바닥으로 느리게 떨어졌다.

"…은혜는, 절 구해 주신 은혜를 절대, 절대로, 절대로 잊지 않을게요."

버디가 울면서 웃었다. 알을 깨고 나온 병아리는 처음 본 이를 어미로 따른다고 하던가.

난 그녀의 눈가를 부드럽게 쓸며 말했다.

"버디, 날 위해 일해 다오."

"꼭, 아가씨를 위해 일, 할게요. 당신만을 위해 살게요."

울음을 토해 내며 버디가 웃었다.

"제 세상의 전부는 아가씨가 될 거예요."

난 기꺼이 그녀의 손을 잡아 주었다.

"허락한다."

모두가 숨죽이는 가운데 버디가 조심스레 내 손을 잡았다.

눈물로 적셔진 그녀의 입술이 내 손등에 느릿하게 닿았다.

"넌 모든 것을 불태우겠구나. 네가 사랑하는 사람도, 널 사랑해 주는 사람들도."

언젠가 한 번 들었던 말이 갑작스레 떠올랐다.

집을 뛰쳐나와 알바를 전전하던 유채화는 처음으로 맛본 자유에 기뻤다.

그러나 세상의 무게에 숨이 막혀 질식할 것만 같았다. 그래서 아끼고 아꼈던 돈으로 타로를 본 건 변덕이었다.

"사랑을 외면하고 온기를 피해라. 고독해야 스스로를 지키고, 널 위해 주는 사람도 지킨다."

"……"

"범접할 수 없는 위치에 오르겠지만, 넌 모든 걸 태우고 재만 남긴 채 사라질 운명이다. 널 증오하는 자들은 뼛가루로 된 하얀 재로 남을 것이며…… 널 사랑하는 자들은 검은 재가 되거나, 널 지키려다 피를 흘리며 죽어 갈 것이다."

"다행이네요. 제겐 그런 사람이 없어서. 앞으로도 없을 예정이지만."

그때는 타로를 보는 사람이 돈에 미쳤다고 생각했다. 나쁜 말로 겁에 질리게 해서 또 오게 하려는 속셈이라면서.

1년 뒤에 다시 찾아갔을 때 타로 가게는 사라졌지만.

'그때 봤던 카드가 떠올라. 나도 참…. 이 상황에서.'

어째서 왕의 손등에 입을 맞추는 기사 카드가 생각났는지는 모른다. 어린 시녀가 아가씨에게 하는 인사일 뿐인데.

솔리아는 위태로웠다. 돌부리에 걸려 넘어지면 붙잡아 줄 사람보다 밟으려는 적들이 넘실거렸다.

'내가 노아를 버리고 도망치면 그 적들을 만날 일도 없겠지만.'

한 걸음이라도 삐끗하면 수렁으로 떨어질 운명.

겸손하려 고개를 조아리면 짓밟히고, 오만하면 목이 뒤로 꺾인다.

그런 위치에 놓인 나를, 버디는 태양이라도 되는 것처럼 보고 있었다. 낮게 뜬 태양이라도 되는지.

"지금의 전 아가씨께 아무것도 아니겠지만…. 제가 죽게 되면 오늘의 저만큼 눈물을 흘리시게 될 거예요."

도대체 왜? 어찌 그런 미래를 확신하고 삶을 송두리째 바치려는 거지?

"흐윽, 그게 제 꿈이에요. 아가씨만을 위해 살고 충성을 바칠게요."

그렇게 해서 네게 남는 것이 뭔데? 그리 물을 수는 없었다.

버디는 제 영혼을 태울 듯이 맹세해 왔으므로.

그녀는 알고 있을까? 태양에 가까이 다가가려 할수록 날개 끝이 태워져 추락하기 쉽다는 것을.

"허락하마. 4년 뒤에도 같은 대답이 나올지 궁금해졌어."

내 허락에 버디는 천천히 끄덕였다. 딸꾹질이 계속 나오자 그녀는 그냥 웃어 보였다.

"4년 뒤에 다시 물어봐 주세요, 아가씨. 전 죽을 때가 돼서도 오늘 일을 잊지 않을 테니까."

……잊지 못할 테니까요. 속삭인 버디가 내 손에 얼굴을 묻고는 눈물을 바쳤다.

오직 지금. 이 세상에 그녀와 나만이 존재하는 것처럼.

솔리아와 나의 세계는 일곱 번 조각난 체스판이었다.

그 체스판 위에서 난 일곱 번의 기회를 얻었고 여섯 번을 실패했다.

노아 레니스터. 그리고 버려진 왕관.

나의 검은 왕은 하얀 말에 갇혀 버린 신세.

그리고 난 검은 왕을 잡을 수 있는 백색의 퀸.

전생의 '유채화'로 살던 기억.

그림자처럼 짙은 물감이 하얬던 날 검게 물들게 했다.

안락한 새장을 깨는 건 즐겁다. 새장의 주인을 배신하는 것도.

'난 나의 세계를 만들어 갈 거야. 노아를 위한 세계를 만들고 떠난 뒤엔.'

지금까진 그럴 순 없었다. 내 세력은 전무했고 내가 가진 패는 조악했으니까.

이젠 달랐다. 어쩌면 지금이 마지막 기회일지도 모른다고 직감이 속삭였다.

새장에 갇힌 퀸을 위해 어디든 갈 수 있는 체스판의 룩이 필요했다. 그러니.

버디는 나의 룩이었다.

◆

한바탕 폭풍이 지나간 뒤 주방에는 정적이 감돌았다.

솔리아는 에델, 버디를 데리고 가 버렸고 사고 친 케시는 저택에서 내쫓겼다.

침묵을 깬 건 다른 하녀의 목소리였다.

"죄송한데…. 저 이거 마셔 봐도 되나요?"

머리 올린 하녀가 눈치 없이 유리잔을 가리켰다. 시간이 지나 층이 분리된 곡물 음료였다.

"넌 이 상황에서 그게…!"

다른 하인이 타박하자 하녀는 "네네, 들어가요." 하고 유리잔으로 손을 뻗어 입으로 가져갔다.

케시가 내쫓겼지만, 주방 하인들과 사이가 돈독한 편은 아니라서 금방 모두의 머릿속에서 잊혀졌다.

"…뭐야. 별론데?"

밍밍한 맛에 하녀는 실망을 감추지 못했다. 이걸 말론 백작 부인이 다 마셨다고?

"제대로 휘저어야지. 시원한 얼음도 더 추가하고."

뒤에서 불쑥 들려온 목소리에 하녀는 시키는 대로 했다.

"…맛있어!"

얼음이 녹은 탓에 맛이 연했지만 이런 맛은 처음이었다. 고소하고 단 곡물 맛이 하모니를 이뤘다.

"만든 지 좀 돼서, 아까 서빙됐을 때보단 별로일 거다."

음료를 제조한 제프리가 덧붙였다. 설명이 안 들리는지 하녀는 유리 잔을 쥔 채 얼어붙었다.

'이거 맛있는데 다 마셔도 되나?'

이 상황에서 그게 넘어가냐고 타박하던 하인이 끼어들었다.

"야, 나도."

아쉽지만 하녀는 잔을 건넸다. 그 뒤로 주방 하인들이 삼삼오오 모여 저마다 맛봤다.

곡물 맛이 텁텁하단 평도 있었지만, 여섯 중 다섯은 엄지를 척 세웠다. 한 잔이라 미처 마시지 못한 하인들이 손을 뻗며 한숨을 삼켰다.

그 모습에 제프리가 킁킁 웃었다.

"그렇게 맛있드냐? 욘석들, 내가 특별히 아가씨께 부탁드려 보마."

"그냥 지금 만들어 주시면 안 돼요? 남는 재료가 없으려나요?"

"재료는 있다. 곡물 배합 비율이 중요한데 아가씨만 알아서 나 혼자선 못 만들어. 부탁해 본다니까, 욘석들아!"

"셰프님이 뭔 힘이 있으셔서…."

하인이 대표로 의심하자 제프리가 어깨를 펴며 가슴을 탕탕 쳤다.

"이래 봬도 아가씨에게 신뢰받는 몸이라고. 한 잔 정도는 허락하실걸?"

"에이…. 한 잔 정도로 누구 코에 붙여요? 사람이 열인데."

머리 올린 하녀가 입을 내밀었다. 제프리는 주변을 둘러보았다.

모두 '안 친하면서 셰프님 혼자서 아가씨와 친한 척하시는 거네'란 눈빛이었다.

혼도 났고 봉급도 깎여서 주방 하인들은 풀이 잔뜩 죽었다. 연회가 성공했다는 기쁨도 없었다.

자초지종을 듣게 된 제프리는 벌컥 화를 냈다가 한숨을 삼켰다.

"너희들 잘해라. 정신 차리란 말이야."

"…그리고 싶은데 아가씨한테 잘 보이기 어려워요. 좀 무서우신 분 같아요."

"맞아요! 전엔 저희들한테 관심도 없으시고 눈도 안 마주치셨는데. 다른 사람처럼 달라지신 것 같다니까요?"

주방 하인들의 투정에 제프리가 혀를 찼다.

"아가씨는 아부를 싫어해. 잘 보일 필요도 없지. 그냥 니들 맡은 일만 잘해."

"네!!"

"다음에 또 신입 들어오면 잘해라! 일 못한다고 구박하지 말고. 또 애꿎은 신입한테 작당해서 괴롭히면 내가 가만 안 둔다!"

우렁찬 목소리에 일렬로 선 주방 하인들이 "네!" 하고 답했다.

솔리아가 한 번 다녀갔을 뿐인데 군기가 바짝 잡힌 모습이었다.

* * *

난 주방을 떠나 연무장으로 향했다.

나흘 전, 나무 회초리에 맞아 핏물로 범벅된 어깨와 종아리는 치료를 마쳐서 걷는 덴 지장 없었다.

감금도 거의 풀려서 주방에 들를 수 있던 거였다.

'방에 가둬 봤자 청혼받기 어려울 테니…. 남작이 날 풀어 준 거야.'

주어진 기간은 한 달. 그 안에 노아에게 청혼을 받아야 했다.

'어차피 노아와 결혼하게 되는 건 같겠지. 하지만 내 계획대로 청혼받는 것과 억지로 결혼하는 건 달라.'

로튼 남작에게 얻어 낼 게 많았다. 그러려면 기간 안에 청혼을 받는 게 유리할 터.

"측근이 될 재목도 구했으니…."

에델은 지금도 충직한 편이지만 날 위해 목숨을 내걸 정도는 아니다. 관계가 더 깊어지려면 인과가 필요했다.

'더한 게 필요해. 내 사람으로 확실하게 만들기 위해선….'

약점보단 마음의 빚을 지게 해야 한다. 은혜는 제 뼈를 깎으면서까지 갚을 사람이었다.

버디는 연고 없는 아이니 지금도 내게 헌신할 것이다. 그러나.

누군가 나서서 나와 같은 은혜를 베푼다면 내 곁을 떠날지 몰랐다. 게다가 아직은 어리고 순진했다.

'순진한 건 자칫 큰 위험이 될 거야. 곁에 두면서 키워야겠어.'

내게 충성할 시녀를 키우는 건 미래를 위해서 중요했다.

난 에델에게 버디를 맡기곤 홀로 움직였다. 다른 중요한 계획이 있었다.

'오늘 저녁때 훈련이랬지.'

노아는 귀족이라 훈련을 할 필요가 없었다. 그가 체력을 기르길 원해서 내가 단장에게 부탁했을 뿐.

'단장도 큰 신뢰는 안 가지만. 따로 검술 스승을 구할 순 없으니까.'

한숨을 삼키고 연무장이 보이는 작은 언덕으로 향했다.

커다란 나무 둥치에 몸을 기대고는 아래를 내다봤다. 멀리서도 흑발은 눈에 띄었다.

이 거리에선 얼굴이 잘 보이지 않아서 아쉬웠다.

'역시 휴대용 마법 망원경을 챙겨 오길 잘했어!'

망원경을 쓰자 잘생긴 노아가 한눈에 들어왔다.

가벼운 셔츠 차림으로 그는 목검을 휘두르고 있었다.

흐트러짐 없는 동작으로 열 번. 그리고 백 번.

'진짜 열심히 하네.'

훈련받는 노아에게서 난 시선을 떼지 못했다.

땀에 젖은 흑발. 햇빛에 미미하게 찌푸려진 눈.

열기로 상기된 뺨. 턱을 타고 흐르는 땀.

마른침을 삼킬 때마다 목울대가 넘어가고, 땀에 흥건하게 젖은 쇄골이 보였다.

'이거 풍광 구경용 맞아? 사람도 너무 잘 보여.'

계속 보려다 기분이 묘해져서 망원경을 내렸다.

'여기까지 왔는데…. 조금만 더 볼까.'

목검 휘두르기가 이백 번 넘었을 때도 자세의 흐트러짐이 없다.

그때, 물로 마른 목을 축이던 노아가 몸을 돌렸다.

'……!'

정확히 마주친 시선에 나도 모르게 망원경을 떨궜다.

툭.

바닥으로 떨어진 망원경은 언덕 아래로 굴러갔다.

'설마…! 봤나? 내가 자길 보고 있던 거.'

뛰어서 줍기엔 거리가 멀었다. 난 체념하고는 등나무에 앉아 눈을 감았다.

쏴아아-.

햇빛을 머금은 여름 바람이 불었다. 녹음이 진 나뭇잎이 흔들리며 사부작 소리를 냈다.

어떻게 변명할까. 노아, 널 보는 게 아니었다고….

'그냥 옆에 있던 잘생긴 기사를 봤다고 해야지.'

그런데…. 다시 눈을 떴을 때 난 놀랄 수밖에 없었다.

"흘리신 것 같아 주워 왔습니다."

노아가 몸을 숙인 탓에 그림자가 길게 졌다.

가만히 눈만 깜빡이자 그가 팔을 뻗어 내 이마 위로 차양을 만들어 주었다. 내 무릎을 베고 잠들었던 그에게 해 줬던 대로.

그의 손 모양대로 내 뺨에 그늘이 졌을지도 몰랐다.

"…괜한 짓을 한 걸까요."

노아가 그의 손목에 건 망원경을 흘끔 보곤 물어 왔다.

"아…."

저거 내 거 맞아. 이리 주세요.

……라고 말해야 하는데 난 입술만 달싹였다.

'거리가 너무 가까워!'

그가 고개를 숙이면 내 이마에 입술이 닿을 것만 같았다.

뚝.

그의 턱을 흐르는 땀이 내 손등을 적셨다. 날 빤히 보던 노아가 한숨을 삼켰다.

"훈련하다 보니 땀이…."

말을 멈추고 그가 손등으로 내 손등을 훔쳤다.

느릿하게 쓸자 깃털로 간지럽히는 기분이어서 나도 노아도 침묵했다.

"로튼 양."

먼저 침묵을 깬 건 노아였다. 그가 제 왼손에 걸린 망원경을 흘끔 내려 봤다.

"……로튼 양은 지겨워요."

그런 말을 한 건 변덕이었다. 나도 모르게 가벼운 투정을 해 버렸다.

모두가 날 로튼 남작 영애 아니면 아가씨라고 부르잖아. 한 명쯤은 이름을 불러 줬으면 좋겠어. 내가 누구인지 잊지 않도록.

유채화란 이름은 버렸어도 솔리아가 누군지 기억할 수 있게….

"하지만 달리 부를 수 없잖습니까…."

이번엔 노아가 날 내려다보았다. 그의 말엔 가벼운 책망이 실렸다.

"전에 내 이름을 불렀으면서. 벌써 잊은 건가요?"

담담히 말하자 노아의 눈이 살짝 커졌다.

"그걸 기억하고 있었군요."

노아가 내게서 시선을 떼지 못하며 중얼거렸다.

캐노피를 달던 날. 노아는 침대 헤드에 기대앉았고 난 그를 올려다보았다.

"렘이 도와줄 거예요. 노아는 손끝 하나 까딱이지 마요."

"귀족 도련님처럼 먹고 쉬고 편하게 지내란 건가요, 솔리아."

그렇게 물어 오던 노아를 기억했다. 그가 처음으로 내 이름을 부른 순간을 어찌 잊을까.

"이름으로 불러 줘요. 난 노아라고 부르고 있잖아."

가벼운 투정에 노아는 살짝 고개를 저었다. 어쩔 수 없다는 듯 그가 입술을 뗐다.

"솔리아."

속삭이듯 말한 그가 내게 한쪽 무릎을 꿇었다.

조심스레 내 손등을 붙잡고서 노아가 눈을 내리깔았다.

"나의 솔리아."

내 손등에 입을 맞춘 그가 시선을 나른히 올리며 물었다.

"절 보고 계셨나요? 그 망원경으로."

"풍경을 봤던 거예요. 노아가 오해한 거야."

강력한 부인에 노아는 그러냐며 살짝 웃었다. 내 손목을 부드럽게 놔 주며 그가 말했다.

"날 보는 줄 알았어요."

노아가 아쉽다는 듯 말해서 난 괜스레 뺨을 긁적였다.

"실은 노아 옆에 있던 기사를 봤어요. 잘생긴 게 꼭 내 취향이라서…."

"솔리아의 취향이었어요?"

되묻는 노아가 한쪽 눈썹을 들었다. 뭔가 못마땅한 표정이었다.

"그랬죠."

차분한 내 대답에 노아는 긴 한숨을 흘렸다. 그가 답답한 듯 제 앞머리를 쓸어 올렸다.

"그 기사가 누구인지 묻고 싶은데…."

"누군지는 비밀이에요."

"아쉽네요. 내가 아니라서."

노아가 한쪽 무릎만 꿇은 자세로 날 올려다보며 픽 웃었다.

망원경을 내 손에 쥐여 주며 그가 당부했다.

"앞으론 나만 봐요. 훈련 열심히 할 테니까."

"좋아요. 이대로 계속 노아만 볼까요?"

고개를 슬쩍 기울이며 묻자 노아의 표정이 밝아졌다. 그가 반색하며 물어 왔다.

"정말로요?"

"응. 정말요."

반말과 높임말을 섞자 노아가 선선히 고개를 끄덕였다. 어느새 그의 뺨이 붉어져 있었다.

망설이던 그가 손을 뻗어 내 머리칼을 매만졌다. 귀하디귀한 금사를 만지듯 조심스러웠다.

"나도 솔리아만 볼게요."

"아직 어리잖아. 크고 나면 마음이 바뀔걸요."

내가 농담을 흘리자 노아는 상체를 숙여 왔다. 거리가 가까워지면서 그의 손이 내 목 뒤에서 멈췄다.

차마 닿지 못한 채 그가 속삭이듯 물었다.

"목걸이도 좋아하나요?"

"치장할 때 아니면 즐겨 하진 않아요. 누가 주느냐에 따라 다르겠지만."

다른 사람이 주는 건 필요 없어. 노아가 준 선물이 좋아. 가문에 빚도 있는데 부담을 줄까 봐 난 그저 웃었다.

"기억해 둘게요. 누가 주느냐에 따라 다르다는 말."

고개를 살짝 숙인 노아는 옅게 웃었다. 어느덧 그가 내 머리칼을 조심스레 쥐었다.

"보면 볼수록 순금을 녹인 것만 같아요. 부드럽고 아름다워서….."

"관리받으니까요. 난 오히려 노아가 부러워요. 따로 관리받지 않아도 부드럽잖아요."

가벼운 투정을 담자 노아가 옅게 웃었다.

"칙칙한 제 흑발보단 솔리아의 금발이 더 예뻐요."

말하고서 쑥스러운지 노아는 시선을 모로 돌렸다. 더 놀리고 싶은 마음에 난 진지하게 말했다.

"그거 알아요? 노아는 눈이 참 예뻐요. 반짝반짝해."

어둑한 밤하늘을 잘라 낸 듯한 흑발. 겨울밤 호수를 닮은 파란 눈동자. 남자의 눈이 이렇게 예쁠 수가 있다니. 볼 때마다 신기했다.

"그런 말은 솔리아가 처음이네요."

노아는 머뭇거리다가 내 머리칼에 입을 살짝 맞췄다.

"다른 사람한테도 이런 듣기 좋은 말을 해 주나요?"

언제 쑥스러워했냐는 듯 입술을 떼어 내며 노아가 물었다. 그의 목소리가 평소보다 낮았다.

깊고 고요한 눈동자가 내게서 답을 듣길 원했다.

"노아뿐이라면요?"

장난스러운 어조에 노아는 눈을 느릿하게 감았다가 떴다.

"그러게요. 욕심이 좀 나는데."

이윽고 말로 설명할 수 없는 시선이 내게 닿았다.

"욕심내고 싶어졌어요. 내겐 솔리아뿐이라서."

노아가 날 보면서 희미하게 웃었다.

이럴 땐 뭐라고 말해야 하지? 난 마땅한 답을 찾지 못해 눈만 깜빡였다.

그러자 시선을 내리깔며 노아가 쓴웃음을 지었다.

"……노아."

그가 내 손을 부드럽게 잡고서 천천히 끌어당겼다. 그의 손길대로 맡기자 노아의 입술 부근에 내 손이 멈췄다.

그 상태로 노아가 고개를 숙여 약지손가락에 쪽, 입을 맞추었다.

"허락해 줄래요? 솔리아의 유일한 친구가 되는 걸."

* * *

친구가 되자는 고백은 불청객의 등장으로 끊겼다.

"메를린 씨께서 본관 응접실에서 기다리고 계십니다."

정복을 입은 기사가 고하자 솔리아의 어깨가 움찔했다. 미세한 움직임을 눈치챈 듯 노아가 눈을 가늘게 떴다.

솔리아는 "다음에 봐요, 노아." 하고 인사한 뒤 떠났다. 매를 맞았단 것을 노아에겐 들키고 싶지 않았다.

사슴이 조각된 철문을 열자, 로튼 남작과 새로 온 가정 교사가 응접실에 있었다.

솔리아와 메를린은 이번이 두 번째 만남이었다.

교본 대신 피가 묻어 변색된 철 회초리만 교사의 손에 들려 있었다. 기선 제압 하려는 의도임을 솔리아는 진즉 알아차렸다.

"지난번의 나무 회초리는 부러져서 버리셨나요, 메를린 씨."

솔리아가 평온한 미소로 덧칠하며 물었다.

은사처럼 가느다란 회초리가 그녀의 시야에 들어왔다.

이보다 어렸을 때 로튼 남작은 허리띠를 풀어 솔리아를 때렸었다. 지금은 체면 때문에 직접 때릴 수 없어 메를린을 부른 거였다.

메를린은 가정 교사인 척했지만 실상은 체벌만 해 왔으며, 레오나 항구의 큰 마담으로도 불렸다. 고급 살롱이나 의상실 마담이 아닌 사실상 포주였다.

목 끝까지 올라온 철회색 드레스를 입은 메를린이 명령했다.

"꿇어요."

사락.

솔리아는 평온한 얼굴로 드레스를 쥐고 양 무릎을 꿇었다.

철썩! 철썩!

가느다란 회초리가 휘며 그녀의 오른쪽 어깨를 후려갈겼다.

'윽…!'

목 끝까지 올라온 신음을 참고 솔리아는 이를 악물었다. 생리적 고통으로 눈물이 핑 돌았지만 울 수는 없었다.

"요새 로튼 남작 영애의 행동이 무척 오만하더군요. 지난번엔 남작님께서 속상하다며 우셨답니다. 주방을 휘저어 비렁뱅이 백작에게 식사를 가져다주고, 허락도 없이 기사를 해고해 귀중한 전력을 낭비했다죠?"

"……손님 대접이 영 시원찮아서."

이를 악물며 솔리아가 읊조렸다.

'이미 끝난 일을 되짚어 화풀이하려는 건가? 지겨울 정도로 뻔해…. 이맘때쯤 수목원 사업이 잘 안 풀렸었지.'

피가 뚝뚝 흘러 어깨를 적셨지만 솔리아는 태연한 표정이었다.

그게 메를린의 심기를 더 거슬리게 한다는 걸 알면서도 그녀는 표정을 바꾸지 않았다.

"오늘도 맞을 걸 알고 오프숄더 드레스를 입고 왔나요? 뭐, 덕분에 치료할 때 수월하겠어요."

픽 웃은 메를린이 시선을 내렸다. 솔리아의 어깨가 움푹 파여 갈라진 상처가 그대로 드러났다.

보고 있던 로튼 남작이 움찔했지만, 정작 때리는 메를린이나 맞는 솔리아나 표정 변화가 없었다.

"이번엔 연회까지 손을 댔더군요. 비천한 영애답게 천박하게 굴었단 자각은 있으려나? 그 대단하신 쉐릴 백작 부인 앞에서 말이야."

메를린의 말이 짧아졌다. 솔리아는 비소를 머금었다.

"내가 연회를 맡지 않았다면 말론 백작 부인의 화를 어찌 감당했으려고?"

"멋대로 나선 탓에 말론 백작 부인이 노하셨을 텐데요?"

"그래…. 그런 걸로 해요. 모든 게 내 실수였다고."

솔리아는 자포자기한 듯 말했다. 그러나 이것 또한 계략이었다.

'쉐릴 말론이 날 보고 싶어 했던 것을… 굳이 말할 필요는 없어.'

금화보다 시간을 더 귀중히 여기는 그 귀부인이 먼저 보고 싶어 했단 것은.

솔리아는 이미 에델에게서 들어 전부 알고 있었다. 연회가 성공적으로 끝났다는 것도.

'로튼 남작도 모르진 않을 텐데…. 그깟 자존심 때문에 믿지 않으려는 거지. 내가 맡았던 연회가 처참하게 실패하길 바랐을 테니까.'

로튼 남작의 생각은 조금도 중요치 않았다. 어차피 '로튼'은 4년 뒤에 없어질 가문인데.

솔리아 그녀가 그렇게 만들 생각이었다. 은원은 이자 쳐서 갚아야 하지 않겠는가.

로튼을 4년간 살려 두는 이유는 하나였다. 뱀의 꼬리를 쳐 봤자 다른 꼬리가 생긴다.

'머리를 치려면 꼬리를 타고 올라가야 할 테니….'

어디 한번 기어 올라가 봐. 추락하기 직전까지 원하는 만큼 올라가렴. 로튼 당신이 가장 높은 곳에 올랐을 때, 수렁에 처박아 줄 테니.

'천천히 꼬리부터 씹어 삼켜 줄게. 꼬리가 없어지는지도 모르게…. 아주 천천히.'

터지려는 조소를 참으며 솔리아는 툭 내뱉었다.

"내가 천하다는 건 피가 이어진 로튼 남작께서도 천하단 건데. 동의하시나요, 아버지?"

로튼 남작이 "쯧." 하고 혀를 차자 메를린이 눈썹을 치켜세웠다.

"허! 고귀하신 남작님과 영애는 다릅니다! 로튼 남작 영애의 어머니는 평민이 아니었던가요?"

'개소리도 신박하게 하시네. 로튼의 엿 같은 피가 내게도 흐르는데.'

솔리아는 웃음기를 거두고 무표정으로 남작을 쳐다봤다.

"어느 장단에 맞춰야 할지 모르겠네요, 아버지. 레니스터 백작의 마음을 사야 청혼을 받을 텐데. 화풀이 상대가 필요하셨으면 말을 하시지."

맞을 땐 맞더라도 할 말은 해야지. 남작 본인이 멍청하게 굴고 있단 걸 지적하자 그의 얼굴이 벌겋게 물들었다.

"너…!"

"레니스터 백작을 제대로 구슬려야, 그가 성년이 되면 그의 아이를 가지죠."

"…그렇다고 네 멋대로 남작가의 재산을 마음대로 써도 되는 거냐! 연회 준비에 내 허락도 없이 거금을 써?!"

'…하. 핑계도 가지가지군. 내가 남작가의 기강을 바로잡은 게 마음에 안 든 거잖아. 그래서 기를 꺾으려는 거고.'

솔리아는 조소를 멈추지 못했다.

"알아요, 아버지. 창부 상대로 하룻밤 화대는 후하게 지불하면서 딸이 쓰는 건 죽도록 아까우시겠죠. 예비 사위에겐 더 그렇고."

하나뿐인 친딸을 매질해 놓고 몸값 비싼 사제를 부르는 건 얼마나 아까웠을까.

"네, 네년이 지금…!"

"그래도 똥오줌은 분간하셔야죠. 투자할 거면 제대로 투자하셔야 뿌린 대로 거둘 텐데."

솔리아는 머리를 살짝 꼬면서 로튼 남작을 올려다봤다. 어깨가 파여 아팠지만 아무렇지 않은 척했다. 어깨 위로 흐르던 피가 이제는 잿빛 러그까지 적시는데도.

"오늘만 허락해 드릴게요, 아버지. 감히 제게 다시 이따위 짓을 한다면…."

"건방지게 어디 남작님 앞에서!"

소리친 메를린이 철 회초리를 휘두른 순간.

휘청거리던 솔리아가 자리에서 일어났다. 철 회초리는 휙! 소리를 내며 솔리아의 뺨을 긋고 머리칼을 갈랐다.

주륵…. 보드라운 뺨에 핏물이 번졌다. 솔리아는 무표정으로 핏자국을 손등으로 훔치고는 메를린에게 말했다.

"아쉽네요. 더 깊게 파였다면 당신도 멀쩡한 몸으로 남작가를 나가진 못했을 텐데…. 최상품에 흠집이 생겨 결혼으로 팔지 못하면 큰일 아닌가?"

솔리아는 입매를 비틀었다. 메를린은 "허!" 하고 치를 떨었고 로튼 남작은 표정을 와락 구겼다.

"아쉽게도 전 아버지의 유희거리가 될 생각은 없어요. 재미없잖아, 그건."

솔리아는 핏자국이 묻은 손등을 입가로 가져가 느릿하게 핥았다. 비릿한 맛에 속이 잔뜩 뒤틀렸다.

"기억하세요, 아버지. 다시 제게 매를 든다면 유희거리가 되는 건 당신일 테니까."

흔들림 없는 눈이 남작을 옭아맬 듯 주시했다. 연약하고 가녀린 몸을 하고서 솔리아는 상위포식자처럼 눈을 가늘게 떴다.

"허, 허허…. 네가 드디어 미쳤구나! 미쳐도 단단히 미쳤어!"

소리친 남작이 혀를 찼다. 딸에게 악마라도 쓰인 걸까. 핏방울이 맺힌 입술을 핥는 모습에 등골이 오싹했다.

"네, 전 미쳤답니다. 애비도 모르는 딸년을 보고 싶지 않으시면 적당히 하시는 게 좋을걸요."

이제 남작 따위의 눈치를 볼 필요가 없어졌다. 노아가 먼저 친구로 지내자고 했었다. 그의 마음을 어느 정도는 얻었단 소리였다.

'산전수전 다 겪은 내가 고작 너 따위 놈에게 무릎을 꿇을까.'

살려 달라고 네놈에게 엉엉 빌기를 바랐겠지만 그렇겐 안 되지.

"쥐 죽은 듯 얌전히 지내세요, 아버지. 내 말만 따르면 날 닮은 손주 안겨 줄 테니…. 얌전히 4년만 기다려요."

오늘 일을 예상했다는 듯 솔리아는 표정의 동요가 없었다.

그녀의 손등을 타고 흐르는 핏방울을 무감각하게 바라볼 뿐.

"악독한 년! 저밖에 모르는 이기적인 계집이다, 넌! 네 죽은 어미가 널 수치스러워할 게다! 너도 너 같은 딸년을 낳아 봐야…!"

솔리아는 로튼 남작에게 다가가 거리를 좁혔다. 오히려 물러선 건 남작이었다.

"인격을 깎는 모욕은 질릴 만큼 들었던지라… 식상하네요. 그만 짖는 게 남작님께도 이로울 텐데. 내가 얘기하지 않았던가요?"

솔리아는 피가 흐르는 뺨을 손끝으로 느릿하게 훑었다. 상품이 없으면 곤란한 건 로튼 남작 아니던가.

"이 악마 같은 년!"

로튼 남작은 목에 핏대를 세우면서도 머릿속으로 열심히 계산기를 두드렸다.

'4년 뒤면…!'

그땐 솔리아 저것도 스물하나, 레니스터 백작도 열아홉으로 둘 다 성년이 된다. 계산을 끝마쳤는지 남작이 마른침을 삼켰다.

"사, 사내아이여야 해! 계집아이는 쓸모없다! 명심해라, 솔리아 로튼!"

남작의 말에 솔리아는 픽 웃었다.

"왜 쓸모가 없어요? 지금도 유용하게 쓰고 계시면서."

"……!"

경악하는 남작을 훑으며 솔리아는 눈매를 사르르 휘었다.

"때론 계집아이가 더 유용하다는 걸 모르시나 보네요. 경고하건대… 더는 내 심기를 거스르지 마세요."

예절 교육 따위, 언제 받았냐는 듯 무례했다. 교양도 없었다. 선을 넘고야 마는 솔리아의 태도에 남작은 벙쪘다가 겨우 정신 차리고 소리쳤다.

"허…! 봐주는 것도 한계가 있다! 그렇게 오만방자하게 굴다간…!"

"저한테 잘 보이셔야죠, 남작님. 당신의 뒷배라던 벤조 공작의 후처로라도 들어가 친아비를 짓밟기 전에."

솔리아는 피에 젖은 손으로 앞머리를 쓸며 비아냥거렸다.

로튼 남작이 헉, 하고 심장가를 부여잡으며 소리쳤다. 꼴사납게 늙은 얼굴이 눈물범벅이었다. 철 회초리로 맞은 건 솔리아인데도.

"어, 어떻게 아비한테 그런 막말을 할 수 있단 말이냐! 자식이 돼서 어떻게 그래?! 나 아니었으면 넌 이 세상에 태어나지도 못했다! 정신 나간 패륜아 같으니라고!"

"패륜아, 라…. 좋네. 아버지 없는 세상도 좋고."

솔리아는 서늘하게 웃고는 쏘아붙였다.

"종잇장처럼 찌그러지고 싶지 않으시면 그만 닥치세요. 내가 못 할 것 같으면 계속 지껄이든지."

솔리아의 경고가 진심으로 들린 탓에 로튼 남작은 "오만한 것! 네가 공작님 취향이라 착각하지 마라!"라며 한마디만 하고 입을 다물었다.

솔리아는 느긋하게 받아쳤다. 취향은 우스운 소리였다. 절대적인 미색 앞에선.

"뭐, 됐어요. 레니스터 백작이 청혼하지 않으면 공작의 정부라도 되면 그만이니까. 벤조 공작이 탄 마차에 치여서라도 눈에 띄고 말 거예요."

"목숨이 둘인 줄 아느냐! 그런다고 공작님이 네게 눈길 한 번이라도 줄 것 같아?!"

"벤조 공작 부인이 실종된 지 5년은 지났다면서요? 아내 대신 사교계의 꽃이 되면 되는 거 아닌가? 그럼 잘난 공작께서도 눈길 한 번은 주겠지."

솔리아가 진짜로 그럴 것 같아 로튼 남작은 겁에 질렸다.

솔리아의 성격은 괴팍했지만, 외모와 자태만으론 따라올 자가 없었다. 실제로 벤조 공작 또한 딸의 초상화를 보고 감탄했었다.

"자네 딸… 레니스터 백작의 배필로는 아깝군. 상당한 미색이라 황비도 노려 볼 법해. 가문만 받쳐 줬다면 황태자비가 되었을지도 모르겠군."

벤조 공작은 별 뜻 없이 칭찬한 거였으나, 로튼은 언제 기뻐했냐는 듯 왜곡해서 해석했다. 경악한 그가 호되게 소리쳤다.

"내, 내 너에게 쏟아부은 돈이 수천이다!"

금지옥엽으로 키우진 않았다지만, 돈을 처바른 외동딸이 잃을 것 없는 사람처럼 굴고 있었다.

"수천으로 끝나면 다행일 텐데."

솔리아는 픽 웃고는 로튼 남작의 목깃을 친히 정리해 주며 속삭였다.

"친애하는 아버지. 내 심기 거슬리지 말고 얌전히 굴어요."

그녀가 남작에게만 들릴 만큼 작게 덧붙였다.

"수목원 사업의 매출에서 3할이 벤조 공작의 몫이라던데…. 무일푼이었던 당신이 사업을 시작하는 대가로 공작이 은혜를 베풀었고."

"그, 그걸 네가 어떻게…!"

처음 알게 된 건 이유 없이 매질을 당했을 때였다. 복수를 목표로 했던 세 번째 삶에선 로튼 남작의 뒷조사를 끝낸 뒤였다.

남작이 어떤 사업을 했는지…. 횡령은 어떻게 한 건지. 모은 재산은 어디에 두는지도. 벤조 공작의 뒤가 구리다는 것도 그때 알았다.

비록, 복수에 성공했으나 나도 폭발 사고에 휘말려 죽었었고.

"사업 매출을 작게 신고해서 그간 많이 해 처먹었잖아요? 황실엔 탈세로 엿 먹었고, 은인인 벤조 공작에게는 정산 사기를 쳤죠."

"터무니없는 소리다! 네가 미쳐서 헛소리하는 게야!"

솔리아는 "하." 하며 웃은 뒤, 남작의 목깃을 꽉 힘주어 잡았다.

"헛소린지 아닌지는 벤조 공작을 찾아가면 알게 되겠지. 궁금하지 않아요? 공작이 정말로 모르고 있을지…. 알면서도 당신을 봐주는 건지."

목깃이 잡힌 로튼 남작은 얼굴이 새하얗게 질렸다.

지금은 공작보다 솔리아가 더 무서웠다. 졸부 행세 하며 쌓아 온 얄팍한 자존심은 짓밟힌 지 오래였다.

한결 얌전해진 남작의 태도에 솔리아는 그제야 만족한 듯 웃었다.

"저 무엄한 포주가 내 눈에 다시 보이는 순간, 공작의 침실로 달려가서 모두 밝힐 거예요."

딸을 결혼의 도구로 쓰려 했던 남작이다. 이보다 더 무서운 게 있을까.

"제정신이 아니구나! 미쳐도 단단히 미쳤어!"

"어쩌죠? 몇 번 맞고 나니 눈에 뵈는 게 없는데."

계속해서 선 넘는 협박에 로튼 남작은 파르르 몸을 떨었다.

딸년의 몸에 악마가 빙의한 게 틀림없다! 그게 아니라면 어찌 친아비에게 이런단 말이냐! 울컥한 로튼 남작이 소리쳤다.

"그분은 대귀족이시다! 공작님이 너같이 별 볼 일 없는 계집을 뭐 보고 품으신단 말이냐!"

"얼굴 보고요. 미인이잖아요? 아는 것도 많고."

로튼 남작은 "헉, 허억…!"거리며 심장께를 부여잡았다. 아는 게 많다는 건 아비의 약점을 말하는 거였다.

솔리아는 웃었지만 눈은 무표정했다. 그녀가 턱짓으로 메를린을 가리키며 비아냥거렸다.

"자네는 레오나 항구로 돌아가는 게 좋을 거야. 그곳이 마담, 자네의 유일한 보금자리잖나."

네 주제에 고상한 가정 교사 노릇 말고 포주가 있을 곳으로 꺼지란 소리였다.

바로 알아들은 메를린이 소리쳤다.

"이, 이…! 졸부 딸이 뭐 잘났다고 내게 훈계해?!"

졸부라는 말에 남작이 "뜨아!" 했지만, 놀랍게도 그 누구도 신경 쓰지 않았다.

솔리아는 픽 비웃곤 허리를 꼿꼿하게 세운 자세로 걸음을 떼었다.

"부디 네 주제를 깨닫길 바라, 메를린."

그녀가 몸을 돌려 냉소적인 시선으로 메를린을 훑자, 중년 여자의 손가락이 잘게 떨렸다.

솔리아는 그대로 응접실을 빠져나갔다.

고통도 잊은 전장의 기사처럼 흐트러짐 없는 기개와 우아한 자세로.

* * *

"저 미친년이 내게 그따위 말을…!"

격분한 메를린이 소리치다가 숨을 삼켰다. 어깨가 벌벌 떨리고 말아 쥔 주먹에 손톱이 파고들었다.

다친 건 솔리아였으나, 패배자는 철 회초리를 들고 부들대는 메를린이었다.

로튼 남작은 절망했다. 레오나 항구에서 흉악하기로 유명한 메를린도 결국엔 무용지물이었다.

그 누구도 감히 솔리아 로튼의 기를 꺾진 못했다.

'……요망한 것!'

로튼 남작은 헛숨을 삼켰다. 솔리아가 이미 모든 걸 알고 선수 친 것이리라.

"자네 딸… 레니스터 백작의 배필로는 아깝군. 상당한 미색이라 황비도 노려 볼 법해. 가문만 받쳐 줬다면 황태자비가 되었을지도 모르겠군.”

“제 여식이 특출나게 예쁘긴 하지요. 공작님께서 원하시는 대로 레니스터 백작과 꼭 결혼시키겠습니다! 그런데… 혹, 제 여식이 백작에게 청혼받지 못한다면, 공작님께서 받아 주시는 건 어떻습니까?”

“백작 부인 자리를 두고 정부로 보내겠다고? 친딸이 아닌가?”

“아, 아니요. 친딸이지요. 혹여, 공작님께서 적적하시면….”

“하나뿐인 여식을 아비뻘 되는 내게 보낼 생각이었나. 짐승도 그리하진 않을 텐데.”

“죄송합니다, 공작님. 저는 좋은 뜻으로….”

“로튼 남작…. 무슨 일이 있어도 자네 딸과 레니스터 백작의 결혼을 성사시켜야 함을 명심하도록. 나와 폐하를 절대로 실망시키지 말아.”

“예, 예…? 폐, 폐하께서 이 결혼을 추진하시는 겁니까?!”

“그렇다고 봐야지…. 추진은 로튼 자네가 맡는 걸세. 돈 주고 남작 위를 샀으니, 파산했어도 명문가인 레니스터 백작과 딸을 결혼시키고 싶어 하지 않겠나? 폐하께선 대외적으로도 그렇게 보이길 원해.”

벤조 공작은 뜻 모를 미소를 지었다. 알 수 없는 말을 더하면서.

“폐하께선 레니스터 백작을 무척 아끼시니…. 자네도 여식의 요구를 잘 들어주게나. 결혼은 반드시 ‘레니스터 백작의 결정’으로 이뤄져야 해. 백작을 협박해서 억지로 청혼시키지 말고. 자네 딸이 딴 놈과 눈 맞는 일은 없게 단속도 단단히 하고.”

“아, 예…. 레니스터 백작이 얼굴 하난 빼어나니, 제 여식도 백작이 마음에 쏙 들 겁니다.”

그렇게 벤조 공작에게 말했으나 로튼 남작은 속으로 생각했다. 사람 일은 모르는 법이라고.

'노아 레니스터와의 결혼에 실패하면, 솔리아를 공작의 정부로 보내려 했건만⋯.'

차선책으로 두고 지켜보려 했지만 지금에서야 깨달았다.

'내가 내 무덤을 팔 뻔했었다! 무슨 일이 있어도 솔리아 저것을 레니스터 백작과 결혼시켜야 해.'

등골이 오싹했다. 솔리아가 레니스터 백작과 결혼하지 않는다면, 벤조 공작을 찾아가 아비가 묻힐 관을 기어코 만들 것이다.

딸 팔아 장사하더라도 레니스터 백작이 아니면 안 된다.

'저것 말대로 결혼은 시키더라도⋯ 하루아침에 패륜아로 변해서 아비를 막 대하는 이유를 알아야겠다!'

솔리아의 고삐를 움켜쥐려 했으나, 로튼 남작은 제 역량을 깨닫고 포기했다. 딸의 두겁을 쓴 악마는 자신의 상대가 아니었다.

'그래! 그 주술사를 불러 솔리아 저것한테 붙은 악마를 퇴마하면 돼!'

로튼 남작의 눈이 번뜩였다. 4년이다. 그 안에 손주가 생기기 전까진 퇴치해야 했다.

그래야 레니스터 소백작의 외조부로서, 어린 후계자를 명분으로 백작가를 손아귀에 넣을 수 있을 테니.

'오냐! 기다려라! 악마를 요절내 줄 더한 놈을 불러들일 테니!'

자줏빛 머리칼과 요요한 붉은 눈의 주술사. 도깨비와 삿된 것을 다스리는 이매망량의 주인.

로튼 남작은 도깨비니 뭐니 하는 것들이 뜬구름 잡는 이야기라고 생각했다. 그게 대체 뭔지 이해도 가지 않았다.

그러면서도 그 주술사의 말마따나, 이쪽의 악마나 저쪽의 망량이나 본질은 같다는 데 동의했다.

사람을 잡아먹고 해치는 악한 것들 아닌가?

문화가 상이한 탓에 동대륙에는 주술사가 없고 사제들만 넘쳤다. 서대륙에는 소수이긴 하나 명맥을 잇는 자들이 있었다.

그 주술사가 어릴 적에 말하길, 그의 어머니는 머나먼 곳에서 왔다고 했다.

영 허풍은 아닌 것 같았다. 동대륙도, 서대륙도 아닌 먼 곳에서 흘러든 사람이라는 게.

그녀에게서 주술에 관한 모든 것을 배웠다고도.

로튼 남작의 눈에도 그 주술사는 사람으로 보이지 않았다.

그에게 대가만 바치면 딸의 몸에 깃든 악귀를 퇴치해 줄 것이다.

그 아름답고 무정한 소년은 한때 솔리아를 무척 아꼈으므로.

Chapter 3

치료사에게 치료받고 나서 나는 바로 침실로 돌아왔다.

피에 젖은 옷을 새것으로 갈아입고 침대에 쓰러지듯 혼절했다.

의식이 무겁게 잠기며 잊고 있었던 기억이 흘러들었다. 눈을 떴을 땐 무더운 여름의 시골이었다.

그렇게 난 빙의 전 '솔리아'의 기억을 엿보게 되었다.

"솔리아!"

무심한 듯 다정한 목소리가 어린 솔리아를 불렀다.

눈물에 젖은 눈꺼풀을 조심스레 들자 아름다운 소년이 그 자리에 있었다.

"오빠 어디 가아?"

네 살의 겁 많은 솔리아가 열한 살 소년의 옷자락을 꽉 붙잡고 물었다. 자신을 놔줄 생각이 없는 동생의 머리를 쓰다듬으며 소년이 말했다.

"오빤 서대륙으로 갈 거야. 그곳에 내 스승님이 있대."

"오빠가 말하던 용병 찌끄래기?"

"그런 나쁜 말 하면 못써. 뭘 해도 우리 리아는 귀엽지만."

소년은 솔리아의 몰랑한 볼을 살짝 잡아당기며 웃었다.

로튼에게 납치됐던 소년은 일주일 만에 진짜처럼 오빠 노릇을 해냈다. 알렉세이의 옷자락을 꼬옥 쥔 채 솔리아가 웅얼거렸다.

"오빠아, 용병 찌끄래기 보러 가지 말고 솔리아랑 있어. 엄마는 다 내가 챙길게!"

아픈 엄마를 보고도 하나뿐인 오빠는 영 시큰둥했다. 알렉세이가 관계없는 타인처럼 굴 때마다 솔리아는 덜컥 겁이 났다.

솔리아도 한때는 알렉세이가 누군지 의문을 가졌으나, 친오빠처럼 자상한 모습에 정을 붙이고 말았다.

낯설어하며 경계했던 오빠에게 이제야 마음을 열었는데, 알렉세이는 떠나려 했다. 이유도 알려 주지 않고서.

"오빤 떠날게. 리아는 여기서 건강히 지내야 해. 자, 약속."

새끼손가락을 들이미는 알렉세이를 솔리아는 거부했다.

"싫어! 나도 같이 갈 거야! 나도 같이 갈래…."

솔리아는 알렉세이를 붙잡고 울먹거렸다.

"흐윽, 흑! 가지 마. 가지 마, 오빠아."

커다란 눈동자에 눈물이 가득 맺혔다. 코가 시큰거리고 서러웠지만 떼를 쓰는 것도 여기까지였다.

다정했던 알렉세이가 무정하게 솔리아의 손길을 떼어 내며 이별을 고했다.

"지금은 위험하니까 따라오면 안 돼. 오빠가 마음의 병만 고치면…."

마음의 병? 오빠가 그런 게 있었어?

'오빠는 언제나 사람 좋아 보이게 웃잖아. 꼬마 주제에 잘생겼다고 동네 언니들한테도 인기도 많잖아.'

보석처럼 매혹적인 눈동자. 봄바람 같은 부드러운 미소를 짓는 예쁜 오빠가 솔리아는 좋아.

'너무 좋아서 헤어지고 싶지 않아. 오빠마저 떠나면 난 완전히 혼자가 될 거야. 내 곁엔 이젠 아무도 없어.'

그때였다.

"미친 새끼!"

뒤에서 들려온 욕지거리에 훌쩍이던 솔리아가 고개를 들었다.

"듣지 마, 리아."

알렉세이는 고함을 무시했다. 눈물로 젖어 든 솔리아의 눈가를 닦아 주는 게 먼저였다.

그러자 로튼이 목에 핏대를 세우며 소리쳤다.

"이 사이코 새끼! 내가 키우던 살쾡이도 죽이는 개 같은 새끼! 좀 있으면 사람도 죽이겠다?! 얼굴 반반한, 잘난 네 애비가 그렇게 가르치던?"

"…아."

알렉세이는 그제야 짧게 혀를 차며 뒤를 돌아보았다.

붉은 눈의 소년과 눈이 마주치자 로튼은 붕붕 흔들던 술병을 놓치고 말았다. 두려움에 손이 벌벌 떨린 탓이다.

"화가 난다고 아저씨를 죽일 순 없으니까요. 잘난 라이언이 그렇게 가르치던데. 필요에 의한 살생만 하라고."

알렉세이는 웃었지만 눈은 무표정했다.

수일 전, 솔리아가 애지중지 키우던 병아리가 살쾡이에게 한입에 잡아먹혔다. 그런데 어제도 살쾡이는 로튼이 준 병아리를 사냥하려 했고, 그래서 알렉세이는 살쾡이를 처리했다. 로튼이 보는 눈앞에서.

납치된 알렉세이가 네 살의 솔리아와 함께 지낸 지 일곱 달째.

그는 로튼이 솔리아에게 폭언을 퍼붓고 손찌검하는 것을 몇 차례 봤었다.

처음에는 방관했고 두 번째는 대신 맞았다. 세 번째에는 로튼이 술에 곯아떨어졌을 때 손가락을 자르려 했다. 미수에 그쳤지만 말이다.

그 사건 이후로 로튼은 솔리아에게 욕은 해도 손찌검을 하지 않았다.

그깟 병아리 새끼와 놀 시간이 있느냐며, 딸에게 구걸이나 해 오라고 소리쳤던 건 알렉세이도 봤었지만.

"일부러 살쾡이 데려오신 거 알아요. 짐승에겐 죄가 없다지만 아저씨에겐 있다는 것도."

알렉세이는 벌벌 떠는 로튼에게 말하며 눈가를 휘었다.

"잠깐 눈 감고 있어, 리아."

눈을 감은 솔리아가 대화를 못 듣게 주술로 청력을 막고선, 알렉세이가 로튼에게 재차 말했다.

"그렇게 떨 거면 날 납치하지 말지 그랬어요? 납치하기 전에 내 정체라도 알아내든가요."

"…나도 네놈이 주술사인 걸 알았으면 납치 안 했어! 사람 잡아먹는 주술사라며!"

로튼의 말에 알렉세이는 조소했다.

"난 안 먹어요. 내가 다스리는 식신이 가끔 잡아먹지. 천 년의 한이 맺힌 '월귀'라고…."

오싹해진 로튼이 주춤거리며 뒤로 물러났다. 알렉세이는 예쁘게 미소 지었다.

"솔리아에겐 마음의 병이라고 했지만, 아직 주술을 완벽하게 다스리지 못해 떠나는 거예요. 폭주할 위험이 있거든요."

네 살인 솔리아가 이해하기엔 어려운 일이라 알렉세이는 '마음의 병'이라고 둘러댔다.

"아저씨, 잘 들어요. 솔리아에게 감히 다시 손찌검을 했다간…."

그때, 알렉세이의 붉은 눈에 핏빛 나비 문양이 새겨졌다.

벚꽃보다 붉은 꽃잎이 비처럼 쏟아졌다.

팔랑-.

붉은 꽃잎이 솔리아가 뻗은 두 손에 떨어졌다. 손바닥에서 느껴지는 보드라운 촉감에 그녀는 눈을 살며시 떴다.

그러다가 알렉세이의 말이 생각나 다시 눈꺼풀을 내렸다. 알렉세이가 보여 준 환상에 행복 가득한 미소를 지으면서.

병이 나아 건강해진 엄마와 손을 잡고 시장 구경을 가고, 소금 호수도 구경했다.

솔리아가 알렉세이 품에 안겨 고개를 들었을 때, 검지와 중지손가락이 잘려 비명을 지르는 로튼이 보였다. 그러나 곧 행복한 환각이 현실의 기억을 덮었다.

"으아아악! 아아악! 내, 내 손, 내 손가락!"

"그거 알아요? 아저씨가 잠에서 깨 도망쳤잖아요. 그땐 봐줬던 거예요."

"으, 으아!"

로튼은 절뚝거리며 낡은 집을 벗어나 도망쳤고, 솔리아는 그렇게 혼자가 되었다.

환각에서 깨어나려면 시간이 필요했다. 알렉세이는 솔리아의 머리칼을 애정을 듬뿍 담아 쓰다듬었다.

"떠날 시간이 됐어, 솔리아. 오빠 너무 그리워하진 마…."

빛 조각을 뿌리며 사라지는 꽃비를 등지고 알렉세이는 떠나갔다.

떠나기 전, 알렉세이는 마지막으로 솔리아를 품에 안아 주곤 속삭였다.

"데리러 올게, 나의 리아."

그 말을 끝까지 믿으려 했지만, 솔리아는 알렉세이를 기다리지 못했다.

마차 사고였다. 여느 날처럼 구걸 나갔던 다섯 살의 어느 하루.

쿵! 몸이 뜨고 솔리아는 그대로 의식을 잃었다.

'……세, 이 오빠.'

잘 먹지 못해 작고 여린 몸은 충격을 견디지 못했다.

솔리아는 고통을 이겨 낼 자신이 없었다. 차라리 죽는 게 기뻤다.

그러면 무기력하고 아픈 엄마로부터도, 구걸하라는 강요와 함께 폭언하고 손찌검하던 괴물로부터도 벗어날 수 있을 테니까.

"자, 리아. 거울 받아. 위험해질 때 쓰는 거야."

"이게 뭐야?"

"월귀의 거울이야. 월귀는 차원의 문을 다스리는 달의 주인인데…."

세 달 전.

알렉세이가 떠나기 며칠 전이었다. 그가 건넨 거울을 조심스레 받고서 솔리아는 배시시 웃었다.

"월귀에게 소원을 빌면 딱 하나만 들어줄 거야."

"왜 하나야?"

"내가 까다로운 월귀에게 대가를 바쳤거든. 두 개는 안 된대. 목숨을 걸어야 한대서…."

죽음의 끝에서 솔리아는 알렉세이가 했던 말이 생각났다.

죽어 가던 다섯 살 아이는 눈물을 흘렸다. 그리도 귀한 거울을 선물로 준 그가 고맙고도 미안했다.

'알렉세이만은 날 아껴 줬구나. 깨닫게 해 줘서 고마워요, 세이 오빠….'

내가 죽었단 소릴 듣고도 알렉세이가 너무 슬퍼하지 않길.

나는 버티지 못했어요. 약하고 어려서 버틸 수 없었는걸요. 쉬고 싶어요, 이젠.

「그, 리고…. 솔리아가 행복하게 살아가게 해 주세요.」

죽어 가던 아이의 몸이 흠뻑 피에 젖었다. 솔리아는 꺼져 가는 의식 속에서 빌었다.

날 이해해 줄 천사님이 왔으면 좋겠어요.

울기만 하고 약한 나 같은 것보다…… 훨씬 강한 사람.

그럼에도 아직 소중한 것을 찾지 못해 이곳에 와도 슬프지 않을 사람.

태양처럼 밝고 봄바람처럼 따뜻한… 그런 다정한 천사님이 찾아와 솔리아를 비춰 주세요.

그렇게 솔리아는 죽었고, 그녀를 대신할 영혼이 새로 깃들었다.
여름의 태양처럼 빛나며 봄바람처럼 다정한 존재가.
그 후, 12년 뒤.
솔리아가 바뀌었단 걸 먼저 알아차린 건 알렉세이뿐이었다.

◈

"허억, 헉!"
솔리아는 눈을 떴다. 꿈에서 깨어났단 자각이 뒤늦게 들었다.
"콜록, 콜록! 물…."
급히 숨을 들이켠 탓에 마른기침이 계속 나왔다. 치료를 끝마쳤는데
도 몸은 고통을 호소했다.
"…아가씨, 괜찮으세요?"
에델이 침대에서 솔리아를 부축한 뒤, 미지근한 물을 입가에 흘려 주
었다.
"자, 천천히 드셔요."
"하아…. 고마워."
솔리아는 손등으로 입가를 훔쳤다. 꿈에서 '알렉세이'란 기묘한 소년
을 본 게 우연 같진 않았다.
"짐 싸서 도망가요, 아가씨…! 이대로 있다간 정말로 일 날 것만 같아
서 너무 무서워요…."
에델은 의식이 몽롱한 솔리아를 와락 끌어안았다. 그녀의 걱정에도

솔리아는 꿈 생각뿐이었다.

'직접 겪은 것처럼 생생했어…. 솔리아의 기억이라면 왜 지금 떠오른 거지?'

"으윽…!"

솔리아는 지끈거리는 머리를 부여잡았다. 생각할수록 머릿속이 깨질 듯이 아파 왔다.

"아가씨…."

평소라면 에델의 목소리에 울음기가 섞였단 걸 바로 알았겠지만, 혼절한 뒤로 솔리아는 둔감하게 반응했다.

'원래의 솔리아는 죽었던 거야. 사고였어. 다섯 살에 마차 사고로…!'

충격이 컸던 탓일까. 그녀는 계속 꿈 내용을 되새겼다.

'알렉세이 칸샤…. 일곱 살 위의 오빠.'

로튼이 미쳐 레오나 항구에서 훔쳐 온 서대륙 용병왕의 유일한 핏줄이자, 외동아들.

'알렉세이는 일곱 달간 솔리아의 오빠 행세를 했었어….'

의문이기는 했다. 한낱 변덕 때문에? 아니면 자길 납치한 로튼의 비위를 맞춰 주려고?

그렇게 알렉세이가 떠난 뒤로 솔리아는 마차 사고로 죽었고, 그때의 기억이 꿈으로 나타난 거였다.

"마음의 병이 있는 오빠…."

솔리아는 힘없이 중얼거렸다. 어느새 그녀는 침대에 누인 채였다.

알렉세이가 떠나기 전에 뭐라고 했더라…. 아, 그렇게 말했었다.

"데리러 올게, 나의 리아."

······라고.

과거를 떠올린 솔리아는 고개를 저었다.

어차피 난 그가 알던 솔리아가 아니다. 그 남자도 이미 잊어버렸겠지.

친동생도 아니고 유년 시절을 잠깐 함께 보냈던 사이일 뿐이다. 애착을 가질 충분한 시간도 아니었을 것이다.

하물며 자길 납치한 납치범의 딸인데. 경멸하거나 증오한다면 모를까.

'기묘한 느낌이었어. 원래 영혼의 기억을 엿보다니···.'

오싹 소름이 돋았다. 솔리아는 이불을 꽉 그러쥐었다.

알렉세이란 남자를 다시 만날 일은 없을 것이다. 그를 조사하기에는 할 일이 너무나도 많았다.

그리고 원체 유명한 사람이라 따로 조사하지 않아도 어느 정도는 알았다.

'그래···. 대단하신 용병왕께서 한가하게 얼굴을 비칠 리가 없지.'

알렉세이 칸샤···. 그가 직접 그녀를 만나러 오지 않는 한.

* * *

거대한 바다 건너 있는 서대륙.

궁전처럼 호화롭고 화려한 침실에서 낮은 목소리가 흘렀다.

"그래, 어딜 간다고?"

늑대들 품에 파묻힌 미남자가 느릿하게 몸을 일으켰다.

그의 이름은 라이언.

전대 용병왕이자 '사자왕'으로 불렸던, 서대륙을 호령했던 절세미남.

붉은빛 도는 부스스한 금발이 사자의 금빛 갈기처럼 보인다 해서 붙여진 별명이자, 실제로 수사자처럼 게으르고 놀고먹는 걸 좋아해 얻은 칭호였다.

한때는 수많은 여자를 거느렸으나 아들이 건 주술로 인해 강제로 금욕을 하게 되었다.

지금은 하릴없이 식도락을 즐기고 짐승이나 키우는 신세.

아들인 알렉세이는 이미 잘 컸고, 버려진 늑대를 데려와 돌보면서 '늑대 파파'로 사는 중이었다.

라이언은 시가를 나른히 물며 적금발을 쓸어 올렸다. 장성한 아들을 두었건만, 세월이 그에게만 멈춘 것처럼 30대 초반의 모습이었다.

그의 시선 끝에 저를 똑 닮아 잘생긴 아들이 있었다. 저 요요한 붉은 눈은 닮지 않았지만.

"바스티아 제국으로 갈 겁니다. 데리러 간다는 약속을 지킬 때가 됐거든요, 아버지."

자줏빛 머리칼의 알렉세이가 고개를 까닥 숙이며 답했다.

올해 스물넷. 그의 미모는 갓 피어난 샐비어처럼 출중했다.

라이언이 아들의 아름다운 얼굴을 훑으며 심드렁히 물었다.

"걘 이미 죽었다며? 세이, 네가 위령제도 치렀잖아."

"그랬었죠. 그때는."

그 어린 영혼을 돌봐 줄 사람이 나 말고 없었으니까.

어느 날, 영혼으로 떠돌던 솔리아가 흔적도 없이 떠나 버렸다. 늘 자신을 바라보던 아이가 인사도 없이….

영혼이 사후 세계로 떠나면 대천사의 인도하에, 천국과 지옥으로 가기 마련이었다. 생전에 지은 죄가 많다면 지옥을, 선한 일로 덕을 쌓았다면 천국을.

솔리아는 남을 해칠 줄 모르는 착한 아이였으니 틀림없이 천국에 있을 거다.

그럴 거라고 확신하며 그는 안도의 한숨을 흘렸다.

그렇게나 소중했던 솔리아가 안식을 얻었단 사실만으로 알렉세이는 정신을 되찾았으니까. 아니었다면 진작 미쳐 버렸을 거다.

대천사가 미치지 않고서야, 솔리아를 천국 아닌 다른 곳으로 내보내지 않았겠지.

조용히 곁을 지키던 월귀가 할 말이 있는 것처럼 "그르륵, 그륵." 소리를 냈지만 알렉세이는 무시했다.

'그래···. 우리 리아는, 안식을 되찾고 저승으로 떠난 지 오래지, 이젠.'

알렉세이는 알 수 없는 미소를 짓고는 그대로 몸을 돌렸다.

이제, 바뀐 솔리아 로튼을 만날 시간이었다.

알렉세이가 모르는 낯선 그녀를.

* * *

솔리아가 정신 차린 건 다음 날 늦은 아침이었다.

"에델, 나 좀 부축해 줘."

긴 잠에서 깬 솔리아는 에델의 부축을 받아 천천히 몸을 일으켰다.

"추우실까 봐 창문을 닫았어요. 갑갑하실 수도 있으니 살짝만 열어 드릴게요."

에델이 조심스레 손을 떼며 창문가로 걸어가 창문을 열었다.

솔리아는 힘없는 몸을 침대 헤드에 기댔다.

달칵, 탁···.

집사가 부르는 소리에 에델이 조용히 방을 떠났다. 솔리아는 혼자서 골똘한 생각에 잠겼다.

'마차 사고란 것밖에 기억나지 않아. 분명, 귀족가의 마차였는데….'

갑갑했다. 대체 누가 다섯 살의 솔리아를 죽게 만든 건지 기억을 되짚을수록 머리가 지끈거렸다.

그녀는 타는 듯한 가슴께를 꽉 붙잡았다.

'다섯 살 아이를 쳐 놓고 마차는 그냥 가 버렸어…. 조처를 했다면 살 수 있을지도 몰랐는데.'

심지어 마차의 주인은 내리지도 않았다. 어쩔 줄 몰라 하던 마부를 재촉하기까지 했다.

"뭐 해? 출발하지 않고."

"마, 마님…. 제가 사, 사람을 친 것 같습니다…. 아직 어린애로 보이는데 병원에라도 데려가야…!"

"황후께서 기다리시는데 약속에 늦으라고?"

"그, 그래도… 이대로 그냥 가 버리면 이 아이는 필시 죽을 겁니다."

"그래서? 이 시골 촌구석까지 오는 데 얼마나 시간을 낭비한 줄 알아? 황후께 진상할 별꽃 열매를 찾지도 못했다고!"

오히려 귀부인은 길길이 날뛰었다. 멍청한 애새끼 때문에 발목이 잡혔다며 경멸을 표했다.

"제, 제 잘못입니다…! 제가 속도를 줄이지 않아서…. 몸이 노곤하여 약주도 조금 마신 데다가…!"

"그 얘기 그대로 경비대에 가서 하지 그래? 어차피 네놈 잘못이니 난 다른 마차를 구하면 그만이라."

"마, 마님…."

"쓸데없는 데 시간 허비할 필요가 있나? 보상금이 필요하면 부모가 알아서 찾아오겠지."

그런 류의 대화였다. 서른쯤 되는 마부의 목소리는 염소처럼 덜덜 떨렸고 '마님'의 목소리는….

"귀족이야, 분명."

마님이란 건 결혼했다는 소리다.

"황후가 기다릴 만큼 자주 보는 사이에다…."

그런 황후에게 바치기 위해 별꽃 열매를 찾으러 솔리아가 살던 시골 마을 해티까지 온 거다.

결국, 그 열매는 찾지 못했으니 헛걸음한 거나 마찬가지.

'황성으로 돌아가던 차에 솔리아를 마차로 친 거고…. 마부는 약주도 걸친 데다, 마차 속력을 줄이지 않았어.'

평민이 귀족의 마차에 치여 죽는 사고는 종종 있었으나, 뒤처리도 하지 않고 그대로 가 버리는 일은 흔치 않았다. 유가족을 찾아 보상금을 논의하고 일을 조용히 마무리하는 게 보통이다.

귀족가의 마차가 사람을 쳤다는 사실이 알려지면 사교계에서 매장되었다. 다시 돌아오려면 유가족이 용서했다는 증거가 필요했고, 흐느끼면서 용서받았다는 서신을 보여 주고는 했다.

'교단에 돈을 퍼부어서 면벌부라도 받는 방법도 있었지.'

그랬으나, 가해자가 황족이나 고위 귀족이면 지탄 한번 받고 끝이었다.

'고위 귀족이거나…. 황후의 총애를 받아 권력을 가진 귀부인일 거야.'

그러니 두려움도 없이 그대로 가 버렸겠지. 죄책감보다는 귀찮음이 더 컸을 테니.

황후의 총애를 받는 사람들을 머릿속에서 차근차근 훑었다. 현재 권세가인 귀부인들을 떠올렸다가 황후의 시녀까지 이어졌다.

황후의 전속 시녀는 총 다섯. 측근 시녀까지 합치면 열다섯이지만 전속 시녀부터 훑었다. 알고 있던 정보를 대조하던 그녀는 마지막으로 한 사람을 떠올렸다.

수단과 방법을 가리지 않고, 아득바득 제 자리를 높여 황후의 측근 시녀가 됐다가 결국엔 전속 시녀까지 된.

"…아!"

솔리아는 무언가 깨달은 듯 눈을 크게 떴다.

"쉐릴 말론…."

중얼거리던 그녀는 계속 생각하려 아랫입술에 손을 갖다 댔다. 쉐릴이라 생각하니 목소리도 왠지 비슷했다.

'그때, 마차에 동물 문양이 있었어…! 어떤 문양인지만 기억하면 돼.'

말론가의 문장은 녹색의 작은 새였다. 그러나 꿈속에서 솔리아를 쳤던 마차의 문양이 기억나지 않았다.

"쉐릴 말론이 해티에 들렀다는 기록이 필요해…."

억측일지도 모르니 증거가 필요했다.

"알렉세이가 처음 왔을 때가 겨울이었어. 떠났을 때가 한여름이고 겨울을 받은 게 석 달 전이랬으니…."

그러면 마차 사고가 10월에서 11월 즈음에 있었단 소리였다.

'솔리아가 다섯 살이었던 12년 전의 10월, 11월에 귀족들이 마을을

출입한 기록을 조사하면 돼.'

상업 마차를 부른 것도 아니었으니, 조사할 표본은 더 줄어든다.

"상업 마차와 짐마차는 빼면 되니까…."

게다가 그 외진 시골 마을에 들를 귀족이 몇이나 있겠는가?

해티가 속한 영지는 노귀족이 다스리는 곳으로 그는 아내와도 사별했고 그 자신도 병을 앓고 있었다.

오늘내일하는 영주가 친교 목적으로 손님을 초대했을 리는 없다. 불러 봤자 교단의 치료 사제나 의사들, 작위를 이어받을 친척이 다겠지.

"솔리아가 사고를 당한 지점은… 산길 부근이었어."

마부는 사고를 낸 뒤 어느 길로 갈지 갈피를 잡지 못했다.

초행길이란 뜻이었다. 그런데다 약주까지 걸쳤으니 속도를 줄이지 못했으리라.

"문제는… 해티 마을의 경비대까지 가야 한다는 거지."

그럴 시간도 없거니와 해야 할 일들이 많았다. 당장 한 달 안에 결혼해야 했으니.

'그렇다고 손 놓고 내버려 둘 수는 없어.'

길드를 시켜 조사할 수 있겠지만 돈이 많이 들었다.

"정보력을 갖춘 길드라면 단번에 알아낼 수 있을 텐데."

하필이면 알렉세이 칸샤가 떠올랐다. 그는 서대륙을 주름잡았던 용병왕의 아들이 아니던가.

당대의 전설로 꼽히는 사자왕 라이언.

그는 20년 전, 서대륙의 용병 전쟁을 끝내면서 '붉은사자용병단'을 최고의 정예 길드로 탄생시켰다.

서대륙의 그 어떤 나라도 라이언의 영향력을 무시하지 못할 정도였다.

"수년 전에 은퇴해, 아들인 알렉세이가 용병왕 자리에 올랐댔나…."

솔리아는 한숨을 흘리며 창가로 시선을 옮겼다.

사락-.

열린 창 너머로 떨어지는 자줏빛 라일락이 그녀의 시선을 끌었다.

어렸던 솔리아의 머리를 쓰다듬어 주던 소년 알렉세이….

'꿈에서 봤던 라일락꽃이야…. 서대륙에서 들인 품종이랬지.'

지금은 건장한 어른이 됐을 그의 눈동자를 닮아 있었다.

핏빛을 머금은 듯 붉고 요요하게 휘어지던 그의 눈을.

                        *   *   *

저택의 2층에서 계단을 돌아 끝으로 가면 솔리아의 방이 있다.

침실에 서재와 드레스 룸이 연결된 구조로, 드레스 룸에 딸린 작은 방에 에델이 머물렀다.

방문을 열고 나온 에델이 눈을 끔뻑였다. 오늘 하루는 휴가였다.

"이제 일어났니? 오랜만의 휴가잖아. 남동생 보러 가야지, 에델."

에델에게는 세 살 아래의 남동생이 있다고 했다. 이름은 에리얼. 나이는 열아홉으로 성년.

"우리 에리얼은 무척 잘생긴 것으로 유명했답니다. 유수 아카데미도 단번에 합격했는데 몸이 아파서 오래 다니지 못했지만요."

누나의 흔한 동생 자랑인가 싶어서 사진을 봤었는데, 에델의 말이 허풍은 아니었다.

목덜미를 살짝 덮는, 고불거리는 백발. 색이 짙고 어둑한 파란 눈동자.

속눈썹이 무척 긴 데다, 어딘가 그늘이 드리운 듯한 분위기라서 솔리아는 내심 놀랐었다.

남매가 안 닮았다.

에델은 단아한 인상이라면, 에리얼은 대천사가 세상의 모든 미를 모아 조형한 듯한 얼굴.

섬세하고 아름답지만 사람 같지 않은 분위기라고 해야 하나……. 흐드러지게 피어난 히아신스가 사람이 되면 저런 분위기일까 싶었다.

솔리아의 말을 들은 에델은 웃더니, "교단에서도 에리얼을 교단의 축성 사제로 뽑으려 했답니다."라고 뿌듯해했다.

교단의 사제가 되려면 성력을 갖췄거나, 이름난 가문의 자제여야 했다.

그러나 딱 하나.

교단의 축성 사제는 외모만 봤다. 성력이 없어도 됐고 평민은 물론, 빈민가 출신이라도 상관없었다. 교단의 얼굴 간판으로, 이미지 쇄신을 위해 고르고 골라 뽑는다고 했으니.

에델은 좀처럼 사담은 잘 하지 않는 성격인데도, 에리얼 이야기에는 칭찬과 자랑을 아끼지 않았다.

너무 팔불출인가 싶었는지 헛기침한 그녀가 평소처럼 말했다.

"신경 써 주셔서 고맙습니다, 아가씨. 이틀 전보다 건강을 회복하신 듯해서 다행이에요."

"내내 쉬지 않고 간호해 줬잖니? 그간 버디에게 이것저것 가르치느라 바쁘기도 했고…. 오늘은 걱정 말고 푹 쉬고 와."

솔리아는 에델에게 따뜻한 눈인사를 보냈다.

그러나 에델은 떠나지 않고 자리를 서성였다. 호기심 때문이었다.

'뭘 보시는 걸까? 거리가 멀어서 제목은 안 보이네….'

아가씨는 티 테이블 앞에 앉아서 작은 책자를 보고 있었는데, 어떤 책인지 에델은 궁금했다.

'식물도감 같은 두꺼운 책은 자주 보셨는데….'

에델은 아쉬웠지만 시선을 벽으로 흘렸다.

'들어도 못 들은 척. 봐도 못 본 척.'

생활고로 열둘에 처음으로 수습 하녀가 되었을 때 들었던 말이었다.

하녀는 주인을 위한 부속품에 불과했기에, 귀족들은 에델의 이름조차 몰랐다.

실수하면 그날 식사를 쫄쫄 굶고, 어깨가 피투성이가 될 때까지 맞는 일이 다반사였다.

복종하라는 명령 외에 다른 말을 들어 본 적은 거의 없었다.

"너희는 아무것도 아닌 존재들이다. 주인이 눈여겨보기 전까진. 아니, 눈여겨봐도 언제 버려질지 모르는 신세기도 하지."

매를 든 하녀장이 일갈하면, 똑같은 자세로 선 하녀들은 일시에 대답했다.

그런 말만 들어 왔던 에델은 지난번 찻잎 사건 이후로 솔리아를 진심으로 공경하고 있었다.

하녀도 자긍심을 가지란 말에 충격을 받았고, 아가씨께서 버디를 구했을 때는 강렬한 전율마저 느꼈다.

'솔리아 아가씨께선 대단한 분이셔…. 그런 분을 모시게 된 건 내 복이야.'

사용인을 사람으로 봐 준다는 게 얼마나 기쁜 일인지….

그런 멋진 사람이 에델의 아가씨란 게 자랑스러웠다.

'아가씨를 위해서라면 뭐든 할 수 있을 것 같아…!'

에델은 가지런히 손을 모은 채 옅은 미소를 지었다. 벅차오르는 감정은 감추는 게 좋았다.

"제가 휴가 가기 전에, 더 필요한 건 없으실까요?"

"응, 괜찮아. 걱정 말고 다녀와."

솔리아는 됐다며 손사래를 치더니 말했다.

"아, 에델. 이거 본 적 있어? 용병 길드를 소개하는 책자래. 요샌 카탈로그로 나오나 봐."

솔리아는 한쪽 손으로 턱을 괸 채 책자를 지그시 쳐다봤다.

"돈만 많으면 최상위 길드에 발 좀 걸쳐 두고 싶은데."

그런 뒤, 가벼운 한숨을 흘리고는 서랍에서 새까만 노트를 꺼냈다.

깃펜으로 우아하게 글을 쓰는데, 그 모습이 마치 여왕의 딸 같았다.

'와아…. 어쩜 저렇게 고상하고 기품 있으실까!'

에델은 홀린 듯이 보다가 나직한 한숨을 흘렸다.

솔리아는 빛이 났다. 탐스러운 금발과 푸른 눈은 더할 나위 없이 신비해 보였다.

볼수록 시선을 잡아끄는 미인임을 부정할 수가 없었다.

'저택의 시종들은… 아가씨가 눈물 따윈 없는 가시 돋친 얼음 장미라고 했었지.'

에델은 완전히는 동의할 수 없었으나, 그런 말이 나왔던 이유를 조금은 알 것 같았다.

"마음에 드는 용병 길드는 고르셨나요?"

홀린 듯 보던 에델은 그만 시녀의 본분을 잊고 물었다.

"응. 암살을 잘하는 곳으로 찾아봤는데 하나 있더라고."

"…아, 암살이요?"

묻는 에델의 목소리가 떨렸다.

솔리아는 씩 웃었다.

"농담이야, 에델. 귀족 영애인 내가 사람을 죽일 일이 뭐가 있겠니."

한쪽 입꼬리가 멋들어지게 올라가는 모습이 매혹적으로 보였다.

'아름답고 똑똑한 나의 아가씨.'

에델의 눈에 콩깍지가 잔뜩 씔 무렵, 솔리아는 글을 쓰던 노트를 내려

보았다.

*[XXX 로튼 남작. 간만에 발정 나서 레오나 항구에 갔다가 크라켄에
잡아먹혀서 사망.]*

우아하게 살생부를 쓰던 그녀의 미간이 살짝 찌푸려졌다.

'나도 참. 크라켄은 무슨 죄야. 걔도 쓰레기는 안 먹을 텐데.'

"에델, 여기 와 보렴."

나긋한 부름에 에델은 긴장한 채 다가갔다.

솔리아는 보란 듯이 노트를 펼쳤다.

"이게 뭐로 보여?"

"…어, 음. 그냥 글자로 보여요! 예쁜 그림 같기도 하네요?"

"글자 맞아. 어떤 문자인지 알아보겠어?"

"아뇨, 아가씨. 제가 어머니께 제국어를 배우기는 했지만…."

말을 끌던 에델이 긴가민가하며 물었다.

"외국어는 저도 잘 몰라서요. 음…. 아! 혹시 서대륙 언어인가요?"

"글쎄. 서대륙 문자는 나도 정확히 아는 건 아니라서…. 흠, 이게 그렇게 생겼나?"

솔리아는 고개를 갸웃했다. 에델이 집중하려는 듯 눈을 게슴츠레 떴다.

"음…. 자세히 보니 아닌 것 같네요. 완전히 달라요."

뱀 모양으로 부드럽게 휘어지는 서대륙 문자와는 체계가 다르다.

"그럼 이게 뭘까."

솔리아가 직접 썼던 글자를 가리키며 묻자 에델이 조심스레 말했다.

"아가씨께 실례가 되지 않는다면…… 제가 길드에 의뢰해 조사해 볼까요?"

"아니, 그럴 필요는 없어."

솔리아는 괜찮다며 손을 가볍게 저었다. 에델의 반응을 보고는 추측한 뒤였다.

이 세계에 한글이 상용화된 건 아니며, 빙의자만 쓸 거라는 사실 말이다.

'…설마. 이곳의 고대어가 한글은 아니겠지?'

그렇게나 식상한 설정을 했을까? 작가라면 작품 속 언어쯤은 설정해 두지 않아?

'진짜 한글이면 어쩌지?'

그러면 날로 먹는 기분이라서 정말이지…. 너무 좋았다.

이 세계에서 한글을 아는 사람이 나 말고도 있을까?

'제대로 확인하려면 마탑을 가야 할 건데. 근데 아무나 출입 안 시켜 주잖아?'

오죽하면 황제도 허락받고 들어가야 한다는 말이 나올 정도였다.

마탑은 지리상으로는 바스티아 제국 영토에 속해 있으나, 독립적인 자치구였다. 제국법도 통하지 않았다.

그러니 마탑과 마탑이 관리하는 곳을 출입하려면 마탑주의 허가가 필요했다.

'고대어로 된 석판은 블루윈터 유적지에서 관리 중이지.'

그곳에 가야만 날것 그대로의 고대어를 볼 수 있다는 거다.

문제는 블루윈터 유적지도 마탑의 영역.

출입을 엄격하게 통제하고 있으니, 대단한 연줄 없이는 들어갈 수 없는 곳이었다. 고위 마법사와 가까운 사이라면 모를까.

'나나, 노아나 연줄 같은 건 쥐뿔도 없으니까 안 되겠네. 지금은 안 돼.'

솔리아는 나중에라도 블루윈터 유적지를 꼭 조사할 생각이었다. 고대어 석판 외에도 찾을 게 더 있으니.

솔리아가 상념에서 벗어난 건 에델이 인사한 뒤였다.

"…그럼 다녀올게요, 아가씨."

에델은 솔리아와 몇 마디를 주고받은 뒤, 단출한 짐을 챙겨 휴가를 떠났다. 에델이 편히 갈 수 있도록, 솔리아는 남작의 돈으로 고급 상업 마차를 부르는 것도 잊지 않았다.

'로튼 그놈의 돈은 펑펑 써 줘야 제맛이라니까?'

피식거린 솔리아는 노트에 그녀가 처한 상황을 정리해 나갔다.

사각사각-.

깃펜 촉이 종이를 부드럽게 갈아 먹는 소리가 흐르고, 끝이 살짝 올라간 각진 문자가 종이 위를 채워 갔다.

'솔리아 로튼'으로 빙의되기 전, 유채화가 평생에 걸쳐 읽고 쓰고 배웠던 것.

그건 언제 봐도 그리운 한글이었다. 일곱 번 솔리아로 빙의하고서는 좀처럼 쓸 일이 없었던.

이제는 좀 낯설기도 하다. 그래도 아예 까먹지 않아 다행이라고 내심 안도했다.

한글을 완전히 잊어버린다면 유채화가 존재했다는 기억도, 경험도, 나라는 존재도 흐릿해질 것 같아서.

'고대어가 어떤 문자인지 확인해야 하고. 아, 또…. 빙의된 게 나뿐인지도 알아봐야겠네.'

쓰읍, 할 게 많다. 앞으로 할 일은 크게 두 가지였다.

1. 나 외에 빙의자가 있는지 확인한다. (숨어 있다면 확인이 어려울 것.)
2. 빙의자가 있다면, 문화와 경제의 판도를 바꾼 적 있는지 조사할 것. (좁게는 제국. 넓게는 제국이 위치한 동대륙의 북부까지.)

솔리아는 1번과 2번을 세세히 적었다가 그 위에 빗금을 그었다.

"지금은 남작저에서 지내는 상황이니까…. 노아에게 청혼받아 결혼하는 것에만 집중해야겠지."

목표를 제한하여, 다음 계획을 짤 필요가 있었다.

1. 사업 아이템 구상. (빙의한 세계에서 구할 수 있는 재료로)
2. 쉐릴 말론과 관계를 쌓을 것. (벤조 공작 부인이 실종된 뒤로는, 메이 황후의·총애를 받고 있으므로)

"사업을 하려면 유채화로 살던 곳의 지식을 써먹는 게 좋을 텐데…."

해 봤자 비누나 향유가 전부다. 그보다 정교한 건 특별한 지식이 필요하다.

"아동복의 품질이 영 별로였지? 으음…. 메모는 해 둬야지."

유채화가 살던 곳에선 아이 옷도 품질이 좋았다. 유아용 세제도 흔했다. 그에 비해 여기는 아동 인권이라는 개념이 없었다. 그래서 애들도 부모의 일을 도맡거나 궂은일도 마다하지 않았다.

에델도 열두 살부터 하녀 일을 시작했다고 들었다. 여기선 그리 특별한 일도 아니었다. 더 어린 나이에 허드렛일을 하면서 생업에 뛰어드는 아이들이 허다했다.

'아동복이란 개념이 없다고 해야 하나…. 그냥 어른들 옷을 만들고 남은 자투리 천으로 만드니까.'

황족이나 공작가의 혈통이라면 아동복도 신경을 써서 만들겠지만.

귀족 영애들도 데뷔탕트를 할 나이쯤은 돼야, 화려하고도 품질 좋은 드레스를 입고는 했다.

"데뷔탕트 드레스는 붓꽃 의상실이 꽉 잡고 있으니 별수 없나…."

드레스는 아직 건드릴 영역이 아니라서 넘어가기로 했다.

음료 사업은 해 볼 만하지만, 자본도 없고 인프라도 준비되지 않았다.

사업을 시작하려면 시장 조사는 필수다. 그런 데다 다른 빙의자가 있는지 파악해 두는 게 좋지만, 그러려면 인력과 돈이 필요하다.

"닭이 먼저냐. 달걀이 먼저냐…. 이건 금고에 돈이 쌓여야 조사할 수 있겠네."

빙의한 로판을 정확히 기억했다면 손 안 대고 코 풀기지만.

"여주인공이 누군지도 모르는 답 없는 상황이니까…."

즐겨 보던 로판식으로 표현하자면 목구멍이 꽉 막히는 고구마 구간이 틀림없었다.

어쨌든 앞으로도 특별한 레시피를 독점하면서 사업 자금을 벌어야
한다.

바스티아 제국 사람들의 입맛에 맞으면서도 전에는 없던 레시피로 말
이다. 한식이든 양식이든 살짝 개량해 현지화하면 돈방석에 앉는 건 확
정이었다.

"사업하려면 돈이 필요해. 후, 결혼 지참금은 건들 수 없으니 어쩐
담…."

솔리아는 톡, 테이블을 두드리며 고심했다.

지금의 그녀는 사재도, 뒷배가 되어 줄 가문도 없는 맨몸이었다.

'노아의 가문도 이미 파산했고. 4년 뒤엔 반란군에 들 테니 지금 재산
이 있어 봤자….'

재산이 생겨도 반란군에 다 쏟겠지. 그건 노아의 선택이니 막을 수 없
다. 지금 중요한 건 생존과 생계.

약속한 한 달 안으로 청혼받는다면, 로튼 남작에게서 풍족하게 뜯어
낼 수 있었다.

약속된 기한을 넘긴다면 다른 방법을 써야겠지만.

'결혼 지참금은 대부분 빚 갚는 데 쓸 거야. 남은 걸로 예산을 짜야 하
는데…. 저택 운영과 영지 관리를 한다 치면 1년.'

극도로 아껴 쓰면 1년 반은 버틸 수 있을 거다.

"로튼 남작에게서 어떻게 더 뜯어내지? 받은 만큼 돌려줘야 하는데."

결혼하고서 레니스터 영지를 다스리는 건 그녀 몫이었다.

백작인 노아가 레니스터의 영주였지만, 지난 5년간 황실에서 실험받
느라 몸 상태가 엉망이었기 때문이다.

'빈센트 박사의 판단으로 1년간은 실험을 쉬게 되겠지만.'

그 끔찍한 실험을 받고 나면 몸과 마음도 너덜너덜해진다. 숨이 붙어 있는 것만 해도 기적일 정도였다.

'역시…. 이번에도 레니스터는 내가 관리해야겠어.'

그녀가 영주 대리로서 저택과 영지를 관리할 생각이었다.

판단을 내린 솔리아는 한쪽 손등으로 턱을 괬다.

"조만간 쉐릴도 만나 봐야겠어. 확인해 볼 것도 있고…."

솔리아는 자리에서 일어난 뒤, 까만 노트를 서랍에 넣었다. 그러고는 침대 옆의 설렁줄을 당겼다.

"부르셨어요, 아가씨."

"버디, 서신을 하나 써 줄 테니 말론가로 보내 주렴. 수신자는 '쉐릴 말론'이야."

평소라면 일 처리가 확실하고 꼼꼼한 에델에게 맡겼겠지만 휴가라서 버디에게 맡긴 거였다.

"…아! 네, 네. 우편함에 바로 넣고 올게요."

"집배원에게 직접 전해 줘. 금화 한 닢도 수고비로 건네고."

"네, 아가씨!"

버디가 결연한 표정으로 주먹을 말아 쥐었다.

* * *

"아가씨 이름으로 서신을 보냈었는데 발송이 안 됐나 봐요."

사흘 뒤, 휴가를 보내고 온 에델이 겉이 타 버린 편지를 내게 건넸다.

아침엔 제프리와 쑥차와 샌드위치 사업을 논하며 산책을 했고, 이후

늦은 점심을 먹고 나서 주간 가십지인 〈라임 핫〉을 보던 중에 나쁜 소식이 들려온 것이다.

"벽난로에서 타다 만 서신을 발견할 줄은 몰라서…."

에델의 말에 난 당황하는 대신 고개를 살짝 끄덕였다.

"로튼 남작이 이번에는 머리를 좀 썼네? 내 서신도 막아 두고."

"죄송합니다, 아가씨…. 남작가를 통하는 집배원이 누락시킬 줄은 몰랐습니다…. 제가 자리를 비운 탓에 일이 꼬여 버렸어요."

에델은 파리한 안색으로 입술을 깨물었다.

"아니, 이건 내 실수야. 더 꼼꼼하게 대처해야 했어. 남작을 너무 멍청이로 봤었던 거야."

나는 가벼운 한숨을 흘린 뒤, 따뜻한 쑥차를 들이켰다.

오늘 아침에 산책하면서 제프리에게 쑥차 레시피를 전했는데, 꽤 괜찮게 나왔다.

'쑥차는 일반 샌드위치와는 잘 안 어울리겠다.'

이곳의 샌드위치는 빵이 두꺼운 편인 데다 들어가는 재료도 상당했다. 식빵이라기보다는 바게트에 가까운 식감이었으니까.

그 안에 야채도 듬뿍, 고기도 듬뿍 넣다 보니 맛있고 포만감도 들지만 쑥차와는 좀 안 어울렸다.

'좀 더 담백한 샌드위치면 좋겠는데…. 한 끼 식사보다는 디저트에 가깝게.'

누구나 즐겨 먹는 샌드위치인데 색다르면 좋겠다.

듣고 나면 '오, 그렇네?'라고 생각하지만 아무도 시도하지 않은 방법 말이다.

'샌드위치는 좀 더 고민해 봐야겠다. 쑥차는 제대로 건졌으니까.'

예상한 것보다 차 맛이 정말로 훌륭했다. 사자발쑥의 상부 잎만 썼기에 향이 그윽하고 맛은 부드러웠다.

"자, 에델도 마셔. 남은 잎은 가져가서 버디도 함께 마시렴."

"네, 아가씨. 꼭 버디와 함께 마실게요!"

에델은 제 가슴에 손을 얹으며 안도했다. 내가 서신 문제로 버디를 내쫓을까 봐 걱정했던 거다.

"찻주전자는 있니? 쓰던 게 있어도 낡았을 것 같은데. 제프리에게 말해 둘 테니 챙겨 가."

"고맙습니다, 아가씨."

정중하게 인사한 에델이 조심스레 말을 꺼냈다.

"…저, 내일이 말론 백작 부인께서 약속하신 날인데…"

"응, 그렇지. 보내려 했던 서신이 가지 않았으니 쉐릴은 못 만날 거야. 내가 거절했다고 생각할걸?"

에델의 표정이 더욱 어두워졌다.

난 그녀의 어깨를 톡톡 치고는 차를 가리켰다.

"이미 지나간 일이야, 에델. 해결책은 생각해 둘 테니 차부터 마셔 보렴."

에델은 작게 고개를 끄덕이고는 차를 마셨다. 처음에는 미간을 살짝 찌푸리더니 입가가 벌어졌다.

"처음 마셔 봤는데…. 향이 좋네요?"

"응, 쑥차야."

"네? 쑥, 콜록…!"

에델은 당황했는지 눈을 도로록 굴렸다. 이곳 세계에선 쑥이 잡초였으니 놀랄 만도 했다.

"쑥이 차나 음식에는 잘 쓰이지 않지. 약방에서 구하느라 애를 좀 먹었어."

"우와…. 생각보다 괜찮네요? 이게 왜 잡초 취급을 당했는지 모르겠어요."

"'잡초'라고 인식하면 다들 꺼리니까. 괜찮다니 다행이다."

난 안도의 한숨을 내쉬며 덧붙였다.

"1년 된 쑥으로 차를 끓이면 푸르스름한 빛깔을 띠지만, 3년쯤 숙성된 쑥은 누르스름한 빛을 띠는데 향이 꽤 괜찮아."

난 맞은편에 앉은 에델의 손을 붙잡았다. 여름인데도 그녀의 손끝은 차가웠다.

내가 여러 증상을 묻자, 에델은 턱을 만지작거렸다.

"으음…. 자주 체하는 것 같기는 해요. 하녀 일을 시작한 뒤로는…. 아, 손발도 좀 차가운 것 같아요! 어릴 때는 안 그랬는데, 이제는 여름에도 손이 시리다고 해야 하나…."

"찻잎도 챙겨 줄게. 손발이 차갑고 소화가 잘 안될 때 마셔 봐. 여자에게 특히 좋거든."

난 궁금해하는 에델에게 식물도감에서 본 것을 얘기해 주었다.

"쑥은 따뜻한 성질이 있어서 수족 냉증에도 좋아. 쑥 향을 내는 '시네올'이란 성분이 위 건강에도 좋고 생리통에도 잘 들거든. 혈관도 맑게 해주고."

"아가씨께선 어쩜 그리 잘 아세요?"

에델이 감탄하며 물었다.

난 쑥스러워서 콧대를 살짝 긁적였다.

"어릴 때 식물도감을 진짜 많이 봤었어. 책등이 해질 정도로."

"그래서 잘 아시나 봐요. 약학 공부를 따로 하셨을 줄은 몰랐지만요."

"아…. 예전에 멋모르고 사람 한번 보낼 뻔해서 미친 듯이 봤었지."

그게 노아였다고는 말하지 못했다. 솔리아로 다섯 번째 빙의했을 때니까.

에델의 결연한 목소리가 날 일깨웠다.

"저, 아가씨, 말씀만 해 주시면 지금이라도 말론 백작가로 떠날게요!"

이대로 쉐릴을 만나지 못할까 봐 계속 걱정한 거였다.

"음…. 에델이 날 위해 그래 준다면 큰 도움이 되겠지만 괜찮아. 다른 좋은 수가 떠올랐거든."

나는 어깨를 으쓱하고는 에델에게 차를 권했다.

"다른 방법이요…?"

플랜 A가 막혔다면 플랜 B로 돌파할 생각이었다.

"응. 까다롭지만 확실한 방법."

난 스산한 웃음을 지었다.

"하이에나를 사냥할 때 딱이지. 먹음직스러운 고기로 덫을 놓는 거야."

나는 턱을 괸 채 입술 끝을 살짝 올렸다. 창문가로 불어 드는 바람이 선선해서 기분 좋았다.

사락.

여름 바람에 흐트러진 금빛 머리칼이 나의 뺨을 간지럽혔다.

"바람이 선선해서 좋네."

"네, 아가씨."

에델이 공손히 답해 왔다. 난 눈을 지그시 감으며 옅게 미소 지었다.

"잘 익을 때까지 기다린 다음에 먹어 치울 거야. 뼛조각도 남기지 않고 전부…."

봉오리 진 붓꽃처럼 희미한 미소가 입가에 걸렸다가 사라졌다.

* * *

"쯧, 그거를 그렇게 치면 안 되지! 야, 너! 대가리가 장식이야?! 옆으로 치라고! 옆으로!"

로튼 남작이 목에 핏대를 세우며 소리쳤다.

"아이씨⋯. 금붕어가 와도 이보단 잘하겠다! 줘 봐!"

남작은 목장갑을 낀 손으로 정원사의 이마를 꾹 눌렀다. 이른 저녁부터 격분한 그였다.

약관 무렵의 정원사는 땀을 뻘뻘 흘리며 가지치기해 나갔다. 목에 붉은 동물 문신을 한 탓에 수건으로 돌돌 감싼 채였다.

"아, 거참! 하나라도 시들면 네놈 모가지부터 잘리는 거야."

"죄송합니다⋯. 죄송합니다. 최선을 다하겠습니다, 남작님."

"어! 실수하면 최선을 다해서 자를 거거든? 잘해라?"

솔리아는 노란 양산을 쓴 채 눈살을 찌푸렸다.

'아, 또 지X이야?'

로튼 쟤는 도대체 뭐가 불만일까?

'귀신은 뭐 하나⋯. 저런 놈 안 데려가고.'

솔리아는 사뿐사뿐 걸으면서 로튼 남작을 신랄하게 욕했다.

"야! 너 뒤질라고⋯!"

그녀의 걸음이 멈춘 건 정원사 청년의 가지치기가 삐끗했을 때였다.

'저러다 사람 잡겠네.'

아니나 다를까. 로튼 남작은 얼굴이 벌게지도록 소리를 질러 댔다.

"야!!"

"아버지!"

솔리아는 쯧, 혀를 차고는 사자후를 뱉듯 소리쳤다.

로튼 남작은 매섭게 솔리아를 노려봤지만, 그녀는 모른 척하며 프리지아 후원을 둘러봤다.

조용해지자 남작은 다시 정원사 청년을 갈궜다.

"너 몇 살이야?"

"스물이요."

남작이 이마를 툭툭 쳐 대는 바람에 청년의 머리가 옆으로 밀렸다.

"뭔 놈의 정원사가 이따위로 밖에 일을 못 해?! 스물이나 처먹었으면…!"

남작의 고함을 솔리아는 복식 호흡 발성으로 집어삼켰다.

"아버지! 그 나이 먹고 딸이 쓴 편지를 훔쳐보신 건가요?!"

그러자 로튼 남작은 청년을 상대하던 것을 관둔 뒤, 거친 보폭으로 솔리아에게 다가갔다.

그는 솔리아보다 더 큰 목소리를 내려고 흡, 숨을 들이켰다.

자고로 기 싸움에는 성량 대결이 최고였다.

"넌 네 아비를 대체 뭘로 보는 거냐?! 내가 널 어디까지 봐줄 거라 생각해, 어?!"

"전 아버지를 유능한 사업가라고 생각한답니다."

솔리아는 양산을 뒤로 뺀 뒤, 로튼 남작이 보는 앞에서 곱게 접기 시작했다.

"능력이 너무도 좋아서 탈세도 척척 해내고, 횡령도 수준급이시죠."

"솔리아 로튼! 그걸로 언제까지 우려먹을 작정이야?!"

"친애하는 아버지의 꼬리가 잡혀 단두대에 목이 잘리기 전까지?"

솔리아는 기다란 양산을 세운 채 손잡이를 빙글빙글 돌렸다.

자, 이제 플랜 B다.

먹음직스러운 먹잇감을 두고 절대로 벗어날 수 없는 덫을 칠 기회란 거지.

그 순간, 제자리에서 빙글빙글 돌던 양산이 멎었다. 솔리아가 또박또박 말했다.

"열심히 일하는 하인은 그만 괴롭히세요."

"…뭐?!"

벌컥 화를 냈던 남작은 알 만하다는 표정을 했다.

"하, 알겠다! 저 비루한 정원사 놈과 눈이라도 맞은 게냐? 그 비렁뱅이 백작은 슬슬 지겨워졌나 보지?"

"어머나…. 아버지를 닮았으면 그랬을 수도 있겠네? 근데 나 꽤 눈 높아요."

"뭐야?!"

"손잡아 줄 귀부인 하나 없어서 레오나 항구에서 종횡무진하는 아버지와는 질적으로 다르죠."

"미쳤나! 이게 확 씨…!"

남작이 화를 못 참고 솔리아의 뺨을 치려고 했다.

그러나 솔리아의 반사 신경이 더 빨랐다.

탁!

솔리아는 양산을 휘둘러 로튼 남작의 손을 쳐 냈다.

"아악! 이 미친 것이…!"

남작은 양산에 손목을 정통으로 맞았는지 비명을 내질렀다.

"아아악!! 이젠 아비를 때려?! 이 악마 같은 것이…!"

다른 손으로 손목을 쥐고 바닥을 뒹구는 모습이 가관이었다.

솔리아는 남작을 부축해야 하나 고민하는 청년을 눈짓으로 떠나게 한 뒤, 생긋 웃었다.

"어머…. 미안해요, 아버지. 쓸모없는 딸이, 어찌 감히 아버지를 때리겠어요?"

"이, 이…!"

로튼 남작은 무릎을 꿇은 채 씩씩거리며 솔리아를 노려봤다.

시뻘게진 그의 눈을 보고도 솔리아는 태연했다.

"레이디가 배우는 검술은 어떤 건지 보여 드릴 수 있어서 정말 기뻐요."

"이 미친 것이…! 으아악!"

남작이 격분을 참지 못하자, 솔리아는 더 화사하게 웃었다.

"검술 하나 제대로 못 배우는 꼴통 같은 X. 대가리에 똥만 차서 수업도 못 따라가는 하자품."

솔리아는 남작이 했던 말을 그대로 읊었다. 밝던 목소리가 점점 낮아졌다.

"몸뚱어리도 그따위로밖에 못 쓰는데, 성년이 돼서도 사내놈 하나 못 자빠뜨리겠지. 이 무능한 것아! ……라고 하셨었는데."

솔리아는 나직하게 읊조리며 느릿한 발걸음을 내디뎠다.

"그때 내 나이가 몇이었는지나 아시려나?"

"모른다!"

"딸이 올해 검술을 배웠던 것도 몰라요? 두 달쯤 됐었는데? 내 생일이 언제인지도 모르시겠죠."

"알 게 뭐냐!"

로튼은 씨근덕거렸다. 언제 태어났는지 기억할 리가 있나!

"생각해 보니… 아버지 말씀이 다 맞았어요. 난 검술 하나 제대로 못 배우는 꼴통이고, 성년이 돼서도 사내놈 하나 자빠뜨리지 못할 거란 걸."

휘익!

솔리아는 양산을 가뿐하게 휘둘러 로튼의 목으로 가져갔다.

"뭐, 뭐냐…! 뭐 하려고…?"

뒷덜미에 양산의 금속 대가 닿자 로튼은 쭈뼛 소름이 돋았다.

"그냥."

솔리아는 양산을 쥔 채 냉소를 지었다.

"하, 할 말이 있으면 말로 해라! 응? 이 거추장스러운 양산은 좀 치우고…. 솔, 솔리아?"

로튼은 마른침을 삼켰다. 꼭 근위대가 반역자의 목뒤를 치는 모양새였다.

체구는 로튼 자신보다 작았지만, 솔리아에게서 흘러나오는 기세가 대단했다.

거칠고도 험난한 선원 생활을 견뎌 낸 로튼이 겁을 집어먹을 만큼.

"왜요? 아버지께 검술 실력을 더 보여 드려야 하는데?"

솔리아는 양산을 검처럼 쥐고는 로튼의 주변을 빙글빙글 돌았다.

"그래야 날 하자품으로 취급하지 않을 테니까…. 허리띠를 풀어서 날 때릴 생각도 다시는 못 하겠지."

솔리아는 양산을 쥔 손에 힘을 주었다.

"목은 경부라고 불러요. 급소 중의 하나죠. 주요 기관이 모여 있으니까…."

"그, 그건 나도 안다! 이 흉물스러운 양산부터 치워!"

"사자가 사슴을 사냥할 때는, 목줄기를 단숨에 뜯어 버려요. 사슴은 발버둥을 치다가 숨이 멎죠."

로튼 가문의 상징은 사슴이었다. 돈으로 작위를 사면서 가문의 문장도 직접 고른 것이다.

로튼은 목줄기가 뜯긴 사슴처럼 처량한 얼굴을 했다.

"사, 사슴도 먹고는 살아야지. 먹어도 먹어도 배고픈 게 죄는 아니잖아!"

들려오는 대답이 없자, 그는 눈을 질끈 감고 외쳤다.

"넌 사슴의 딸이다! 절대로, 결코 사자는 될 수 없어. 아무리 발버둥 쳐도 결국 포식자에게 잡아먹히는 게 우리 운명이란 말이다!"

솔리아는 사슴 타령을 무시했다. 그녀에게 포식자는 죽음뿐이었다.

세상에서 제일 무서운 게 사람이라지만, 더는 무섭지 않았다. 일곱 번의 빙의로 영혼은 벼려진 칼날이 됐으니.

'어차피 같아. 높은 자리에서 날 내려다보든… 낮은 자리에서 올려다보든.'

솔리아가 양산을 한 손으로 쥔 채 무정한 눈으로 말했다.

"목에는 일곱 개의 뼈가 있고, 경추 골절로 호흡을 못 하면 죽기도 하죠."

"히익! 대체 무슨 말을 하는 게냐…?!"

로튼은 머리에 피가 잔뜩 몰려 더듬더듬 말했다. 손발 끝이 따끔거렸다.

"목숨이라는 게 무슨 뜻인지 아세요?"

"안다! 아니까 이것 좀 치워!!"

"'사람이 숨을 쉬며 살아 있는 힘'이라는데…."

솔리아는 양산의 금속대로 로튼의 목뒤를 꾸욱 눌렀다.

"그러면 숨이 끊겨야 죽는 건가?"

"소, 솔리아!!"

기겁한 로튼이 무릎을 꿇고 울부짖었다. 행여 목을 후려칠까 봐 함부로 일어날 수도 없었다.

생리적 공포로 몸을 통제할 수가 없었다. 로튼은 턱이 달달 떨렸다.

솔리아는 뒤에서 로튼을 내려다보는 자세로 실소를 터뜨렸다.

"날 위해 돈을 처바른 보람이 없지는 않죠? 고작 두 달 배운 주제에 급소를 정확히 알고 있으니까."

"미, 미안하다…! 미안해! 미안하다! 이 아비가 네게 잘못했다!"

거듭된 사과에 솔리아는 입매를 비틀었다. 목숨의 위협 정도는 받아야 사죄하는 건가.

'자, 이제 됐어. 협박했으니 이쯤 하면 돼.'

원래는 여기서 멈출 생각이었다. 그런데 사과를 듣는 순간, 분노로 손끝이 떨렸다.

머릿속이 새하얘졌다. 그간 완벽하게 통제해 왔던 감정은 그대로 터져 버리기 직전이었다.

"하, 하하! 한 번도 사과한 적 없으면서…. 왜? 이제 와서?"

로튼은 사과해서 지금의 상황을 모면할 생각이었다. 그는 끝까지 솔리아가 화난 이유를 알아차리지 못했다.

'계집 주제에 무, 무슨 살기가 이렇게…!'

눈앞의 아이가 딸이 맞나 싶었다. 사람 하나는 가볍게 없애 버릴 수 있을 것 같은 살기에 로튼은 마른침만 삼켰다.

"네, 네게 몹쓸 아비였다! 널, 널 때린 건 아비로서 잘되라는 마음에…!"

"입 닥쳐."

말하고는 솔리아는 바람 빠진 웃음소리를 냈다.

"내가 그토록 울부짖었을 때는 눈 하나 끔쩍 안 하더니? 뭘 잘못한지도 모르고 네놈에게 살려 달라고 빌었을 때는 어땠지?"

솔리아는 양산을 높이 치켜들었다. 그대로 목을 후려치면 로튼의 목이 꺾일 것만 같았다.

"살이 찢겨 흘러내린 피가 카펫을 적셨어. 새하얀 뼈가 보일 때까지 어린 딸을 후드려 패고도 넌 멈추지 않았지."

쫘아악.

솔리아는 양산을 쥔 손에 힘을 꽈악 쥐었다. 새하얗게 질린 손등에 핏줄이 돋았다.

"날 위해서였다고? 천만에…. 넌 제대로 기억도 못 하겠지만, 난 똑똑히 기억해. 레오나 항구의 창부가 널 거부했다는 이유로 화가 났던 거야. 엄마의 약값을 준 적도 없으면서 내게 화풀이를 했었어…."

"오, 오해야! 오해다! 피치 못할 사정이 있었다! 아, 아가…. 내, 내 딸 리아야!"

한 번도 불린 적 없는 아가 소리를 듣는 순간, 솔리아는 피가 거꾸로 솟는 것을 느꼈다.

퍼억!

그는 양산으로 로튼의 옆구리를 후려쳤다. 그가 비명을 지르든 말든 힘껏 치면서 내질렀다.

"하아, 하아…. 나도 아버지가 잘되라고 이러는 거예요. 날 쓰레기 취급 해도 참았고 결혼 장사로 팔아 치우려 해도 참겠는데!"

솔리아는 거친 숨을 토해 내며 악에 받쳐 읊조렸다.

"고작 다섯 살이었던 당신 딸! 당신 딸 솔리아를, 잘못한 것도 없는데 잘못했다고 비는 그 아이에게 씻을 수 없는 상처를 줬잖아…."

솔리아는 눈을 꾹 감았다. 양산을 쥔 손이 바들바들 떨렸다.

타오르는 분노에 몸이 어쩔 줄 몰라 했다. 빙의 전의 솔리아는 어리고 작고 여렸다.

그래서 늘 맞기만 했다. 욕을 듣기만 했다. 병약한 어머니 때문에 마음만 졸이다가….

죄책감만 쌓인 채, 아버지를 원망도 못 하고 사라졌다. 차갑고 혹독한 이 세상에서.

"난 참고 버텨도 솔리아는 아니었어…. 당신 딸은 아니었지. 버틸 수 없었던 거야…."

솔리아는 고개를 뒤로 젖힌 채 웃음을 터뜨렸다.

"12년간…. 자그마치 12년이었어."

솔리아로 버텨 온 시간. 일곱 번 반복되는 빙의 속에서 이성의 끈을 붙잡기 위해 버텨야 했다.

제정신을 잃지 않으려 마음을 다잡았다. 그렇게 쌓여 가던 감정의 응어리가 폭발한 건 필연적인 결과였다.

"늘 의문이었어. 왜 내가 솔리아가 된 걸까…."

솔리아는 땀으로 번들거리는 이마를 손등으로 훔쳤다.

"너 같은 놈들에게 되갚아 주라고 솔리아로 눈뜬 걸지도 모르지."

겉으로 드러나지 않는 곳만 후려친 탓에 피멍이 잔뜩 들었을 것이다.

"끄억…. 사, 살려… 다오. 커허억!"

로튼이 숨을 못 쉬겠다며 가슴께를 꽉 부여잡더니, 까무룩 눈을 뒤집은 채 혼절했다.

"하아, 하아…."

솔리아는 땀에 흠뻑 젖은 모습으로 양산을 쥔 채 실소를 터뜨렸다.

"미안…. 이런 것밖에 해 주지 못해서."

미안, 아가. 고작 다섯 살에 죽어야 했던 네게 해 줄 수 있는 게 이 정도밖에 없나 봐.

이제야 기억해 내서 미안해. 솔리아, 네겐 병든 어머니와 알렉세이뿐이었는데….

구걸을 나갔다가 마차 사고를 겪은 게 네 마지막이어서.

햇볕이 따뜻하던 그날에 차갑게 식어 가던 몸을, 그 누구도 안아 주지 않아서….

그 작고 여린 몸으론 고통을 이겨 낼 수 없어서 차라리 죽길 바랐던 거야.

알렉세이가 줬다고 그렇게 아끼던 거울을, 죽을 때가 돼서야 썼던 게 마음이 아파.

투, 투둑. 쏴아아-.

보랏빛 하늘 아래, 빗물 소리가 고요를 메웠다.

아직도 그 기억이 잊히지가 않는다. 알렉세이가 떠나기 전에 건넸던 거울을 품에 안고서 솔리아는 배시시 웃었다.

"월귀에게 소원을 빌면 딱 하나만 들어줄 거야."

"왜 하나야?"

"내가 까다로운 월귀에게 대가를 바쳤거든. 두 개는 안 된대. 목숨을 걸어야 한대서…."

죽어 가던 다섯 살 솔리아가 눈물을 흘리며 올렸던 기도.

「그, 리고…. 솔리아가 행복하게 살아가게 해 주세요.」

날 이해해 줄 천사님이 왔으면 좋겠어요.

울기만 하고 약한 나 같은 것보다…… 훨씬 강한 사람.

나는 버틸게. 난 이기적이고 독한 애니까 끝까지 버틸게.

"널 대신해 살아갈게, 가엾은 솔리아….."

애초에 돌아갈 곳은 없었다.

유채화로 살던 세상에서 사랑했던 사람도, 사랑받았던 기억도 없으므로.

소중한 것 하나 찾지 못했던, 온기를 한 점도 내주지 않던 그 삭막한 세상 따위 버린 지 오래였다.

"여기선…. 솔리아, 네가 태어난 곳에선 여름의 태양처럼 빛나게 살아갈 거야."

어쩌면 마지막일지도 모르는 일곱 번째 빙의.

유채화는 솔리아로 눈뜬 이유를, 강물처럼 흘러가는 운명을 깨닫게 되었다.

운명에 선택됐으나, 어떤 길을 갈지는 스스로의 결정에 달렸다는 것도.

솔리아의 영혼이 바뀌었단 걸 '그 남자'도 알고 있을까. 그래도 상관없었다.

"내가 나쁜 어른들 다 혼내 줄게. 편히 쉬렴….."

솔리아는 땀으로 질척거리는 손으로 뺨을 문질렀다.

분명, 울지 않으리라 다짐했건만 저도 모르게 울고 있었다.

이건 다섯 살의 어린 솔리아가 우는 거라고 생각했다. 그래서 빗물이 이렇게나 차갑고 시린 거라고도.

"뭐든 해낼 거라 약속해. 난 더는 잃을 게 없으니까."

솔리아는 크게 호흡을 내뱉고는 발로 툭툭 로튼을 건드렸다.

양산으로 패긴 했어도 죽을 정도는 아니었다. 옆구리에 오랜 피멍과 작은 흉은 들겠지만, 허리띠로 어렸던 딸을 때렸던 것보다는 훨씬 약했다.

플랜 B는 유효했다. 목숨의 위협을 겪게 하면 날 남작저에서 내쫓고 싶겠지. 가능한 한, 한시라도 빨리….

"하, 하하…."

솔리아는 지푸라기처럼 잡던 양산을 놓았다. 툭, 미끄러진 양산이 바닥으로 굴렀다.

'노아에게 청혼만 받으면 로튼과는 끝인가.'

어쩐지 허탈했다. 혀끝이 썼다. 착잡함을 견딜 수가 없었다.

이런 엉망인 모습을 노아도 알고 있을까?

사랑스럽지 않다. 아름답지도 않아…. 스스로가 끔찍하게도 싫었다.

망가지기 직전인 솔리아 로튼의 모습을 보여 주고 싶지 않았다. 아끼는 노아에게만큼은.

고장 난 태엽 시계는 어떻게 고치지? 실이 끊긴 마리오네트는 어떻게 춤을 추지?

'아니…. 아니야. 아직 덫을 놓지도 않았잖아. 함부로 긴장을 풀면 안 돼.'

솔리아는 세차게 고개를 저었다. 빗물에 젖은 머리칼이 뺨에 찰싹 달라붙었다.

솔리아의 죽음과 이 세계로 온 이유는 알게 됐으니 그걸로 족했다.

"살려는 둬야지. 로튼, 당신은 아직 죽을 때가 아니니."

솔리아는 빗물에 젖은 머리칼을 넘기고는 쓴웃음을 흘렸다.

"그 마차의 주인도 찾아내서 죗값을 치르게 할게."

풀썩.

로튼에게서 고개를 들었을 때였다. 빗물로 젖어 들어 시린 어깨에 웬 옷자락이 닿았다.

"솔리아."

나직하게 부르는 목소리에 솔리아는 얼어붙고 말았다.

그녀는 목소리의 주인을 알고 있었다. 일곱 번의 반복되는 빙의에서 매번 들었던….

대체 언제부터? 어째서 오기 전까지 몰랐지? 빗물 소리 때문에?

"잃을 게 없는 건 나도 마찬가지야."

노아였다. 늘 말을 높였던 그가 지금 이 순간에는 다른 사람처럼 느껴졌다.

노아와는 몇 번이고 결혼했으나, 그를 사랑한 적은 없었다.

지난 생에는 전남편일 뿐이었다. 그래…. 그뿐이다.

그런데도 노아의 목소리를 듣는 순간, 솔리아는 참아 왔던 눈물이 터질 것만 같았다.

그가 애처롭게 속삭였다.

"원하는 건 뭐든 가질 수 있게 해 줄게요. 그러니 울지 마요, 제발…."

"……노아."

목소리가 꽉 메었다. 솔리아는 입술을 파르르 떨며 물었다.

"왜 여기에 있어?"

노아는 대답하는 대신 솔리아를 뒤에서 꽉 끌어안았다.

등 뒤에서 느껴지는 체온에 솔리아는 아찔해졌다.

어디까지 들은 거야? 어디까지 알게 된 거야?!

쿵, 쿵 뛰는 심장이 좀처럼 진정될 기미가 없었다. 놀라서인지, 로튼에게 터뜨렸던 분노 때문인지.

쏴아아-.

쏟아지는 비를 맞으며 노아가 입술을 떼었다. 소년치고는 넓은 품에 그녀를 가둔 채로.

먹잇감을 놓치지 않는 흑표범처럼 그는 굶주림을 억누르며 말했다.

"숨바꼭질, 좋아한다는 걸 깜빡했어요."

* * *

얼마의 시간이 흘렀을까.

노아는 여전히 등 뒤에서 솔리아를 끌어안고 있었다. 그리고 그녀의 목덜미에 입술을 깊게 묻었다.

"이제는 솔리아가 잊을 차례네요."

쿵, 쿵, 쿵-!

솔리아는 무섭도록 뛰던 심장이 멎는 것만 같았다.

어느새 그녀의 몸이 돌려졌다. 노아가 그녀의 뺨을 쥔 채 내려다보았다.

"오늘, 날 여기서 본 건 잊어요."

노아의 파란 눈동자가 위험하게 빛났다. 짐승의 것처럼 번뜩이면서.

'아… 나, 전에도 이런 눈을 본 적이 있어.'

지난 생에서 그녀가 노아에게 이혼하자고 했을 때였다.

마차의 문이 닫히기 직전, 비틀린 미소가 노아의 입가에 머물렀다.

그 미소를 본 순간, 숨을 급히 삼켰던 기억도 났다.

순순히 이혼해 줬던 노아가 자신을 놔주지 않을 것만 같아서.

쾅-!

단숨에 마차의 문을 젖힌 노아가 허리를 숙이며, 귓가에 낮게 뇌까렸던 것도….

"숨바꼭질, 좋아한다는 걸 깜빡했었네요."

비가 퍼붓던 그날. 노아는 그렇게 그녀의 귓가에 속삭였었다.

이혼한 전남편과 안녕이라고 생각하던 그때….

기억을 떠올린 순간, 솔리아는 안도했다.

'그냥 우연이야. 노아가 그때와 같은 말을 하는 건….'

어쩌면 비를 계속 맞아 머리가 어떻게 된 걸지도 모른다. 솔리아는 그렇게 사실을 부인하며 스스로를 속였다.

차마, 노아에게 물어볼 용기가 나지 않았다. 지난 생에 했던 말을 어떻게 아느냐고 물을 수가 없었다.

어떤 대답이 들려올지 무서워서 솔리아는 눈을 질끈 감았다.

"난 여기에 없었고, 당신이 했던 말 그 무엇도 듣지 못한 거야."

속삭이는 노아의 목소리가 점차 낮아졌다. 목이 메마른 것도 같았다.

'무슨 말을 하는 걸까…'

솔리아의 푸른 눈동자가 점점 흐릿해졌다.

"내 능력을 이렇게 쓰고 싶지 않았지만……."

노아는 쓰게 웃고는 솔리아의 뺨을 쥔 채 고개를 숙였다.

살짝 비튼 고개가 그녀의 입술을 머금었다가 떨어졌다.

"무례를 용서해 주세요, 솔리아."

노아는 그렇게 말할 수밖에 없었다.

"감히… 욕심내는 걸 허락해 줘."

아무것도 모르는 솔리아에게 이기적인 요구란 걸 알지만.

"나와 결혼하면 힘들어지겠지만."

그래도 난 당신이 아니면 결혼하고 싶지 않아. 평범한 삶을 잠깐이라도 살 수 있으면 그것만으로 족할 테니까.

언젠가 우리가 이혼하게 되더라도.

내 손으로 솔리아, 널 떠나보내게 될 때가 온다 해도.

"그때까지는 날 이용해. 함부로 가지고 놀아도 좋으니까…."

노아는 말을 멈췄다. 그가 듣기에도 자신의 목소리는 무척이나 잠겨 있었다.

쿵, 쿵, 쿵!

그의 심장은 미친 듯이 뛰었고 호흡은 제멋대로였다.

솔리아에게 장난스럽게 했던 말이 떠올랐다.

"허락해 줄래요? 솔리아의 유일한 친구가 되는 걸."

유일한 친구란 건 새빨간 거짓말이다. 이기적인 선택이며 잔혹한 기만이었다.

스스로를 속이고 솔리아를 속이는 길이란 걸 알면서도…. 노아는 도저히 멈출 수가 없었다.

"쓸모 있는 남편이 될 테니 버리지 마…."

노아는 입술에 피가 나올 정도로 힘주어 깨물었다.

어차피 결혼해도 눈 가리고 아웅이었다. 황제의 개로 사는 운명을 반복할 뿐.

그 개에게 여자가 생기고 아이가 생기면 함께 목줄을 차게 되리란 것도 알고 있었다.

"당신의 발치에 황금의 관을 바치면…… 그땐, 자유로워질까."

자유를 되찾으려면 목숨을 걸어야 한다. 죽는 그 순간까지 피를 묻히면서. 언제 멈춰야 하는지도 모른 채.

그걸 알면서도 노아는 자신이 어떤 길을 선택하게 될지 깨달았다. 등골이 오싹할 정도로 선연하게 말이다.

'이제는 스승님이 말한 방법뿐이겠지. 그래, 반란….'

황제의 개로 살지 않으려면 황제가 되면 된다. 황금의 관을 앗아 오면 사람답게 살아갈 수 있었다.

노아는 솔리아가 해 줬던 말을 한시도 잊은 적이 없었다.

"노아가 자라게 해 줄게요. 어른이 되게 도와줄 거예요."

그 말을 듣고 눈물이 하염없이 흘렀었다. 말도 안 되는 헛소리라고 웃어넘기려 했건만….

고작 두 살 더 많은 주제에 어른인 척 구는 솔리아가 싫었다.

처음, 다친 손등에 야생초를 바르겠다며 제멋대로 손을 잡은 것도 불쾌했다.

그래서 손을 쳐 내려 했지만 도저히 그럴 수가 없었다.

솔리아가 보드라운 손으로 그의 머릿결을 따라 쓰다듬는 순간.

그 순간에 노아는 숨이 멎어 버렸으니까.

"백작님은 이제껏 잘해 왔어요. 숨도 내쉴 틈도 없이 달려 왔잖아요.

제 앞에선 편히 숨 쉬어도 돼요."

그 말이 심장을 울렸다. 감히 헛된 희망을 품게 했다.

"꿈에서라도 좋으니 결혼해 줘. 내 아내 곁에서만 온전히 숨을 쉴 수 있을 것 같아서…."

어차피 당신이 잠들면 잊어버릴 말.

노아는 알면서도 솔리아를 품에서 놓지 못했다.

모순적인 감정이었다. 솔리아가 잊지 않았으면 좋겠다. 잊지 않고 기억해 준다면 두렵고도 기쁠 것이다.

"잠깐이라도 좋으니 사람답게 살 수 있게 해 줘. 내가, 숨을 쉴 수 있게. 한순간이라도 죽음을 생각하지 않도록…."

노아는 눈물을 흘리며 솔리아를 꽉 끌어안았다.

"나의 안온이 되어 줘, 솔리아. 잠깐만…."

4년만…. 그 길고도 짧은 시간만 함께 있어 준다면 더는 욕심내지 않을게.

"나의 구원, 나의 안온…."

스륵, 솔리아의 눈꺼풀이 감기고 몸에 힘을 잃어 갔다.

노아는 가까스로 그의 안온을 끌어안으며 웃었다. 깨지기 직전의 얼음판을 걷듯 위태롭고 절박했다.

그가 사랑하는 것들은 온기를 잃는다.

그렇기에… 사랑하는 것을 만들지 않기로 그토록 맹세했건만.

솔리아는 그가 스스로를 가뒀던 새장을 깨부수게 했다.

스스로 채워지길 원했던 목의 올가미를 풀게 하고, 발목을 조였던 쇠사슬을 끊게 했다.

노아에게는, 회색빛 세상에서 솔리아만이 유일한 색을 가진 존재였다.

그 사실을 그녀는 결코 모르겠지만.

"기억하게 되면 꿈이라고 생각해. 현실임을 깨닫게 되면… 뺨을 쳐도 좋아. 쓰레기라고 욕해도 맞기만 할 테니까."

노아는 솔리아의 온기를 느끼며 안도했다.

"욕심낼게요. 조금만…. 아주 조금만."

* * *

노아 레니스터의 능력은 언령(言靈).

성서에는 대천사 에녹의 권능으로 알려졌으며, 레니스터 초대 백작의 이름 또한 에녹이었다.

흑기사로 불리며 아서왕을 도와 대륙 전쟁을 종결시켰던 에녹 레니스터.

그처럼 노아는 말로서 생물을 지배할 수 있었다. 특정 조건이 충족되면 사람이든 짐승이든 종으로 부릴 수 있었다.

노아의 이능이 황실에 알려졌을 때만 해도 황제는 별 관심이 없었다. 황후조차 웃어넘겼다.

"레이디 벨지안의 아들 자랑은 여전하군. 레니스터의 이능이 건국 당시엔 대단했다지만 지금은 전설뿐이지 않나."

그러다 황실 신년회 때 사건이 터져 버렸다. 황태자를 납치하려던 이들을 여덟 살인 노아가 언령으로 굴복시킨 것이다.

자그마치 9년을 준비했던 황태자 납치 시도는 실패로 돌아갔다.

주동자들은 무력과 지력이 뛰어난 소수 정예로 구성되었으며, 그들이 황제에게 요구하려던 조건은 세 가지였다.

1. 생체 병기를 만들고자, 인간과 마물 델몬의 유전자를 융합하는 실험을 그만둘 것.
2. 실험의 주도자인 박사 빈센트 군터와 연구를 진행했던 관련자들을 모두 처형할 것.
3. 연구소를 비롯해 두 개의 공장을 모두 폐쇄할 것. (확실하게 폭파시킬 것)

반란이 아니라 협상이 목적이었으나, 노아가 황태자를 구함으로써 9년의 노력은 물거품이 된 것이다.

"황태자 살해가 반란분자들의 목적이었다! 짐은 그 불손한 무리를 절대로 용서치 않을 것이다!"

황제는 귀족들의 수군거림을 일축했다. 잡음이 새어 나가는 것을 막고자, 사교계와 제국민의 관심을 레니스터로 돌렸다.
황후를 시켜 막대한 패물을 레니스터가에 전달한 것이다.

"나, 황태자 제로스는 레니스터 소백작의 은혜를 잊지 않을 것입니다."
"내 아들을 살려 준 레니스터의 공로는 잊지 않겠네."

죽을 뻔했던 열두 살의 황태자는 노아의 이능에 경의를 표하며 고마워했고, 황태자의 생모인 황후 또한 백작 내외에게 귀한 패물을 상으로 주었다.

각 가십지는 레니스터가 얼마나 많은 패물을 받았는지 떠들어 댔고, 호사가들은 쉴 없이 입을 놀렸다.

제국이 잠잠해지자, 푸르카 황제는 선황 때부터 인체 실험을 주도해 온 빈센트 박사를 불렀다.

"박사, 그대도 레니스터의 이능에 대해 들었겠지."

"아아, 질릴 만큼 들었답니다. 그때 한참 연구하느라 연회장에 없었던 게 아쉽군요. 헌데… 폐하께서 절 부르신 이유가 있을 텐데요."

"신께서 내게 선물을 내렸다고 생각한다. 그렇지 않나, 박사?"

황제가 흥분을 감추지 못하자, 빈센트 박사는 얇은 입술을 슬며시 올렸다.

"하오나, 폐하… 선물일지 재앙일지는 까 봐야 아는 거 아니겠습니까?"

"박사가 그 아이를 맡게. 짐에겐 라나 대륙을 통일할 살상 병기가 필요해."

"폐하께서도 아시다시피…. 바스티아 제국은 라나 대륙의 동쪽에 속하지요. 먼 옛날, 흑해와 홍해가 하나의 대륙을 갈랐고 동대륙과 서대륙으로 나뉘게 되었습니다."

접견실에서 두 무릎을 꿇었던 빈센트 박사는 허락 없이 자리에서 일어나 말했다.

"바다를 건너가신다 한들, 서대륙은 결코 정복하시지 못할 겁니다. 무적 함대를 만든다 해도 서대륙에 도착하자마자 몰살당할 테죠."

"짐은 얼마든지 함대를 만들 수 있다! 세금을 더 걷으면 돼!"

"그리 간단한 일이 아닙니다, 폐하. 어떤 대단한 군함을 만들든, 서대류을 정복할 수는 없습니다."

황제는 표정을 일그러뜨렸다. 원하는 대답이 나오지 않았던 탓이다.

'무엄한 놈! 황제는 네놈이 아니라 나다!'

속으로 씨근덕거리면서도 그는 박사에게 함부로 말하지 못했다.

"어찌 그리 단언하지? 박사, 그대가 짐을 위해 생체 병기를 만드는 중이면서? 하… 본인의 실력에 그리 자신이 없나?"

빈센트 박사는 황제에게 다가가 다시 무릎을 꿇고는, 주름진 손등에 입을 맞추었다.

"이런…. 제 부족함을 폐하께서 꿰뚫고 계시는군요."

능글맞게 말한 빈센트는 느릿하게 고개를 들었다.

"서대륙에는 사자왕이 있지 않습니까?"

푸르카 황제가 입매를 틀었다.

"…허! 짐이 그깟 놈 하나 처리 못 할까 봐? 군대를 풀면 된다."

"전부 전멸할 겁니다. 하나도 살아남지 않고 붉은 사자가 이끄는 용병단에 짓씹어 삼켜질 테지요."

빈센트가 귀찮음을 무릅쓰고 설명했다.

"붉은 사자들은 일찍이 델몬의 신체가 인간보다 강인하다는 것을 깨달았고, 델몬의 피와 살점, 심장을 체내에 이식해 왔습니다. 대부분은 델몬의 마력을 견디지 못하고 죽고 말았으나, 견딘 자들 또한 존재합니다."

"견딘 자들이라니! 그런 허무맹랑한 말을 믿으란 겐가?!"

"사자왕 라이언이 살아 있는 증거입니다. 그의 선조가 아주 오래전에 델몬의 왕, 카테르바의 사체를 먹었으며 후손들도 그래 왔습니다."

빈센트는 낮게 덧붙였다.

"카테르바는 무척이나 귀해서 살면서 쉽게 볼 수 있는 게 아닙니다. 자연에서 가장 진화한 생명체니, 그것을 살아 있는 채로 만나면 목숨을 걸고 싸웠고, 죽은 것을 먹고 버텨서 살아남으면 마력이 올라갔으니까요.”

“그, 그 미친놈들! 먹을 게 없어서 그런 걸⋯!”

“칸샤 일족은 본래부터 미친놈들입니다. 사자왕이 배 속에 있을 적에, 그의 외조부는 목숨을 걸고 카테르바의 어린 새끼를 구해 와, 제 딸이자 사자왕의 생모에게 산 채로 먹였습니다.”

임신한 여자가 태아를 위해 몸에 좋은 것을 먹는다고는 들었으나, 마물 왕의 새끼를 씹어 삼킨다는 사실에 황제는 경악해 입을 벌렸다.

“그렇게 해서 진화한 겁니다. 변이한 증거로 붉은 눈을 가졌으며, 머리칼도 피처럼 붉다고 하여 ‘붉은 사자’로 불리는 거고요.”

“그래 봤자 칼에 찔리면 죽는다!”

“아뇨, 안 죽습니다. 칼이 먼저 부러질걸요.”

죽지 않는 건 사실이다. 칼이 부러진다는 건 농담이었으나, 푸르카는 분간할 수가 없었다.

“칼에 급소를 수십 번을 찔려도 살아남는 괴물 같은 족속들입니다. 재생 능력이 대단해서 치명상도 수일 내로 회복하고 맙니다. 목을 완전히 잘라 신체를 불에 태우면 그때는 죽을지도 모르겠지만.”

빈센트는 이런 얘기까지 해야 하나는 표정으로 제 머리칼을 쓸어 올렸다.

“솔직히, 폐하가 사자왕이나 그의 아들과 마주친다면 그 자리에서 목이 꺾여도 이상할 게 없습니다.”

“네, 네놈이⋯!”

“인간의 한계를 뛰어넘은 포식자에겐 폐하도 토끼나 다름없죠. 토끼가 그냥 토끼인지, 토끼들의 왕인지⋯. 사자 입장에선 어차피 한 입 거린데,

거리낄 것이나 있겠습니까?"

푸르카는 분노와 수치심으로 입술을 파르르 떨었다.

"빈센트 네놈!"

빈센트 박사는 아랑곳하지 않고 "네, 폐하."라고 답하고는 입을 열었다.

"그들은 사람이 아닙니다. 뛰어난 전투 능력에 우월한 신체, 생존에 특화된 전략, 범접할 수 없는 지능…. 폐하처럼 평범한 인간이 대들 수 있는 존재가 아닙니다."

빈센트 박사는 예의 바른 미소를 지으며 칼날을 꽂았다.

총애받는 박사라 해도 무례한 행동임을, 그 자신도 황제도 알고 있었다.

그러나 빈센트에게는 일상이었다. 늘 그렇듯 황제가 어쩌지 못할 거란 것도.

'그래 봤자 가축들의 왕이지. 왕이나 황제나 다를 게 있던가?'

신체는 물론, 정신과 마력 영역에서도 인간의 한계를 넘은 빈센트에게 사람이 만든 신분은 큰 의미는 없었다. 황제를 이용하기 위해 형식에 맞춰 고개를 조아릴 뿐.

푸르카 황제는 피를 토할 듯이 박사를 무섭게 노려봤다.

"이, 이… 이! 개 같은 놈! 내 어머니가 하녀라고 너도 날 우습게 보는구나!"

하녀 소생의 사생아였으나, 황태후의 양자로 입적되었단 사실은 푸르카 황제의 역린이었다.

그 당시 황후였던 황태후 예카트리나는, 푸르카의 자존심을 잔뜩 뭉개 버렸다.

무릎 꿇고 양자로 받아 달란 푸르카의 면전에서 마시던 와인을 퍼붓거나, 그의 뺨을 내치기도 했다.

"그 더러운 눈깔…. 네 어미를 닮아, 생기도 신념도 없는 천박한 그 눈 때문에 네놈을 볼 때마다 구역질이 난다!"

예카트리나는 황후일 적에 푸르카 황자를 몹시도 혐오했다.

그러나 구태여 그를 괴롭힌 적은 없었다. 그녀에겐 자랑스러운 두 아들과 사랑스러운 막내딸이 있었으므로.

그러던 어느 날, 예기치 못한 불운이 그녀를 찾아왔다. 적통인 두 아들이 차례로 죽어 나간 것이다. 황태자는 낙마 사고로 죽었고, 2황자는 병사했다.

그녀에게 남은 건 딸이자 적통 황녀인 테레지아뿐.

"푸르카, 능력도 야망도 없는 네놈이 황제가 될 수 있을 거라 생각하나? 황위에 오르면 얼마나 버틸 수 있지? 내 아들들이 살아 있을 적에는, 눈도 못 마주치던 모자란 놈이 내 남편의 뒤를 잇겠다고?"

그 뒤로도 예카트리나는 계속해서 푸르카 황자를 모욕하고 조롱했다.

그녀는 푸르카의 생기 없는 검은 동공을 경멸했다. 차라리 저놈이 죽었어야 바스티아 제국과 황실이 빛을 보았으리라 확신하면서.

그러나 황위를 계속 빈자리로 둘 수는 없는 법.

예카트리나는 푸르카를 양자로 삼을 수밖에 없었다.

"내 두 아들의 죽음과 네놈은 무관하다는 것, 나도 안다. 푸르카 네놈은 내 아들들을 죽일 만한 배짱도, 그럴 만한 머리도, 대담함도 없는 약해 빠진 겁쟁이거든."

푸르카는 황제가 되고 나서도 예카트리나가 했던 말을 평생 잊지 못했다.

황위에 오르기 위해 발톱을 숨겨 왔으나, 학습된 공포로 인해 예카트리나를 위협하지는 못했다.

그걸 알고 있던 예카트리나는 코웃음 쳤다.

"내 예언 하나 하지…. 푸르카, 네놈은 운이 좋아서 천박한 하녀의 배를 빌려 태어났어도 황제가 될 것이다."

"아, 아닙니다. 제가 어찌…."

"내가 무능한 네놈을 살려 두는 까닭은, 내 남편의 아이여서다. 내 딸에게 끔찍한 황위를 잇게 할 순 없으니."

그 뒤로 예카트리나는 푸르카를 일절 만나지 않았다.

푸르카 황제의 친아들이자, 적통인 제로스가 태어난 이후에도 황태후의 경멸은 계속됐다.

노환으로 죽음을 앞둔 예카트리나 황태후는 마지막 유언을 전했다.

"네놈은 내 아들이 아니다. 내가 황후였기에 어쩔 수 없이 네게 황위를 잇도록 과업을 맡긴 것뿐. 비천한 핏줄이라고 모욕한 건 내 잘못일지도 모르지."

한참을 꺽꺽대며 울던 푸르카 황제에게 황태후는 마지막으로 칼날을 던졌다.

그가 유독 황태후의 인정에 목을 맨다는 사실을 알면서도.

"네가 무능하고 약해 빠졌단 건 진실이니 부정하지 않으마. 네 핏줄이 황위에 오르기도 전에 제국은 무너질 거다. 내 남편이 싸지른 오물을 네 놈은 감당 못 해."

황태후는 파리하게 변한 입술을 끌어 올려 웃었다. '난 널 황제로 인정한다', 그 한마디를 그토록 원했던 푸르카 황제가 절망에 잡아먹히는 것을 보면서.

"너도 네 아비를 따라 영생을 좇는다고 들었다. 원래 보잘것없는 남자들이나 영원을 살려 하지. 주어진 운명 내에선 제대로 살 자신이 없거든."

푸르카 황제가 격분으로 떠는 모습에 황태후는 큭큭, 웃음을 참지 못했다.

"넌 역사에 악취 나는 쓰레기로 이름을 올릴 거다. 그 끔찍하게 텅 빈 눈은 네 어미를 닮았고, 죽음이 두렵다며 제국민을 악마에게 팔아넘기던 그 한심한 작태는 네 아비를 닮았지…. 그 악마는 내 남편을 죽게 됐어. 내 아들도 모두 죽이고."

말없이 눈물만 흘리던 푸르카 황제는 폭소했다.

"죽을 때가 되니 노망난 겁니다! 황태후 전하, 죽더라도 제대로 아셔야지요! 빈센트 박사는 악마가 아닙니다…! 아니란 말입니다! 그는 현자입니다…. 바스티아, 내 나라에 번영과 부흥을 가져올 위대한 현자라고요!"

"가엾은 놈···. 그놈에게 아주 제대로 홀렸구나. 그 악마는 아주 오랜 세월을 살아왔는데, 넌 그걸 모른다···. 요악한 혀로 선황을 홀린 탓에, 내 아들을 모두 죽이고도 황성에 틀어박혀 있지. 손끝 하나 다치지 않고서."

그녀의 아들 둘이 죽었던 건, 빈센트 박사의 실험 때문이었다.

그러나 빈센트는 어떠한 처벌도 받지 않았다. 그는 황제보다 더 높은 곳에 있는, 그야말로 법 위에 선 존재였다.

황태자는 낙마 사고로, 2황자는 병으로 죽었다는 건 조작이었다.

이미 숨이 멎은 황태자를 말 위에 태운 뒤, 마력이 달린 실로 조종해 살아 있는 것처럼 보이게 했다. 2황자는 꾸준히 독을 먹여서 마치 병에 걸린 것처럼 위장시킨 뒤 죽였다.

"악마가 내 남편을 세 치 혀로 꼬드겼다. 그 악마 놈이 말했던 엘릭서에는 영원을 사는 방법 따위는 없어! 연금술의 한계를 넘고, 신의 진리를 깨달은 건 그 악마야. 평범한 인간인 네놈은 절대로 영생을 살지 못한다!"

"어차피 곧 죽을 텐데 무엇이 그리 두려워 자꾸만 지껄이십니까?"

죽기 전이니 이렇게 지껄이는 거라고 예카트리나는 조소했다.

"이 세상에서 영원한 건 없다. 영혼도 늙고 육신도 죽음으로 나아가는 것뿐. 허나, 영혼보다 육신의 노화가 빠르기에 묘수를 부리면 영원처럼 살 수 있다고 했지."

"······."

"황태자가 명석하고 사지가 건강하니, 선황은 아들의 몸에 자신의 영혼과 기억을 이식하려 했다. 그러나 이식 실험은 실패했고 황태자는 고통을 견디지 못하고 죽어 버렸지."

"전 부황과는 다릅니다. 전 실패하지 않을 겁니다. 절대로, 절대로…!"

"둘째도 고통에 울부짖으며 싸늘하게 식어 갔다. 그래도 딸인 테레지아는 실험체로 쓸 수 없었던 겐지…. 선황이 계집의 몸은 필요 없다고 여겼는지도 모르겠어…. 아니면, 그 악마가 테레지아를 아껴서 살려 둔 거거나."

황태후는 푸르카 황제를 초점 흐린 눈으로 보았다.

"네놈이 살아남은 건 하녀의 피를 이은 사생아여서…다. 난 줄곧 그렇게 믿어 왔지."

황태후는 죽음을 앞두고 푸스스 웃었다.

"이제 보니 나의 오판이었구나…. 그 악마는 황제가 될 멍청이가 필요했던 게야. 꼭두각시로 쓰여도 자기가 꼭두각시인지도 모르는."

그 말을 끝으로 황태후는 눈을 감았다. 생전에 무척 아꼈던 테레지아 황녀는 어제 문안을 다녀간 후로 보이지 않았다.

무능하고 약해 빠진 푸르카 황제와, 인간의 겁을 쓴 악마 빈센트 박사와는 엮이지 말라고 모친이 엄격히 경고한 탓이었다.

황태후가 예언한 대로 푸르카 황제는 미쳐 갔다.

그가 빈센트 박사에게 영생을 살고 싶노라고 빈 적은 없었다.

그저, 후원에서 형들의 냉대와 모두의 무시에 숨어 울기만 하는 어린 황자에게, 신처럼 보이는 아름다운 남자가 찾아왔을 뿐.

그자는 자신의 이름을 '빈센트'라고 다정하게 알려 주면서 푸르카가 원하는 건 뭐든 들어주겠노라 약조했다.

아버지를 원하면 아버지를, 목매달아 자결한 어머니가 그리우면 어머니를….

이야기를 들어 주는 친구를 원하면 친구를 주겠노라 했고, 어느 날에는 황제가 되게 해 주겠노라고 약조했다.

심지어 그때의 푸르카는 황위를 원한 적이 없었는데도.

빈센트 박사는 푸르카의 마음을 알면서도 늘 "가엾은 황자님, 황위를 갖고 싶지 않나요?"라며 물어 왔고 푸르카는 그가 원하는 대답을 해 주고는 했다.

갖고 싶지 않다고 말하면 그를 실망시킬 것 같았다.

눈을 마주쳐 오고 이야기를 들어 주는 유일한 존재다. 그가 황성에서 떠날까 두려워서 원한다고 대답해 버렸다.

말에는 힘이 깃든다고 하였던가. 정신을 차렸을 땐 모든 게 바뀌어 있었다.

그렇게 박사를 만난 지 27년이 지났을 때는, 바스티아의 황제로서 '서대륙 정복'과 '영생'을 목 놓아 염원하게 됐다.

서대륙 정복과 영원한 삶이란 과업을 위해, 푸르카는 11년간 인체 실험에 제국과 자신을 바쳐 왔다.

황제는 검은자가 큰 눈을 내려 빈센트를 내려다봤다.

"박사, 그대는 영원히 늙지 않는 신인데…. 나는 추악한 늙은이가 되어 버렸지."

"어쩔 수 없었지요, 폐하. 황태자 전하께선 아직 어리신 데다, 파장이 맞지 않아 전이 실험을 계속할 수는 없었습니다."

"황손이 연이어 죽어 나가면 저주받았다는 소문이 퍼지겠지. 박사가 가장 우려하는 게 아니오?"

저주는 두려움을 낳고 두려움은 호기심을 자극한다.

아주 오래된 옛날부터 신분과 이름을 바꿔 가며 실험을 이어 온 빈센트는 그것을 꺼렸다.

"실험이 지속되려면 제국은 평안해야 합니다. 반란과 같은 잡음도 없어야 합니다만…."

빈센트 박사는 제비꽃색 눈동자를 휘며 나직하게 말했다.

"반란군이 늘어도 나쁘지는 않을 겁니다. 실험체가 늘면 유의미한 결과도 나올 테니까요."

"내 핏줄만이 나와 파장이 맞을 가능성이 높다고 하였지. 그 외에는, 전이 실험을 견딜 수 있는 실험체는 없다고 하지 않았소? 어떻게든 구한다 해도 파장 때문에 소용없다고 했었잖나."

"…그랬습니다만, 레니스터의 핏줄이라면 다릅니다. 초대 가주였던 에녹 레니스터…. 그는 신과 섞인 반신으로, 인간의 육신에 신의 영혼이 깃든 존재니 말입니다."

고요한 정적 속에서 박사의 설명이 이어졌다.

"이전까지는 레니스터의 핏줄들이 주목할 만한 이능을 가진 적이 없어서 관심을 두지 않았으나—."

빈센트 박사는 단안경을 벗고는 눈꺼풀을 느릿하게 들었다.

선량하고 기품 있는 눈동자가 황제를 지그시 바라봤다. 도저히 악마로는 보이지 않았다.

"폐하께서 말씀하신 '그 아이'라면 실험을 견딜지도 모릅니다. 맞지 않는 파장은 강제로 맞춰 나가면 되니까요."

"그 아이라면… 노아 레니스터 말인가?"

푸르카 황제는 손끝에 전율이 흘렀다. 드디어, 드디어 숙원을 이루게 되었도다…!

"노아 레니스터는, 강인하고 숭고한 영혼과 위대한 마력이 평범한 육신을 빌려 태어난 존재입니다. 영혼과 마력, 몸의 균형이 심각하게 뒤틀려 있으니 곧 단명할 거고요."

"…단명한다고? 내 새로운 그릇이? 안 되지! 안 된다. 그렇게 둘 순 없다!"

황제가 질겁했다. 빈센트는 답지 않게 진중하게 말했다.

"실험으로 노아 레니스터의 육신을 강하게 만들 겁니다. 견디지 못하면 죽을지도 모르나…. 어차피 단명할 목숨이라면 실험해 봐도 나쁠 게 없지 않겠습니까?"

"좋다…. 좋아. 뭐든 좋으니 박사의 뜻대로 해라."

"강인한 육신에 살아 있는 모든 것을 복종시키는 정신력. 초대 레니스터의 가주였던 에녹 레니스터의 권능. 그것을 폐하께서도 노아 그자의 몸으로 쓸 수 있게 되는 겁니다."

빈센트 박사의 말은 다디단 유혹으로 들렸다.

사생아 혈통이란 것과 형님들이 살아 있었다면 결코 황제가 되지 못했다는 열등감이 푸르카 황제에게 열망을 불러일으킨 것이다.

"폐하께선 신의 영역에 도달하실 겁니다. 영원히 황제로 군림하는 것이 폐하의 운명이지요."

제국민의 안위 따위는 돌보지 않았던 푸르카는 눈이 돌아가 버렸다.

그에게 제국은 '영생과 정복'이란 과업을 달성하기 위한 수단에 불과했으므로.

그래서 언제든지 실험체를 빈센트 박사에게 바칠 수 있었고, 박사 또한 실험체들을 '죄인'이라 부르며 마음껏 실험에 써 왔다.

그렇게 빈센트 박사가 선황 때부터 푸르카 황제에 이르러 60년간 지속해 왔던 인체 실험은 노아의 이능이 발현되면서 비밀 실험 '청명'으로 바뀌었다.

이미 푸르카 황제는 반쯤 미쳐서 빈센트 박사의 진짜 목적이나, 그의 정체가 무엇인지는 신경을 쓰지 않았다.

평생 시달려 왔던 진득한 열등감. 뼛속 깊이 새겨진 패배를 승리로 바꿀 수 있다는데, 악마면 어떻고 신이면 어떻겠는가!

빈센트 군터는 궁극의 지혜를 깨달은 데다, 원한다면 황위도 거머쥘 수 있는 자였다.

그러나 그의 목적은 더 지저분한 거였기에 연구에만 몰두할 수 있기를 원했다.

황제가 멍청할수록 휘두르기 좋았으므로 자질이 있던 적통 황자들은 모두 제거했다. 선황이 친아들을 실험체로 쓰는 데 동의했기에 뒤탈도 없었다.

박사가 연구에 일평생을 바쳐 온 이유를 푸르카 황제는 알려 하지도 묻지도 않았다.

언제나 그래 왔듯 빈센트 군터의 결정에 따를 뿐.

강하고 아름다운 육신을 얻을 기회였다. 황제는 몇 번이고 선대 레니스터 백작에게 아들을 팔라며 뜻을 강요했다.

물론, 푸르카 황제는 선대 레니스터 백작에게 실험이니, 레니스터의 권능이니 하는 것들은 일절 말하지 않았다.

"자네의 아들을 내게 바치게, 하르딘. 잘 생각해 봐."

"몇백 번을 물으신들, 거절하겠습니다. 폐하께는 제로스 황태자가 계십니다."

"제로스는 글렀어. 짐과 황후의 아들이자, 황태자이긴 해도 특별한 능력 같은 건 없지. 헌데, 자네 아들은 달라."

황제는 정신 나간 헛소리를 태연하게 했다.

"노아를 내 양자로 삼아 짐의 과업을 물려받게 할 거세. 생각해 보게나, 하르딘. 자네의 핏줄이 내 아들이 되어 바스티아 제국을 다스리는 황제가 되는 것이니! 이 얼마나 기쁜 경사인가?"

도대체 어떤 황제가 친아들을 버리고 양자를 입양해 황위를 물려준단 말인가.

황제가 제국의 주인이라고는 해도 정통성이라는 명분 없이는 제국을 다스리기 어려웠다.

분명, 일반적인 방법은 아닐 것이다. 푸르카는 사생아라 멸시받았을지 언정 선황의 핏줄이다.

대가 끊기는 것을 가신들이 두고 볼 리가 없었다.

하르딘은 황제의 저열한 욕망을 간파한 뒤였다.

그도 아들인 노아에는 미치지 못하나, 언령의 힘을 가진 데다 어릴 적부터 머리가 비상했고 사람들의 마음을 꿰뚫는 능력이 무서울 정도로 뛰어난 까닭이었다.

예언가에 가까운 통찰력을 갖고 있었던 하르딘은 미래를 예측했다.

그 미래에 노아는 살아 있겠지만, 자신과 아내는 뼈만 남아 흙으로 돌아갈 것이다.

결국, 하르딘은 결정을 내렸다.

"아들을 폐하께 바치겠습니다."

하르딘은 흑발을 반듯하게 올린 채 여유로운 미소를 띠었다.

황제의 개로 복종해 왔던 그에게 거절할 권리는 없었다.

인체 실험과 관련된 황명이라면 칼같이 거절했기에 황제도 더는 권하지 않았지만, 아들을 팔라는 집념은 꺾을 수 없어 보였다.

"제게 황위를 주십시오. 그러면 제 아들을 두말없이 바치겠습니다."

"하, 하하하! 예전부터 생각해 왔다만…. 미친놈이구나, 하르딘."

황제는 하르딘이 조롱한 것을 깨닫고서 차갑게 말했다.

"네놈 배를 가르면 모를까! 짐은 절대로 황위를 내어 줄 수 없다."

하르딘은 고개를 살짝 숙이고는 웃었다. 황제 앞에서 웃음을 감추려는 노력도 하지 않았다.

"돌아가신 황태후께서 묻힌 교단에 찾아가 읍하십시오. 폐하께서 무능함을 견딜 도리가 없어 제 아들이 필요하다고."

"으, 의! 하르딘 레니스터!!"

"폐하께서 무릎을 꿇고 머리를 조아려… 나의 발등에 입을 맞추신다면, 그 조건을 받아들이겠습니다."

황제는 그러지 않았다. 그럴 수가 없었다.

"황태후께는 양자로 받아 달라 무릎 꿇고 잘도 비시더니, 신하 된 자 앞에서는 그 귀한 무릎이 닳기라도 할까 두려우신 겁니까?"

"네, 네 이놈!!"

황제의 노성에 하르딘의 눈빛이 변했다.

"나와 내 아내는 죽음을 받아들일 것이나, 절대로 혼자 가지는 않을 거다!"

하르딘은 예리한 칼날 같은 눈동자로 황제를 무섭게 노려봤다.

툭, 툭.

주먹을 꽉 쥔 그의 손에서 피가 흘렀다. 접견실의 대리석 바닥을 적시면서.

싸아아. 찰싹.

'그으으윽' 하는 소리와 철퍽철퍽, 물이 바닥을 쳐 대는 소리가 겹쳐졌다. 월수(月水)였다.

그때, 거대하고도 기괴한 검은 손톱이 바닥을 긁기 시작했다. 월귀가 제약을 깨고 모습을 드러낸 것이다.

똑, 또옥, 똑一.

대리석으로 반짝거리던 바닥에 검은 웅덩이가 고이기 시작했다. 검은 공동(空洞)이 황제가 머무는 알현실 전체를 삼켰는데도 황제는 피할 생각조차 하지 않았다.

하르딘 레니스터는 달의 주인, 월귀와 이중 계약을 마친 뒤였다.

계약 조건은 이러했다.

1. 하르딘 레니스터는 주술사 알렉세이 칸샤를 증인으로, 그와 주종 계약을 맺은 월귀(月鬼)를 이용해 차원의 문을 강제로 연다.

2. 차원의 문이 열릴 때, 순리에 역행하는 것이므로 통행료가 필요하다.

3. 열 때의 통행료는, 하르딘의 가장 소중한 존재가 자발적으로 대가를 지급한다.

4. 문이 닫히는 것은 순리에 따르는 것으로 통행료가 필요치 않는다.

5. 문이 열리면, '그것'을 불러낸다. '그것'과의 소환과 계약 실패는 월귀와 그의 주인인 주술사, 알렉세이가 책임지지 않는다.

주술사인 알렉세이 칸샤가 그 증인으로, 하르딘은 차원을 여는 월귀에게 가장 사랑하는 여자를 바쳤다.

「달의 주인에게 ――― 레니스터의 육신과 의식을 바친다. 그 대가로 내가 빌 소원은…….」

이제는 하르딘 제 육신과 의식을 '그것'에게 바칠 차례였다.

대천사 에녹의 소환.

황제는 초점을 흐린 채 말이 없는 하르딘을 향해, 계속 욕을 내뱉고 또 내뱉었다. 바닥에 검은 공동이 생긴 줄도 모른 채.

화앗!

하르딘은 파란 눈동자를 감으며 괴이한 그림자가 다가오는 것을 느꼈다. 의식은 이미 시작됐다. 제 육신을 구속의 증거로, 의식은 제약을 위한 제물로 바쳤으므로.

싸아악―.

검은 공동 아래, 무수히 많은 파란 눈동자가 푸르카 황제를 동시에 쳐다봤다. 이윽고 수많은 눈이 감겼던 그때.

그림자가 휘몰아치며 검은 날개를, 수천의 눈동자가 점멸하더니 바닥에 아주 거대한 파란 눈동자가 생겨났다.

스륵.

기이한 파란 눈동자가 그윽하게 떠졌다. 그 시선이 향한 곳은, 대천사 에녹의 소환에 성공한 하르딘 레니스터였다.

「나의 먼 후예여, 내 모습을 보고도 놀라지 않는군…….」

성서에 이르길, 대천사가 지상에 강림하면 하는 말들은 공통적이었다. '너희는 내 모습을 두려워 말라'고….

주신 라나께서 창조한 모습이다. 고귀하고 아름답지만, 인간의 눈에는 두렵기만 할 것이다. 그들의 관점으론 천사보단, 소름 끼치는 괴물에 가까워 보일 테니.

그래서 소환되자마자, 저 작은 소환자가 놀라서 죽어 버리면 어쩌지? 걱정도 했다. 기껏 저를 불러내 놓고 죽어 버리면 소환된 의미가 없지 않은가.

「너무 작아….」

대천사의 눈엔 190센티미터에 달하는 건장한 체격의 하르딘이 너무 작아 여려 보였다.

어째, 이번 소환자는 조금도 반응이 없었다. 천 년 전에 제 이름을 물려받은 '그놈'이 빌어먹을 마물 새끼라며, 제가 불러 놓고 제가 없애겠다며 날뛸 때보다는 덜 피곤했지만.

대천사를 부르고도 저런 반응이라니…. 저놈, 인간이 아닌 건가? 제멋대로 문을 열어 버린 월귀는 통행료만 허겁지겁 삼키고, 이미 잽싸게 튀어 버린 지 오래였다.

월귀가 강해 봤자 귀신이 진화한 단계고, 천사는 고결한 성체(聖體).

애초에 격이 달랐다. 주신 라나께 이름을 하사받은 천사와 사혼(死魂)이 모인 찌꺼기를 어찌 같은 선상에 놓을 수 있겠는가.

하물며 대천사는 천사들의 왕에 속하는 계급.

그야말로 신에 속하는 상위 계급이니, 월귀 따윈 저리도 볼품없이 도망칠 만도 하지.

「음…….」

대천사 에녹은 재미없다는 듯 파란 눈동자를 깜빡거렸다. 덩그러니 바닥에 새겨진 눈동자가 끔뻑이는 모습이 기괴했다.

「구태여 아들을 살리려는 건가…. 아내는 차원의 문을 여는 데 바쳤고…. 네놈의 아들은 어떤 시간선에서도 죽을 운명.」

"그런 것쯤은 알고 있어. 알아도 용납은 못 하겠더라고."

「좋다…. 나의 후예이며 필멸자여, 운명을 부수려는 대가는 네놈에게서 받아 가지….」

하르딘은 무미건조한 눈을 다시 떴다. 대천사 에녹의 모습을 보고도 평정을 유지한 건, 죽음도 각오했기 때문이었다. 좀처럼 놀라지 않는 천성 탓도 있었다.

'내 목숨을 빌려, 푸르카 황제의 목에 죽음의 올가미를 씌웠다.'

그 모습을 끝으로 하르딘은 시력을 잃고 말았다. 그와 동시에 바닥을 집어삼킨 파란 눈동자가 파앗! 푸르게 빛나더니, 기괴하게 번뜩였다.

"푸르카 황제…. 네놈은 나의 핏줄을, 레니스터의 피를 이은 아이를…!"

뚝뚝 끊어지는 목소리에는 분노가 넘실거렸다. 대천사 에녹과의 소환 계약으로 생기를 잃은 파란 눈동자가 태양을 삼키는 야차처럼 일그러졌다.

"흑사자의 청명한 눈동자를, 파란 눈을 평생 두려워하면서 죽게 될 거다!"

증오와 저주로 들끓는 귀기 어린 목소리였다. 언제 분노했냐는 듯 하르딘은 다시 고개를 숙여 예를 갖췄다.

"끔찍한 죽음이 폐하께 드리우길."

그의 몸이 목줄을 채운 인형처럼 무릎을 꺾듯이 꿇었다. 누군가 그를 조종하는 것처럼 부자연스럽고 뚝뚝 끊겼던 움직임이 하르딘이 알현실의 문을 열고 나갈 땐, 다시 자연스러워졌다. 원래 그가 걷던 것처럼.

"허억, 헉……."

황제는 화급히 심장가를 부여잡았다. 보이지 않는데도 느껴지는 섬찟한 한기에 심장이 멎을 것만 같았다.

"아… 으……. 크윽, 꺽!"

무거워진 공기에 입에는 거품을 물고 전신이 부들거렸다. 훗날, 황제는 하르딘을 마차 사고로 꾸며 제거한 뒤에도 알아내지 못했다.

그때, 그날….

그 순간에 느꼈던 압도적인 존재감이 대체 무엇이었을지.

Chapter 4

나는 눈을 떴다. 의식이 돌아오기까지는 한참이 걸렸다. 그래도 감각
은 선명했다.

감긴 눈가를 비추는 한 줌의 햇볕. 귀를 기울여야 들리는 작은 새소
리….

그런 것들에 집중하면서 손끝을 움직이려 노력했다.

"으, 으…."

가까스로 눈을 먼저 뜨고 손끝을 조금 움직일 수 있었다.

침대를 지지대 삼아 팔꿈치와 발바닥에 꽉 힘을 줬다. 마침내 몸을 완
전히 일으켜서 침실을 살폈다.

"내 방…."

나는 홀린 것처럼 주변을 한참 둘러봤다. 아무도 없었다.

내가 기절했다면 에델이나 버디가 쭉 곁을 지켰을 텐데도….

얼굴 한번 비치지 않던 집사나 하녀장은 역시나 코빼기도 보이지 않았다.

'로튼 남작이 올 리가 없지. 그렇다면 노아는?'

내가 기절한 사이에 노아가 왔다 가지는 않았을까?

궁금했지만 알 겨를이 없었다. 그를 안 본 지 꽤 됐으니 말이다.

'노아를 마지막으로 봤던 게 언제였지? 아, 맞아…!'

언덕 위에 올라가, 연무장에서 검을 휘두르던 노아를 봤었다.

그를 봤느니, 잘생긴 기사를 봤느니 가벼운 농담 따위를 하고….

"메를린이 날 불렀었지."

레오나 항구에서 포주 역할을 하던 그 여자를 내쫓은 다음에는….

'다섯 살 솔리아의 기억을 엿봤었어. 알렉세이가 떠났을 때도…. 그 뒤로 솔리아가 마차 사고로 죽었던 것도.'

그래서 해티 마을의 출입 기록을 사람을 시켜 조사해야겠다고도 생각했었다.

물론, 그만한 돈이 내게는 없었으므로 훗날의 일이겠지만.

그 뒤로는 후원에서 패악질을 부리던 로튼 남작을 양산으로 매타작했고….

"나 대체 왜 기절한 거지?"

로튼 남작을 너무 열심히 때려서? 감정이 끓어올라서 퓨즈가 나간 건가?

실내 생활만 하다 보니 약해진 체력에 한숨을 푹 내쉬었다. 이래서 체력 단련이 필요하단 거다.

"…하, 씨. 내일부터는 연무장이라도 뛰어야겠다."

도대체 몇 번이나 기절하는지 모르겠다. 설렁줄을 당겨도 오는 사람이 없었다.

저택에 무슨 일이라도 있는 걸까? 배도 고팠고 목도 진짜 말랐다.

"아무도 없으니 적적하기는 하네."

방금 전까지 사람이 있었는지 침대 옆이 따듯했다.

손으로 침대를 쓸다가 겉옷을 대강 걸쳐 입고는 복도로 나왔다.

'응접실이라도 가 볼까? 물이랑 간식 정도는 항상 있으니까.'

복도로 나오고 나서야, 나는 맨발이란 걸 깨달았다. 다시 문을 열려 했지만 잘못 닫았는지 문은 열리지 않았다. 안에서 잠근 적도 없는데.

"하아…. 이젠 문까지 말썽이네."

복도에 깔린 카펫은 맨발로 밟기에는 꺼끌꺼끌했다. 최대한 벽으로 붙어서 본관의 2층 응접실로 가는데, 마주친 사람은 없었다.

달칵, 끼이익-.

나는 문을 열고서 미간을 찡그렸다. 기름칠을 덜 했는지 경첩끼리 부딪치며 쇠 긁는 소리가 났다.

"저택에서 가장 크고 호화로운 응접실인데…. 관리가 전혀 안 되어 있네."

하여간…. 로튼 남작의 무심함에 고개를 설레설레 젓고는 문을 닫았다.

혹시 몰라 문을 잠그고는 안쪽을 살폈다. 다행히 간이 주방 쪽에 물과 마른 과일이 있어 대충 배를 채울 때였다.

"응? 저기에 문이 있었나?"

2층 본관의 응접실에는 문이 총 두 개였다. 남쪽의 복도와 이어진 방 문과 동쪽의 간이 주방과 연결된 작은 실내 문.

북쪽은 창문가였다. 서쪽에는 원래 문이 있었으나 로튼 남작이 저택을 사면서 그것을 허물고 벽으로 세웠다고 들었었다.

"…그런데, 왜 서쪽에 문이 있지?"

난 열두 살에 남작저로 와서 열일곱이 될 때까지 5년간 지냈었다.

그 5년간 자잘한 보수 공사가 있기는 했어도 응접실 문을 새로 만든 적은 없었다.

저택은 본래 벤조 공작의 소유로, 별장으로 쓰이던 곳이었다.

공작은 사교계 시즌마다 수도에서 지내는 타운 하우스가 일곱 채나 있었는데, 이 저택은 수도 근교라서 위치가 애매했다.

그래도 가끔 벤조 공작과 공작 부인이 머물다 가고는 했었다는데….

"공작 부인이 5년 전쯤에 실종됐으니까…."

공교롭게도 시기상으로는 얼추 맞아 들어간다. 벤조 공작은 아내가 실종되고 이 저택을 로튼 남작에게 팔았던 거였다.

거저 주었기에 사실상 팔았다기보다는 증여한 거에 가까웠지만.

다시 문 쪽을 바라보니 이질적인 느낌이 들었다.

응접실의 벽도, 간이 주방의 위치와 구조도, 곳곳에 있는 고상해 보이는 장식품도 모두 내가 봐 왔던 건데도.

서쪽에 난 문만 기묘할 정도로 낡았다. 최소 15년? 한 20년 전의 것으로 보일 만큼. 분명, 여기 있던 문은 진작에 없애 버렸다고 했는데.

"며칠 쓰러졌다고 환각이라도 보는 건가…."

역시 체력이 굳건해야 한다. 난 한숨을 삼키며 창문가로 향했다.

커튼을 걷자, 눈이 부실 정도로 강한 햇볕이 쏟아졌다.

"응? 여긴 프리지아 화원이 있는 곳인데?"

로튼 남작이 돈을 처바른 덕분에 마법사를 통해 보존 마법을 걸어 뒀고, 사시사철 하얀색 프리지아꽃들이 늘 피어 있었다. 평소에는.

"근데 왜 프리지아꽃이 없지…."

창문 밖으로 본 광경에 난 고개를 갸웃했다. 그사이에 정원을 손보기라도 한 건가?

눈부신 햇살이 내리쬐는 한낮에 녹음 진 풀들이 후원을 가득 메웠다.

아무리 봐도 로튼 남작이 자랑스러워하던 프리지아 화원이 아니었다.

"꺄악!"

새된 비명에 놀라 후원가를 살폈다. 그러자 꽃 장식으로 가득 찬 그네가 흔들렸다.

끼릭, 끼리릭….

빈 그네가 아니었다. 사람이 있었다.

10대 후반은 됐을까…. 머리를 틀어 올린 소녀가 비명을 지르며 즐거운 듯 그네를 타고 있었다.

그녀는 그넷줄을 꽉 잡고는 눈을 질끈 감았다. 연신 새된 비명이 입에서 터져 나왔다.

"마리안느! 계속 혼자만 탈 거야?"

"메이 넌 그네가 무섭다며?"

'마리안느'라고 불린 여자가 깍깍거리며 함박웃음을 지었다. 언제 비명을 내질렀냐는 듯.

"결혼을 앞두고 있는데 몸조심해야지."

"그냥 그네잖아? 뭘 그렇게 조심해?"

마리안느가 가볍게 핀잔했다. 그녀를 등지고 선 또래의 여자는 옆모습만 살짝 보였다.

'메이'라 불린 여자는 고개를 살짝 숙이고는 손등으로 입가를 가렸다. 어깨를 들썩이는 걸 보니, 웃음을 참는 것 같았다.

"난 장차 황후가 될 몸이잖아? 조심하는 게 당연해."

"그네보단 침대가 더 위험할걸?"

"마리! 너도 참…."

메이는 마리안느를 타박하면서도 즐거운 듯 웃었다.

난 홀린 듯이 낄낄대며 웃는 둘을 바라봤다.

'메이와 마리….'

누군지 알 것 같았다. 현 푸르카 황제와 결혼한 메이 황후.

마리는 공작 부인인 마리안느의 애칭이겠지. 이 저택은 벤조 공작의 소유였으니까.

마리안느는 계속해서 그네를 타다가 메이를 잡아끌었다.

어쩔 수 없다는 듯 메이가 끌려오자, 둘은 사이좋게 그네를 타고는 재잘재잘 웃어 댔다.

주변엔 아무도 없었다. 둘 다 귀족 아가씨니, 시녀나 기사가 곁을 지킬 법도 한데.

메이는 그네를 타면서도 허리를 꼿꼿하게 펴고 있었다.

끼릭. 그네가 천천히 움직이는 와중에도 그녀는 치마를 연신 펴느라 바빠 보였다. 이쪽은 체면과 예의를 중시하는 타입.

마리안느는 드레스를 입은 채 다리를 힘차게 움직였다. 장난기 많고 활발한 성격으로 보였다.

구체적으로 언제인진 몰라도 메이 황후가 델피누스 자작 영애일 적이고….

마리안느도 공작 부인으로 불리기 전인, 막시밀리안 후작 영애일 때로 보였다.

둘은 20년 전쯤에 각각 푸르카 황제와 벤조 공작과 결혼했다고 했으니….

결혼 전인 건가? 그렇게 생각하며 그네를 타는 둘을 지켜볼 때였다.

마리가 주변을 살피더니 메이에게 고개를 숙였다.

지켜보는 사람도 없는데? 귓속말이라도 하나 싶었다.

반으로 우아하게 틀어 내린 갈색 머리를 숙이더니….

그대로 메이의 뺨에 입을 맞추었다. 담백하기 그지없는 볼 키스였다.

비쥬는 옛날 관습이었다. 가족이나 친지를 만났을 때 볼에 뽀뽀하는 모습을 요새는 잘 볼 수 없었다.

이삼백 년 전쯤, 동대륙을 휩쓸던 전염병으로 인구의 2할이 죽은 뒤로는 신체적 접촉을 꺼렸기 때문이었다.

이윽고 펼쳐진 광경에 나는 놀라 입을 틀어막았다.

마리안느는 메이의 등에 손을 댄 채 농염한 키스를 하고 있었다.

처음엔 놀란 듯 보였던 메이도 거부하거나 자리를 떠나지 않았다.

키스는 짧았고 둘은 겹쳤던 몸을 금세 떼어 냈다.

"폐하께서 아시면 우리 둘 다 무사하지는 못할 텐데. 그치?"

마리안느가 쓰게 웃었다. 메이는 드레스 자락을 꽉 힘주어 잡았다.

"폐하께서도 아셔. 오히려 잘됐다고 했었어."

"농담이지, 메이! 잘됐다니?"

"적어도 사내새끼와 뒹굴 일은 없겠다고 안심하셨어. 아버지께도 사실대로 말씀드렸지만, 파혼은 절대 안 된대."

메이는 울먹거렸다. 마리안느도 금세 꺽꺽대며 울더니 둘은 한참을 부둥켜안았다.

"차라리 내가 시녀였으면 좋겠다. 그러면 매일 붙어 다니면서 행복했을 텐데…."

"마리, 네가 내 시녀였으면 하루도 못 버티고 나갔을걸? 내 성격이 최악인 거 알잖아."

"알지만…. 휴, 아니다. 이제 와서 이런 얘기 해 봤자 뭐 하겠어? 우리 둘 다 결혼하게 됐는데."

"벤조 공작은 알아? 자기 아내 될 여자가 날 좋아한다는 거."

"글쎄. 모르지 않을까?"

"하긴…. 알아도 상관은 없겠다. 황후가 될 테니 치우기 까다롭잖아?"

메이는 드레스 자락을 꽉 쥐던 것을 풀고는 말했다.

"공작도 참 아쉽겠어. 내가 시녀였거나 미약한 가문 출신이었으면 바로 치워 버렸을걸?"

"그렇게 나쁜 사람 같지는 않아 보이던데…."

"치…. 너 지금 내 앞에서 그 남자 편드는 거야?"

그러고도 둘은 티격태격하였다.

난 그 광경을 보고서 한참 동안 정신을 차리지 못했다.

당연한 반응이다. 마리안느는 5년 전에 실종되어 실제로 본 적은 없었지만, 사교계를 주름잡던 공작 부인이었다.

그녀는 빈민 구제에도 힘썼으며 제국과 황실의 존경을 받아 온 이다.

그랬던 그녀가 메이 황후의 옛 연인일 줄은 누가 알았겠는가!

둘은 철저하게 잘 숨겼는지, 윗선의 압박이 있었는지 가십지에도 얘기가 나온 적은 없었다.

제국은 물론, 사교계에 소문도 돌지 않았다. 잡음이 하나도 없었다는 소리였다.

'와…. 충격이다. 왜 아무도 몰랐지? 밖에서 이렇게나 대담하게 구는데.'

정혼자인 벤조 공작이 이 당시에 저택에 머물렀는지는 모르겠다.

그래도 이해가 가지는 않았다. 둘 다 정혼자가 있는데 그것도 황제와 공작이다.

그런데 둘은 벤조 공작의 소유인 타운 하우스의 후원에서 진하게 입을 맞췄다.

'시녀에게 일부러 자리를 피하라고 한 거겠지만….'

그래도 공작가의 시종이나 기사가 언제든 오고 갈 수 있는데 말이다.

최악의 경우엔 벤조 공작이 직접 목격할 수 있었다.

"하아…. 뭐가 뭔지 하나도 모르겠다."

내가 비 내리던 후원에서 기절한 뒤, 침실에 눈 떴을 때도 뒤숭숭한 꿈을 꿨던 것 같은데….

어렴풋이 기억난다. 악마라 불리던 빈센트 박사….

서대륙 정복과 영생에 미쳐 있는 푸르카 황제. 아들을 내놓을 수 없다며 분노를 표하던 남자는….

'하르딘 레니스터…. 노아의 아버지였지.'

그가 알현실에서 황제에게 포효하는 순간, 그 이후부터는 기억이 흐릿했다. 뭔가 엄청난 걸 봤던 것 같은데….

그게 뭔지는 기억나지 않았다. 철벅철벅, 바닥을 흐르던 검은 물. 그 뒤로 나타난 검은 날개와 무섭도록 파랗게 빛나던 무언가….

'하, 모르겠다. 사람이 아닌 걸 본 것 같지만.'

기억도 불분명했고 계속 생각해도 떠오를 것 같지 않아서 기억나는 부분까지만 생각하기로 했다.

'어쨌건 푸르카 황제와 빈센트 박사, 하르딘 레니스터는 선명하게 기억나. 황제의 목적이 뭔지도.'

단순한 꿈 같진 않았고, 어쩌면 과거일지도 모른다.

내가 직접 겪지도 않은 과거를 꿈이란 형태로 보고 듣는 이유가 있는 건가?

특별한 힘을 지녔다거나… 에이, 이건 아닌 것 같다.

'그랬으면 진작 날아다녔겠지.'

특별한 거라고는 다른 세계의 사람이었다는 것. 그리고 솔리아의 몸에 빙의했단 거였다. 특이한 건 있다. 여섯 번을 죽고 일곱 번째 솔리아로 살고 있으니까.

"뭐…. 흔한 설정도 있지 않나? 알고 보니 대단한 성녀였습니다."

…라고 스스로를 치켜세우려 했지만 미안하다. 난 쥐뿔 아무런 성력도 없었다.

"차라리 마녀라도 됐으면 좋겠다."

마법사니, 소드 마스터니! 뭐 그런 거 많이들 있잖아?

난 차라리 태권도 마스터나 주짓수 마스터면 좋겠다. 킹스X이나 원펀X이면 세상 살기 편할 텐데…. 강해져도 대머리가 되기는 싫지만.

나는 헛된 생각을 하다가 두 여자를 보던 시선을 거두었다.

"꼭 꿈으로 훔쳐보는 관음 스토커 같네."

이게 내 능력은 아니었으면 좋겠다고 생각하며 커튼을 확 쳐 버렸다.

둘이 사귀든 말든 내가 알 바야?

자고로 남의 치정사에 겁 없이 끼어들면 진흙탕을 함께 뒹굴게 된다.

"…하아, 씨. 꿈인지 현실인지도 모르겠다. 이젠."

꿈이면 창가에서 뛰어내리면 깨겠지. 그런데 난 실제로 응접실에 있는 거고 환각을 보는 거라면?

2층이니 웬만해선 목이 꺾여 죽지는 않겠지. 그래도 팔다리는 부러질 수도 있지 않나?

꿈이 확실하다고 생각하면서도 위험한 도박은 하고 싶지 않았다.

"흐음… 문으로 가 볼까?"

낡은 저 문 말고는 답이 없다는 확신이 들었다.

난 거침없이 걸어간 뒤, 녹이 슨 문고리를 돌렸다. 그러자….

끼릭, 끼이익-.

"여긴 또 어디야?"

사람 하나 없는 음습한 거리였다. 새벽으로 보였고 달빛이 구름에 가려져 더 음산해 보였다.

쏴아아-. 콰콰쾅!

한숨을 쉬는 때였다. 천둥소리가 귀를 찢을 듯이 울려서 몸이 움찔했다.

"…빈민가?"

좀 이상했다. 문을 여니 또 다른 공간이 나온 것 자체가 기묘했지만. 그보다는….

"나…. 왜 이런 옷을 입고 있지?"

목 끝까지 꽁꽁 싸맨 드레스였다. 칙칙한 회색에 보석 하나 없는데도 옷 질감이 굉장히 부드러웠다.

정말로 비싼 옷을 입고 있는 데다가, 검은 베일이 달린 모자도 쓴 채였다.

말 없는 시녀가 멀지 않은 곳에 서 있었다. 난 검은 우산을 쓰고 있었다.

"여기는…."

혼잣말하던 나는 소스라치게 놀라고 말았다. 내 목소리가 아니다.

"쉐릴이 조금 늦는구나…."

시녀가 무어라 말을 했으나 들리지는 않았다. 얼굴이 없어서 어떤 표정인지 알 수도 없었다.

눈이 있어야 할 자리에는 움푹 팬 검은 그림자만 있을 뿐.

콧대는 새하얀 뼈가 보였고, 입을 벙긋할 때마다 검은 안개가 새어 나왔다.

"그래…. 돌아가는 게 맞겠어. 괜히 비를 맞게 해서 미안하구나."

그 모습을 보고도 난 비명을 지를 수 없었다. 목소리가 턱 막혔다.

내 입에서 나오는 건 시녀에게 건네는 사과뿐이었다.

"급한 일이 있다 해서 남편의 반대에도 나왔는데…. 쉐릴에게 무슨 일이 생긴 건 아니겠지?"

얼굴 없는 시녀가 입을 벙긋거렸다. 기괴한 숨소리만이 들릴 뿐이었다. 뭐라 하는지 알아들을 수가 없어서 나도 모르게 안도했다.

"이대로 떠나기에는 찜찜하지만 많이 기다렸으니까…. 내가 왔다는 걸 쉐릴도 알면 좋을 텐데."

나는 우산을 꽉 쥐었다. 당황했지만 애써 감추려는 듯 의연한 미소를 지어 보였다.

두려움에 말리려는 어깨를 펴고 허리를 꼿꼿이 세웠다.

아무도 없는 빈민가에 나는 시녀와 함께 단둘이 있었다. 그 후로 얼마나 더 기다렸을까.

다그닥다그닥!

저 멀리서 마차가 오는 소리가 들렸다. 땅이 미세하게 울린다.

끼리릭, 끽.

아무 장식도 없는 검은 마차가 내 앞에 멈추어 섰다. 문이 열리고 검은 후드를 쓴 사람이 내렸다.

체격이 거인만 했는데, 몸집과 걸음걸이로 보아 사내였다. 난 금화가 든 주머니를 꺼냈고 마부에게 그것을 건네려던 차였다.

"마을 바깥으로 우릴…."

푸욱!

소름 끼치는 소리가 귀를 파고들었다. 마부가 내 배를 무언가로 쑤셨다는 걸 뒤늦게 깨달았다.

불에 달군 인두로 배 속을 지진다면 이런 느낌일까? 아픔보다 뜨겁기만 했다.

얼굴 없는 시녀가 입을 벌리더니 우악스러운 비명을 질러 댔다.

소리는 없었지만, 난 그게 비명이라고 생각했다.

"쉐릴이 날 기다리는…."

나는 털썩, 무릎을 꿇은 채 무어라 중얼거렸다. 목소리에 힘이 빠져 쉿소리가 난다.

아, 그제야 깨달았다. 난 죽어 가고 있었다. 그것도 얼굴 모를 마부의 칼을 맞고서.

이윽고 마부는 나를 지나쳐 성큼성큼 걸었다. 검은 후드가 흘러내렸는데 마부도 얼굴이 없었다.

푹! 푸욱, 푹!

그가 얼굴 없는 시녀를 몇 번이나 찌르는 모습에 난 숨을 헉 삼켰다.

시녀의 벌린 입에서 검은 안개가 새어 나왔다. 아니, 그건 죽은 벌레였다.

패었던 눈 자리에서도 검은 물이 계속 흘러내린다. 날 찌른 마부도, 마부에게 찔린 시녀도 얼굴이 없었다.

나는 무릎을 꿇은 채 멍하니 아래를 내려다봤다. 어느새 검은 베일은 사라진 뒤였다.

아, 이제 내가 누군지 얼굴이 보인다. 죽기 전의 마리안느의 기억에서 눈을 뜬 것이다.

"자, 벨⋯. 미안⋯해."

빗물이 고인 웅덩이에 내 모습이 비쳤다. 창백한 뺨. 부드럽고 짙은 갈색 머리칼⋯. 다정해 보이는 초콜릿색 눈동자가 공포와 절망으로 일그러진 모습이었다.

배를 움켜쥐는데 몸을 통제할 수가 없었다. 입에서는 피를 뿜고 배를 틀어쥔 손은 델 듯이 뜨거웠다.

흐려지는 의식을 가까스로 붙잡는데, 누군가 이쪽으로 오는 듯한 발걸음 소리가 들렸다.

저벅저벅.

마부는 아니었다. 내 옆에 쪼그려 앉아 죽어 가는 날 지켜보고 있었으니까.

마지막으로 젖 먹던 힘을 짜내 고개를 들었다. 발걸음의 주인은 훤칠한 체격이었다.

"으⋯. 아⋯. 으으⋯."

기사일까? 아니면 경비대? 의식이 무너져 가는 와중에도 난 끊임없이 생각했다.

이쪽으로 오는 낯선 사내는 하얀 로브를 쓰고 있었다.

걷는 소리는 묵직했고 걸음걸이는 단정하면서도 보폭이 컸다.

그는 마부가 쥐고 있던 검을 빼앗았다. 그리고 그대로 거구인 마부를 찔러 버렸다.

날 찌르고 시녀까지 찔렀던 그 끔찍한 마부를 단숨에 제압한 것이다.

"마리안느는 살해됐다. 이 윙블 거리에서."

사내는 내가 듣는다고 생각했는지 계속 말했다. 담담한 목소리가 저음에 가까웠다.

"너무 오랫동안 눈 밖에 났어. 세력도 없이 홀로 목소리를 낸 탓에."

"으…. 아으…."

"마리안느를 살해한 사람이 누굴까?"

"으, 으으…."

"당신의 외조부인 막시밀리안 후작께서 푸르카 황제를 많이 곤란하게 했지. 인체 실험을 쉬쉬했던 제국에서 공개적으로 얘기를 꺼냈으니까."

나는 죽어 가는 와중에도 그의 말을 들었다.

"당신은 메이 황후를 모욕했어. 패악질을 부리는 황후가 미쳤다고 시녀들 앞에서 조롱했다지? 황후가 시녀인 쉐릴에게 함부로 굴자, 맞서려고 했고."

그래서 메이 황후가 날 죽인 걸까? 나는 피를 흘려 가면서 생각했다.

"벤조 공작은 어떻지? 남편은 당신을 사랑하지는 않으나 무척 잘해주었어. 존경을 표하고 정말로 아꼈지. 메이 황후와 과거에 연인이었단 걸 알면서도 눈감아 주면서까지."

아니면 남편이? 나는 고개를 떨군 채 또 한 번 생각했다.

"남편은 당신을 지지했지만, 단 하나…. 빈민 구제 사업은 반대했지. 부인께서 주제넘게 나서지 말라고 직접 경고했을 정도로."

나는 힘없이 중얼거렸다. 그래도 그만둘 수 없었다고. 모두가 반대해도 포기할 수 없었노라고.

"당신은 끝까지 신념을 지켰고 그 대가는 죽음이야. 억울한가? 권세가의 손녀로 운 좋게 태어났으면서. 그런 주제에 빈민을 구제하겠다며 목소리를 냈다가…. 아, 운 좋게 태어난 건 아닌가."

사내는 말을 멈추고 내 고개를 느릿하게 들어 올렸다.

"마리안느, 그대의 어머니는 귀족 영애 신분으로 빈민가의 남자와 눈이 맞아 도망쳤다. 막시밀리안 후작은 끝까지 찾지 못했어. 귀족의 생각으로는 쫓을 수 없었다는 표현이 맞겠지."

사내는 단편극을 읊듯 나지막하게 이었다.

"후작의 딸은 막대한 패물을 들고 도망쳤거든. 설마, 자기 딸이 빈민가에 있으리라고는 후작도 예상 못 했겠지. 의절했어도 빈민가에서 사는 게 아니라, 평민으로 살기를 바랐을 거고."

사내의 목소리가 귀 끝에 윙윙 맴돌았다.

"그러다 오랜 시간이 흘러도 찾지 못하자, 그제야 아차 싶어서 뒤늦게 빈민가를 뒤졌어. 그때가 돼서는 딸이 밉지도 않았어. 내 딸, 그 아이가 살아는 있는지 알고 싶었지. 후작은 자신이 늙어 죽기 전에 딸을 보고 싶어 했거든."

나는 멍하니 과거를 떠올렸다. 마리안느의 기억이었다.

빈민으로 살면서 귀족에 대한 공포가 뼛속까지 새겨진 어머니는 두려워 숨었다.

그녀의 아버지가, 막시밀리안 후작이 가문의 명예를 더럽힌 자신과 어린 딸을 죽이려 한다면서.

남편마저 참혹하게 살해될 거라고 굳게 믿었다.

"가난했지만 다정했던 아버지는 사고로 죽기 전에 어머니와 함께 막시밀리안 후작을 찾아가라고 딸인 널 타일렀었고."

그러나 일은 잘 풀리지 않았다. 역경 끝에 행복 따윈 없었다.

"어머니가 누명을 쓰고 귀족의 시종에게 맞아 죽자 넌 혼자가 됐어. 곧 레오나 항구에 창부로 팔릴 처지였지. 그제야 넌 아버지의 말이 생각났어. 그래서 목숨 걸고 막시밀리안 후작을 만나러 간 거야. 어머니의 유품을 들고서."

나는 눈물을 흘렸다. 어릴 적 마리안느의 고난이 떠오른 탓이었다.

"후작의 가신들은 그가 널 내칠 거라고 생각했어. 네 말이 진짜인지도 모르겠고, 진짜 손녀라 해도 네 어머니는 더러운 부정을 저질렀으니까."

마리안느는 어머니를 사랑했으나 미워했다. 왜 빈민가의 남자를 만나 사랑했어요? 왜 날 귀족이 아닌 빈민의 딸로 자라게 한 거예요?

사랑하는 아버지가 죽고 어머니도 죽고. 어릴 적 빵을 훔치고 도망치던 친구도 죽고.

귀족이었다면 모두가 살 수 있었을 텐데.

"우여곡절 끝에 막시밀리안 후작은 널 손녀로 받아들였다. 빈민가에서 지냈던 기억은 끊임없이 널 괴롭혔을 테고."

어릴 적의 고난과 막시밀리안 후작 영애로서 풍족함. 그 괴리감은 마리안느를 미치게 했다.

귀족 영애로 풍족하게 살 때마다 숨통을 조이는 죄책감에 발버둥 쳐야 했다.

"넌 풍요를 따르는 대신 빈곤을 좇기로 했어. 빵을 훔쳤다고 손목이 잘리는 아이…. 널 도망치게 해 주겠다며 경비대의 시선을 끌다가 죽은 단짝 친구."

그래서 마리안느는 빈민 구제에 목숨을 걸 수밖에 없었다.

어릴 적에 그녀는 비겁하게 도망쳤지만, 어른이 돼서도 초라하게 도망치고 싶지 않았으니까.

"태생부터 귀족인 외조부의 힘조차 빌리려 하지 않았지. 모든 걸 혼자 떠맡으려다 죽게 된 꼴이야."

턱 풀려 버린 나의 동공에 파란 빛이 보였다. 사내의 눈은 무척이나 파랗고 형형했다.

"으…. ㅇㅇㅇ…."

새파랗게 타오르는 파란 불꽃은 어둠 속에 피어난 서리로도 보였다.

"신념을 좇다가 죽게 된 꼴이야. 모두가 마리안느 당신을 배신했거든."

"아으…. ㅇㅇㅇ…."

"황실은 당신의 죽음을 기쁘게 받아들일 거야. 푸르카 황제는 기뻐할 거고 메이 황후는 한시름을 놓았다며 안도하겠지. 남편인 벤조 공작은 아무 일도 없었다는 듯이 지낼 거고…."

"으아아아아!"

마리안느는 죽기 전에 고통에 찬 단말마를 내질렀다. 분노에 찬 소리가 텅 빈 빈민가를 울렸다.

"친구로 여겼던 쉐릴은 당신을 버렸어. 메이 황후와 대적하면서도 지켜 주려 했는데도. 과거의 변해 버린 연인을 저버리면서까지…."

마리안느는 눈물만 흘려 냈다. 흐느끼던 소리가 멎었다.

가까스로 고개를 돌리자 죽은 시녀가 보였다. 마부도 죽었다.

나는 꿈이기를 바랐다. 과거가 아닌 헛된 환영을 보는 거라고.

그렇게 마리안느의 몸에 갇힌 채 죽어 가던 때였다.

파란 눈에, 흰 로브를 쓴 사내가 내 턱을 우악스레 잡았다.

죽어 가는 내 귓가에 속삭이는 목소리가 차가웠다.

"너도 마리안느처럼 살해될지 모르지."

'……!'

숨이 멎었다.

마리안느가 죽어 가서 그런 게 아니었다. 내 심장이 멈춘 것만 같았다.

"목숨 귀한 줄도 모르고 신념만 좇다 죽어 버릴 운명이야."

내가 그랬던가? 의심조차 들지 않았다. 사내의 말은 진실로 들렸다.

그래, 난 죽을 운명이구나….

"살고 싶으면 가엾은 마리안느의 죽음을 쫓아. 그녀가 왜 죽었는지, 어째서 죽어야만 했는지. 누가 저 마부를 시켜 살해하려 했는지…."

왜 그래야 하냐고 묻는 대신 난 홀린 듯 고개를 끄덕였다.

의문은 전혀 들지 않았다. 절대적인 명령으로 들렸다. 그냥 그렇게 해야 할 것만 같았다.

"메이 황후의 신임을 받아. 시녀가 되면 좋을 거야. 운 좋으면 살아남을 수 있거든."

사내는 내 뺨에 손을 얹었다. 온기가 선명했다. 다행히도 그는 얼굴이 있었다.

그가 비에 젖은 머리칼을 다정하게 넘겨 주면서 속삭였다.

"살려거든, 쉐릴이 메이 황후에게 받는 총애를 뺏어 와."

사내가 손을 놓자 내 몸은 힘없이 무너졌다.

'총애 따위….'

빗물 고인 웅덩이에 머리부터 처박힌 채, 나는 무거운 눈꺼풀을 감았다. 차가울 줄 알았던 어둠은 꽤나 포근하고 안락했다.

* * *

"…아가씨!"

누군가 깨우는 소리에 나는 눈을 떴다. 동공에 빛이 들어와 눈부셨다.

"으…. 흐으으…."

난 살아 있었다. 숨이 멎지 않았다.

의식을 완전히 차리고 나서야, 동공을 파고들었던 게 작은 손전등의 불빛이란 걸 알아차렸다.

"아가씨께서 의식을 차리셨어요!"

주변이 혼란스러웠다. 난 침대에 누운 채 고개를 돌렸다.

"…정신이 드십니까? 주치의입니다. 오늘 새벽 일은 기억나십니까?"

눈만 도로록 굴리니 모두가 당황한 표정이었다. 가끔 보던 주치의가 무어라 소리쳤고 울고 있는 에델과 버디도 보였다.

웬만해선 날 찾지 않았던 집사와 하녀장도 안색이 창백했다.

계속되는 질문에 정신없는 와중에, 내가 그때 후원에서 기절한 지 일주일이 지났단 이야기를 들었다.

오늘이 8일째인데, 지난 새벽에 정신을 차렸다가 어마어마한 사고를 쳤다나.

"…아버지는?"

입을 열자 쇳소리가 났다. 에델이 화급히 물잔을 가져와 목뒤를 받쳐 주고는 천천히 마시게 했다.

"이틀 전에 떠나셨습니다. 벤조 공작님을 뵈러 가셔서…."

물을 마시니 좀 살 것 같다. 난 본능적으로 한숨을 흘렸다.

"하아…. 얻어맞은 채로?"

"크흠! 괴한에게 두드려 맞으셨다는데 그리 심한 상처는 아니었습니다. 다행히 그 막돼먹은 괴한이 아가씨는 손끝 하나 건드리지 않아서…."

"웬 괴한…. 아, 맞아. 괴한이 아버지를 무자비하게 두드려 패고 나까지 위협했어. 얼마나 무서웠으면 내가 기절했겠어?"

나는 손사래를 치며 한숨을 내쉬는 시늉을 했다. 꼴에 딸에게 얻어맞은 건 쪽팔리는가 보지.

"비싼 치료사라도 불렀나 보네."

"아, 사제를 부르려 했지만 일정이 맞지 않아서 진통제를 드시고 가셨습니다."

그거 쌤통이네. 실소를 꾹 참고는 궁금한 것부터 물었다.

"노아, 아니…. 레니스터 백작님은?"

"저, 그게…. 며칠간 아가씨 곁을 밤낮으로 머물렀다가, 어제 저녁때 떠나셨습니다."

"어디로?"

레니스터 영지로 돌아간 건가? 그렇게 묻는데 모르겠다는 답만 들려왔다.

"에델, 사람 좀 물려 봐."

"네? 하지만…."

"이젠 괜찮아. 쉬고 싶어…. 아니, 쉬어야겠어."

주치의는 바로 가지 않았다. 날 몇 번 진찰하고는, 에델에게 아가씨를 홀로 두지 말라고 당부를 한 뒤 떠났다.

그렇게 집사와 하녀장도 떠나고 방 안에는 나와 에델과 버디뿐이었다.

나는 그녀들이 주는 물을 마시고는, 맑은 수프를 두 입 정도 삼킨 뒤 식사를 물렸다.

"아까 주치의가 그러던데…. 오늘 새벽 일은 기억나냐고."

"그게…."

에델은 말하기를 주저했다. 버디는 꺽꺽 우느라 나보다 더 정신이 없어 보였다.

"뭔데? 괜찮으니까, 그냥 무슨 일 있었는지 말해 줘."

"아, 아가씨께서 2층 응접실에서…."

그때 뭐? 꿈을 꾼 게 아니었나? 그래 봤자 간이 주방에 있던 간식과

물을 조금 먹었을 뿐인데.

에델이 침묵하는 가운데, 훌쩍이던 버디가 웅얼거렸다.

"흐윽, 흑…. 창문을 열고 뛰어내리셨어요."

"2층 창문에서? 죽으려고 했다고? 내가?"

말도 안 돼! 그게 꿈이 아니었다고? 환각이었던 거야?

난 벌떡 몸을 일으키려 했다가 힘이 빠져 주저앉았다.

도저히 이해가 가지 않았다. 몽유병이 있던 것도 아닌데.

'죽으려고 한 건 아니야. 그랬다면 2층에서 떨어지진 않았겠지.'

놀란 가슴을 쓸어내리며 한숨을 흘렸다.

그런데 나보다 더 놀랐는지 버디가 딸꾹질하며 말해 왔다. 에델의 눈도 커져 있었다.

"아, 아뇨. 발목만 약간 접질리셔서…."

"크게 안 다쳐서 다행이네."

어쩐지 제대로 일어날 수가 없더라니….

난 그제야 오른쪽 발목을 살폈다. 둘둘 말린 붕대를 왜 이제야 봤나 싶다.

"그건 그렇고, 노아가 아무 말도 안 했어? 어디로 갔는지는 말해 줬을 것 같은데."

그러자 에델이 몸을 숙여 내 귓가에 속삭였다.

"레니스터 백작께서는…."

스승인 막시밀리안 후작을 보러 갔다는 이야기가 들렸다.

'휴, 다행이다. 황실에 끌려간 건 아니라서.'

노아의 건강이 악화된 탓에 1년간은 인체 실험을 쉬기로 했었다.

빈센트 박사의 판단이니, 그 약속은 확실하게 지킬 거다.

'변덕이 죽 끓듯 한다지만 실험할 때는 칼같이 규칙을 따른다고 했으니까.'

당분간은 안심해도 좋을 것 같았다. 그나저나….

스승이라고? 노아는 막시밀리안 후작에 관해 별로 얘기한 적이 없었다.

검술 스승은 아닌 것 같은데….

노아가 돌아오면 물어봐야겠다고 생각하며 난 말했다.

"꽤 멀리까지도 갔네. 노아는 언제 돌아온대?"

"늦지 않게 돌아오신다고 하셨습니다. 청혼 준비도 한다고 하셨고요."

"청혼…."

노아가 드디어 결심했구나. 망설이던 그가 마음을 굳힌 이유가 뭘까?

노아와 청혼 이야기가 오가는데도, 나는 어쩐지 실감이 나지 않았다.

에델이 공손하게 말해 왔다.

"막시밀리안 후작님께 결혼할 거라는 소식만 전한 뒤, 바로 아가씨와 결혼할 거라고도 하셨고요."

"결혼 준비가 오래 걸리지는 않으려나?"

"최대한 약식으로 하신다고 들었습니다. 그러는 편이 아가씨께도 좋을 거라고…."

"하긴…. 그렇지. 하객으로 올 사람도 없을 테니."

노아의 가문인 레니스터는 파산했고, 나는 졸부의 딸이다.

중요한 건 결혼이지. 결혼식이 중요한 건 아니라서 나도 노아의 생각에는 동의했다.

"아가씨께 깨어나시면 전해 달라고 하셨어요. 말없이 사라지면 걱정하실 것 같다고요."

"이제 알았으니 걱정할 일은 없겠다."

내가 한결 편안해 보였는지 에델이 당부해 왔다.

"아가씨, 접질린 발목은 압박 붕대로 고정해 두었어요. 치료사가 올 때까진 꼭 조심하셔야 해요."

곧이어 버디가 속상한 표정으로 중얼거렸다.

"레니스터로 떠나시면 이런 일은 없겠죠?"

"응. 없을 거야."

내게 특별한 능력이 있는 건 아니니까…. 어디까지나 장소의 문제라고 생각했다.

'그래도 남작저에서 지낼 때까지는 조심해야겠다.'

결심한 나는 두 주먹을 불끈 쥐고 말했다.

"나, 당분간 잘 때 침대에 몸을 묶어 줘."

"예…?"

"그냥 그래야 할 것 같아. 목이 마르거나, 화장실 가고 싶으면 설렁줄을 당길게."

"아, 아가씨…!"

에델은 당황한 버디의 어깨를 붙잡고는 고개를 끄덕였다.

"네, 아가씨. 다치시지 않도록 단단히 묶어 둘게요."

"그래. 뛰어내리는 것보단 그게 나으니까."

나는 지끈거리는 관자놀이를 꾹꾹 눌렀다. 일곱 번째 빙의에 마가 꼈나….

이유도 모른 채 죽었던 지난 여섯 번과는 달랐다.

이번 생은 죽음이 늘 내 곁을 도사리는 것 같았다.

언제든 내 숨을 끊을 수 있으니 방심하지 말라는 것처럼.

* * *

접질린 발목은 보름 만에 깨끗하게 나았다. 치료사가 다녀간 덕분에 몸도 회복됐고 며칠간은 꿈을 꾸지 않아서 푹 쉴 수 있었다.

문제는 로튼이 나만 보면 경기를 일으킨단 거였다. 혼자서는 절대로 만나 주지도 않았다.

"실, 실패한 것 같습니다. 면목이 없습니다, 남작님."

"다, 다시 불러!"

"이미 올 수 있는 퇴마 사제들은 전부 불렀습니다만…."

나흘 전에 저택으로 돌아온 로튼은 꽥꽥 비명을 질러 댔다. 왜 이렇게 예민해? 벤조 공작에게 욕이라도 한 사발 처먹은 건가.

"몬스테라 경! 당장 사제들을 불러와라!"

"하아, 남작님…. 이젠 올 사람도 없습니다. 아가씨께서 빙의됐다는 건 착각이십니다!"

"아, 아니다! 당신이 말해 봐! 내 딸이 악마에 빙의됐다며?!"

"그, 그거야…."

살이 쪄서 배가 잔뜩 나온 중년 사내가 대답을 얼버무렸다.

그는 헛기침을 몇 번 하더니, 남작가의 기사단장인 몬스테라가 건넨 금화를 받고 슬쩍 물러났다.

"다녀간 사제만 해도 수십입니다! 그들 모두가 아가씨께선 빙의된 적도 없고! 결백하다고 입 모아 말해도 전혀 듣지 않으셨잖습니까…!"

몬스테라가 갑갑한 듯 소리쳤다.

"성수를 뿌려도 아가씨께선 멀쩡하십니다! 살갗이 타들어 가지도 않고요! 성서도 한 구절도 틀리지 않고 전부 똑바로 읊으셨습니다!"

로튼은 아니라며 고개를 미친 듯이 흔들면서 주절거렸다.

"오, 오늘 온 사제는 솔리아에게 악마가 씌었다고 인정했다! 약해서 퇴치를 못 했을 뿐이지. 분명, 분명 인정했어!"

"어…. 음 전 먼저 가 보겠습니다. 그, 그럼 이만."

사제로 위장한 돈 밝히는 사기꾼이 나간 뒤, 로튼의 집무실에는 침묵이 감돌았다.

나는 소파에 앉은 채 다리를 꼬았다가 물었다.

"이제 가 봐도 되겠죠, 아버지?"

"아, 아직 아니야!!"

"아니긴요. 제 몸에 악마가 깃든 적은 없었다고, 몇 번이나 말해도 영 믿지를 않으시네."

퇴마하러 온 사제들은 신실하게 기도하는 내 모습에 오히려 감동했는데 말이다.

내가 교리를 꿰뚫고 있는 덕에 그들은 "교단으로 귀의하셔도 신께서 기뻐하실 겁니다."라고 감탄까지 했었다.

'교리쯤이야…. 수도원에서 죽을 때까지 지냈는데 껌이지.'

두 번째 삶에서 노아와 결혼한 뒤 그를 피해 다녔었다.

식사도 계속 거르다가 폐병에 걸렸었는데, 스물의 나이로 죽기 전까지 수도원에서 요양했었다.

그때 뭘 했겠는가. 말을 할 사람도, 내 말을 들어 줄 사람도 없는 적막한 곳에서 볼 거라고는 성서뿐이었다.

그땐 유채화로서 기억도 없어서 신에게 의지하는 게 전부였다.

기억력이 좋은 탓인지…. 종교 말고는 믿을 게 없었는지 웬만한 사제보다 교리에 능통했다. 그 이후로는 다시 신을 믿지 않았지만 말이다.

어쨌건 지난 삶에서 익혔던 지식과 경험은 나조차 무서울 정도로 기억이 잘 나서 이렇게 써먹을 수 있었다.

"으아아아악!"

로튼은 미치기 일보 직전으로 보였다. 머리를 쥐어뜯고 눈물을 엉엉 흘리면서 내게 살려 달라 빌기까지 했다.

"정신 차려요, 아버지."

나는 엉금엉금 기어 와 내 손을 붙잡고 울부짖는 로튼을 한심하게 쳐다봤다.

"언제는 악마라면서? 이렇게 손잡고 빌어도 되는 건가?"

"흐으윽…. 내가 잘못했다, 내가 잘못했어! 부탁이니 제에발 저택을 떠나 다오. 응? 이렇게 비마…. 다시는 내 눈에 띄지 말아 다오!"

"그렇게 말하시면 섭섭하죠. 친딸을 평생 안 보겠단 거예요?"

"그, 그래! 그렇게 하자꾸나! 당장 나가거라! 노아인지 뭔지 하는 놈하고 손잡고 떠나 버려!!"

"노아는 이미 저택을 떠나고 없어요. 제가 싫증 난 거겠죠."

내게 청혼하러 다시 돌아오겠지만 비밀로 했다. 난 로튼을 더 요리할 거거든.

"다, 다시 올 거다! 응? 그놈이 오는 대로 가거라! 결혼해라! 결혼해! 그놈과 떠나고선 다시는 내 저택에 오지 마!"

"싫어요. 지참금도 없이 딸을 가난뱅이 백작과 결혼시키려고요?"

이때다 싶어 지참금 얘기를 꺼내자 로튼은 경기를 일으켰다.

"지참금도 주마! 원하는 대로 싹 주겠다!"

"벤조 공작께서 부동산 좀 줬다고 들었는데…. 그거 다 줘요. 백작 부인씩이나 돼서 빚쟁이로 살 수는 없잖아요?"

"그, 그래! 가져가라! 어차피 공작께서 주라고 하셨다."

"그럼 아버지는 뭘 주실 거예요?"

내가 대놓고 묻자, 로튼은 충격을 받았는지 입을 벙긋거렸다.

"지참금은 결혼하면 남편인 노아가 가져갈 텐데…. 내 몫으로 떨어지는 게 하나도 없잖아요."

"뭘, 뭘 원하는데? 수목원 빼곤 다 주마!"

로튼이 찔끔 눈물을 흘렸다. 난 당당히 말했다.

"수목원이요."

잠시 벙찐 로튼에게 난 확실하게 못 박았다.

"수목원 말고는 전부 필요 없어요."

"안 된다! 안 돼!! 그거 빼고 다 줄 수 있다! 그러니 제발…."

"수목원을 주시면 조용히 떠날게요. 노아에게 청혼받으면 바로 떠날 거예요."

"안 돼!! 그건 내 목에 칼이 들어와도 못 준다!"

로튼은 게거품이라도 물 듯 소리쳤다. 옆에 있던 몬스테라 기사단장이 귀를 틀어막는 게 보였다.

"그러면…."

난 잠시 고민하는 척했다가 천진난만하게 웃었다.

"수목원요."

응, 난 수목원 말고는 전혀 관심 없어.

그러자 로튼의 얼굴이 시뻘겋게 달아올랐다.

"야!! 네가 뭔데! 네가 뭔데 내가 애지중지 가꾼 수목원을 달라는 게야?!"

"싫으면 말아요. 매번 남작저로 찾아올 거니까."

난 더 이상 대화하기 질린다며 소파에서 일어났다. 로튼은 이미 내게서 호다닥 멀찌감치 떨어진 뒤였다.

"수목원은 절대로 못 준다! 내가 줄 것 같으냐?! 누구 좋으라고 주길 줘?!"

"그럼 그렇게 해요. 나도 나 좋을 대로 할 거니까."

로튼은 몸서리를 쳤다. 그에게 가장 끔찍한 게 뭘까?

악마에 빙의된 내가 효녀 중의 효녀가 되어 매번 찾아오는 것?

아니면 수목원 사업 하다가 횡령한 것을, 벤조 공작과 황제에게 일러바치는 거?

로튼이 창백한 얼굴을 했다.

"그, 그⋯. 안 돼! 너, 너! 입조심해라! 말해 봤자 너 좋을 거 하나도 없어!"

로튼이 정신 줄을 아예 놓은 건 아닌가 보다. 내가 한 협박들을 제대로 기억하는 걸 보면.

난 고개를 살짝 숙이고는 웃음을 흘렸다.

"좋을 게 왜 하나도 없어요? 레니스터 백작과 결혼하면 난 출가외인 아닌가? 상관없지 않아요?"

로튼이 저지른 탈세 정도로 내 목이 잘릴 일은 없었다.

적어도 반란은 되어야 혈족도 함께 죽는 것이다.

"아버지, 정 그러시면—."

난 무릎을 꿇고 꺽꺽 우는 로튼에게 다가가 몸을 숙였다.

"4년만 수목원을 관리하게 해 줘요. 명의는 아버지 것으로 그대로 둘게요."

"뭐⋯? 그, 그래도 되는 게냐?"

로튼이 반색했다. 수목원만은 절대로 빼앗기고 싶지 않았나 보다.

"그럼요. 계약서에도 명시해 둬요. 4년만 제가 관리하고 반드시 아버지에게 돌려주겠다고."

"그, 그거야 할 수 있지!"

평소의 로튼이었다면 그게 무슨 헛짓거리냐며 안 된다고 소리쳤을 텐데.

내게 양산으로 두드려 맞고 그는 날 두려워하게 됐다. 트라우마를 줬다나. 뭐라나….

어렸던 나를 허리띠로 때린 건 기억을 못 하는 모양이었다.

아무튼, 사제까지 불렀으나 내 속에 깃든 악마 퇴치를 실패한 뒤로는 로튼은 나를 무서워했다.

지금도. 그리고 앞으로도.

4년 뒤에도 그렇겠지만.

"수목원은 제대로 관리할 거예요. 총매출과 아버지께 가는 수익이 줄어드는 일도 없을 거고요. 폐하와 벤조 공작에게도 지분대로 몫을 드릴 거고."

"그, 그렇게 하거라. 모르는 게 많을 테니, 내게 자문하면…."

"됐어요. 탈세했던 장부는 어디에 두셨죠?"

나는 몬스테라에게 자리를 비키라며 눈짓했다.

그는 찜찜한 표정으로 고개를 숙이다가, 로튼이 아무 말도 없자 그냥 가 버렸다.

집무실에 나와 둘만 남게 된 상황에서도 로튼은 주저했다.

"설마…. 아버지. 절 의심하는 건 아니죠? 아버지가 탈세로 끌려가면 그 빚은 다 누구 것인지 아시잖아요? 제가 아버지를 팔아넘기는 그런 멍청한 짓을 할 것 같아요?"

"어…. 그, 그럴지도 모르지."

로튼은 의외로 솔직했다. 아주 멍청하지도 않았다.

그는 충혈된 눈으로 날 힐끔거리다가, 눈치가 보였는지 괜히 벽 구석을 흘겨봤다.

"그런 멍청한 짓은 절대 안 해요. 아버지가 사형당하거나 귀족 작위를 몰수당하면 전 평민이 되는 거잖아요?"

"그, 그때는 레니스터 백작 부인이겠지!"

"남편에게 이혼당할지도 모르죠. 더는 남작의 딸도 아닌데."

나는 생긋 웃고는 한참을 로튼을 타일렀다.

정말로 벤조 공작에게 욕을 한 바가지 먹고 왔는지, 멘탈이 무너진 로튼을 흔드는 건 어렵지 않았다.

결국엔 장부를 숨겨 둔 위치를 내게 불고 말았다.

물론, 나도 이 보물 같은 장부를 꼭꼭 숨겨 둘 거지만.

"수목원만 4년 동안 관리할게요. 그 뒤로는 깨끗하게 손 뗄 거예요."

"제, 제대로 해야 한다! 나도 감시할 거야!"

"그러세요."

나는 마음대로 하라며 손을 휘휘 저었다.

그러고는 숙였던 몸을 바로 한 뒤, 로튼을 남겨 두고 떠났다.

뒤에서 그가 소리치는 게 들렸으나 칼같이 무시했다.

"지, 진짜로 제대로 관리해야 해! 폐하께도 수목원에 지분이 있고, 벤조 공작께서 도와주셔서 시작한 사업이다! 절대로 말아먹으면 안 돼!"

아무렴. 내가 국밥 먹듯 시원하게 말아먹을까 봐 걱정인가 보다.

문을 닫고 나온 뒤, 나는 복도를 느긋하게 걸으며 중얼거렸다.

"친애하는 아버지, 당신을 위해 수목원은 제대로 관리할 거예요."

드레스 자락을 여유롭게 쥐고는 어깨를 펴고 앞으로 걸어 나갔다.

"날 믿은 걸 후회하지는 않을 테니까."

나는 입술 끝을 올리고는 조소를 흘렸다.

로튼, 네놈과 쓰레기 같은 남작 가문.

창고에 숨겨 둔 금은보화. 겨우 얻은 귀족 작위.

뜨듯한 국밥 먹듯 시원하게 다 말아먹어 줄 테니까.

"제대로 실망시켜 줄게요, 아버지."

나는 누가 봐도 잘 교육받은 귀족 영애로 보일 만큼 완벽한 자세로 걸었다.

매를 맞으며 배웠던 예법대로, 우아하고 사뿐사뿐한 걸음새로.

* * *

"왜 마음이 변심한 게냐. 그리 싫다고 할 땐 언제고."

접견실에 무거운 침묵이 흘렀다.

막시밀리안 후작은 예리한 눈매로 맞은편에 앉아 있는 소년을 바라봤다.

노아 레니스터. 그가 그토록 기다려 왔던 반란군의 중심을.

후작은 의자에 파묻었던 상체를 앞으로 기울였다.

"넌 내게 복수 따위 원하지 않는다고 했었다."

"지금도 황실에 복수하려는 건 아닙니다. 그런다고 돌아가신 두 분을 볼 수 있는 것도 아니잖습니까?"

노아는 쓴웃음을 흘리며 말을 이었다.

"오늘은 결혼 소식을 전해 드리러 온 겁니다. 로튼 남작의 딸, 솔리아 로튼과 결혼할 생각입니다."

여드레 전, 노아는 막시밀리안 후작이 기거하는 저택을 찾아갔었다.

거대한 체격의 후작은 60대 중년임에도 여전히 위엄 있는 모습이었다.

노아를 보고도 반가워하거나 애달파하지는 않았다. 그저 올 것이 왔거니, 하는 표정이었다.

그러나 결혼은 예상치 못했는지 후작은 흰 수염으로 덮인 입매를 떨었다.

"로튼 남작이야, 지은 죄가 많으니 우리가 처리하면 그만이다. 그런데 그 딸은 어쩌고?"

"저도 알고 있습니다. 저와 결혼하는 여자는 황실의 희생양이 될지도 모른다는 것을요."

"아는 놈이 그러느냐? 내 손녀인 마리안느가 어떻게 됐는지 잊은 게야?"

후작의 노성에 노아는 허탈한 미소를 터뜨렸다.

"모두 제 탓이라고 하고 싶으신 겁니까? 공작 부인께서 살해된 건 어디까지나 빈민 구제 사업 때문에…!"

"그래! 그것 때문에 죽게 된 걸지도 모르지! 난 인체 실험을 공론화해서 푸르카 황제를 거슬리게 했고, 내 손녀는 빈민 구제 사업으로 벤조 공작을 곤란하게 했으니."

노아는 답하는 대신 침묵했다. 스승이 이토록 화내는 이유를 알고 싶었다.

그에게 살아가야 할 이유와 버티는 법을 가르쳐 줬던 사람이.

"마리안느가 살해된 건, 선대 레니스터 백작 내외의 죽음에 의문을 가졌기 때문이다."

"그럴 리가…."

잠자코 듣고 있던 노아는 눈이 커졌다.

"네 어머니인 벨지안 레니스터는 마차 사고로 하르딘과 함께 세상을 떠났지. 둘 다 시신을 발견도 못 했어. 그 끔찍한 일로부터 벌써 6년이 지났는데도."

노아는 아홉 살 때의 기억을 떠올렸다.

"시신이 없다는 소리에 부모님이 살아 있을 거라고 기대했지만…. 헛된 바람일 뿐이었습니다."

절벽에서 마차가 떨어져 살아남을 수 없는 지경이었다.

살아 있었다면 6년이 흐른 지금까지 아무런 소식이 없지는 않았을 터.

노아와 같은 생각을 한 막시밀리안 후작이 말했다.

"마리안느가 한창 빈민 구제 사업을 맡았을 때였다. 그 애는 사업뿐만 아니라 제국법까지 관심을 넓혔지. 마리안느가 목소리를 내서 구빈법을 제정하려 했던 것도 알고 있지 않느냐?"

"영주가 빈민을 책임져야 하는 법이란 것도 알고 있습니다."

말하고는 노아는 설명을 덧붙였다.

"대부분 귀족이 반대했던 걸로 알고 있습니다. 후작님조차 외면했으니까요."

"지금은 후회하고 있다. 그때의 난 귀족 세력을 더는 잃을 수 없었다. 그래서 마리안느의 목소리에 힘을 실어 주지 않았지."

"반란군에 속하는 세력조차 귀족들이니까요. 푸르카 황제를 퇴위시키는 데는 동참하겠지만, 그들 또한 구빈법에는 반대의 목소리를 높여 왔습니다."

"반란 세력이 와해되면 끝이라고 생각했어. 대의를 위해서는 침묵해야 한다고 믿었지."

말한 막시밀리안은 얼굴을 쓸어내리며 중얼거렸다.

"내가 그 애의 목소리에 힘을 실어 주었다면 달라졌을까?"

"저도 모릅니다. 공작 부인께서는 외로운 싸움을 하셨으니까요."

적어도 혼자가 아니란 건 알았을 거다. 그 빈민가에서 홀로 죽어 갔을 때도.

막시밀리안은 무거운 탄식을 흘리며 입을 뗐다.

"그래…. 이 얘기는 됐다. 노아, 네가 뭐가 필요해 날 찾아왔는지 알 것 같으니."

그는 씁쓸한 미소를 짓고는 말했다.

"어느 날, 마리안느는 남편인 벤조 공작으로부터 '인어의 눈물'을 받았었지. 그 목걸이를 기억하느냐?"

목걸이 이야기에 노아의 눈이 어둑하게 잠겼다.

여기 온 목적을 스승은 바로 눈치챈 것이다.

"어머니께서 특별한 날에 거셨던 목걸이입니다. 레니스터에 대대로 내려오는 가보인데, 어찌 잊겠습니까?"

인어의 눈물은 역대 레니스터 가주들이 결혼한 아내에게 바쳤었다.

"어머니를 볼 낯이 없습니다. 레니스터의 가주가 결혼할 여자에게 청혼할 때 바쳤다는 목걸이가 제게는 없으니."

노아의 말에 막시밀리안 후작은 제 턱을 손으로 감쌌다.

"그 인어의 눈물에는 저주가 담겼다는 소문이 퍼졌지. 네 어머니인 벨지안이 마차 사고로 죽었고, 마리안느는 빈민가에서 살해됐다."

"그래서 무슨 말씀을 하고 싶으신 겁니까?"

어머니 벨지안이 거론되자, 노아는 날카롭게 반응했다.

아버지인 하르딘은 몰라도 어머니에게는 그리움과 동시에 지키지 못했다는 죄책감, 그리고 격분이 있던 탓이었다.

그런 노아가 안쓰러워서 막시밀리안은 혀를 찼다. 하지만 할 말은 해야 했다.

"허, 쯧… 저주라면 저주일지도 모르지. 인어의 눈물을 갖게 된 마리안느는 전 주인이었던 벨지안 레니스터가 궁금해졌다. 그 목걸이를 걸면 그녀의 꿈을 꿨다고 했으니까."

"……."

"그렇게 마리안느는 처음엔 벨지안에게 호기심을 가졌다가, 나중에는 그녀의 흔적을 집요하게 파헤치고 다녔지. 그러다 마침내 레니스터 백작 부부가 겪은 마차 사고까지 다다른 게야."

"그래서, 마리안느 님이 살해된 이유가 제 어머니의 죽음을 파헤쳐서다? 그런 말씀입니까?"

"완벽하지는 않아도 충분한 답은 된다."

그렇게 말하며 막시밀리안은 덧붙였다.

"빈민 구제 사업이 거슬리던 찰나에 황제의 역린을 건드리게 된 거야. 진실을 알게 됐다고 내게 서신을 쓴 지 보름 만에 마리안느는 살해됐다."

막시밀리안은 한 손으로 얼굴을 묻고는 말을 이었다.

"빈민 구제 사업 때문일 수도 있으나, 그 시기가 너무 이르다고 생각했지."

"스승님께선 제게 늘 말씀하셨습니다. 외손녀인 마리안느 벤조 공작부인께서는 빈민 구제사업 때문에 살해된 거라고요. 이제 와 다른 이유를 대신다 한들…"

"그때의 넌 너무 어렸다. 부모를 잃고 슬퍼하는 네게 어찌 말할 수 있었겠느냐? 시간이 흘렀어도 말하고 싶지 않았다."

"결국, 어머니의 죽음을 쫓다가 마리안느 님께서 살해됐다는 거군요."

그렇다고 고개를 끄덕인 막시밀리안이 말했다.

"빈민 구제 사업에 마리안느는 진심이었다. 그 애는 늘 앞서서 목소리를 높였어."

"그 이유만으로 살해될 수도 있지 않습니까?"

"아니다. 귀족 중 그 누구도 마리안느의 뜻에 동참하지 않았어. 행복에 겨운 이상주의자라며 비웃음을 샀지. 마리안느의 빈민 구제 사업은 싹도 트기 전이었어."

"하…. 더욱이 구빈법 제정도 논의된 적이 없다고 하셨지요."

"내 손녀가 귀족들의 눈에 거슬리기는 했겠지. 그렇다 한들 마리안느를 제거해야 할 이유로는 충분치 않았을 게다."

결국, 노아는 스승의 뜻을 받아들일 수밖에 없었다.

"굳이 과거를 얘기하신 이유가 뭡니까? 하나뿐인 외손녀 이야기를 꺼내면서까지…."

막시밀리안은 결연한 눈으로 노아를 보았다.

"노아, 네가 청혼하겠다는 로튼 남작의 여식도 죽게 될지 모른다는 소리다. 비밀을 파헤칠수록 죽음과 가까워질 게야."

"저도 그래서 결혼하지 않으려 했었습니다. 하지만 이대로 패배자처럼 살고 싶지는 않아요."

사랑하는 사람을 손에서 놓고 운명을 원망하면서 살라고?

노아는 그렇게 살아갈 자신은 없었다. 차라리 죽는 게 낫다고 생각했다.

솔리아만큼은 절실한 그였으니까.

"시도도 안 해 보고 그 사람을 놓치고 싶지는 않습니다. 지금껏 목숨을 걸고 전력으로 노력해 본 적은 없었지만…."

노아는 말을 흐렸다. 막시밀리안이 눈썹을 올렸다.

"지금은 노아, 네 녀석이 목숨을 걸고 노력할 만한 이유가 있다는 거냐? 그게 로튼 남작의 여식인 거고?"

"……."

노아에게선 답이 없었지만, 막시밀리안은 자신의 물음에 대한 긍정으로 받아들였다.

한숨을 흘린 노아는 스승과 눈을 마주했다.

"전, 반드시… 푸르카 황제와 빈센트 박사의 손에서 벗어날 겁니다. 그 어떤 대가를 치러야 한들."

가장 절망적일 때 사랑이 뭔지 알게 됐고 운명을 틀기로 결심했다.

솔리아를 더 행복하게 해 줄 사람이 있다면 물러날 수도 있었다.

그러나 운명에 휩쓸려 그녀를 놓고 싶지는 않았다.

"그러니… 제게는 레니스터의 가보가 필요합니다."

그게 있어야만 솔리아와 함께할 수 있었다. 그 목걸이엔….

노아는 지그시 눈을 감았다.

연무장의 언덕 위에서 솔리아에게 말했던 기억을 떠올리면서.

"목걸이도 좋아하나요?"

"치장할 때 아니면 즐겨하진 않아요. 누가 주느냐에 따라 다르겠지만."

"기억해 둘게요. 누가 주느냐에 따라 다르다는 말."

다시 눈을 뜬 노아는 다리를 꼬았다. 결연한 시선이 스승을 향했다.

"저는 제 아내를 위해 모든 걸 바치기로 했습니다."

아내라고? 아직 결혼도 하기 전 아닌가. 막시밀리안은 의문이 들었지만 경고부터 전했다.

"그러다 죽을지도 모른다."

"그래도 두렵지 않습니다. 아무것도 하지 않고 죽는 게 더 끔찍하니까."

막시밀리안은 쓴웃음을 뱉었다.

"단단히 결심한 모양이구나. 그래, 그 목걸이가 필요하느냐? 그러면 마리안느에게서 받아 내거라."

* * *

"로튼 남작이 돈이 그렇게 많다는데…. 납치해서 활동 자금을 뜯어내면 어떨까요?"

전등도 꺼진 밤거리의 수도에서 사부작거리는 소리가 났다.

얄실한 체격의 사내, 팽은 오래된 총구에 눈을 들이밀었다.

"딸인 솔리아란 계집도 끌고 와서 레오나 항구에 팔아 버리면 꽤 거금을…."

퍼억!

뒤통수가 깨지는 얼얼한 느낌에 팽은 눈을 끔벅였다.

"대장님께 실례다."

"됐다. 멍청해서 그런 거니."

시가를 입에 물던 대장, 맥밀런은 가느스름한 눈을 좁혔다.

"덕분에 레오나 항구에 창부로 팔렸던 기억도 나고…. 그리 나쁘지는 않아."

맥밀런은 갈색의 긴 머리를 낮게 묶은 뒤, 가죽으로 된 활동복을 입고 있었다.

얼굴의 반은 검은 가면으로 가린 채였는데, 드러난 반쪽 얼굴은 수려 했으나 세월의 흐름이 잔주름으로 새겨져 있었다.

"내 앞에서 여자를 팔겠다느니 어쩌겠다느니 헛소리를 지껄이면 혀가
없어질 거다."

맥밀런은 품에서 권신이 매끄러운 리볼버를 꺼내서 팽의 뒤통수에 겨
눴다.

"내 비위 거슬리지 마라. 내가 죽인 사내놈만 해도 두 자릿수가 넘거든."

"죄, 죄송합니다…."

팽이 벌벌 떨자, 맥밀런은 여유로운 미소를 그렸다.

"저기… 대장님…. 가면은 안 갑갑하십니까?"

화급히 머리를 조아린 팽이 화제를 돌리려 물었다. 그러나 멍청한 실
수였다.

"젠체하는 귀족 놈들 중에 변태가 상당해서."

맥밀런은 느긋한 미소를 띠더니 가면을 벗었다.

"…헉!"

눈만 찡그리는 거구의 사내와 다르게 팽은 소리를 내고 말았다.

맥밀런은 이미 예상했다는 듯 비식거렸다.

"아랫도리가 시원찮은 놈이었어. 체구도 작달막한 사내였는데, 내가
창부 주제에 웃지 않는다며 입을 찢어 버렸지."

그러자 반쪽 얼굴에 올라간 입꼬리가 보였다.

웃는 광대처럼 오른쪽 입꼬리가 귀 쪽으로 찢어져 있었다.

실로 어설프게 꿰맨 자국에 팽은 "히익!" 하며 비명을 질렀다.

대장의 맨얼굴을 보는 건 처음이었다. 그래도 소리를 지르는 건 무례
한 행동이다.

그러나 맥밀런은 익숙한 반응이라서 타박하지 않았다.

"이리도 연약해서야…. 내 웃는 얼굴이 마음에 안 드나? 반쪽이라서 시원찮아?"

맥밀런은 입술을 비틀고는 다시 가면을 썼다. 그래도 옛날에는 사교계의 꽃으로 불렸는데 말이다.

가만히 듣고 있던 거구의 사내가 물었다.

"대장, 그놈은 제가 반드시 찾아내 찢어 죽이겠습니다."

"아니, 뭘…. 그럴 필요도 없어. 내가 그 자리에서 죽였으니까."

그래서 죽을 때까지 매를 얻어맞고 레오나 항구에서 내쫓겼다. 이건 그녀의 사소한 자랑 중의 하나였다.

"저놈도 타깃으로 잡지. 근데, 지금은 때가 아냐."

맥밀런의 명령에 팽과 거구의 사내는 고개를 끄덕였다.

"일단 그 여자부터 잡아야겠어…. 쉐릴 말론부터."

살아남은 자신을 사창가에 팔아넘긴 그 여자.

"쉐릴의 목이 잘리는 꼴은 꼭 봐야 하거든."

그렇지 않으면 지루한 삶을 견딜 수가 없었다.

질척이고 피비린내 나는 복수만이 맥밀런에게 의미가 있으므로.

* * *

"이제 수목원은 내 거네."

이른 아침, 나는 로튼 남작 소유의 수목원의 새로운 관리자로 임명됐다는 서신을 확인했다.

오늘은 결혼식에 입을 드레스를 맞추러 가는 길이었다.

다친 발목은 치료사를 불러 치료한 뒤였고, 보름 동안 에델로 하여금 길드에 들러 쉐릴에 관한 정보 수집도 끝냈다.

마차를 같이 탄 버디가 눈알을 굴렸다. 하고 싶은 말이 있는데 할까 말까 고민하는 눈치였다.

"설레발 아니냐고 하지 마, 버디. 결혼할 때 입을 드레스는 미리 맞춰 둬야 귀찮아지지 않으니까."

"저도 모르게 그만….."

어느덧 수도였다. 승차감이 편한 고급 마차가 도로를 부드럽게 내달렸다.

"어라? 이 길은 붓꽃 의상실 방향인데요? 정말로 붓꽃에 가는 거예요?"

"일단은…. 로튼 남작이 예약해 뒀대. 믿기지는 않는데 가 봐야지."

"와아! 메이 황후께서 델피누스 자작 영애이실 적에 다녔던 곳 아니에요?! 그런 곳에 아가씨와 제가 가다니…!"

얼굴을 잔뜩 붉히는 버디와 다르게 나는 별 감흥이 없었다.

'로튼 남작이 정말로 예약했으려나? 이렇게 순순히?'

그 콧대 높은 의상실에서 졸부의 딸을 받아 줄까 싶었지만….

로튼 남작이 벤조 공작의 끄나풀인 걸 감안하면 가능성이 전혀 없는 것도 아니다.

"웨딩드레스를 붓꽃 의상실에서 맞추신다니, 너무 근사해요!"

기뻐하는 버디와 다르게 나는 입매를 비틀었다.

"그래, 근사하지. 그곳에 다니는 귀부인들은 전부 권세가니까."

마차에서 내렸는데, 의상실에서 우리를 출입시켜 주지 않았다.

"예약 목록에 '솔리아 로튼'은 없습니다. 돌아가세요."

"다시 확인해 주세요. 아버지가 예약하셨다고 했어요. 분명….."

"목록에 없다고요! 예약도 안 해 놓고 했다고 우기는 분들이 얼마나 많은 줄 아십니까?"

거구의 사내가 날카롭게 답했다. 버디가 "남작님께선 정말로 예약하셨어요!" 하고 항명했지만, 그는 무서운 눈빛으로 제압했다.

"계속 여기서 소란을 피우시면 무력을 쓸 겁니다."

거구의 사내가 경고했고, 옆에 있던 마른 체격의 남자가 이죽거렸다.

"하, 골 때리는 아가씨네! 난 딱 보니 사이즈 알겠던데? 철 지난 드레스에 꼴에 마차는 고급인 사륜으로 타고 왔는데 그러면 뭐 해?"

"……."

"태생부터 싸구려 핏줄인데? 겁도 없이 여길 찾아와?"

얇실한 사내가 소리쳤다. 화가 나지는 않았다. 예상했던 범위라서 난 차분하게 대응하기로 했다.

"그러네요. 졸부의 딸인데 주제넘게 찾아왔어요."

나는 눈을 찡그렸다가 고개를 까닥했다. 아쉽지만 그냥 가야지.

"알면 어서 꺼져! 얼씬도 하지 말고!"

"가자, 버…. 윽!"

나는 그냥 가려고 했는데 그가 어서 꺼지라며 내 어깨를 확 밀쳤다.

"우리 아가씨가 간다는데 왜 그렇게 말해요! 이 마른 장작이!"

내 옆에서 발을 동동거리던 버디도 홧김에 그를 밀쳤다.

그러자 얇실한 사내가 버디의 머리채를 확 쥐었다.

"아악! 이거 놔요!"

저 새끼가……! 돌았나.

그걸 보는 순간, 나는 머리끝까지 화가 뻗쳐서 그의 정강이를 찼다.

"윽! 미쳤어?!"

"응, 미쳤어. 여기가 얼마나 대단한 곳이길래 내 시녀를 건드려?"

낮게 소리친 나는 버디를 붙잡고 뒤로 물렸다. 당황했는지 버디의 어깨가 잘게 떨렸다.

"왜 이렇게 소란스러워? 귀빈들 불편하시지 않게 썩 정리해!"

상급자가 나타나 엄포를 놓자, 정강이를 맞은 사내가 날 족제비 같은 눈으로 노려봤다.

"붓꽃 의상실이 얼마나 대단한지 몰라?! 메이 황후께서 델피누스 자작 영애이실 적에 다녔던 곳이라고!"

"그래서?"

"벤조 공작 부인이 누군지 알지?! 그분께서도 막시밀리안 후작 영애일 때부터 다녔다고!"

"실종된 사람까지 들먹여야 하나? 그래야 붓꽃 의상실의 품위가 사나 봐?"

내 말에 당황했던 얍실이가 어딘가를 보더니 주춤거렸다.

"팽."

누군가를 부르는 목소리가 내 등 뒤에서 들려왔다.

"광견병 걸린 개처럼 행동하라고 한 적 없는데."

나는 본능적으로 고개를 돌렸다.

그곳에는 하얀 로브를 쓴 사람이 있었다. 키도 크고 체격도 있는데, 호리호리해서 여자인지 남자인지 분간이 잘 가지 않았다.

울림이 깊은 목소리는 기묘할 정도로 중성적이었다.

'…누구지? 존재감이 어마어마한데.'

얼핏 바람이 불었을 때, 검은 반가면을 본 것도 같았다.

"주인 없는 개처럼 짖지 마라."

그 사람은 나를 지나쳐 팽이라 부른 사내에게 다가갔다.

팽이라 불린 사내가 고개를 숙인 채 벌벌 떨었다.

지금까지 가만히 있던 거구의 사내가 그의 멱살을 잡아 들어 올린 뒤 경고했다.

"짖지 말라 하신다."

바들바들 떨던 팽이란 놈의 몸이 축 늘어졌다. 입에는 침까지 흘렀다.

"어이, 어이!"

"저놈 또 기절했어?"

로브를 쓴 사람이 어이가 없다며 혀를 차는 사이, 거구의 사내는 놈의 멱살을 잡고 뺨을 철썩철썩 쳐 댔다.

"음… 곤히 잠든 듯합니다. 나중에 다시 깨우겠습니다."

아무리 봐도 힘으로 기절시킨 것 같은데?

그사이에 기절한 놈의 뺨이 퉁퉁 부어올랐다. 와, 벌에 쏘인 줄 알았다.

버디는 "힉!" 소리를 냈고 나도 조금은 경악했다.

로브를 쓴 사람은 쯧, 혀를 찼다. 저 광경을 보고도 놀란 기색이 아니었다.

"그 정도면 됐어. 보는 눈이 많다."

나도 모르게 로브를 쓴 사람을 빤히 볼 때였다.

그 사람은 내 곁으로 다가오더니, 붓꽃이 장식된 비녀를 내게 건넸다.

"…이 머리핀은 왜?"

머리핀이라고 부르기엔 정말 비녀 모양새다. 이곳에서도 비녀란 게 있나? 주변에서 하는 걸 한 번도 못 봤던 것 같은데.

"비녀란 건데……. 역시 모르나?"

그 사람이 오히려 내게 반문했다. 그게 비녀라 치자. 그럼……

왜 나한테 주는 건데? 그것도 비녀를.

독특한 비녀였다. 확실히 바스티아 제국풍은 아니었다. 서대륙과 동방을 섞은 듯한 독특한 디자인이다.

거리가 제법 가까운 가운데, 로브의 주인은 내게로 고개를 숙이며 속삭였다.

"붓꽃 의상실을 드나들 수 있는 물건."

"이것만 있으면 된다고?"

근데 나 알아? 왜 호의를 베풀지? 혹시 사기꾼?

"붓꽃 의상실의 마담이 직접 만든 거라서. 소수의 지인에게만 줬거든."

일종의 출입증이란 소리였다. 비녀를 가져가라며 그 사람이 턱짓했다.

"받아."

나는 망설이다가 그 비녀를 손에 꽉 쥐었다.

'여기까지 와서 붓꽃 의상실에 출입도 못 하고 돌아갈 순 없잖아.'

의상실에 들어갈 다른 방법이 있는 것도 아니었다. 어딘가 찜찜했지만, 그래도 난 저 비녀를 받을 수밖에 없었다.

"잘 쓸게요. 어디 사는 누군지, 왜 날 도와주는지 모르겠지만."

날 따라온 버디가 경계의 눈초리로 로브 쓴 사람을 훑었다.

"맥밀런."

묻지도 않았는데 자신을 소개한 사람은 제 어깨를 으쓱했다.

"종종 보게 될 테니 통성명은 해 두지."

그러고는 내가 이름을 말하기도 전에 그는 먼저 떠나 버렸다.

비녀만 주고 가 버리자 버디가 넋이 나간 듯 중얼거렸다.

"후아, 기백이 장난 아니네요."

"그러게…. 나도 모르게 긴장했어."

나는 귓불을 매만지며 그가 떠나간 곳을 계속 응시했다.

연신 감탄한 버디는 얼굴을 두 손으로 가리며 물었다.

"왠지 멋있어요…. 어디 사는 맥밀런 씨일까요?"

* * *

"어머, 귀빈께서도 그분을 만나 보셨나 보네요."

비녀 덕분에 붓꽃 의상실에 무사히 출입한 건 좋았는데, 신입 디자이너가 날 붙잡고 놓지를 않았다.

의상실은 백화점만 했는데, 귀빈마다 머물 수 있는 커다란 방이 있었다. 시녀는 들어갈 수 없대서 버디는 휴게실로 보낸 뒤였다.

나는 붉은 카우치에 앉아 차를 마셨다. 피곤했지만 디자이너가 건네는 원단 카탈로그를 보며 넌지시 물었다.

"엘리 양도 맥밀런 씨를 종종 봤댔죠. 어디 사는 분인 줄 알아요?"

"다들 맥밀런이라고 부르지만, 그게 이름은 아니에요."

디자이너는 웃더니 덧붙였다.

"잘은 모르는데…. 빈민가 출신이고 엄청난 저격수라고 들었어요. 실력자로 제국에서 손꼽힌대요! 대담하고 성격도 남자답대서 인기도 많아요."

"그 정도예요?"

"못 다루는 무기가 없대요. 검술도 진짜 완벽해요. 천재예요, 천재!"

바스티아 제국에 총기가 들어온 지는 꽤 됐지만, 잘 다루는 이는 드물었다.

그보다는…. 내게 비녀를 줬던 사람이라, 난 맥밀런이 더 궁금해졌다.

마침 그 사람이 큰 관심사였는지, 디자이너가 손뼉을 맞댔다.

"그분께서 다루시는 저격 총 이름이 맥밀런이래서, 다들 맥밀런이라고 불러요."

"원래 이름은 모르나요?"

신비주의야? 혹시 악명 높은 범죄자? 맥밀런이 자기 이름을 숨기는 이유가 있을 것 같은데.

디자이너는 고개를 저었다.

"맥밀런 님은 모든 게 비밀이에요. 남자인지 여자인지도 모르고. 얼굴도 본 적 없어요."

"그런데 어떻게 제국군으로 일해요?"

확실하지도 않은 신원으로? 그런 생각으로 물으니 디자이너가 손사래를 쳤다.

"자세한 건 저도 모르죠. 제국군에서 정식으로 일하는 건 아니고 용병 출신이라고 들었어요. 의뢰가 들어오면 활동한다던데요?"

여기까지는 납득했다. 그런데 의상실 출입증인 비녀는 어떻게 구한 거지?

"그럼 애인이 붓꽃 의상실을 다니는 귀족이라거나…"

애인에게서 받았다거나? 그래서 가지고 있을 수도 있고.

내 추측이 틀렸음을 방증하듯 디자이너가 말했다.

"에이, 애인은 없을걸요? 아, 있어도 알 수 없다는 게 맞겠네요. 전혀 티를 안 낼 거예요."

디자이너는 나와 맥밀런 이야기를 하는 게 재밌는지 계속 수다를 떨었다.

'대체 왜 나한테 비녀를 준 거지?'

이유를 알 수 없는 호의에 난 계속 신경이 쓰였다.

그 사람의 정확한 신원도, 내게 접근한 목적도 모르니 더 갑갑했다.

그녀가 정색하며 날 뒤좇은 건 조금 시간이 지나서였다.

"아, 미안해요. 제가 다른 분으로 착각했어요. 귀빈이래서 잘 모시려 했는데…."

디자이너는 곤란한 듯 주변을 살폈다. 내게 보라고 줬던 카탈로그는 이미 뺏어 간 지 오래다.

나는 실랑이를 벌이는 대신 쫓겨난 방 밖에서 아쉬운 듯 물었다.

"제 아버지인 로튼 남작이 수목원 사업을 크게 하는 데도요?"

"이런 말 하기 저도 참 안타까운데요…. 그 정도로는 턱도 없어요!"

"레니스터 백작 부인이라면?"

그 가난뱅이 백작이 언제 결혼했대? 잠깐 생각하는 듯했던 디자이너 가 생긋 웃었다.

"어림도 없죠. 로튼 남작 영애 신분으로는 대지도 못해요. 그 레니스 터 백작이 파산한 가난뱅이 귀족 맞죠? 백작 부인을 모셔 오면 같이 비 웃음 사기 딱일 텐데~?"

자연스레 말을 낮춘 디자이너가 내가 가엾다며 안쓰러운 표정을 했다.

"욕심내지 말고 주어진 신분대로 살아요, 로튼 남작 영애. 주제를 알 아야 구설에 안 오르니까."

디자이너의 타박을 가만히 듣고만 있다가 난 물었다.

"엘리 양도 귀족인가요?"

"아닌데요? 귀족이면 의상실에서 까다로운 귀빈들 수발이나 들겠어요? 디자이너로 드레스만 만들지."

나는 눈을 내리깔며 고개를 끄덕였다.

"맥밀런 씨는 빈민인데 맥밀런 님이라고 하셨으면서?"

"그분은 좀 달라요. 태생이 빈민가여도 남다르다고요! 수도 쪽 빈민가를 꽉 잡고 있기도 하고."

"그럼 엘리 양은?"

나는 순해 보이게 미소 짓던 입가를 비틀어 올렸다.

"갑자기 나는 왜요? 맥밀런 님 이야기를 하던 중이었잖아요?"

"그저 그런 디자이너면서 뭐가 잘났다고 훈계질이지?"

내가 느긋한 어투로 말하자 디자이너의 눈이 빠질 것처럼 커졌다.

"지, 지금 뭐라고…!"

"붓꽃 의상실에서 일하는 거지, 의상실 주인도 아니면서? 자긍심 가지는 건 좋은데, 그 자긍심이 애초에 네 것은 아니잖아?"

"이, 이봐요!"

"이봐요는 무슨 이봐요야? 난 졸부의 딸이라서 귀족 작위나 있지."

"하! 부모가 돈 주고 귀족 작위를 산 게 자랑이야?!"

"응. 너도 속으로는 은근히 부러워할걸? 난 정통 귀족에게 무시받는 신세지만, 넌 이런 내게 무시받고 있잖니?"

신분으로 무시할 생각은 없지만, 디자이너의 기를 눌러 줄 필요는 있었다.

"…흐윽! 끄윽… 흐어어엉!"

제대로 통했는지 디자이너가 눈물을 뚝뚝 흘렸다.

나는 가소롭다는 듯 비소를 흘리고는 복도를 향해 걸었다.

그때였다. 맞은편에서 걸어오는 귀부인과 눈이 마주쳤다.

시녀와 기사들을 포함한 수행원을 족히 열 명이나 달고 다니는 여자
였다.

"말, 말론 백작 부인!"

쉐릴 말론! 그 여자다.

내 뒤에서 엉엉 울던 디자이너가 쏜살같이 쉐릴에게로 튀어갔다. 울
음은 뚝 그친 뒤였다.

"마담은 어디에 있지?"

쉐릴은 디자이너에게 시선도 주지 않고 물었다. 누군지 관심도 없다
는 태도였다.

'마담이 쉐릴을 직접 맡는다더니…. 하긴, 신입 디자이너에게 맡기진
않겠지.'

쉐릴은 수도에서 제일 큰 갤러리 스포르자의 주인인 데다, 황후의 총
애받는 시녀니 그럴 만했다.

들리는 소문으론 붓꽃 의상실이 자리 잡기 전에 쉐릴이 상당히 투자
했었다던데.

나는 천천히 걸음을 옮기면서 보름 동안 수집했던 정보를 떠올렸다.

내가 구한 정보는 두 가지.

1. 쉐릴 말론의 해티 마을 출입 기록 (12년 전, 10월에서 11월 사이
에 마을에 출입한 귀족 가문의 마차를 조사)

2. 쉐릴의 붓꽃 의상실 방문일 (의상실 정기 방문 날짜와 예약 시간)

그녀가 해티 마을에 출입했다는 정보는 얻은 뒤였고, 오늘 붓꽃 의상
실에 온다는 정보도 입수했었다.

내겐 사재는 없는 터라, 수목원으로 벌어들이는 수입 중 일부를 정보 수집을 위해 쓴 거였다.

로튼이 알면 난리가 날 테지만 뭘 어쩌겠는가?

황제와 벤조 공작을 상대로 횡령한 바람에 내게 약점이 잡혔는데.

그나저나 쉐릴은 별꽃 열매를 찾았을까? 황후에게 진상한다더니….

전설 속의 별꽃 열매를 찾았다면 벌써 상용화됐을 것이다. 그때가 12년 전이니까.

'별꽃 열매는 못 찾았어도 황후의 최측근이 됐지. 목적은 달성한 거야.'

생각하는 사이에 쉐릴과 나의 거리가 점점 가까워졌다.

내가 피하지 않고 그녀가 가던 쪽으로 가자, 쉐릴 또한 걸음을 멈췄다.

그녀가 멈추자 열 명의 수행원들도 걸음을 멈췄다. 쉐릴이 고개를 갸웃했다.

"못 보던 얼굴인데?"

디자이너가 재빨리 그녀에게 귓속말했다.

그러자 쉐릴은 나를 경멸의 눈으로 훑었다. 자격도 없는데 의상실에 왔다고 일러바친 건가?

"요새 마담이 돈이 좀 궁한가 봐? 붓꽃에 아무나 들이는 거야? 품위 떨어지게, 쯧."

어쩔까 고민하던 나는 먼저 고개를 숙였다.

"지나가세요, 부인."

외나무다리에서 내가 물러선 것이다. 그러자 쉐릴은 만족한 듯 지나치려 했다.

"흥, 기본 예의는 있네."

"노부인에게 길을 양보하는 건 어린 레이디의 덕목이니까요."

쉐릴의 발걸음이 우뚝 멈췄다. 그녀가 얼굴을 일그러뜨렸다.

"너 따위 잡것이…!"

철썩!

쉐릴이 손을 뻗어 내 뺨을 후려쳤다. 충분히 피할 수 있었는데도 난 일부러 피하지 않았다.

'와, 대단하네. 앞뒤 생각 없이 귀족 영애의 뺨을 때려?'

이건 막 나가는 거 아니면 믿는 구석이 있어 갑질하는 거다.

"하…. 더럽게 아프네."

쉐릴은 모르겠지만, 난 그녀에게 빌미를 줬다. 저 여자의 성격을 파악할 기회이기도 하고.

"황후 폐하의 시녀라 그런가? 손이 빠르시네."

"입만 산 것!"

오히려 날 때린 쉐릴이 소리쳤다. 경멸하듯 훑는 눈초리가 매서웠다.

'와, 진짜….'

사람 봐 가면서 치는 거지? 나도 그러지, 뭐.

"어머, 꼴좋다."

언제 울었냐는 듯 디자이너 엘리가 손뼉을 쳐 댔다. 뺨을 맞은 바람에 내 고개는 옆쪽으로 꺾여 있었다.

"뭘 그렇게 멍청하게 서 있어? 비켜요!"

퍽!

쉐릴의 시녀로 보이는 여자가 날 거칠게 밀쳤다. 이때다 싶은지 싱글벙글이었다.

귀족 영애가 맞는 걸 보니 기분 째지나 봐? 날 언제 봤다고 밀치고 쪼개는 거야.

난 휘청이는 몸을 바로 하고는 곧바로 시녀의 손목을 움켜쥐었다.

내가 힘을 안 줬으면 볼품없이 넘어졌을 거다.

"멍청한 건 너고."

그런 뒤, 쉐릴이 보는 앞에서 시녀의 뺨을 때렸다.

좌악!

쉐릴이 쳤던 것보다 더 매서운 손길에 주위에 침묵이 돌았다.

"으, 의!"

억눌린 울음소리를 내던 시녀의 턱을 우악스럽게 움켜쥐었다.

"온갖 더러운 수를 써서 황후의 시녀가 되었으면 입 닫고 살 것이지."

"이, 이 미친년!"

나는 내게 욕하는 시녀를 내려다보고는 반대쪽 뺨을 내쳤다.

좌악!

내 손이 매서웠는지, 울면서 흐느끼는 시녀를 쉐릴에게 던지듯 놔주었다.

"너, 지금…!"

당황한 쉐릴이 뒤로 물러서는 게 보였다.

"미안해요, 노부인. 내가 손버릇이 좀 나쁜 편이라."

나는 탈탈 손을 털어 냈다. 그런 뒤, 부어오른 뺨을 손등으로 느릿하게 훑었다.

"지고는 못 사는 성격이라서."

그러고는 길쭉한 손으로 금빛 머리칼을 쓸어 올렸다.

나른하게 풀린 눈매로 주변을 훑자, 모두가 긴장하는 게 보였다.

원래 또라이 상대로는 또라이처럼 굴어야 한다고. 진짜 광기가 뭔지 보여 주는 거다.

모두가 얼어붙은 가운데, 쉐릴은 "하!" 하며 어이없다는 듯 코웃음만 쳤다.

저 수행원들도 놀랄 만했다. 아마, 처음 봤을 거야. 쉐릴의 시녀를 건드는 여자는.

주인인 쉐릴이 행동을 취하지 않자, 그녀를 따르는 수행원들도 선뜻 나서지 못했다.

"뭐, 이런 게 다 있지?"

황당함에 혀만 차는 쉐릴을 두고 난 말했다.

"뺨을 쳐서 미안하구나. 주인 잘못 만난 게 네 책임은 아닐 텐데."

그러게, 사람 봐 가면서 건드렸어야지. 나 같은 여자애들, 쉐릴 믿고 얼마나 때렸겠어?

맞고도 말 못 하는 귀족 영애들이 수두룩했겠지. 안 봐도 뻔했다. 어차피 그저 그런 가문 출신만 건드리잖아?

나는 충격을 받아 덜덜 떠는 쉐릴의 시녀에게 말했다.

"다음에는 조심하렴. 손 엇나가지 않게…."

나는 뒤로 물러선 쉐릴에게 다가가 눈가를 휘었다.

"만나서 영광이었어요, 노부인."

그리고 살짝 고개를 숙이고는 무릎을 까닥거렸다.

"이, 이리도 뻔뻔할 수가 있나!"

쉐릴의 옆에 있던 기사가 분개했지만, 난 태연하게 받아쳤다.

"아버지가 남작 작위를 샀거든요. 원래 졸부들이 좀 뻔뻔해서."

나는 고개를 들고는 쉐릴에게 눈짓했다.

"그래서 말론 백작 부인께서도 뻔뻔한 거잖아요? 온갖 짓을 해서 황

291

후의 시녀가 됐으니 신분 세탁 한번 제대로 했네?"

"…네까짓 게 감히!"

쉐릴은 분한 듯 소리쳤으나, 내게 가까이 다가오지는 못했다.

그 대신 소리쳤다.

"당장 저것을 내 앞으로 끌고 와!"

"누, 누가 좀 나서 봐…."

"아, 왜 밀쳐!"

쉐릴이 명령했지만, 시녀들은 몸 사리느라 바빴다.

"소란 피우지 않는 게 좋지 않을까요…."

디자이너 엘리도 내 눈을 피하며 중얼거렸다.

"크흠!"

기사들조차 쉐릴을 지키려 옆에 서면서도 나를 제압하지는 않았다.

귀족 여자 건드리면 인생 좆 나는 거 알거든.

"수준하고는."

나는 쉐릴에게 가벼운 조소를 흘리고는 그녀가 있는 쪽으로 걸어갔다.

또각또각.

내가 신은 굽 높은 힐이 대리석 바닥에 부딪쳤다. 날 비웃듯이 봤던 쉐릴의 시녀와 기사들은 자리를 물러선 지 오래였다.

"쉽네."

그들이 길을 트여 준 덕분에, 내 뒤에 쉐릴이 있는 상황이었다.

내 등 뒤에서 쉐릴이 히스테릭한 비명을 질렀다.

"네년이 누군지 알아내서, 오늘 일은 두 배로 갚아 주마!"

"그러시든지."

뒤에서 쉐릴이 뭐라고 소리쳤지만 나는 귀를 후볐다.

그녀가 뭐라고 날 욕하든, 나는 중지를 치켜올리고는 여유롭게 의상
실을 빠져나왔다.

* * *

"하, 뭐 그런 계집이 다 있지?"

쉐릴은 소파에 앉아 부채질하면서 씨근덕거렸다.

치수도 쟀고 카탈로그에서 원단도 골랐는데 도저히 분이 풀리지 않았다.

디자이너 엘리가 눈치를 보며 입을 뗐다. 하필 오늘, 마담이 늦는대서
딱 죽을 맛이었다.

"고정하세요, 말론 백작 부인. 그 생긴 값 하는 여자애가 졸부의 딸이
라 못 배워 먹어 그런 거예요."

"대체 뭘 믿고 그렇게 막 나가는 거라니?"

쉐릴은 어이가 없다는 듯 부채질을 빨리했다.

"다들 내게 잘 보이려 안달 나 있는데…! 제까짓 게 뭐라고 내 시녀의
뺨을 쳐!"

쉐릴은 어금니를 꽉 깨물었다. 시녀는 쉐릴의 소유물이었다.

그런데 주인이 보는 앞에서 뺨을 내친 건 굴욕 그 자체였다.

"…저어, 백작 부인. 아까 마주쳤던 귀족 영애 있잖아요? 누군지 아는
데, 그게……."

엘리는 고민 끝에 '솔리아 로튼'이라고 이름을 밝혔다. 쉐릴은 그제야
이해했다는 표정이면서도 눈썹을 올렸다.

'허…. 아버지가 남작 작위를 샀다고 했을 때부터, 알아야 했었는
데…!'

로튼 남작은 별 쓸모없는 인간이라 잊고 있었다. 그런데…….

'그때, 프리지아 연회를 성공적으로 준비했던 영애 아닌가?'

무척이나 훌륭한 곡물 음료도 내보였던지라, 기억하고 있었다. 준비한 음료가 쉐릴 자신의 입맛에도 쏙 맞아 들었으니까.

그래서 연회로부터 일주일 뒤에 만나자는 뜻도 밝혔었다. 약속을 잡으려 했지만 그쪽에서 대답이 없어서 무산됐고, 그 뒤로는 쭉 잊고 있었다.

'로튼 남작과는 별다른 일이 없었어. 악연이 될 만한 사건도…. 그 딸도, 내게 제대로 당해 본 적도 없으면서…!'

솔리아가 한때는 서신을 보내려 했다는 걸 모르는 쉐릴이 미간을 찌푸렸다.

내게 잘 보이려 할 땐 언제고. 붓꽃 의상실에서 그런 개망신을 준단 말인가!

평소라면 상대의 심경 변화를 궁금해했을 쉐릴이지만 지금은 알 바 아니었다. 머리끝까지 돌아 버린 지금은.

"건방진 것…! 오늘의 수치는 꼭 갚아 줘야겠다."

쉐릴은 충혈된 눈으로 솔리아 로튼의 이름을 되뇌었다.

＊　＊　＊

한편 그 시각, 저녁의 숲.

노아는 막시밀리안 후작과 함께 사냥터를 찾았다.

검은 군마를 천천히 몰면서 노아가 픽 웃었다.

"산짐승 사냥을 여름에 하시지 않고요."

"사냥을 그만둔 지 꽤 됐다. 마리안느가 피 냄새 난다고 싫어했거든."

막시밀리안은 갈색의 군마를 몰면서 고개를 설레설레 저었다.

"갑작스레 사냥을 시작한 이유라도 있습니까?"

"오랜만에 제자가 놀러 왔는데 저택 안에서만 지내게 할 수는 없지."

"언제는 찬 바람 쐬지 말라고 하셨잖습니까?"

노아가 장난스레 물었다. 막시밀리안은 진중한 얼굴을 했다.

"5년간 실험을 받느라 내 제자 몸이 남아나지 않아서 말이다."

"아직 건강합니다. 약해졌다 해도 바깥 활동을 못 할 정도도 아니고요."

"그래서 데려온 게야. 사냥도 할 수 있겠느냐?"

막시밀리안의 질문에 노아는 질문으로 답했다.

"스승님께선 뭘 잡으시길 바라십니까?"

"큰 짐승이면 좋지. 늑대라든지."

"스승님께서 많이 잡으셔야겠습니다."

노아는 그렇게 말하고는 말을 일부러 느릿하게 몰았다.

"자신이 없느냐? 이 노장에게 질 것 같은 게야?"

"동물 사냥에는 관심이 없습니다."

노아는 스승이 뭐라고 하든 말을 천천히 몰았다.

연구소에서 동물 사체를 지겹도록 봐 온 그였다. 숲에서 자유로이 다니는 동물까지 사냥하고 싶지는 않았다.

"…귀찮기도 하고."

읊조린 노아는 어둑한 눈으로 숲을 바라봤다. 귀찮다고 했지만 아예 의욕이 없었다.

어쩌면 그 자신이 묶인 신세라 그런지.

"그 솔리아란 여자가 그리 좋더냐? 사랑 때문에 유약해진 것처럼 보이는구나."

막시밀리안은 사랑에 빠진 남자보다 얼간이는 없다며 쯧, 혀를 찼다.

노아는 말이 없었다. 막시밀리안이 그를 타박했다.

"그 여자애를 만나기 전이라면 넌 주저 없이 활시위를 당겼을 게다. 산짐승이면 덜 자란 새끼든 큰 어미든 죽였을 놈이. 쯧…."

한때는 어미와 붙어 있는 새끼는 실수인 척 놔주었다. 그것이 꼭 어머니 품 안에서 덜덜 떨던 과거의 자신을 보는 것 같아서.

노아가 그 가엾은 것들을 놔줄 때마다, 빈센트 박사는 더한 짓을 벌였다.

"갈잖은 배려로군요. 생각 없이 베푼 값싼 동정이, 때론 더 무자비하다는 걸 노아 님은 모르는 모양입니다."

그렇게 놔준 며칠 뒤.

어미와 새끼의 유전자를 합친 돌연변이 괴물이 꺽꺽대며 노아 앞에서 웅크렸다. 제발 죽여 달라고 울부짖는 비명이 환청처럼 들렸다.

그 뒤론, 노아도 더는 주저하지 않았다. 실험실 안에서만 사냥해야 했지만, 사냥터라고 다를 게 있겠는가.

그랬던 그를, 생명과 그 가치에 무뎌져 가던 노아를 변화시킨 건 솔리아였다.

그녀의 온기로 인해 사랑을 깨달았고, 얼어붙은 마음이 녹아 버렸다. 그래서 이제는….

노아는 말을 몰던 것을 멈추고는 실소를 터뜨렸다.

"아뇨, 스승님. 사랑 때문에 강해진 겁니다."

그는 막시밀리안 뒤에 있는 기사들을 훑으며 낮게 중얼거렸다. 그리고….

"동물보다는 인간 사냥이 제격인 듯해서."

"고얀 놈…! 스승에게 못 하는 말이 없구나."

막시밀리안은 노아를 타박하면서도 그의 말을 인정할 수밖에 없었다.

청명의 흑사자.

그 이명으로 불렸던 레니스터의 핏줄들은 인간 사냥에 제격이었다.

인간의 한계를 뛰어넘은 초월자면서 언령으로 '군림하는 자'. 대천사 에녹의 후예.

흑사자로 기록된 건 초대 가주인 에녹 레니스터를 포함하여 오직 둘뿐.

노아 레니스터가 세 번째 흑사자가 되려면, 한계를 뛰어넘는 각성을 해야 했다.

'선대 레니스터 백작이었던 하르딘에게 얼핏 듣기로는….'

노아 레니스터가 성년이 되던 해에 각성의 성공 여부가 결론 난다고 했던가.

'아직, 노아 레니스터는 각성하지 않았다. 적들이 보기에 풋내기 애송이에 불과한 게지.'

막시밀리안은 오래간 반란을 준비해 왔다. 몰살당할까 두려워 음지에 꽁꽁 숨겨 왔던 반란군을 세상에 드러낸 게 '검은 나비' 그자였고.

검은 나비가 나타난 뒤론, 모든 게 급격하게 변하기 시작했다. 반란군은 고작 1년 만에 형태와 골격을 갖춘 무력 집단으로 자리 잡았다. 말도 안 되는, 무서운 성장 속도였다.

검은 나비가 이끄는 반란군. 그것엔 이론적으로 설명할 수 없는 무언가가 있다. 그런데, 그게 뭔지는 도저히 알아낼 수가 없었다.

'이제는 상관없다…! 검은 나비가 신이든 악마든 간에.'

선이니, 악이니 하는 것들은 막시밀리안의 관심 밖이었다. 늘 숨어 지

내던 반란군이다. 이제야 제국군에 겨뤄 볼 수준이 된 것이다. 그러니 이
건 신이 내린 기회였다.

막시밀리안 그의 가문이 살아남을지, 그리고 반란이 성공할지는 노아
의 각성에 달려 있었다. 검은 나비는 그리 말했으니까.

4년 뒤, 성년이 된 노아가 '청명의 흑사자'로 각성하여 살아남을 수 있
을 것인가.

그렇게 된다면 노아는 반란군 수장이 되고도 남는 존재였다.

흑사자로 각성한다면, 붉은사자용병단을 창단했던 사자왕 라이언조차
그 위력을 인정하게 될 테니.

"제가 짐승 사냥을 하지 않는 건…."

노아는 말을 흐렸다. 풀잎을 보던 그가 눈을 느릿하게 감았다가 떴다.
순간, 풀잎이 흔들렸다. 날카로운 눈으로 훑던 노아는 곧 시선을 거뒀다.

"이미 질리도록 제 손으로 죽여 왔기 때문입니다."

"하르딘 아들 아니랄까 봐! 무서운 소리만 늘어놓는구나."

막시밀리안은 풀잎 속에서 움직이던 여우를 발견하고는 활시위를 당
겼다.

휘익, 슉!

"끼엑!"

뒤를 보이고 도망치던 작은 여우의 몸이 축 늘어졌다.

"크! 역시 주군입니다! 첫 사냥을 시작하셨군요."

"아유, 매번 후작님께 기회를 빼앗겨서 저희는 어떻게 합니까?"

기사들이 환호하는 가운데, 오직 노아만이 무표정했다.

여우가 잡힌 게 왜 기쁜 거지? 질척이는 피 냄새와 사체가 좋단 말인가.

"이 봐라, 노아! 너처럼 봐주다가는 사냥감을 다 빼앗기고 말아."

언제 미래를 걱정했냐는 듯, 사냥감을 잡고서 제대로 신난 막시밀리안에게 노아는 딱 잘라 말했다.

"스승님께는 사냥이 재밌을지 몰라도, 전 재밌었던 적이 단 한 번도 없었습니다."

"재미없는 놈. 뭐가 무서워서 사냥을 피한단 말이냐?"

막시밀리안이 질린 표정을 했다.

"재미가 없으니까요. 지금 이 자리에서 스승님의 기사들을 모두 처리할 수도 있지만, 그러지 않는 이유이기도 하고."

노아는 권태로운 눈길로 주변을 훑었다.

솔리아가 보고 싶었다. 그녀라면 여유를 일부러 뇌줬을 텐데.

아니, 사로잡아서 길들였을지도 모르지. 내게 그랬던 것처럼.

노아는 보고 싶은 감정을 억누르며 느른한 한숨을 흘렸다.

"허풍은…."

그 정도면 과하다고 말하려던 막시밀리안은 입을 다물었다.

노아의 말은 진심이었다. 허세나 허풍 따위가 아니라.

"꿰엑!"

그때, 막시밀리안의 뒤에서 산짐승의 단말마가 울려 퍼졌다.

산멧돼지였다. 침을 질질 흘리며 송곳니를 드러내던 산멧돼지는 나무에 뿔을 처박고 피를 흘려 댔다.

"주군, 괜찮으십니까?"

기사가 다급히 소리쳤다.

"허, 괜찮다…."

막시밀리안은 한 박자 늦게 답했다.

방금 전까지 자신의 말을 노리던 산멧돼지가 입에 거품을 물고는 쓰러져 있으니, 그로선 놀랄 수밖에.

'노아 녀석이….'

산멧돼지가 미쳐 나무에 뿔을 박은 게 아니다.

'언령의 힘으로 산멧돼지를 미치게 만든 거다. 일부러 나무에 박게 한
게야.'

녀석…. 이 많은 기사들 앞에서 겁도 없이 언령을 쓰다니!

노아는 대체로 늘 신중한 편이지만, 가끔은 충동적으로 굴었다.

그리고 지금처럼 대담하기도 했다. 그를 오래 봐 온 막시밀리안이 놀
랄 정도로.

'이것이… 생명을 복종시키는 힘, 언령이구나!'

실제로 겪으니 경이를 느낄 정도였다. 7년 전에 노아가 언령으로 제
로스 황태자를 구한 뒤로는 본 적이 없었다.

'노아 녀석…. 사람도 미치게 할 수 있겠지.'

보는 시선이 많아 막시밀리안은 턱에 힘을 줬다.

이 사실을 모르는 기사가 막시밀리안의 곁에 있었던 노아에게도 안부
를 물었다.

"레니스터 백작님께서도 괜찮으십니까?"

"괜찮습니다."

노아는 고개를 끄덕이고는 느릿하게 말머리를 돌렸다.

"괜찮냐고 묻지도 않는 게냐? 야박한 녀석…."

막시밀리안은 노아를 타박하듯 말했지만, 자기를 구해 주고도 아무
말도 하지 않는 제자가 고마우면서도 한편으로는 걱정됐다.

그는 앞서서 저택으로 귀환하던 노아를 뒤따르며 말했다.

"구해 줘서 고맙다. 노아 네 녀석이 사냥을 재미없어해서 참으로 다

행이구나."

노아는 위대한 영웅이었던 에녹 레니스터의 후예였다.

목소리로 내린 명령만으로 마물들을 굴복시켰던.

그걸 두 눈으로 깨닫게 된 막시밀리안은, 노아가 같은 편이라 다행이라 여겼다.

노아는 속내를 드러내지 않고서 말했다.

"제가 사냥할 것은 따로 있으니까요."

"징한 놈."

막시밀리안은 타박하고는 노아를 곁눈질했다.

"사냥도 재미없으면 노아 네놈이 재밌어하는 건 대체 뭐냐?"

"숨바꼭질은 재밌겠죠."

노아는 말고삐를 느슨하게 쥐고는 입술 끝을 올렸다.

사람을 홀리고도 남을 나른한 목소리였다.

* * *

의상실을 나왔을 때는 늦은 저녁이었다.

버디와 간단한 식사를 한 뒤, 나는 마차가 정차된 도로를 다시 한번 살폈다.

"아까도 살피셨잖아요? 볼일이라도 있으신 거예요?"

"응. 확인할 게 있어서. 쉐릴 말론의 마차가 어디 있는지 봤어?"

"앞에서 네 번째요! 녹색 새 문양이 마차에 그려져 있던 걸 기억해 뒀어요."

녹색의 작은 새다. 말론가의 문장이 확실했다.

나는 버디에게 "나 아가씨라고 부르지 마."라고 속삭인 뒤, 말론가의 마부에게 다가갔다.

"저기, 아저씨."

마부는 바퀴를 살피다 말고 고개를 들었다. 의아한 표정으로 날 보는 그에게 난 쪽지를 내밀었다.

쪽지를 받아 든 마부는 한참을 보더니 고개를 저었다.

"그놈은 관둔 지 오래됐어. 약주나 마시고 마차 운행하는 놈을 누가 예쁘다고 봐줘?"

"지금 어디서 지내는지는 알아요?"

"그건 왜요? 젊은 아가씨하고 그놈하고 무슨 사인데? 그놈을 대체 왜 찾는 거요?"

마부는 시가를 입에 물더니 경계하듯 나를 쳐다봤다.

"저희 아빠요."

"…뭐라고?"

"엄마가 열아홉에 절 가졌거든요. 줄곧 아프셨다가 늦게서야 말씀해 주셨어요. 저도 아빠가 있었대요."

마부는 휘둥그레 눈을 떴다가 무언가 생각하는 눈치였다.

"하이고…. 그놈이 인간 말종이 맞다니까! 지가 싸질러 놓은 애가 다섯은 될 거래서 저급한 농담인 줄만 알았지."

마부가 곤란한 표정으로 머리를 긁적였다.

"그래서 그놈이 매일 술만 처마시면 그렇게 울었나?"

그거야 나도 모르지. 난 길드에서 정보를 구한 거니까.

나는 마부가 친딸이 아니라고 의심할까 봐 몇 가지 사실을 말한 뒤, 그가 어디 있는지 물었다.

다섯 살의 솔리아를 쳤던 다른 마부 말이다.

"쯔쯧… 말도 말아요! 그놈은 그 사고 이후로 미쳐 버렸어. 아무도 없는 마차에서 애 우는 소리가 계속 들린다고 12년간 그 난리를 치더니…!"

"네? 말도 안 돼요!"

난 의심을 사지 않기 위해 놀란 척을 해야 했다.

마부는 내가 친딸이라고 철석같이 믿는지 계속 말했다.

"서너 달 전인가… 하도 바빠서 그놈 혼자 내버려 뒀거든? 이놈이 글쎄…! 빈 마차를 절벽으로 몬 거야."

"그럴 리가…."

이건 생각지도 못했기에 나는 입을 틀어막았다. 진짜로 놀랐다.

"죽지 못해 살던 놈이었어. 미안하다…. 그놈 딸내미한테 이런 얘기를 전하게 돼서."

"아, 네…."

대답할 말을 찾지 못해 입을 벙긋할 때였다. 마부는 묻지도 않은 사실마저 전했다.

"마님만 엄청나게 화나셨다고. 그 비싼 마차를 못 쓰게 되었다고 난리도 아니었지."

마부는 그때를 떠올리는 듯 몸을 떨었다.

"죽으려면 맨몸으로 죽지 그랬냐고 소리치는데! 하이고… 지독히도 무서워서 아무도 대꾸를 못 했어."

"사람이 죽은 건 신경도 안 쓰나 봐요."

"어휴! 아주 일상이야, 일상! 마님은 옛날부터 그랬어. 시신도 안 거둬 준대서 우리 마부들이 푼푼이 돈 모아서 장례도 치러 준 거야."

마부는 날 부르더니 품에서 작은 주머니를 건넸다. 한 손에 들어오는 크기로 꽤 상태가 좋아 보였다.

"이거 그놈…. 아니, 네 아버지가 갖고 있던 전 재산이거든? 갖고 가라."

"아…."

당황한 나를 보고 마부는 안쓰럽다는 표정을 했다.

그가 잠깐 머뭇거리다가 말을 이었다.

"네 아버지가 12년 전에 애를 하나 마차로 쳤단다! 깡시골인데, 해티 마을이라고 했지. 마님을 따라 별꽃 열매를 구하러 갔다더라고."

"……."

"나이도 별로 안 먹은 놈이 술에만 취하면 그 얘기여서 어찌나 지겹던 지! 그 깡시골에는 가 본 적도 없는데 말이야. 내가 지명까지 외울 정도 니까 말 다 했지, 뭐."

"본인의 잘못을 잊을 수 없던 거네요."

차마, 아버지라고 할 수는 없어서 주어는 빼고 말했다.

마부가 그렇다며 고개를 세차게 끄덕였다.

"으휴, 그랬지. 멀쩡하다가도 자빠져 잘 때마다 그랬어! 죽어 가던 애 얼굴이 보이니, 마니 하더니 그 꼴이 난 거구만."

나는 건네받은 주머니를 꽉 쥐고는 한숨을 흘렸다.

마부는 더 말하려 했지만 내가 먼저 자리를 떠났다.

쉐릴이 타고 온 마차의 마부가 잠시 자리를 비킨 것을 확인한 뒤, 나는 버디와 함께 사륜마차에 올라탔다.

밤늦게 출발한다고 일러뒀기에 우리가 탄 마차는 정차된 상태였다.

"저, 아가씨…. 괜찮으신가요?"

맞은편의 버디가 조심스러운 목소리로 나를 불렀다.

버디는 사정을 모른다. 내가 찾던 마부가 죽어서 슬퍼한다고 생각하는 눈치였다.

"응, 괜찮아. 사고로 죽었을 거라고는 예상 못 했지만."

나는 천 주머니에서 네모로 접힌 종이를 꺼냈다.

오래됐는지 누런 종이는 끝이 마모되어 있었고, 색이 바랜 그림은 꼭 크레파스로 그린 것 같았다.

파란색 꽃잎에 하얀색 꽃술. 그리고 황금색 보석처럼 빛나는.

종이에는 별빛처럼 파랗게 빛나는 꽃이 그려져 있었다.

"이게 뭘까?"

"…꽃인 것 같은데요?"

나는 그림을 계속 보다가 눈을 깜빡였다. 뭔가 생각날 것도 같은데.

"돌아가신 분께서 계속 품에 간직할 정도면 소중한 그림인가 봐요."

"소중한 그림…."

한참을 보던 나는 갑작스레 생각이 떠올랐다.

'별꽃 열매…!'

주머니에는 이 종이 그림과 함께 은화와 동화가 몇 푼 있었다.

이리저리 살피다가 천 주머니에도 그림과 글자가 보여 뒤집었다.

그러자 자수로 된 형상이 보였다. 아무리 봐도 지도였다.

"해티, —— ———— 조각상의 그림자가 드는 곳."

뭐야…. 어떤 조각상인지는 말이 없네? 이래선 제대로 된 단서로 보기 힘들었다.

그런데 신기하게도, 나는 그 글씨를 읽을 수 있었다. 모양이 살짝 변형됐지만, 한글로 된 자수였으므로.

"시골 출신의 마부가 이 글자를 알 리가 없는데?"

대체 뭐야? 난 당혹스러움을 감추지 못했다.

그 죽었다던 마부도 빙의된 걸까? 그건 아닌 것 같았다.

그랬다면 이렇게 엉성한 한글이 아니라 제대로 된 글자를 새겼을 테니까.

'오래전 빙의해서 한글의 형태를 잊었을 수도 있지만.'

직감이 그건 아니라고 말해 주는 듯했다. 이건 낯선 글자를 그린 듯 적은 모양새였다.

"자수 주머니네요? 저 어릴 적에 빈민가에서 자주 만들고는 했어요."

버디는 옛날 생각 난다며 배시시 웃었다.

"주머니 하나 만드는 데 동화 다섯 닢을 주거든요. 그런데 그마저도 여기저기 다 떼 가서 두 개는 만들어야 동화 한 닢을 줬어요."

"자수 주머니라고? 버디, 자세히 말해 줄 수 있어?"

"당연하죠! 음, 근데 사실 특별한 건 없어요. 그냥 자투리 천에 자수를 놓은 다음에, 주머니 형태로 바느질해서 파는 거거든요."

"자수는 어떤 형식으로 놓는데?"

"음…. 그건, 고객이 원하는 그림이나 사진을 보내면 그대로 새겨요. 주머니 형태로 만들고 나면, 원래 자수 모양을 완전하게 볼 수는 없지만요."

버디가 뺨을 긁적이며 헤헤 웃었다. 난 이거다 싶어 재빨리 물었다.

"아, 그럼…. 자투리 천에 새겨진 자수를 완전하게 볼 수 있는 방법은 없을까?"

"가능해요! 자수 주머니를 만드는 방식이 독특하거든요. 의상실 직원들이 옷을 만들다 남은 옷감을 빼돌려서 빈민들에게 파는 거예요. 그렇게 사들인 자투리 천을 도쉬즈 왕국의 별자리 자수법으로 주머니를 만드는 거죠!"

버디는 아는 이야기가 나와서인지 잔뜩 신난 얼굴이었다.

"별자리 자수법?"

그런 것도 있었나? 자수를 잠깐 배웠는데 영 소질도 없고, 관심도 없어서 몰랐었다.

"도쉬즈 왕국은 서대륙 문화의 중심이잖아요? 도쉬즈는 차와 비단으로도 유명하지만, 천문학도 발달했거든요."

"신기하네…. 천문학과 자수라니, 전혀 연관성이 없어 보이는데."

"천문학에서 고안해 자수를 놓는 기법도 발달했어요. 그중 저희 빈민가에서 유행하던 게 그물자리 자수법이고요."

버디는 신이 나서 계속 말했다.

"자투리 천에 가위질은 하지 않거든요? 바느질만 하니까 원래 천 모양대로 복원시킬 수 있죠."

휴, 살았다. 나는 반색하며 버디에게 자수 주머니를 건넸다.

"이대로는 지도를 제대로 못 봐. 지도를 복원할 수 있겠어?"

"네! 몇 군데만 풀면 돼요. 이래 봬도 동네에서 바느질을 제일 잘하는 꼬마로 유명했어요, 저."

버디는 어깨를 으쓱하고는 주머니를 뚫어져라 봤다.

"끈이 달린 쪽은 좀 낡긴 했지만…. 자수로 놓인 부분은 거의 그대로 남아 있네요? 복구하면 지도를 제대로 보실 수 있을 거예요."

나는 기쁨에 맞은편의 버디를 와락 끌어안았다.

"최고야, 버디!"

"그런 말은 처음이에요."

어안이 벙벙한 그녀가 어쩔 줄 몰라 하다가 나를 끌어안았다.

잠깐의 포옹을 한 뒤, 나는 시끄러운 소리가 들려 마차 도로 주변을 살폈다.

마차에 타려던 쉐릴을 어떤 여자가 애타게 붙잡으려 했다.

"말론 부인!"

20대 중후반으로 꽤 젊어 보였는데, 체격은 통통했고 동그란 안경을 쓰고 있었다.

편안한 가죽옷에 바지를 입은 데다, 옆구리에는 원단 카탈로그를 끼고 있었다.

'저 사람도 디자이너인가? 오늘 간 붓꽃 의상실에선 못 봤었는데.'

어찌나 원단 색감이 쨍한지, 조금 떨어진 여기서도 색감을 구분할 정도였다.

"그러지 마시고 제 의상실에도 들러 주세요. 이자벨라 의상실이요! 제발, 제발요…!"

"백작 부인께서 그런 무명 의상실에 갈 것 같아?! 당장 놓지 못해?!"

부은 뺨을 꾹 누르던 쉐릴의 시녀가 호통쳤고, 뒤에 있던 기사들이 얼른 여자를 쉐릴에게서 떼어 냈다.

기사들은 나를 대할 때는 조심스럽더니, 귀족이 아닌 여자에게는 거리낌 없이 힘을 썼다.

쉐릴은 코웃음을 치고는 이런 일이 처음은 아니라는 듯이 마차에 올라탔고, 마차는 곧바로 떠났다.

'뭔가 사연이 있는 것 같단 말이지.'

홀로 남은 디자이너는 허망한 표정이었다. 나는 얼른 마차에서 내려 주변을 배회했다.

그때 여자가 혼잣말하며 한탄했다.

"쉐릴 말론! 뭐가, 대체 뭐가 그렇게 잘났는데? 사람 죽인 살인마면서…!"

이건 잭 팟이다! 머릿속에서 섬광이 번쩍였다. 여자가 눈치채지 못하게 난 가죽 의자에 뒀던 모자를 들고 마차에서 얼른 내렸다.

그리고 모자를 쓰고는 머리칼도 꼼꼼하게 정리한 뒤 말했다.

"버디, 마부에게 전해 줄래? 품삯은 원하는 만큼 줄 테니, 오늘 새벽까지 기다려 달라고."

Chapter 5

"제 의상실에서 드레스를 맞추고 가시겠다고요?"

"네, 결혼할 때 입을 드레스가 필요해서요."

지금, 나는 이자벨라 의상실에 와 있다.

접견실은 따로 없었다. 좁은 방에 옷이 빽빽하게 걸려 있으니 숨쉬기가 갑갑했다.

"솜씨 좋은 디자이너를 급하게 찾고 있어요."

디자이너 델핀은 소파의 맞은편에 앉은 채, 내 드레스를 빤히 봤다.

'독특한 곳이네. 이제껏 갔던 의상실과는 달라.'

보통은 꽃에서 의상실 이름을 따온다. 가끔 지명을 쓰기는 했지만, '이자벨라'처럼 사람 이름은 좀처럼 들어가는 법이 없었다.

'간판도 허름하고 낡았어. 도색은 아예 안 하는 건가?'

간판에는 황금 장미가 그려져 있었지만, 색이 벗겨지고 흐릿해서 장미인 줄은 한참 뒤에 알았다.

이자벨라 의상실이라…. 여기서 뭘 건질 수 있을까?

통통한 체격에 동그란 안경을 낀 델핀은 고개를 갸웃했다.

"입고 있으신 드레스 원단, 되게 좋아 보이는데요? 도쉬즈 왕국산 비단 아닌가요?"

붓꽃 의상실에선 '철 지난 드레스'라고 했는데. 여기는 원단부터 보나 보다.

어떻게 알았느냐는 표정을 하자, 델핀이 어깨를 으쓱했다.

"도쉬즈 왕국에서 만들어진 비단은 특유의 물방울 패턴이 있어요. 하나하나 촘촘하고 꼼꼼하게."

나는 곧바로 소매를 살폈다. 자세히 보니 정말로 물방울 형태의 패턴이 있었다.

"어, 정말이네요?"

"가끔 의상실에서 도쉬즈 왕국산이라면서 싸게 드레스를 팔거든요? 전부 가짜예요. 가짜로 물방울 패턴으로 만들어 놓고 고객들 등쳐 먹는 거죠."

그건 몰랐던 정보라서 나는 "오." 하고 감탄사를 흘렸다.

"옷감 좀 다뤄 본 디자이너라면 짭인지 아닌지 바로 알 텐데, 순진한 고객들 상대로 사기 치는 거죠."

"수도에도 그런 의상실이 있나요?"

"상업 지구에는 잘 없고요. 한번 걸리면 고객들 발걸음이 뚝 끊어져서 의상실 문을 닫아야 하니까요."

버디는 알 만하다는 표정으로 내 귓가에 소곤거렸다.

"빈민가 근처나 외곽에는 그런 가게가 종종 있어요. 고정 고객보다는 가끔 들르는 유동적인 고객이 많거든요."

델핀은 헛기침하고는 물었다.

"도쉬즈 왕국산 비단으로 만든 드레스면 엄청 비쌀 텐데…. 혹시 붓꽃 의상실에 가시려다가 길을 잃으셨나요?"

그녀는 부어오른 눈가를 꾹꾹 누르고는 다시 한번 말했다.

"여기서 드레스를 맞춰 봤자 좋은 소리 듣기는 힘들 거예요. 그런 데서 왜 맞췄냐고 비웃음 사기도 하고요."

"특별한 이유라도 있나요?"

"말하자면 복잡한데…. 아, 제 입으로 말하기는 그렇지만 전 실력도 있고 원단도 좋은 걸 써요."

델핀은 벽면에 걸어 둔 액자를 가리켰다. 졸업장이었다.

"마르티장 아카데미 의류패션학과 출신 디자이너거든요. 뒤에서 2등으로 졸업하긴 했지만요, 하하."

델핀은 당당하게 폈던 어깨를 축 늘어뜨렸다. 난 그녀에게 힘을 북돋아 주려 말했다.

"이자벨라 의상실 앞에 전시된 제복을 봤어요. 세련되고 예쁘던데."

"예쁘다고 해 줘서 고마워요. 어쩌다 보니 드레스 말고 제복만 만들고 있지만요."

델핀은 한숨을 푹 내쉬다가 제복을 만들게 된 이야기를 시작했다.

"저도 처음에는 드레스가 좋았어요. 졸업 과제 때 승마 바지를 만든 뒤로는…."

"완전 괜찮은데요?"

나는 '오, 괜찮다!' 하는 표정으로 눈썹을 올렸다. 그러나 델핀은 주눅

이 들어 있었다.

"너무 시대를 앞서간다고 늘 혼났었어요. 대중성이 부족하다고…. 그때 교수님께선 승마 바지는 귀족 여성들에게 거부감이 심하다고, 그딴 건 집어치우라고 하셨어요."

델핀은 뺨을 긁적이며 중얼거렸다.

"그래서 뒤에서 2등이었어요. 참고로 뒤에서 1등은 과제물을 제출하지도 않았고요."

난 괜히 발끈해서 주먹을 움켜쥐었다.

"난 아직도 이해가 안 가요. 잘 쓰이지는 않지만 총도 있고, 국경 쪽으로 가면 열차와 철로도 있잖아요? 귀족 영애나 귀부인들이 말을 탈 때 아직도 치마를 입는 게 말이 돼요?"

델핀의 마음을 사려는 것보다 진심이었다. 말을 탈 때 치마는 불편하잖아!

"그렇죠! 치마 입고 불편해서 어떻게 말을 타요? 치마가 어디 걸리기라도 하면 다칠 수도 있는데!"

델핀은 나를 경계하던 기색을 지워 냈다. 오히려 마음 맞는 친구를 사귄 것처럼 기뻐하더니, 차와 곁들일 다과를 잔뜩 가져다주었다.

"저 혼자 먹으려고 아껴 둔 건데 특별히 드릴게요! 원래 손님 오면 싸구려 차만 주거든요."

뭔가 잘못된 기분을 느꼈지만 나는 지적하지 않았다.

"델핀 양은 혹시 건물주신가요?"

"아뇨. 매달 월세 꼬박꼬박 내고 있어요."

매년 갱신하는 정기 계약도 아니고, 드물지만 월세로 내면 진짜 간당간당한 거다.

"식비 아껴서 비싼 차를 내와도 귀족분들 성에 차기는 어려워요. 저같이 먹고살기 바쁜 평민들은 '아, 그냥 차네'라고 생각하기 마련이니까."

델핀의 말에 나는 고개를 끄덕이고는 물었다.

"간판도 독특하던데요?"

"예쁘죠? 작은언니들이랑 같이 만들었어요. 한여름에 만든다고 열사병에 걸렸었는데…."

"의상실 간판의 칠이 벗겨졌던데 도색은 안 하시는 건가요?"

내 물음에 델핀이 까치집이 진 머리를 긁적였다.

"도색할 돈이 없어서요. 변명이 아니라…. 진짜 없어요. 드레스를 만들어 팔아도 나가는 돈이 더 많거든요."

원단도 비싼 걸 쓰고, 인건비도 없어 델핀 혼자서 일을 도맡다 보니 팔아 봤자 적자라고 했다. 붓꽃 의상실처럼 유명해지면 그때부터 수익이 난다고 하니, 버티는 쪽이 승자라나.

"그러고 보니…. 의상실에 전부 남자 제복뿐이네요?"

고급스러운 향이 났던 붓꽃 의상실과 다르다. 여기는 새 옷이나 가죽 냄새로 가득했다.

델핀이 반색했다. 내가 알아봐 줘서 기쁜 눈치였다.

"네! 용병이나 군인들이 의뢰하면 그때 바로 만들어요."

"드레스는요?"

"제가 땀 흘려 만들어 봤자, 붓꽃 의상실이 요 근처라서 혹평만 받는 걸요."

적자도 문제지만, 그 혹평이 더 견디기 힘들다고 델핀이 한탄했다.

"붓꽃 의상실이 유명해서 그런가요?"

"네…. 그것도 있고, 몇 달 전에 제가 이브닝드레스를 만들었는데 아무도 안 사더라고요."

델핀은 차와 다과를 힘없이 우물거리고는 말했다.

"그러다 붓꽃 의상실에서 이브닝드레스를 팔았는데 대박 났대요. 유명 디자이너가 만든 드레스는 나와 뭐가 다르지? 궁금해서 한참 기웃거렸어요. 근데…."

델핀이 뜸을 들여서 나는 곧바로 물었다.

"뭐가 달랐어요?"

"제가 만든 드레스와 디자인이 똑같더라고요? 전 '달빛 드레스'라는 이름으로 어깨 장식에 진주를 수놓았는데, 다이아 장식으로 바꾼 것만 다르더라고요."

"헐."

잠자코 듣던 버디가 손으로 입을 가렸다.

"이름도 '별빛 드레스'로 바꿔 놓고 어디에도 없는 디자인이라며 홍보하더라고요."

"항의는 해 봤어요?"

"제가 1년 전에 달빛 드레스를 구상했던 디자인 스케치와 제작 기법, 패턴 방식까지 들고 갔는데 다 불에 탔어요. 그게 어떻게 된 거냐면…."

화가 너무나도 났던 델핀은 증거물을 싹 모아 붓꽃 의상실로 쳐들어 갔었다.

그러자 별빛 드레스로 떠오르는 유망주가 된 디자이너 엘리가 나왔다.

엘리가 누구냐면, 아까 저녁때 붓꽃 의상실에서 날 조롱했던 디자이너였다.

"아, 진짜! 질투 나서 모함하는 거 질리지도 않아요? 내가 그쪽 같은 무명을 따라 할 리가 없잖아요?"

"말은 바로 합시다! 내가 무명이면, 유명한 디자이너가 따라 해도 찍소리도 내면 안 되는 거예요?!"

"내가 따라 했다는 증거 있어?! 따라 했으면 유명한 의상실 디자인을 가져왔겠지! 어디서 행패야?!"

"야!! 네가 내 디자인 작정하고 훔쳤잖아!"

"팔리지도 않는 의상실 드레스 디자인은 훔친 적이 없다고!"

그렇게 옥신각신 싸우다가 델핀은 고소하겠다고 했고, 제 발이 찔린 엘리는 붓꽃 의상실의 마담을 불러왔다고.

"제가 그 여자한테 그랬죠. 재판소로 가자! 내가 증거도 안 모으고 여기 왔겠어?! 엘리 당신, 고소할 거야!"

점점 나와 버디는 한 편의 연극을 보듯 이야기에 빠져들었다.

"설마, 이런 일로 붓꽃 마담이 오겠어? 싶었는데…. 정말로 마담이 딱 나타난 거예요!"

흥미진진해진 이야기에 나는 다과를 팝콘처럼 먹으며 물었다.

"와…. 마담이 어떻게 했어요?"

"대뜸 엘리의 뺨을 좌악! 하고 때리더니, 제게 말했죠. 돈도 없으면서 변호사 비용을 댈 수는 있겠느냐고."

마담이 엘리의 뺨을 때린 건, '고작 이런 일도 처리를 못 해서 자신을 나서게 한 거냐?'라는 의미였다고. 피해자인 델핀의 뺨을 때릴 순 없으니, 경고의 의미로 대신 엘리의 뺨을 쳤을 수도 있겠다 싶었다. 그냥 델핀을 겁주려는 의도였을 수도 있고.

"정말로 너무하네요! 돈 없으면 억울한 일 당해도 참고 살란 거네!"

잔뜩 감정 이입 한 버디가 울컥해서 외쳤다. 고개를 끄덕인 델핀이 연극 조로 말했다.

"저한테는 주제를 알고 살랬어요. 되지도 않는 싸움을 걸어 봤자 제 등가죽만 벗겨진대요. 돈 없는 게 죄고, 권력 없는 게 무능한 거라면서."

"하…."

이번에는 나도 조금은 화가 나고 말았다. 델핀의 말이 진짜인지는 나중에 확인해야겠지만.

"개미가 기어올라 봤자 손으로 떨구면 그만이고, 물어 봤자 거인에게는 따끔하기만 할 뿐이라고요."

그러고는 건장한 사내들을 시켜 델핀을 붙잡게 한 뒤, 그녀가 보는 앞에서 증거품을 모두 태웠다고 했다.

타오르는 디자인 스케치와 기록을 보면서 델핀은 오열했다.

그 누구도 마담의 결정에 반기를 들지는 않았다고.

듣다 보니 붓꽃 의상실 마담이 어떤 사람인지 궁금해졌다.

델핀은 자기가 알아낸 건 다 말해 주겠다며 입을 열었다.

"마담은 이름 있는 귀족 집안의 사생아 출신이래요. 아버지가 그랬으면 몰라도, 어머니 쪽이 부정을 저지른 거라 가문 명부에도 이름을 올리지 못해서 그게 한이었고…."

그 뒤로 들은 이야기는 붓꽃 의상실의 마담이 어떤 사람인지를 잘 말해 주는 듯했다.

"성공해야겠다고 바짝 독기를 품은 거죠. 명부에 이름을 올려 주지 않는 가문 따위 필요 없다면서 허드렛일부터 시작했어요."

"실력이 좋았나 봐요?"

"엄청 뛰어났죠. 마담이 의상실을 열 당시엔 모두의 무시를 받았거든요?"

듣고 보니 이를 악물 만도 했다.

가문에서도 받아들여지지 않고, 힘겹게 돈을 모아 의상실을 열었을 때도 무시당했을 테니.

"그랬는데, 5년 안에는 근방의 큰 의상실을 모두 닫게 했어요. 실력만으로 고객들을 다 뺏어 온 거죠."

붓꽃 의상실의 마담이 천재라는 이야기였다. 마르티장 출신 디자이너도 마담의 실력에는 못 이겼다면서.

"붓꽃 의상실을 연 지 한 15년쯤 되니까, 수도에서 제일 잘나가는 의상실이 된 거예요. 그때부터 디자이너 대신 '마담'으로 불렸죠."

그때쯤, 붓꽃 의상실에 전 재산을 투자했던 쉐릴도 손에 꼽히는 부자가 된 거다.

난 퍼즐이 맞춰지는 기분을 느끼며 곧바로 물었다.

"붓꽃 마담은 지금도 실력이 좋은가요?"

"나이 들어 발톱은 빠졌어도 호랑이는 호랑이죠. 마담보다 실력 있는 디자이너가 수도에 나타나도 1년을 못 버텨요. 마담이 측근들을 시켜 전부 문을 닫게 하거든요."

델핀은 가슴께를 꽉 쥐며 한탄했다.

"수도에서 멀리 떨어진 깡시골이 아니면 함부로 의상실도 열지 못해요. 붓꽃 마담이 드레스 디자인 협회장이라서 여기 들려면 마담의 눈 밖에 나서도 안 되고요."

"델핀 양은 그런 사람의 가게에 찾아간 거예요? 용감했네요."

용감했다는 내 말에 델핀은 그게 아니라며 고개를 내저었다.

"눈에 보이는 게 없으면 그래요. 디자인을 뺏긴 거 말고도 더 큰일도 있었으니까."

"더 큰일이라면?"

그제야 나는 마른침을 삼켰다. 여기 온 목적을 달성할 수 있는 건가?

"그건…."

델핀은 침잠한 목소리로 말했다가 입을 다물었다.

"이 이야기는 하지 않는 게 좋겠어요…. 제 큰언니와 관련된 거기도 하고."

가족이 연관되어 있어서 쉽게 말할 수 없다는 거였다.

그런 것치곤 델핀의 표정이 담담해 보였다. 정말로 슬퍼서 말을 하지 못하는 게 아니라….

"미안해요, 델핀 양. 곤란한 질문을 했네요."

나는 한발 물러서기로 했다. 델핀의 큰언니가 누군지, 알아낼 시간은 얼마든지 있으니까.

"에이, 아니에요! 제가 먼저 더 큰일이 있었다고 했는걸요?"

델핀의 말에 나는 괜찮다며 웃어 보이고는 벽에 걸린 시계를 확인했다. 벌써 자정이 훌쩍 넘었다. 어느덧 새벽이었으니.

"이만 가 봐야겠네요."

"시녀분과 단둘이서 가시게요? 여기가 상업 지구이긴 해도, 거의 끝쪽이고 빈민가와 맞물린 곳이라 마차 없이는 위험해요."

"괜찮아요, 델핀 양. 상업 마차를 불러 뒀거든요."

나는 느긋한 미소를 지으며 "내일은 치수를 재러 일찍 올게요."라고 말한 뒤, 문가로 향했다.

버디와 함께 주변을 살펴도 마차는 없었다.

"…어라? 자정 넘으면, 여기 이자벨라 의상실로 와 달라고 마부 아저씨께 말씀드렸었는데…."

버디는 마차가 없다며 발을 동동 굴렀다.

"마차가 없으면 위험할 텐데…."

델핀이 우려를 표하자, 버디는 갑작스럽게 거리로 달려갔다.

"제가 주변을 둘러보고 올게요! 아가씨께선 델핀 양과 함께 있으셔요."

한눈으로 봐도 거리에는 사람이 없다시피 했다. 약한 비가 내리고 있었고 버디는 아직 열넷의 소녀였다.

"버디!"

돌아오라고 말하기도 전에 버디는 거리로 뛰쳐나갔다.

"버디! 대체…."

나는 불안감에 심장이 쿵쿵거렸다.

'그때도 비가 내리던 빈민가였어.'

마리안느의 기억 속에서 봤던 얼굴 없는 시녀가 떠오른 탓에 이성적으로 생각하기 어려웠다.

'빈민가에 버디 혼자서 보낼 수는 없어.'

나는 입술을 깨물다가 버디를 쫓으러 뛰어나갔다.

* * *

버디는 울먹이며 계속 마차를 찾았다. 아까 분명, 솔리아 아가씨의 표정이 굳어 있었다.

내 실수 때문에 단단히 화가 나신 거야!

문을 나선 아가씨의 얼굴에서 미소가 사라진 순간, 버디는 최악의 상상을 해 버렸다.

'…이 일로 쫓겨날지도 몰라! 마차 하나 제대로 못 잡아 뒀어.'

이 멍청이! 할 줄 아는 게 하나도 없고 쓸모도 없어.

버디는 어렸을 때부터 계속 들었던 말을 스스로에게 되새겼다.

부모 없이 빈민가에서 구걸하며 자라온 버디였다. 다독여 주거나 조언해 줄 사람은 늘 곁에 없었다.

어렸을 땐 바늘에 찔려 가며 자수 주머니를 만들었고, 빈민가 아이들을 따라 소매치기도 했었다.

"겨우…. 겨우 인정받을 기회였는데…."

숨이 목 끝까지 차오르도록 뛰었던 버디는 길바닥에 주저앉았다.

"아가씨가, 아가씨가 거의 처음으로 맡기신 일이란 말이야!"

참으려 해도 계속 눈물이 나왔다.

저번에 쉐릴 부인에게 전하려던 서신을 집배원에게 맡겼었는데, 발송되지 않았었다.

원래라면 에델에게 맡기셨겠지만, 그날따라 휴가라서 버디에게 넘어온 심부름이었다.

그 뒤로 버디는 매일 악몽을 꿨다. 눈을 뜨면 로튼 남작저가 아닐까 봐.

쫓겨날까 무서웠고 버림받을까 두려웠다. 주눅 든 모습을 보이면 쓸모없다고 여겨질까 봐 밝게 웃으며 지냈었다.

"나는 쓸모없는 가축이야…."

버디는 어렸을 적 지냈던 동네에서 어른들이 그녀에게 했던 말을 그대로 따라 했다.

그런 뒤, 옷 품 안에 넣었던 자수 주머니를 만지작거렸다가 엉엉 울었다.

"나는…. 바느질 말고는 잘하는 게 없어."

같은 시녀라 해도 에델은 상황 판단도 빨랐고 신중했다. 일하는 데 조금도 실수가 없었다.

다른 하녀들조차 "에델 님은 기계로 만들어진 시녀 같아요."라고 할 정도였다.

에델은 여러 직종의 사람을 다루는 데도 탁월했고, 시녀의 자질을 완벽하게 갖춘 사람이었다.

그런 에델이니 솔리아 아가씨가 믿고 맡기는 게 버디는 당연하다고 생각했다.

그런데 왜 날 거둬 주신 걸까? 주방 하녀로서 일도 제대로 못 해서 누명만 썼던 나인데….

그렇게 자신이 땅만 팔 거라고 생각했는지, 아가씨께선 에델에게 부탁해 가르침을 받게 했다.

"끄윽, 끅…. 선금으로 금화 한 닢도 줬고 일이 끝나면 금화 세 닢을 더 주겠다고도 했는데…. 자정이 넘으면 이자벨라 의상실로 오겠다고 약속도 했잖아요, 마부 아저씨…."

성장했다고 믿었는데 매번 실패만 하니까, 버디는 계속 눈물이 날 것만 같았다.

이대로 사라져 버릴까? 움츠린 버디가 그대로 비를 맞고 있을 때였다.

꺽꺽 우느라, 등 뒤에서 누군가 걸어오는지도 모른 채.

"하아, 버디."

솔리아였다. 그제야 버디는 시야가 어두워진 걸 확인했다.

툭, 투둑.

미약한 빗줄기가 더는 몸에 닿지 않았다. 솔리아가 우산으로 막아 준 것이다.

"아, 가씨…?"

"말도 안 듣고 그렇게 가 버리면 어떡하니?"

솔리아는 헥, 헥 거친 숨을 내뱉으며 버디를 혼냈다.

"이 새벽에 뛰느라 죽는 줄 알았네. 누가 버디 너 혼자서 다니래? 밤길 위험한 줄 몰라?"

"아가씨가 왜 여기에…."

버디는 넋을 놓고 솔리아를 봤다. 혼나는 줄도 몰랐다.

"너 찾으러! 내 시녀를 밤길에 혼자 보냈다고 소문이라도 퍼지면, 내가 야박한 주인이 되잖아."

솔리아는 괜히 툴툴거렸다.

버디도 그런 소문이 날 리가 없다는 걸 알았다. 그런데도 그냥 웃을 수밖에 없었다.

"울다가 왜 웃어? 참나…."

"아가씨께서 절 찾으실 줄은 몰랐어요."

"누가 찾는대니? 소문날까 봐 발에 불날 정도로 뛰어온 거지."

솔리아는 전보다는 안정된 호흡을 내뱉고는 손등으로 얼굴을 쓸었다.

다급하게 뛰느라 델핀이 준 우산을 제대로 쓰지 못했다. 빗물이 새어 들어 흘러서 이마고 뺨이고 간지러웠다.

"마부가 선금만 받고 튀었다 이거지?"

솔리아는 버디가 자책할까 봐 괜히 마부 탓을 하며 씩씩거렸다.

"네…. 동이 틀 때까지도 기다릴 테니 걱정 말라고 했었어요."

버디는 감동의 눈으로 솔리아를 쳐다봤다.

늘 도자기 인형처럼 하얗던 아가씨의 뺨이 노을처럼 불그스름한 상태였다.

그 모습도 예뻤다. 늘 얼음 장미처럼 차가운 표정보다 지금이 더 사람 같이 느껴졌다.

"내일 당장 상업 마차 길드에 신고하자. 오늘은 어디 숙소라도 잡아서…."

어차피 근처의 숙소를 잡을 생각이었다. 그걸 걸어가느냐, 마차를 타고 가느냐가 다를 뿐.

"나 돈 많으니까 호텔로 갈까?"

로튼 남작의 수목원을 관리한 뒤로는 지갑이 빵빵한 솔리아였다.

원래 법카가 있으면 마음이 든든한 법. 출장이라 치지, 뭐.

그렇게 솔리아가 결정 내린 가운데, 버디는 끅끅, 딸꾹질하며 말했다.

"저, 아가씨…. 여기는 끅, 상업 지구 외곽 쪽이라서 호텔은 없어요. 걸어서 갈 만한 거리도 아니고요."

"그럼 아무 숙소나 가야지. 비 맞으면서 거리에서 밤을 쫄딱 새울 수는 없잖아?"

솔리아는 버디를 일으켜 주고는 우산까지 씌어 줬다.

보통 반대일 텐데도. 버디는 아가씨의 배려가 낯설고도 고마웠다.

"딸꾹! 있잖아요, 아가씨! 빈민가에서 지냈을 때보다 지금이 훨씬 행복해요."

"당연하지. 밥 잘 나오고 깨끗한 옷도 있고, 월급도 따박따박 나오는데."

"원래는 석 달마다 봉급을 받는데 매달 챙겨 주시잖아요."

"내 시녀들이니까 내가 챙겨야지. 아, 에델은 전담 시녀고 경력이 높아서 더 받는 거니까 이해해야 돼."

"그럼요! 저는 주시는 것만 해도 감사한걸요."

솔리아가 버디와 도란도란 이야기하며 숙소를 찾던 때였다.

뒤쪽에서 말발굽 소리가 들려 솔리아는 걸음을 멈췄다. 그러자 말발굽 소리도 점차 느려졌다.

앞으로 가렸던 우산을 뒤로 젖혔던 솔리아는 눈을 크게 떴다.

"당신이 여긴 왜…."

하얀 로브를 쓴 이가 말 위에 탄 채로, 그녀를 내려다보고 있었다.

'저 어마어마한 존재감…. 쉽게 잊긴 힘들지.'

얼굴을 자세히 보지 않아도 누군지 알 수밖에 없었다.

"내가 준 비녀는 잘 썼어?"

맥밀런이었다. 그가 로브의 후드를 내리고는 장난스럽게 웃었다.

"그럼요. 아주 유용했어요."

솔리아는 '왜 여기에 있는 거지? 우연 같지는 않은데.' 하고 생각하면서도 다른 질문을 했다.

"근데 어디서 그런 걸 구했어요? 붓꽃 의상실 마담이 아무에게나 그 비녀를 주진 않았을 텐데."

맥밀런은 고개를 살짝 갸웃했다. 낮게 웃은 뒤 말했다.

"훔친 건데 잘 썼다니 다행이네."

"훔쳤다뇨? 누굴 거를 훔쳤길래? 친하게 지내는 귀부인이라도 있나 봐요?"

"글쎄…. 죽은 여자에게서 훔친 거라 잘 모르지."

"주웠다는 표현이 더 맞지 않나? 맥밀런 씨가 직접 죽여서 뺏은 게 아니라면요."

솔리아는 나서려는 버디를 뒤로 물리고는 우산을 접어 꽉 쥐었다.

'아무리 봐도 범상치 않아. 위험한 사람이야.'

솔리아가 매섭게 노려보자, 맥밀런은 두 손을 들어 보였다.

말고삐를 쥔 손도 놓은 것이다.

저러다 말에서 떨어지면 어쩌려고? 정말이지, 진짜 미친 사람 같았다.

"죽은 여자가 누군지 그렇게 궁금해?"

맥밀런은 '내가 죽였다'라든지 '아니, 그냥 주운 거다'라고 해명하지도 않았다.

"마리안느. 벤조 공작 부인이었던 여자."

맥밀런은 느긋하게 말하고는 다시 말고삐를 쥐었다.

"무슨…."

"네가 쥔 그 비녀, 죽은 마리안느가 붓꽃 의상실 마담에게서 받은 거라고."

맥밀런은 말을 천천히 몰아 솔리아에게 가까이 다가왔다. 이미 가까운 거리였는데도.

"죽은 공작 부인의 유품을 가진 기분이 어때?"

그렇게 묻는 의도를 솔리아는 이해할 수 없었다.

"그런 걸 달라고 한 적은 없어요. 다시 돌려줄 수 있다면…."

"왜 돌려주지? 마리안느는 이미 죽었잖아."

솔리아는 대화의 맥락을 이해할 수 없었다. 도대체 왜?

"다 가져도 돼. 마리안느가 가졌던 거라면…. 비녀든 뭐든."

맥밀런은 알 수 없는 미소를 지으며 속삭였다.

"그녀가 누렸던 지위. 얄팍해서 깨지기 쉬웠던 사랑, 지독한 애증."

낮게 쉰 목소리로 그가 말을 이었다.

"어린 귀족 영애들의 동경과 귀족 사내들의 진득한 경멸도."

맥밀런의 검은 반가면이 달빛에 반사되어 반짝거렸다.

"대체 왜…."

"…넌 그럴 자격이 있으니까. 솔리아 로튼."

달빛은 그의 반쪽 얼굴에 그림자를 덧씌웠다.

또 다른 인기척에 솔리아가 뒤를 돌아본 순간이었다.

"아가씨 도, 망….."

버디의 입을 손수건으로 틀어막던 남자와 눈이 마주쳐 버렸다.

붓꽃 의상실 입구를 관리하던 얇실한 사내였다. 그 뒤에 거구도 있었다.

그새 버디에게 언어맞았는지 얇실한 사내는 코를 훌쩍댔고, 거구는 10년은 더 훌쩍 늙은 얼굴로 버디를 들쳐 메고 있었다.

"걱정 마. 네게는 조금도 해를 가하지 않을 테니까. 아, 네 시녀도."

맥밀런이 믿으라며 어깨를 으쓱했다. 그의 눈짓을 뒤로, 밤거리를 걸어오는 사람이 보였다.

"소개하지. 루이스 소위야."

루이스라는 사내는 솔리아보다 키가 훨씬 컸다. 나이가 많지는 않았고, 10대 후반에서 20대 초반으로 보였다.

어둠이 깔린 새벽의 거리에서 은발이 반짝거렸다.

제비꽃을 그린 듯한 보라색 눈동자도 매의 것처럼 날카롭고 형형했다.

'주변이 기묘할 정도로 환하네. 저 남자만 조명을 달았나…'

솔리아는 눈을 게슴츠레 떴다.

자세히 안 뜯어봐도 대단한 미남이란 건 알겠다.

"루이스…?"

"멍청하고 느린 제국군 놈들 중에서도 제법 쓸 만한 녀석이지."

아직은 상황이 이해가 가지 않았다. 노아가 반란군에 가입하기 전인데 왜 날 붙잡지?

로튼 남작이 반란군 세력에 들었을 리가 없다. 아니면 방해가 돼서 반란군의 목표가 된 건가?

그래서 딸인 나를 사로잡으려고? 의문이 꼬리에 꼬리를 물었다.

솔리아가 입술을 꽉 깨물자, 맥밀런이 픽 웃었다.

"앞으로 자주 보게 될 거야. 잘 기억해 둬. 루이스 소위는 바늘로 찔러도 피 한 방울 안 나올 놈이지만, 융통성은 꽤 있는 편이지."

군화를 신은 사내가 내 등 뒤로 다가왔다.

"루이스, 그 여자애는 죽이지는 마. 네 잘난 아버지, 카본 대제독도 못 덮으니까."

* * *

루이스란 남자가 가까이 다가왔을 때 은은한 향이 코끝을 스쳤다.

그리고 난 외간 남자에게 붙잡혀 있는 중이었다. 루이스란 놈한테!

'붓꽃 의상실에서 맡아 본 향기네…. 부잣집 아들내미가 확실하다.'

근데 카본 대제독의 아들이라고? 군 엘리트 출신인가? 대단한 출신이긴 해.

내가 대제독의 아들을 모를 리가 없는데?

귀족 영애로 일곱 번을 빙의했던 나다. 대제독 같은 높은 사람의 아들이 누군지도 모른다는 게 이상하잖아!

게다가 저렇게 잘난 남자를, 사교계든 가십지에서든 가만둘 리가 없잖은가.

잘생기고 훤칠하고, 결혼 적령기로 보이는 데다… 빌어먹을 놈이 납치까지 하네?

유명해질 삼박자는 다 갖췄는데! 어디서 숨어 있다가 이제야 튀어나온 거야?

난 화도 났지만, 납치범의 심기를 거스르지 않기 위해 조곤조곤 물었다.

"야, 납치범. 진짜 대제독 아들이에요?"

"아닙니다. 아버지 없습니다."

루이스 소위는 강력하게 부인해 왔다. 그때였다.

맥밀런이 제 입술에 시가를 물며 비식거렸다.

"대제독을 고인으로 만드는 것 봐라. 지 아비 닮아 싸가지 없는 불효자 놈."

"조부님 눈물 뽑는 건 맥밀런 님이 더 잘하시면서."

쟤 좀 성깔 있네? 성깔 있게 잘생겨서 받아칠 건 받아쳤다.

'내부 분열인가?'

틈을 봐서 탈출하려 했는데 아니었다. 그냥 일상 대화였다.

"그건, 음…. 내 외조부가 울보라서 그래. 남자는 늙으면 다 그래? 쓸데없이 눈물이 많아져."

맥밀런의 말을 한 귀로 들으며 난 계속 생각했다.

그의 외조부라고 해 봤자 빈민가 출신일 텐데. 아니, 근데 보자 보자 하니까….

난 울컥해서 소리쳤다.

"야, 납치범아. 대제독 아들이 할 일도 없어요? 너 가슴팍에 달린 훈장들도 가짜지?"

선량한 시민인 나를, 범죄자 잡듯 잡고 있는데 열 안 받겠냐고!

"가짜는 아냐. 우리 루이스 소위가… 산적 같은 대제독과는 조금도 안 닮았지만."

대답 없는 루이스를 대신해 맥밀런이 사실이랍시고 알려 줬다.

뭔…. 군인이 납치에 동조해?

진짜로 대제독 아들이야? 그런 상류 계급이 왜 빈민가 출신이라던 맥밀런과 알고 지내?

"……."

루이스 소위가 입을 꾹 다물자, 맥밀런이 시가를 뻑뻑 피워 대며 말했다.

"대제독이 친아버지는 아닌가? 하긴, 부자가 안 닮았어. 우리 루이스 소위는 반반한데, 대제독은 부리부리하잖아."

맥밀런은 '대제독은 붓꽃 의상실만 다니면서 비싼 옷만 걸치는데, 꼭 생긴 건 산적 두목이다'라고 코웃음을 쳤다.

"대제독께서 미남형이 아니란 건 저도 압니다. 날 때부터 그렇게 생기신지라."

루이스 소위는 단호하게 말하더니, 나를 등 뒤에서 꽉 끌어안았다.

그가 한 손으로 내 허리를 휘감고, 다른 손으로 약 냄새가 나는 손수건을 입에 댔다.

그런데도 난 꽤 오랫동안 멀쩡했다.

"코끼리도 잠재우는 마취제인데 왜 멀쩡합니까?"

언뜻 당황한 목소리가 들렸다.

야, 나도 궁금하다. 왜 나 기절 안 해?

"이거 놔! 좋은 말로 할 때…!"

"그럴 순 없습니다."

루이스란 놈은 늘씬하고 훤칠했지만, 나보다 체격이 훨씬 커서 발로 차며 반항하고 저항해도 벗어날 수가 없었다.

마취제를 적신 듯한 손수건은 바닥으로 떨어진 지 오래였다.

잠시 방심한 틈에, 놈을 손톱으로 뺨을 할퀴고 이로도 목을 물어뜯은 것 같은데.

"레이디 솔리아는… 무슨 산짐승입니까? 왜 기절을 안 해요?"

날 다시 손쉽게 붙잡은 그가 한숨을 길게 내쉬었다. 본인 몸 곳곳에 상처가 났는데도 아랑곳하지 않았다.

"체질이라서. 마녀거든. 잘하면 암흑 마나도 다룰 수 있을걸?"

맥밀런이 또 말도 안 되는 소리를 지껄였다. 입만 열면 헛소리지!

와, 씨. 내가 무슨 마녀야?

로튼 남작의 악마 타령에 이어, 이젠 마녀란다.

"내가 마녀면 당신들을 당장 짐승으로 만들었겠지! 이것들아, 날⋯. 흐아아암⋯."

말도 안 되는 맥밀런의 헛소리를 반박하고 싶었으나, 나는 점점 눈이 감겼다.

내게도 마취제가 들긴 드나 보다.

옆에서 바다표범이 울부짖는 소리에 놀라서 보니, 기절했던 버디가 코를 골고 있었다.

20년은 늙은 듯한 얼굴로 거구는 "귀 멀겠네." 하고는 버디를 다시 들쳐 멨다. 그때, 맥밀런이 껄렁하게 말했다.

"아, 우리 루이스 소위. 내 말만 좀 따라 주면 반란군에 대한 정보를 풀 거야."

"누굴 바보로 아나⋯. 맥밀런 당신이 반란군이면서."

루이스는 짜증을 내면서도 나를 착실하게 제압하고 있었다.

내가 마지막 발악으로 소리를 지르고, 할퀴고 때려도 꼼짝도 하지 않는다.

"하아, 피곤해⋯. 힘도 장사고, 들고양이보다 더 사납네요."

이 새끼가? 납치한 놈이 날 사람 할퀴는 들고양이 취급 해?

"야, 납치범! 대제독 가짜 아들! 놓으라고!"

잠이 오는 걸 버티며 겨우 소리쳐도, 루이스 소위는 귓등으로도 처듣지 않았다. 그러면서도 내게 위해를 가하거나 목소리를 높이지도 않았다. 날 무슨 날뛰는 짐승처럼 단숨에 제압할 뿐.

"점잖은 내가 뭔 반란군이야? 어이없네."

정색한 맥밀런이 루이스에게 눈짓했다. 반쯤 졸려서 눈이 자꾸만 감겼지만 둘에게서 결코 시선을 떼지 않았다.

맥밀런이 또 껄렁대며 말했다.

"그래서, 우리 루이스 소위는 노아 레니스터에 관한 정보가 필요 없다는 건가?"

"필요합니다."

루이스 소위가 담담하게 답하는 것을 들으며 눈꺼풀을 감았다. 아, 너무 졸려….

"네가 멋대로 끌어안은 그 들고양이 레이디."

"뭘 끌어안았다고…. 그저, 필요에 따라 납치 및 감금 하려고 제압한 것뿐입니다만."

"그 여자애가 노아 레니스터의 신붓감이다."

그 말을 듣는 순간, 나는 루이스의 품에서 내동댕이쳐져 바닥으로 떨어질 뻔했다.

마치 더러운 오염 물질을 만졌다는 듯이 질색했지만, 계속 붙잡아 준 덕분에 내 머리통이 바닥에 깨지는 일은 없었다.

이래서 결벽증 있는 것들은 참 피곤하다니까. 아, 나도 옛날엔 있었다.

"왜 사람을 떨어뜨리려고 그래? 아직 노아 레니스터와 결혼 전이야."

"그럼 다행이고."

낮게 한숨 쉰 루이스가 정말 싫다는 듯 날 억지로 품에 안았다.

무슨, 폭발물이 든 택배도 이것보단 귀하게 다루겠네! 루이스 저놈의 뒤통수를 딱! 한 대만 후려갈기면 소원이 없을 텐데.

이번 생은 납치까지 당해야 해?

진짜로 억울했다. 이러니 제 명에 못 죽지! 화병도 날 지경이다.

화가 났는데 졸려서 더 화가 뻗쳤다. 겨우 다시 눈을 떴는데, 맥밀런이 내게 윙크를 날렸다.

마취제 때문에 시야가 흐릿해서 윙크하는 건지 찡그리는 건지 모호했지만 말이다.

"아, 레이디 솔리아가 불렀던 마부가 참 성실하더라? 자정에 정확히 도착할 뻔했는데…. 마차 바퀴에 가시도 박고, 돈주머니 뺏는 시늉도 했더니 엉엉 울면서 도망가더라고?"

아, 마부 아저씨…. 성실하신 분이셨구나. 오해해서 미안해요. 신고는 안 할게.

그런 내게 맥밀런은 "돈은 오히려 더 줬지만. 그 마부도 나중엔 가득 찬 주머니 보면 놀랄걸?" 하고 피식거렸다.

"이 쉐릴보다 못된 사이코…."

나는 외마디 욕을 끝으로 의식을 잃고 말았다.

이것들…. 노아가 내가 납치된 걸 알면 당장 혈혈단신으로 달려와서…!

'아니지. 그건 아니야. 하, 짜증 나….'

노아도 끌려와서 사이좋게 함께 납치될 것 같았다. 그래서 나는 내심 슬퍼졌다.

노아는 그냥…… 내가 납치된 걸 몰랐으면 싶다.

야, 너도 납치됐어? 나도.

……그런 건 싫으니까. 정말로.

* * *

여덟 살 때 언령을 각성한 그날.

노아는 처음으로 어떤 여자가 나오는 꿈을 꿨었다.

그때는 누군지 몰랐지만 지금에는 알았다. 솔리아 레니스터, 노아 자신과 결혼했던 여자란 것을.

노아가 납치되기 직전, 황태자를 언령으로 구했던 그날.

제국 황실은 신년회를 맞아 내로라하는 귀족들을 초대했다. 그들은 앞뒤 짝을 맞춰 왈츠를 추다가 짜기라도 한 듯 중앙의 자리를 비웠다.

"뭐지?"

"이다음이, 서대륙 출신의 무희가 도쉬즈 왕국의 춤을 춘다고……."

이제 곧 무희가 춤을 추러 나올 시간이었는데도 이국적인 음악만 흐를 뿐, 무희는 보이지 않았다.

웅성거리는 소리가 커지는 가운데, 갑작스런 굉음이 터졌다.

콰아앙!

"폭발 사고다!"

대연회장으로 쓰이는 그레이트 홀의 서쪽 부근이었다.

"창고로 쓰던 외성입니다!"

"폐하와 두 전하를 지켜라!"

"남은 자들은 귀빈들을 보호해라! 수상한 놈들이 대연회장엔 얼씬도 못 하도록…!"

폭발 소리가 들린 후로 주변 분위기는 어수선해졌다. 그레이트 홀과는 가깝지도 멀지도 않은 외성이지만, 건물이 폭발했으니 사람들은 평정심을 잃고 우왕좌왕했다.

"뭐, 뭐야?! 나갈래! 내보내 줘!"

"으윽…. 귀가 찢어질 것 같아…!"

출입구로 벗어나려는 자들도 있었고, 머리를 움켜쥐고 주저앉은 자도 있었다.

"나가시는 게 더 위험합니다! 자리를 지키십시오!"

폭발 테러를 일으킨 범인이 이곳에 있을지도 모른다는 생각에 기사들은 출입문을 봉쇄했다.

또한, 밖에도 불순한 세력이 남아 있을 수도 있었다. 오히려 마탑의 결계가 작동하는 대연회장이 더 안전했다.

"기사들 말고는 출입을 불허한다!"

출입문을 봉쇄하기 전, 홀을 안팎으로 지켰던 황실 기사들 대부분이 일제히 외성 쪽으로 달려 나갔다.

"……."

인간 병기로 알려진 황제 직속 근위대 기사들은 조금의 움직임도 없이 자리를 지키고 있었다. 홀에 남기로 한 소수의 황실 기사들도 긴장한 기색으로 주변을 살폈다.

카앙, 쨍그랑!

그때, 화려하게 빛나던 천장의 스테인드글라스가 깨지며 수천 개의 크리스털이 달린 샹들리에가 쿵, 하고 떨어졌다.

"꺄아아아악!"

"도망쳐!"

"으아아악!"

샹들리에와 함께 천장의 일부도 무너져 내리면서 여기저기서 날 선 비명이 터져 나왔다.

사람보다 큰 샹들리에가 떨어졌는데도 크게 다친 사람은 없어 보였다. 모두가 모여 춤추던 것을 끝내고, 유명한 무희의 춤을 보고자 중앙을 비웠던 덕분이었다.

사람들은 운이 좋은 것에 신께 감사했지만, 이것 또한 침입자들의 철저한 계산과 준비로 이루어진 결과였다. 자신들이 저지른 계획으로 인명 피해가 생긴다면 민심은 얻지 못할 테니.

"모두 들어라! 검을 들거나, 반항하는 자는 사살하겠다!"

자욱한 먼지를 헤치고 나타난 이들은 웃는 광대의 가면을 쓰고 있었다.

휙!

파바밧!

그들은 엄청난 훈련을 받았는지, 맹수보다 더 빠르게 도약했고 움직였다. 그레이트 홀에 남았던 황실 기사들이 검을 빼 들었으나 다시 내릴 수밖에 없었다.

"움직이면 테레지아 황녀의 목숨은 없다!"

테레지아 황녀는 푸르카 황제의 배다른 여동생이자, 황태후 예카트리나의 유일한 혈육이었다. 50대 중반에 가까운 나이였으나 엄격한 자기 관리로 40대 초반에 가까운 모습이었고, 결혼도 하지 않아 슬하에 자식도 없었다.

"……."

테레지아 황녀의 목에서 무언가가 번쩍거렸다. 날 선 검이었다. 검은 금방이라도 테레지아 황녀의 목을 벨 것만 같았다.

지켜보는 귀족들이 혼비백산하여 비명을 질렀지만, 목숨을 위협받고 있는 테레지아 황녀만큼은 조용했다.

"다시 한번 말한다! 검을 들고 나서는 자가 있으면 테레지아 황녀의 목숨은 없다!"

테레지아는 자포자기한 듯 눈을 감았다. 죽음의 위협에서도 더는 살려는 의지가 없는 사람으로 보였다.

그녀의 어머니는 푸르카 황제를 저주하며 죽었다. 유일한 혈육이라며 보물처럼 아꼈던 테레지아에겐 유언으로 경고를 남겼다.

"끄으…. 끅……. 테레지아, 내 사랑하는 딸아…."

"네… 어머니. 제가 곁에 있어요. 그러니까…."

"끄억, 껵…. 무능하고 약해 빠진…… 푸르카 황제 놈과는…."

"알겠어요, 알겠어요, 어머니…. 푸르카 오라버…. 황제 폐하와는 상종하지 않을게요…. 경거망동하여 어머니를 실망시키지 않을게요…!"

"커헉! 컥…… 인간의 겁을 쓴 악마 빈센트 박사와도…… 엮이지, 마라."

빈센트 군터와 엮이지 말란 경고에도 테레지아는 대답하지 않았다. 이미 그를 피한 지 오래되었다. 우연히 후원을 거닐다가 마주친 뒤론, 수년간 따로 만난 적도 없었다.

'아아….'

그 사실을 알면서도 어머니는 경고했으나 딸은 답하지 않았다. 어머니 예카트리나에게 죽음이 문턱까지 왔다는 걸 알면서도.

단지, 부들부들 몸을 떨며 경련하는 어머니의 손을 꽉 잡고 눈을 질끈 감으며 간절히 기도할 뿐이었다.

부디, 부디 어머니께서 안식을 찾기를…….

예카트리나 황태후가 예언한 대로 푸르카 황제는 미쳐 갔지만 그걸 교묘히 잘 숨겼다. 빈센트 박사의 조언대로, 주변에 인재를 등용한 덕분에 제국은 잡음은 낼지언정 그럭저럭 잘 돌아갔다.

어머니의 경고대로 테레지아는 황제와는 철저하게 거리를 두었다. 황제 또한 배다른 여동생을 불편해했기에 서로 만날 일은 없었다.

그렇게 테레지아는 사람들의 기억 속에서 잊혀져 갔다. 적통 황녀로서 모두가 그녀의 앞에선 존귀하다 추앙했지만, 뒤로는 끈 떨어진 신세라며 비웃는 것도 신물 날 만큼 지겨웠다.

"……."

그래서인지 테레지아 황녀는 괴한들의 위협에도 자포자기한 심정이었다. 살려 달라 빌지도 않았다. 그녀의 목숨을 인질로 내건 경고에도, 검을 빼 들려는 기사들에게 무기를 버리라며 소리치지도 않았다.

그래, 죽으라면 죽을 것이다. 어차피 아껴 주는 이 하나 없는 것을….

그녀를 사람으로 대해 줄 이도, 그녀가 사람으로 대했던 이도 없었다.

"……."

테레지아가 무언가 입을 열려던 때였다. 누군가 다급하게 목소리로 외쳤다. 앳된 목소리엔 간절함마저 서려 있었다.

"그 누구도 움직이지 마라!"

고작, 열두 살 된 황태자였다. 그의 아비인 푸르카 황제는 그저 넋 놓고 있는 상황에서.

"고모님께서 다치신다!"

고모.

자신은 제로스 황태자를 조카로 여긴 적이 없었는데도.

그 뒤로는 아비규환이었다. 테레지아의 목에는 여전히 검이 들이밀어진 채였고, 가면을 쓴 괴한들은 황태자에게 성큼성큼 다가가 그의 팔을 움켜쥐었다.

"황태자 전하를 지켜라!"

"당장 막아!"

좀처럼 소리치는 법이 없던 근위대 기사들도 놀라 소리쳤다. 오랜 실험으로 육체와 정신을 강화시키고 감정을 거세한 이들인데도.

털썩.

근위대를 제외한 황실 기사들은 이미 기절한 뒤였다. 기절하진 않았지만, 검을 든 팔을 잘린 이도 몇몇 있었다.

"제로스!"

"까아아악!!"

뒤늦게 황제가 소리쳤고, 황후마저 놀라 비명을 질렀지만 괴한들은 일사불란하게 움직였다. 노련한 것을 넘어 하나의 기계와도 같은 움직임이었다. 마치, 오늘 하루를 위해 아주 긴 시간을 바쳐 연습했던 것처럼.

"황태자를, 황태자를 구해라! 당장!!"

처음엔 망설였던 푸르카 황제도 목청을 찢을 듯 소리쳤다. 이제 테레지아 따윈 안중에도 없었다.

비명과 울부짖음이 난무하는 곳. 그곳에서 오직 테레지아만이 동떨어진 듯 고요한 시선을 던졌다.

'그래…. 유령처럼 지내는 나보단 제로스가 살아야…….'

푸르카 황제는 그녀에게 직접적으로 가해를 가하진 못했다. 그러나 테레지아와 알고 지내는 이들이 그녀를 찾는 발걸음을 끊게 했다.

'오히려 잘됐어.'

황태후가 돌아가신 뒤, 스스로도 조용히 살기로 결심했었다. 그런 테레지아를 냉방에 처박아 뒀던 것도 황제였다.

'쉬고 싶어…. 차라리 그냥……'

그래서 푸르카 황제가 누구보다도 더 원망스러웠지만, 제로스는 아니었다.

"황녀님은 상관 마라! 반드시 황태자 전하를 구해야 한다!"

스르릉!

황태자를 지키기 위해 근위대 기사들이 검을 든 채 뛰어들었다. 웃는 가면을 쓴 이들도 기다렸다는 듯 검을 더 세게 움켜쥔 그때.

챙ㅡ!

그들은 목숨이 아깝지 않다는 듯, 검을 맹렬하게 맞부딪쳤다.

'…이젠 끝이야.'

테레지아 황녀는 눈을 감았다. 곧 자신의 목이 베일 거라 확신했다. 그러나 한참을 기다렸는데도 아무런 아픔이 느껴지지 않았다. 실제론 고작 몇 초가 지났을 뿐이지만 그녀는 그 사실을 인지하지 못했다.

'……나, 죽지 않았어….'

어째서? 그제야 테레지아는 조심스레 눈을 떴다.

모두가 무릎을 꿇고 있었다. 검과 무기를 든 자라면 누구나.

복면을 쓴 괴한들은 물론, 맹목적으로 검을 휘두르던 근위대 기사들까지. 모두 무릎을 꿇고 머리를 조아린 채였다. 단 한 사람을 향해.

그 사람. 아니, 그 아이는……

"노아!"

"벨, 노아!"

몰려든 인파들로 인해 강제로 노아와 떨어졌던 어머니 벨지안이 뛰어와 얼른 노아를 품에 꽉 안았다.

그녀의 손이 벌벌 떨리고, 아버지 하르딘이 성큼성큼 다가와 어머니와 그녀의 품에 안긴 노아를 와락 안았다.

부모님의 온기를 느끼며 노아는 지친 눈꺼풀을 감았다. 잠이 미친 듯이 쏟아졌다.

"졸려요…. 어머니."

노아는 작게 중얼거린 뒤 어머니의 품에 고개를 묻었다. 따뜻했다. 안도한 그는 까무룩 정신을 잃었다.

* * *

다시, 눈을 떴을 땐 비가 퍼붓는 저택 앞이었다.

'아….'

노아는 이곳이 어딘지 알고 있다. 자신이 살고 있는 레니스터 저택, 로열 슐라예를 어찌 모르겠는가.

쏴아아ㅡ.

보랏빛 하늘 때문인지, 빗물 때문인지 저택은 음산한 분위기가 물씬했다. 어머니 벨지안이 자랑스러워하던 아름다운 은빛 저택과는 거리가 먼 모습이었다.

저택의 철책을 늘 지키던 기사도 보이지 않았다. 분명, 부모님과 함께 신년회를 맞아 황실 연회에 참석했었다.

그런 뒤, 웃는 가면을 쓴 이들이 황태자 전하를 납치하려 해서….

노아는 괴한들에게 잡혀 끌려가는 황태자를 보고 마음이 다급해졌다. 재작년만 해도 황태자와는 자주 보진 않았고 데면데면한 사이였다.

그러던 둘은 어느새 꽤 좋은 사이를 유지하고 있었다. 노아는 수줍어하면서도 황태자를 똑똑한 형이라며 잘 따랐고, 황태자도 처음에는 거리를 두다가 결국엔 노아에게 마음을 열었다.

어머니 메이 황후의 냉대와 무관심. 아버지 푸르카 황제의 힐난과 압박으로 제로스 황태자는 아이다운 면모가 없는 이였다. 열두 살에 벌써 웃음을 잃어버렸다.

"노아 공자, 넌 다른 사람들과 달라."
"어, 네?"
"날 사람으로 대해 줘서 고맙다."

제로스는 네 살 어린 노아의 머리를 쓰다듬으며 희미하게 웃었다.

"제로스, 이런 무능한 놈! 네가 황태자가 될 자격이 있다고 생각하느냐!"
"폐하의 말에 복종하렴. 네가 눈 밖에 나면 우린 끝이야."

제로스의 친부인 푸르카 황제는 폭언과 비난을, 어머니는 남편인 황제를 혐오하면서 아들인 그도 꺼려 했다. 분명, 제로스의 외모는 추남이라 불리는 황제 대신 미인으로 손꼽혔던 황후를 닮았는데도.

"공자, 가끔은 네가 부러워."
"…네에?"

"너처럼 사랑받고 자라면 나도 다정해질까?"

노아는 자신과 다르게 사랑받아서 다행이란 생각이 들었다. 그러니 이렇게 어린데도 다정함과 배려를 베풀 줄 아는 거겠지.

사람을 경계하고 냉소적이던 제로스였으나, 주변 사람들이 놀랄 정도로 노아에게는 잘해 주었다. 웃음이 없던 그가 노아에겐 살짝 웃어 줄 정도로.

'황태자 전하를 구해야 돼!'

그래서 노아는 제로스가 가면 쓴 괴한들에게 끌려가지 않길 바랐다. 그대로 끌려가면 다시는 못 볼 것 같아서. 제로스가 황태자란 사실은 노아에게 중요치 않았다.

그저 그런 마음으로 제로스가 무사하길 빌었을 뿐인데….

'여긴 어딜까? 난 왜 이런 곳에….'

어머니가 걱정하실 거야. 아버지도 놀라셨을 테지. 그러나 그런 걱정은 잠시였다.

"미안해요…."

누군가 입을 열었다. 노아는 입이 멋대로 열려서 깜짝 놀라고 말았다.

'어?'

내 목소리가 아니야. 어른의 목소리. 따지자면 아버지인 하르딘 레니스터와 조금 목소리가 비슷했다.

시야에 비친 손은 제 것이 아니었다. 보드랍고 귀여운 아이의 손이 아니라, 완전한 사내의 것이었으니까.

쾅!

'깜짝이야!'

번쩍임과 함께 천둥소리가 들리고. 노아는 눈꺼풀이 무겁게 올라가는 기분을 느꼈다.

'어라? 뭐지.'

숙였던 절로 고개가 올라가며, 빗물이 뺨을 타고 턱 끝으로 흘렀다.

"…저를 버리실 건가요?"

'어? 어….'

버린다는 표현에 노아는 무척 당황했다. 어머니나 아버지는 농담으로도 노아는 물론, 노아 앞에서 사람을 버린다는 표현을 쓰지 않았다.

노아가 아끼던 애착 인형이나, 이불 같은 것을 버려야 할 때도 꼭 다른 말로 해 주었다.

"노아야, 이제 토순이하고 안녕 할까?"

"아니, 아직…."

아끼는 애착 인형은 도저히 버리지 못했다. 너덜너덜해서 새로 솜을 갈아야 한다는 말에도 노아 자신은 싫다며 인형을 꼭 안고 고개를 저었다.

"싫어요. 솜이 바뀐 토순이는 토순이가 아니야!"

"토순이 옆구리가 터졌는데?"

"옆구리가 터져도 토순이는 토순이야! 으아앙!"

재작년 생일 때였다. 지금은 의젓한 여덟 살 어린이였지만, 여섯 살 꼬꼬마였던 노아는 토순이와 헤어질 수 없다며 눈물을 펑펑 터뜨렸다.

당황한 어머니는 어쩔 줄 몰라 했고, 아버지가 멋대로 가져가려다 노아를 더 울려 버렸다. 노아에겐 한없이 약했던 어머니는 아버지를 무섭게 혼내고는 했다.

'버린다는 말은 왠지 싫어….'

속으로 중얼거린 노아는 낡은 가죽 가방을 움켜쥔 사람을 바라봤다. 여자였다. 누군지 보려고 했는데, 얼굴이 빛에 번져 흐릿했다.

'아, 눈물 때문이구나. 시야가 흐릿한 거야.'

가죽 가방을 움켜쥔 이가 역광을 등지고 선지라 바로 보이지 않았다.

'누군지 보고 싶은데.'

꿀꺽.

이번에도 몸이 멋대로 움직였다. 희미하게 흐느끼는 목소리가 목울대를 울렸다.

그 모습이 꼭 주인을 잃고 헤매는 강아지 같아서 노아는 마음이 아파 왔다.

"내가 능력이 없어서…."

또, 입이 멋대로 열리자 노아는 진짜 당황했다. 상황 파악이 잘되지 않아 처음엔 자기 자신이 말한다고 착각할 정도였다.

'아니야! 능력 없지 않아. 아버지가 검술도 좀 늘었댔어…. 그리고, 또 쿠키도 잘 먹는다고 어머니가 칭찬하셨고.'

여덟 살인데 참 예의가 바르다며 황실 사람들도 노아를 칭찬했었다. 어마어마한 관심까진 아니더라도, 나름 귀여움과 관심을 받고 자라 온 몸이었다.

'으앗?'

노아는 허벅지에 손을 댔다가 놀라 뗐다. 제 보드라운 몸이 아니었다.

근육투성이였다. 꼭 아버지의 몸이 그랬다.

꽈악.

커다란 손등에 핏줄이 돋더니 제복의 주름이 억세게 잡혔다.

'으아, 옷 뜯어질 것 같아!'

노아는 손을 떼려 했지만 도저히 손아귀가 펴지지 않았다. 이 정도면 자신을 '솜뭉치 레니스터'라며 놀리던 아버지 하르딘과 팔 싸움을 해도 호각일 것 같았다.

"나와 이혼하겠다고……."

또 입이 멋대로 열렸다. 몸이 불덩이 같아 노아는 놀라서 눈을 끔뻑였다. 이혼이 뭔지는 안다.

'대체 이 형아는 누굴까. 저기, 저 누나는 또 누구고?'

무심결에 얼굴을 바라봤던 노아는 얼어붙었다. 세상에 저렇게 생긴 사람이 있을까?

미인으로 유명했던 메이 황후보다 훨씬 예뻤다. 사교계에서 제일 아름다웠던 어머니 벨지안만큼이나.

'와아…'

세상에서 어머니가 제일 예쁘다고 뿌듯해했던 노아의 자부심이 깨지고 말았다.

'진짜로 요정일까? 천사?'

순금을 갈아 넣은 듯한 예쁜 금발. 호수를 닮은 푸른 눈동자. 눈부시게 아름답고도 햇살 같은 사람이었다.

감탄하면서 봤던 노아는 아차, 싶어서 겨우 정신을 차렸다.

'저 누나는 형이 지겨워진 걸까? 아니면 싫어져서?'

노아는 사랑하는 사람끼리 결혼한다고 굳게 믿고 있었다.

그러면 아버지는 '천만에'라며 정색했지만, '난 반대를 무릅쓰고 사랑하는 여자와 결혼했지. 하지만 너 같은 솜뭉치는 어림도 없다.'고 놀려대기 바빴다.

어머니도 마찬가지였다.

'처음엔 네 아빠가 완전 싫었어. 눈멀 만큼 잘생긴 얼굴에 가문도 손꼽힐 정도로 좋잖아. 잘난 값 한다고 제멋대로에, 오만하고, 고집불통에…. 그런데 보면 볼수록 사람이 참 괜찮더라고.'

그랬던 부모님은 행복한 결혼 생활을 보내는 것 같았다. 그러니까, 이혼 같은 건….

서로가 싫고 죽도록 미워야만 이혼을 한다고 들었었다. 상대가 꼴 보기 싫은데 그걸 참을 수 없게 될 때에.

"미안해요, 백작님."

힘겹게 들려온 목소리에 노아는 충격에 입이 벌어지는 것을 느꼈다.

예쁘다, 목소리….

'헉.'

놀란 건 여덟 살 노아도 마찬가지였다. 미안하단 소리에 형은 아무 말도 하지 않았다. 답답해서 '뭐라고 말 좀 해요!'라고 외치고 싶은데 목소리가 나오지 않는다.

"왜……."

고작, 그렇게 말하고는 형은 고개를 서서히 떨구었다.

빗물과 섞인 눈물이 형의 눈에 한가득 담겼다가 턱 끝을 타고 흘렀다.

'형, 바보야? 왜 아무 말도 안 하고 있어? 이 멍청이!'

누나를 놓치기 싫다고 말해! 자세한 상황은 노아도 몰랐지만, 형은 누나를 무척 좋아하는 것 같았다.

지금보다 더 어렸던 노아가 토순이를 꽉 끌어안고 자고, 식사할 때도 토순이를 끌고 나오고, 놀러 갈 때도 토순이가 섭섭해할까 봐 챙겼던 것처럼.

'바보…'

형은 그냥 무릎만 꿇고 울기만 했다. 바보다, 바보.

지금은 토순이가 그냥 인형이란 걸 안다. 하지만 더 어렸을 때, 토순이가 토끼 요정이라 믿었을 때.

만약 '네가 싫어졌어. 이제 헤어져!'라고 말했다면, 노아 자신은 어떻게든 토순이의 마음을 돌리려 애를 썼을 텐데.

미안하다고 사과도 하고. '이제 내가 질렸어?! 다른 친구가 생긴 거야? 나보다 더 잘 챙겨 줘?'하고 따져도 보고. 엉엉 울다가도 토순이를 꽉 붙잡았을 텐데.

형은 정말로 바보였다. 비가 얕게 고인 바닥에 무릎만 꿇은 채 눈물만 흘려 댔으니까.

'헉…'

심장이 찌릿한 기분에 노아는 입을 멍하니 벌렸다.

어머니와 아버지를 데려와서라도 형을 일으켜 주고 싶었다. 이상했다. 무척 슬펐다.

'어째서…'

저렇게 서럽게 울고 있는 형을 아무도 일으켜 주지 않는 걸까?

레니스터 저택을 지키던 집사 베르도도, 시녀장 카렌도, 기사단장인 토호 경도….

늘 사람으로 붐볐던 레니스터 저택 주변이 지나치게 한산했다. 인적 하나 없는 것처럼.

'형은 왜 혼자야?'

물어도 형에게선 대답이 없었다. 왜인지, 노아는 저 누나마저 떠나가면 형은 영원히 혼자일 거란 생각이 들었다.

'불쌍해.'

눈물만 뚝뚝 흘리는 형이 가여웠지만, 서투른 위로가 닿을 것 같진 않았다.

그래도 노아는 애를 쓰려 했다. 손이라도 올려서 형의 머리를 쓰다듬어 주고 싶은데….

꽈악.

그는 여전히 허벅지만 꽉 붙잡고 고개를 숙인 채였다. 그래서 노아의 위로는 닿지 못했다.

"병약한 남편은 싫어요."

그렇게 말하는 누나는 울 것 같은 표정이었다. 입술을 질끈 깨물던 그녀는 눈가를 훔치려다가 멈칫했다.

'꼭, 내가 토순이와 헤어지기 전에 정 떼려는 것처럼.'

비에 젖은 형을 바라보는 시선이 애처로웠다. 미련하게 무릎만 꿇고 있는 형이 안타깝다는 눈빛이었다.

'윽….'

심장 주변이 따끔거렸다. 바늘로 쑤신 것처럼 콕콕 아려 와서 노아는 헉, 숨을 삼켰다.

"돈 없는 빈껍데기 백작인 것도 싫어. 노아가 가진 게 뭐가 있어요? 백작 위라는 그 고명한 직위 빼고 뭐가 남아?"

"……."

형은 아무 말도 하지 않았다. 그게 사실이라고 인정하는 것처럼.

'헉? 나랑 이름이 같잖아!'

노아란 이름이 그리 흔한 건 아니었는데. 아버지가 남들이 잘 모르는 고대어에서 따와 지으셨다고 했으니까….

"당신 가문, 레니스터는 망한 지 오래야. 백작이란 것도 우습지 않아?"

그 말을 듣는 순간, 노아는 눈앞이 하얗게 변했다. 머릿속이 멍했다.

'아닌데….'

노아 자신의 입으로 말하기 그렇지만, 레니스터는 제국에서 손꼽히는 명문가였다.

제국의 정치, 경제, 문화를 이끄는 그야말로 중심.

외동아들인 노아는 유일한 직계였고, 고작 여덟 살인데도 소백작인 그를 어른이든 아이든 깍듯하게 대했다. 그의 아버지인 하르딘은 소유한 부동산만 해도 두 자릿수가 넘었고, 광산과 수목원, 말 목장으로 인한 수입도 어마어마했으니까.

그런 데다, 아버지는 정보책으로서 푸르카 황제의 엄청난 신임을 받고 있었다. 아버지가 황제를 엄청나게 혐오하는 것과 별개로.

'아니야! 레니스터는 망하지 않았어. 망하지도 않을 거야.'

노아는 저도 모르게 분개한 눈빛으로 그녀를 쏘아보았다. 그러나 미움에 찬 눈빛은 오래가지 않았다.

"…레니스터는. 노아 당신의 가문은……."

누나는 끅끅대며 서럽게 울고 있었다. 뺨을 흠뻑 적시는 빗물이 눈물로 보일 정도로.

그런데도 그녀 자신은 슬픈 기색 따위 없이, 냉랭하게 이혼을 얘기했다고 굳게 믿는 것 같았다.

탁.

그 누나는 가죽 케이스를 꺼내 형 앞에 던졌다. 축축한 진흙 바닥에 가죽 케이스가 뒹굴어도 아무도 주우려 하지 않았다.

"여기 위자료예요. 못해도 30년은 먹고살 수 있어요."

30년….

까마득한 시간이었다. 노아는 아버지 하르딘의 나이가 그쯤이란 것을 떠올렸다. 어머니는 그런 아버지보다 두 살 많았었….

'…끄응. 불편해!'

그 뒤로도 누나에게서 냉정한 말들이 쏟아졌지만, 형은 침묵했다. 노아마저 그의 공허한 기분을 느낄 정도였다.

"저 골칫덩어리 저택만 팔면 굶진 않을 거예요. 전처럼 순진하게 아무나 믿지 말고 건물 명의만 잘 지켜요."

형이 너무 순진해서 누나가 걱정하는 걸까? 그보다 더 마음에 걸리는 소리가 있었다.

'치이, 골칫덩어리가 아닌걸. 어머니가 무척 아끼시는 저택이야!'

어머니 벨지안이 보물처럼 생각하며 그 넓은 저택 곳곳을 손수 살피셨다. 그래서 제국에서 황성 다음으로 아름다운 저택으로 손꼽혔을 정도였다.

연회가 계절별로 열렸고, 저택의 연회장에선 화려하게 차려입은 손님들의 발길이 끊이지 않았다. 레니스터의 저택, 로열 슐라예는 어머니 벨지안의 자랑이었다.

'형, 힘냈으면 좋겠다….'

이젠 지켜보던 노아마저 확신이 생겼다. 형이 더는 누나를 붙잡지 못할 거라고.

그때, 죄인처럼 고개를 떨궜던 형이 누나를 불렀다.

"솔리아."

누나의 이름이 솔리아였구나…. 혹시 엄청 먼 과거를 보는 건가 싶어서 노아는 기억을 훑었다.

그러나 지난 천 년간, 제국과 역사를 함께해 온 레니스터 가문에 '노아 레니스터'와 '솔리아 레니스터'란 이름은 없었다.

'형, 이제 울음을 그쳤네.'

흐느낌이 멎었다. 형은 무섭도록 차분하게 물었다.

"내가 능력이 없어서 떠나는 건가요? 병약하고 무능력해서?"

형이 묻자, 노아는 속으로 생각했다. 아버지 하르딘은 자고로 사내라면 능력을 갖춰야 한다고 하셨다. 능력도 없으면 제대로 된 사내새끼가 아니라며.

'형, 힘내!'

노아는 속으로 무능력하고 병약한 데다, 그래서 이혼당하는 형을 진심으로 응원했다.

"만약…… 내게 능력이 생기면?"

글쎄…. 없던 능력이 그냥 생기진 않잖아? 형 엄청 노력해야겠다….

"그럴 리가 없잖아요, 노아."

역시 누나의 생각도 노아와 같았나 보다. 단호히 말하는 그녀는 사용인들이 입던 것보다 더 낡은 로브를 입고 있었다.

성격이 무척이나 셌던 아버지가 보셨다면 '자기 여자에게 좋은 옷, 맛있는 음식, 좋은 집을 못 해 주는 놈은 최악이다'라고 혀를 찼을 텐데.

'아.'

누나가 바닥에 뒀던 몇 없는 짐도 챙겨 상업 마차를 탈 준비를 마친 것 같았다. 형은 결국, 누나에게 이혼해 주겠다고 수긍하는 모습을 보였다.

다 큰 어른이라서 그런가? 마음에도 없는 행동을 잘도 한다 싶었다.

그러곤 느릿하게 일어나, 가죽 케이스를 지나쳐 누나에게 잠긴 목소리로 읊조렸다.

"나를 버린 걸 후회했으면 좋겠어요."

형…. 좀 구질구질하네. 집착이 뚝뚝 묻어난 데다, 질척이기까지 했다.

노아는 후회를 운운하는 형을 보며 고개를 설레설레 저었다. 물론, 형의 몸에 들어간 상태라 실제로 젓진 못했지만.

"후회 따위 안 해요."

"끝까지 잔인하게 구네요, 솔리아."

형은 허락도 없이 누나를 끌어안았다. 못 떠나게 막으며 속삭이는 못난 모습까지 보여 줬다.

"날 떠나면 불행해질 텐데…."

형의 질척이는 모습에 노아는 속으로 한숨을 흘렸다. 나라면 그냥 진즉 놔줬겠다. 누나도 갈 길 가야지. 언제까지 형 곁에서 고생하게 둘 거야?

"……착각 마. 불행할 일 없어요. 내 인생은 노아가 없어야 행복해질 테니까."

누나의 말을 듣는 순간, 형을 신랄하게 욕하던 노아는 눈을 휘둥그레 떴다. 실제로는 내리깔고 있었지만.

'어….'

마음이 찢어질 듯이 아렸다. 눈물이 뚝뚝 나올 것 같았는데, 이번에 형은 울지 않았다.

누나가 초조함에 입술을 깨물었다. 형은 한숨을 흘리더니 누나를 놓고는….

'울어야 하는데, 웃고 있잖아.'

이젠 좀 무서웠다. 입매가 올라가는 것이 느껴져서.

"이혼해 줄게요, 솔리아."

드디어 형이 결심했나 보다. 그래, 아버지 하르딘이 봤다면 '하, 새 끼. 엄한 여자 고생시키지 말고 놔줘라. 그게 사내다.'라고 욕부터 했을 텐데.

무서울 정도로 형은 침착한 모습을 보였다. 마지막 자존심 때문일까? 아니면 누나가 슬퍼할까 봐 애써 괜찮은 모습을 보여 주려는 걸까.

"당신이 바라던 대로."

눈을 내리깔면서도 형은 입술을 깨물었다. 그의 상처는 노아만이 알고 있는 것 같았다.

바람에 머리칼이 흐트러져 이마를 간지럽혔다. 누나가 형의 머리를 향해 손을 대려 했다가 멈칫했다. 곧 손길을 거둔 그녀가 제 옷자락을 꽉 쥐었다.

"쓸모없는 남편은 버려야죠. 새 출발 하려면."

형은 무척이나 가까운 거리에서 고개를 비스듬히 숙이더니 뇌까렸다.

'휴, 오히려 다행이다.'

형도 양심이 있긴 한가 보다. 그래, 그 말이 맞지.

스윽.

그런 뒤, 검은 장갑 한쪽을 입술로 베어 물고는, 장갑을 낀 다른 손으로 누나의 뺨을 천천히 쓸었다.

'검은 장갑은 왜?'

손에 빗물이 잔뜩 묻어서일까. 아니면 장갑을 끼지 않고선, 그녀에게 닿을 수 없는 이유라도 있는 걸까.

형이 살짝 고개를 숙이는 바람에, 노아는 그의 손을 내려다볼 수 있었다. 검은 가죽 장갑의 손목 쪽. 아주 가는 금빛의 체인과 함께 검게 반짝이는 무언가가 있었다.

'…검은 나비?'

흑요석을 깎아 만든 것 같은 검은 나비는, 엄지손톱만 한 크기였다. 그게 비바람에 흔들려 달랑거렸다.

'어라.'

범상치 않은 장식 같아서 노아는 계속 그 나비를 보고 싶었다. 이유는 알 수 없는데 숨이 콱 막혀 왔다.

'좀 더….'

저 나비에게서 시선을 떼면 큰일이 생길 것 같은 기분이었다. 그러나 절로 고개가 들렸다.

'에휴.'

형의 못난 집착 때문에 또 떠나가는 누나를 하염없이 바라보는 중이었다.

'둘이 끝났구나…. 결국 이혼했네.'

그렇게 형은 못난 몇 마디 말을 더 뱉고 나서야, 누나가 떠나가는 마차를 지켜만 봤다.

비가 많이 내려서 마차는 조금 느리게 출발했다.

미련하게도 형은 그 마차가 점이 되어 사라질 때까지, 미동도 않고 서 있었다.

쏴아아ㅡ.

비가 계속해서 내렸다. 아까보다 더 많이 내리는데도 형은 비를 피할 생각도 없어 보였다.

"돌아오면 돌려줘야지…. 이런 건 필요 없으니까."

뒤늦게 흙탕물에 범벅된 가죽 케이스를 줍고는 그냥 안고만 있었다.

'쓸데없이 처량맞아.'

그렇게, 한참을… 형은 그 자리에서 떠나지 못했다. 내리는 비를 맞고 또 맞으면서.

한번 떠난 마차가 다시 돌아올 일이 없다는 걸 알 텐데도.

* * *

짹짹—.

새가 지저귀는 소리에 노아는 눈을 떴다. 잠결에 눈이 풀린 채였다.

밀려드는 햇볕을 피하려다가 노아는 그대로 두었다. 그러다 잠에서 깬 것을 깨닫고 손을 들어 눈가를 가렸다.

이렇게 햇볕을 가릴 때면 그때의 행복한 기억이 떠오른다.

햇볕이 후원을 비추던 한낮. 솔리아가 피크닉 도시락에 가져왔던 샌드위치를 함께 배부르게 먹어 치우곤 그녀의 무릎을 베고 누웠었다.

"좀 더 편히 쉬어도 돼요. 노아와 나 말고는… 아무도 없으니까."

졸려서인지 정면으로 향했던 노아의 고개가 옆으로 숙여졌다. 눈부신 햇살이 닿은 곳마다 간질간질했다.

잠든 줄 알고 자신에게 '잘생겼다'고 말하는 솔리아가 귀여웠다. 그러다 눈앞에 쏟아지던 햇볕이 가려졌다.

노아는 한참을 망설이다가 슬쩍 실눈을 떴다. 다행히 솔리아는 후원에 핀 꽃을 바라보고 있었다.

'아.'

따가운 여름 햇볕을 솔리아가 그녀의 손으로 막아 준 거였다. 그녀가 차양이 되어 줄 줄은 몰랐다.

노아는 저도 모르게 입꼬리를 올렸다. 이대로 솔리아의 무릎을 벤 채 잠들고 싶단 생각과 햇볕을 막아 주는 그녀를 보고 싶다는 생각이 교차했다.

한여름의 후원을 신기한 듯이 구경하는 그녀가 사랑스러웠다. 가끔은 외출했을 텐데도.

녹음이 진 나무. 흐드러지게 피어난 색색의 꽃.

새털구름이 펼쳐진 여름의 하늘.

노아는 솔리아와 함께였던 기억을 오랜 시간이 지나서도 잊지 못할 것만 같았다.

"어제 그랬잖아요. 여름 바람이 좋다고."

"……."

"노아와 같이 와 보고 싶었어요. 오길 잘했죠?"

오랜만에 하늘을 봐서 기뻤다. 솔리아에겐 담담한 척했지만 실은 무척이나 두근거렸다.

그녀와 본 하늘로 흩어지는 구름.

그런 것을 다시는 못 볼까 봐 오래도록 봤었다. 이번이 마지막 기회이면 어쩌지? 그런 조바심도 들어서.

'그때가 마지막 피크닉이 되어 버렸지만.'

그래서 이렇게나 더 소중한 기억인지도 몰랐다. 솔리아와 함께 보냈던 시간을, 그녀가 없는 지금에도 세세하게 떠올리는 것을 보면.

"됐어요, 됐어. 노아는 요리할 줄 알아요?"
"못합니다."

솔리아가 그렇게 물었을 땐, 연습이라도 하고 싶어요, 그렇게 말하고 싶었다. 그녀가 기뻐하는 모습을 보고 싶어서.
"하아…."
그런 기억이 좀 더 많았으면 더 행복했을 텐데.
짹짹ㅡ.
노아는 쓰게 웃으며 눈을 내리감았다. 아홉 살에 부모를 잃고 고통과 절망으로 가득 찼던 6년의 시간.
혼자서 그렇게나 버텼던 시간에 솔리아는 구원이자 빛으로 보였다. 더는 욕심내서도 안 된다고 생각하면서도 욕심낼 수밖에 없는.
'그때, 그 꿈을 제대로 기억했다면….'
여덟 살 때, 황실 신년회의 그레이트 홀에서 언령을 쓰고 쓰러진 뒤로 노아는 긴 꿈을 꿨었다.
호흡도 평온했고 다친 것도 아니었다. 그런데도 일주일간 깨어나지 못했다고 어머니가 깨어난 노아를 끌어안고 울었던 그 시간.

"나비…."

긴 꿈을 꾸고 나서, 노아는 꿈의 내용을 제대로 기억하지 못했다.

"어머니…. 레니스터 저택에 아무도 없었어요…."

"악몽을 꾼 거야. 엄마는 곁에 있잖니? 아빠도 여기 있고."

"아무도 없었는데…."

사랑하는 어머니와 아버지도. 깐깐하지만 노아를 보면 히죽 미소를 참지 못하는 집사 베르도도. 엄격하면서도 노아에겐 한없이 약한 시녀장 카렌도.

아버지가 질색할 정도로, 목젖까지 보일 만큼 호탕하게 웃는 기사단 장, 토호 경도.

"아무도 없어서 무서웠어요…. 레니스터에 아무도…."

꿈을 꿨단 사실은 기억하고 있었지만 그 내용이 뒤섞여 불분명했다.

그러나 하나는 기억했다. 보랏빛 어둑한 하늘에 인적 하나 없던 음울한 회색빛의 레니스터 저택은.

"어떤 사람들을 봤는데…."

아버지와 조금, 목소리가 비슷했던 남자.

그의 맞은편에 있던 묘령의 여자. 낡은 가죽 가방을 움켜쥐던 하얗고 가냘픈 손.

그러나 낡은 가죽 가방과 손 외에는 기억나는 게 없었다.

"이혼 같은 건, 서로 미워하면 하는 거예요…?"

"글쎄…. 그럴 수도, 아닐 수도 있겠지."

갑작스러운 질문에도 어머니는 노아를 꽉 끌어안은 채 상냥하게 말해 왔다. 그녀의 답은 너무도 모호해서 그때의 노아는 이해할 수 없었다.

"서로가 정말로 미울 수도 있고…. 사랑해도 힘들어서 이별을 택할 수도 있지."

"아…."

"엄마는 그게 어쩔 수 없다고 생각해. 때론 헤어지는 게 답일 수도 있으니까."

노아는 어머니의 나긋한 목소리를 들으며 멍하니 생각했다. 꿈을 기억하려 애쓰면서.

'흐릿해…. 기억나지 않아.'

그녀가 어떤 얼굴이었는지, 어떤 목소리였는지. 머리색이 어땠는지도 기억나지 않았다.

빛에 번져 버린 사람의 형체만 기억날 뿐.

그래도 잊지 않고 기억하는 건 있었다.

그 사람의 얼굴도, 이름도, 목소리도 기억나지 않고 정체도 알 수 없지만.

자신을 '노아'라고 애처롭게 부르면서, 가죽 가방을 꽉 움켜쥐던 떨리는 손길.

그 기억은 오랫동안 남아 노아에게 의문을 던졌다. 잔잔한 호수에 던진 돌멩이가 파문을 일으키는 것처럼.

* * *

노아는 흐트러짐 없는 완벽한 모습으로 한 사내의 보고를 듣고 있었다.

"목걸이의 행방은 찾았습니다."

기사단장 드골이 고개를 조아렸다. 막시밀리안 후작의 오랜 충복이었다.

"후작님의 외손녀이신 마리안느 님께선 살아 계셨고, '맥밀런'이라는 이름으로 사내처럼 행동하여 황실의 감시를 피해 왔습니다."

그는 초점이 흐릿했지만, 이성은 유지한 상태였다.

"마리안느가 살아 있다는 건 누가 또 알고 있지?"

노아는 눈을 내리깔았다.

"당연하게도 막시밀리안 후작님, 그리고 후작님의 측근인 저와 집사, 과거 용병이었으나 기사로 서임된 '닛사 베히로 경'뿐입니다."

'닛사 베히로······라.'

노아 자신이 익히 아는 자였다. 솔리아와는 한때 악연이기도 했다.

'그자의 머릿속엔······ 악연이었단 기억조차 없을 테지만.'

닛사 그자와는 곧 만나게 될 터. 그러나 지금은 드골 단장에게서 정보를 파헤치는 게 더 중요했다.

드골 단장을 내려다보는 파란 눈동자가 어둡게 잠겨 갔다.

"후작님께선 내가 널 조종했다는 사실도 아시나?"

"모르실 겁니다. 저는 당신께 복종합니다."

그래, 그렇겠지.

노아는 입매를 비틀었다.

충성을 얻으려면 오랜 시간과 노력을 들여야 한다.

그러나 언령을 가진 자신에겐 명령 한마디면 충분했다. 짐승 상대로는 말할 필요조차 없었고.

"내게 보고했단 기억은 소거해라."

지금도 드골 단장은 노아에게 복종을 표했고, 그게 증거였다.

"존명."

노아는 다른 것을 물었다.

"따로 알아본 것은?"

이제 질문이 몇 남지 않았다.

"맥밀런으로 신분을 가장한 마리안느 님께선, 솔리아 로튼에게 수차례 접근했었습니다."

"'인어의 눈물'도 맥밀런이 가지고 있나?"

"예."

세뇌된 단장은 필요 이상의 말은 하지 않았다.

"되찾을 방법은?"

단장은 잠깐 생각하는 듯하더니 말했다.

"처리와 암살."

평소의 그라면 할 수 없는 말이 입에서 흘러나왔다.

그 역시 주군의 외손녀인 마리안느를 무척이나 아꼈으므로.

"마리안느를 죽인다."

노아가 중얼거린 순간, 단장의 눈에 살기가 깃들었다.

"죽일 수야 없지. 스승님의 외손녀인데."

그러나 곧 명령이 아님을 깨닫고 그의 낯이 평온해졌다.

"목걸이는 내게 가져와."

그 목걸이가 인어의 눈물이라고 설명할 필요조차 없었다.

언령이란 그런 것이므로. 더한 집중력이 필요했지만, 때로는 생각으로도 구체적인 명령을 내릴 수 있었다.

그런 데다, 인어의 눈물이 목걸이란 정보는 드골도 알고 있었다. 워낙 유명한 목걸이인 데다, 마리안느가 죽기 전에도 종종 착용했으므로.

"존명."

단장은 한쪽 무릎을 꿇고 고개를 숙였다.

"목걸이의 주인이 바뀐다면 잘 감시하고."

마리안느는 해치면 안 된다.

하지만 그녀가 그 목걸이를 팔거나 빼앗겨, 주인이 바뀔 가능성도 염두에 둬야 했다.

명령을 내린 노아는 마지막으로 물었다.

"솔리아 로튼은 어디에 있지?"

"반란군 시설에 납치된 상태입니다."

"위험한 상태인가?"

이제껏 차분하게 묻던 노아의 목소리가 떨렸다. 끓어오르는 격분이 심장으로 흘러내렸다.

섬찟할 정도로 서늘한 시선이 단장을 향한 순간.

"호의호식하고 계십니다."

단장은 표정 변화 없이 고했다.

말 그대로였다.

솔리아 로튼은 납치된 반란군 시설에서 호의호식 중이었다.

"아?"

노아는 저도 모르는 힘 빠진 소리를 냈다.

적응력이 남다른 솔리아니, 어쩌면 잘 지낼 수도 있다고 생각했지만…. 그래도 호의호식이라니?

'그럴 리 없다. 아니면….'

찌푸려졌던 미간이 펴지고 날카롭던 눈이 동그래졌다.

"혹시 그녀가 납치범을 처리했나?"

차라리 그게 신빙성이 있다 싶은 노아였다.

그가 아는 솔리아는, 사냥당하기보단 늘 사냥하는 쪽이었다. 친부인 로튼 남작도 양산으로 후려쳤던 그녀다.

'마치 패배를 모르는 벌꿀오소리 같은….'

솔리아 본인은 스스로를 소시민이라고 했지만, 노아가 보기엔 전혀 아니었다. 겁도 없고 대담한 데다, 승부욕도 강해서 지는 것을 무척 싫어했다.

노아가 '무례한 비유였나' 하고 생각할 때였다. 드골 단장이 무표정하게 말했다.

"맥밀런께선 솔리아 로튼이 각성 전까진…… '무해하다'고 평가하셨습니다."

* * *

일주일 전.

납치당하는 순간, 나는 내게 끔찍한 일이 생길 거라고 예상했었다.

이를테면 날 고문시켜 노아 레니스터에 관한 정보를 불게 한다든가….

고문으로 빠진 손톱이 언제쯤 다시 새로 나는지 궁금했었다고.

다행히 그 궁금증을 해결할 일은 없었다. 맥밀런은 내게 손끝 하나 대지 않았으니까.

"반란군에 가입해."

그게 정신이 들자마자 내가 들은 소리였다.

"미리 가입해 두는 게 좋아."

맥밀런은 계속해서 나를 설득하려 들었다.

따뜻하고 깨끗한 침구, 각종 산해진미에 커피와 디저트까지 삼시 세 끼로 챙겨 주는 지극정성.

납치돼서 심심하다니까 서대륙의 낭만 소설도 보여 줬다.

그러다 19금은 내가 성년이 아니라서 안 된단다. 이런 데선 진짜 칼 같더라.

그래서 결국 내가 본 건 뽀작뽀작 여주가 나오는 육아물이었다.

하녀였던 여주가 사고로 어려져 암살자 가문이자, 악당 가문에 입양 된…….

'1권밖에 없어서 끝까진 못 봤지만.'

어디서 본 이야기가 분명한데, 자세히 떠올리려 하니 생각이 또 막혔 다. 분명 유채화로 살 때 봤던 것 같은데…. 뭐, 이젠 상관없나. 유채화는 죽었으니까.

그렇게 일주일 내내 놀고먹으니 슬슬 재미가 없어졌다. 너무 푹 쉰 탓 에 머리가 텅 빈 느낌.

나는 언제나 그랬듯 맥밀런을 경계의 눈초리로 훑었다.

"무슨 반란군 가입을…… 설문 조사 하듯 권해요?"

"그럼 어떻게 권할까."

"무게를 좀 잡으시든지?"

맥밀런은 강제로 파는 건 취향이 아니라고 확고한 뜻을 전했다.

"강제로 가입시켜 봤자 도망만 치지. 붙잡히면 묻기도 전에 동료들 정 보를 술술 불기 바쁘더라고? 입수한 정보를 푼돈에 팔기도 하고…."

내가 자칫 겪을 뻔했던 손톱 교체도 별 소용 없었단다.

"그건 또 어떻게 알았는데요?"

"뭐가."

"그쪽이 경비대도 아닌데, 동료들 정보를 불었다느니 뭐니…."

"아, 별거 아냐. 그냥 테스트 좀 해 본 거지."

"경비대인 척 위장해서?"

당하는 입장에선 소름이겠지만, 반란군도 목숨을 걸었을 테니 한편으론 이해가 갔다.

'억지로 시켜 본 놈들에겐, 기밀 따윈 알리지 않았겠지만….'

그래도 만에 하나 조심할 필요는 있던 거겠지. 기밀 누설만큼 위험한 일은 없으니까.

"뭐, 그랬지. 우리가 설렁해 보여도 꽤 엄격하거든. 나름 군기도 잡혀 있고."

"테스트에서 탈락하면?"

"흐음…. 그럼 집으로 조용히 보내 줘야지. 기억에 장난질 좀 쳐서."

이것저것 말하던 맥밀런은 시가를 입에 물었다가 날 보고는 뺐다. 납치할 때는 마구 피우더니…….

대체 무슨 변덕이야?

"왜 날 납치했는지는 말 안 해 줄 거예요? 협박도 안 하고."

"납치가 아니라니까. 귀빈을 모신 거라고 몇 번을 말해?"

"내가 왜 귀빈이에요? 블랙리스트면 몰라도."

"웬 블랙리스트?"

"……로튼 남작의 딸이니까?"

그래서 납치했을 수도 있잖아?

"음?"

오히려 맥밀런이 뒷목을 긁적였다.

"아, 로튼 개? 그런 잔챙이까진 신경 안 쓰는데."

……아.

역시, 로튼 남작은 확신의 잔챙이였던 거다. 만인의 잔챙이, 이런 느낌인가.

"우린 네가 필요해서 납치한 거다."

대체 왜?

반란군에서 날 필요로 할 이유가 뭔데.

맥밀런은 괜스레 시가를 만지작거렸다. 저거, 저거 또 피우려고!

"나도 시가 좀 줘 봐요."

시가를 피우든 말든 내 알 바 아닌데. 그래도 연기를 지척에서 맡는 건 꽤 짜증 나는 일이었다.

그걸 '나도 피워 보겠다!'로 해석한 건지 맥밀런이 정색했다. 혼내듯 쏩, 하는 소리도 들렸다.

"애한텐 안 준다. 그리고, 너…. 아직 성년 아니잖아?"

맥밀런이 미간을 살짝 찡그렸다.

그러고는 자기 손에서 만지작거리던 시가를 버리고 막대 사탕을 입에 쏙 넣고는 까드득 깨무는 게 아닌가.

"반란군에서 에이스로 활동할 인재가 필요했거든."

씨, 자기 혼자만 먹냐….

"누가요?"

내가?

대마법사는커녕, 마법사도 아닌 내가?

소드 마스터도 아니고, 성녀도 아닌데?

"……솔리아 로튼. 넌 우리가 찾던 인재다."

응, 아니야.

천하제일 불 속성 효녀 대회에 나갈 인재를 찾는 거라면 인정.

'혹시 이거 그런 거?'

이 세계에도 피라미드 회사가 있어?

아니면 반란군인데 다단계 시스템?

평소라면 바로 신고부터 했을 텐데, 이런 상황은 또 처음이라 머릿속이 복잡했다.

'뭐지…. 좀 당황스러운데?'

나를 해치지 않는 이유가 궁금했다. 날 납치해서 로튼 남작에게서 돈 뜯으려는 목적도 아닌 것 같고.

'진짜로….'

내가 반란군에 필요하다고? 혹시 다른 능력자와 날 헷갈린 게 아닐까? 잘못된 정보로 날 납치했을 수도 있지.

'어울리는 척하면서 정보를 뜯어내야겠다. 의심을 풀게 할 겸, 장단도 좀 맞춰 주고.'

사실상, 저쪽에선 이미 의심도 않는 듯했다. 내가 이 자리에서 도망친다 해도 '다음에 또 납치하지, 뭐' 그런 태평한 생각인 것 같은데.

나는 팔짱을 끼고 맥밀런을 노려봤다.

"맥밀런은 무기 다루는 데 천재라면서요?"

"부인은 못 하겠어."

"저격 총도 완벽히 다룬다면서. 그 인재, 맥밀런이 하면 되잖아요?"

"난 안 돼."

맥밀런은 되고 싶어도 안 된다며 딱 잘라 말했다.

이것 참…. 검도 못 다루는 나보고 에이스라고 해 봤자…….

누누이 말하지만 검술은 딱 두 달 배웠다.

"나, 레이스 장갑 끼고 검술 두 달 배운 게 다라니까?"

"완벽해. 에이스로 재능 있어."

……저 사람 제정신 아닌 것 같지?

"반란군 에이스는 존재감이 클수록 좋아."

"빨리 잡히기도 좋고?"

"잡힐 일은 없지. 네 따까리들이 대신 잡혀 줄 거야. 널 잃으면 모두를 잃는 셈이니까."

……오호라. 이것 참.

나 같은 소시민도 자의식 비대해지기 딱 좋은 말이었다.

이쯤 되니 맥밀런의 생각이 궁금해져서 잠자코 들어 봤다.

"제국군이 벌벌 떨 정도로 대단히 강하면서도!"

……예, 예.

"누가 봐도 잊지 못할 만큼 존재감이 강렬해야 하지."

무슨 아이돌이야?

"눈이 한번 마주치면 홀딱 반할 만큼 아름답고도……."

이게 무슨 해괴한 조건이야?

나는 인상을 찌푸리며 단호히 말했다.

"그럼 난 얼굴만 합격이잖아요."

맥밀런은 내가 재수 없다는 표정을 지었다가 가식적인 미소로 덧씌웠다.

"……뻔뻔한 인성도 마음에 들어."

"그게 내 매력이긴 하죠."

고분고분하고 순하게 지내니까 등쳐 먹으려는 인간들이 많아서.

"아름답고도 매혹적인 반란군 요정."

요정 타령을 듣는 순간, 난 직감했다.

이 사람…… 다른 세계에서 연예 기획사를 차렸다면 1년도 안 가서 망했을 거야.

멜로디는 쩌는데, 가사는 20년 전에나 먹힐 만한 노래를 부르게 한다든가.

"반란은 정치와 뗄 수 없어. 대중들의 마음을 얻어야 이기는 거지. 민심을 끌어내지 않으면 완전히 승리할 수 없고."

대중 픽이 중요하긴 하지. 삼일천하로 남을 순 없으니까.

"아직까진 화력이 부족해. 제국민들이 바스티아 제국과 황실에 불만을 품었다지만, 그걸 폭발시킬 정도도 아니고."

"푸르카 황제가 개떡이긴 해도 용인할 수 있는 수준이라 이건가요?"

의외로 바스티아 제국은 그럭저럭 돌아가는 편이었다. 황제 본인은 무능해도 주변의 인재를 많이 뒀기 때문이다.

'그런 면에서 완전히 무능한 건 아닐지도.'

인체 실험이야 용인할 수 없는 문제였지만.

"그럼 더 개떡 같은 존재가 나타나면 그땐…."

날 정치적인 심볼, 뭐 그런 걸로 삼겠다는 건가? 그때는 화력이 모일 수도 있으니까?

그렇다 해도 푸르카 황제가 황위에서 물러날 것 같진 않았다. 그가 사고로 죽거나, 물러나면 아들인 제로스 황태자가 황위를 이을 테고….

'그럼 불만이 터질 일도 없을 텐데?'

확신하긴 그렇지만, 제로스 황태자 쪽이 인성 면에서나 전략 면에서

나 황제보다 훨씬 나았다.

"제로스 황태자 말고 다른 개차반이 제국을 다스려야, 그럴 기회도 오는 거 아닌가?"

"정확해. 안목도 있고."

맥밀런이 느닷없이 칭찬해서 난 눈을 가늘게 떴다.

"누가 제국민 편에 있는지 명확하게 보여 주는 거다, 솔리아 로튼."

이건 그렇다 치고.

"보통 에이스는…… 남자가 맡지 않아요?"

반란군의 심볼이라면 말이다.

관우나 장비 같은 체격의 건장한 남자가 낫지 않아?

흠….

프랑스의 구국 영웅인 잔 다르크도 생각났지만, 난 그만큼 대담하진 못했다.

"……반란을 꿈꾸는 마법 소녀, 매지컬 레볼루션?"

내가 생각해 냈지만 참 극혐이다.

'마법 소녀 같은 것만 아니면 되지.'

팔짱을 낀 채 고개를 주억거렸다. 그런데…….

상대의 반응이 이상했다.

"'매지컬 레볼루션'이 뭔지는 몰라도 괜찮은데."

"네?"

"뭐든 길면 멋지니까. 황제도 제국에서 제일 이름이 길잖아?"

맥밀런은 진심이 담긴 얼굴이었다.

"낮에는 선량한 시민으로, 밤에는 반란군으로 활동하는 거다."

들으면 들을수록 어처구니가 없었다.

"거절할게요. 내 몸은 한 개라서."

응, 안 해.

절대 안 하지!

나 같은 소시민이 혁명은 무슨 혁명!

반란은 엄청난 사명 의식을 가진 사람들만 하는 거잖아.

"반란이 성공하면 지금 호의호식하는 귀족들 목이 우수수 잘릴 텐데."

"그중에 나도 있고?"

나는 되묻고는 피식 웃었다.

"어차피 죽으면 썩어 문드러질 몸인데. 흐름이 그렇다면 어쩔 수 없죠. 죽어야지, 뭐⋯⋯."

말과는 다르게 난 오래 살 생각이었다. 벽에 똥칠할 때까진 안 바라지만.

아무튼 귀족들 목이 우수수 잘릴 때쯤이면 솔리아 로튼⋯⋯.

아니, '솔리아 레니스터'는 없는 사람이 되겠지.

벌써 모은 돈 들고 날랐을 테니까!

"보수도 넉넉히 줄 텐데."

하, 황당하네⋯⋯.

날 무슨 속물로 보는 거야?

"얼만데요?"

그래도 궁금하긴 하니까⋯⋯.

맥밀런은 내 귓가에 또박또박, 천천히 속삭였다.

"⋯⋯헉!"

그만큼을 준다고?

"황태자보다 더 많이 받는 것 같은데요? 그만한 돈이 어디 있어서?"

맥밀런이 황태자 월급도 알고 있네? 라면서 의미심장하게 말했다.

"가진 건 돈뿐인 큰손이 있어. 1년 전부터, 반란군을 후원 중이고."

어떤 소리에도 담담했던 내가 놀라서 입을 벌리자, 맥밀런이 쿡 하고 웃었다.

"조명탄이 필요 없는 대머리 놈…. 캐다 만 감자 닮은 놈. 턱수염에 치마 입는 놈. 기타 등등."

맥밀런은 차례차례 제국의 여러 대부호를 열거했다. 다들 좀 이상한데?

"그럼 '큰손들' 아니에요? 부른 것만 해도 다섯이 넘는데."

"한 명이야."

맥밀런의 말을 이해하는 데는 시간이 조금 걸렸다.

"그 다섯의 대부호가…… 사실은 한 사람이었다고요?"

그런 게 가능한가?

제국 황실이 호구도 아니고. 그 정도 신분 세탁도 가늠 못 할 리가…….

"과거에는 다섯이었지. 지금은 '하나'지만."

맥밀런은 싸하게 웃었다.

"대부호 다섯 명 모두가 그 사람 손에 처리됐거든. 그래서 그자가 여러 신분으로 재산과 세력을 관리하는 거야."

……그건 좀 무서운데?

제국에서 돈만 많으면 반란군의 타깃이 되는 건가?

"아, 죽을 만한 놈들이었지. 둘은 인신매매. 셋은 불법 노예 사업으로 뒷주머니를 채웠거든."

하나같이 선량한 제국민을 죽이고, 제 배 속만 채운 놈들이라나.

"혹시 그놈들을 통합했다는 그 한 명이 맥밀런이에요?"

"난 아냐. 아쉽게도."

맥밀런은 자신은 평범한 축이며, 그 '큰손' 정도로 미치지 않았다며 해명했다.

"그 사람이 널 반란군에 끌어들이길 원해."

······대체 누구길래?

"힌트 좀 줘 봐요."

"······레이디 솔리아의 가족이라고 할 수 있겠지? 일부는."

할 수 있겠지, 라니?

할 수 있다, 도 아니고? 일부라는 건 또 뭐야? 아무튼.

'로튼 남작은 절대로 아니야. 잔챙이라고 했으니까.'

난 머릿속을 바쁘게 굴렸다.

그럼 내게 가족이 없는데?

순간, 알렉세이 칸샤를 떠올렸지만 곧 고개를 저었다.

고작 일곱 달을 함께 지낸 임시 양오빠(?)를 가족이라 하긴 좀 뭐한데.

맥밀런이든, '그 사람'이든 나와 알렉세이의 관계를 알까?

만약 관계를 안다 해도 2대째로 붉은사자용병단의 용병왕이 된 그가, 제국의 반란을 주도할 이유는 없었다.

모종의 이유로 반란 세력을 도울 수 있을지는 몰라도.

"결혼도 가족이라 치면······."

가족의 의미에는 혈족 말고도 인척이 있다.

그때, 맥밀런의 눈이 홉떠졌다. 아예 잘못 짚은 건가?

"노아는······."

"노아는 아니다."

맥밀런이 바로 부인했다.

"맹세코."

저렇게까지 덧붙일 정도면 아닌 것 같긴 하다.

그래…. 우리 노아가 여섯 번째 삶에서 반란군에 가입하긴 했지.

그가 성년이 된 열아홉에.

그래 봤자 반란군에 후원하겠단 서명을 한 게 다였다.

'그런 중요한 문서를…… 내가 잘 볼 수 있는 곳에 둔 건 의아하지만.'

그래도 노아는 반란군 말단이라, 크게 신경 쓸 필요는 없었다.

음, 보자….

"저한테 가족은 없어요. 어머니는 병으로 돌아가신 지 오래고. 친부인 로튼 남작도 아닐 테고. 노아도 아니면….'

대체 누가 있는데?

"노아에게는 조부모님이 안 계시잖아요."

외가 쪽이든. 친가 쪽이든.

맥밀런은 "그렇지."라고 고개를 끄덕였다.

"노아의 어머니께서도 마차 사고로 돌아가셨고."

"그래서 안타까워."

맥밀런은 침잠한 눈빛이었다.

"아버지께서도 어머니와 함께 마차 사고로 돌아가셨다고……."

살아 계셨다면 '아버님'이라고 불러 드렸을지도.

"크흠!"

맥밀런은 고개를 숙이곤 기침해 댔다.

"왜 그렇게 기침해 대요?"

사회적 거리를 둬야 하나 생각하던 차였다.

"꽃가루 알레르기 때문에."

여긴 실내인데?

"그 큰손이 네 재능을 높게 사고 있거든."

……예?

나 재능 같은 거 없다니까.

그것도 반란군 에이스가 될 재능은!

결코, 네버, 절대로 없다고 확신했다.

"솔리아, 네가 없으면 반란은 시작도 않겠대."

그렇게 말하면 내가, 어!

이거, 이거 안 되겠네. 반란군 에이스가 되어 드릴게요!

……이럴 줄 알았냐.

맥밀런은 아직도 날 뚫어져라 보며 대답을 기다리는 중이었다. 누군가 날 간절히 원하다니, 기분이 참 묘했다. 나도 모르는 잠재 능력을 봤다는 식이라서 경계는 했지만.

'황태자보다 더 돈을 많이 받는 게 진짜면…. 솔깃한데?'

위험한 일인 줄 알면서도 뛰어들 만했다. 돈이 정말로 급했다면 말이지.

그래도 소시민으로 살아온 나로선 반란은 너무 먼 거리의 단어였다.

"그 큰손이, 누군지는 알아야죠."

나는 팔짱을 풀고는 맥밀런을 지그시 쳐다봤다.

맥밀런이 쉽게 말해 줄 것 같진 않단 말이지?

그가 어깨를 으쓱했다.

"노아와 결혼하면 한번 보러 오겠대."

혹시 노아의 조상님이셔요?

"신비주의야, 뭐야…."

나는 어이가 없다며 헛웃음만 흘렸다.

"이건 확실해. 반란군을 후원하는 큰손이 푸르카 황제보다 부유하다
는 건."

*   *   *

오랜만에 집에 들른 에델은 남동생 에리얼부터 찾았다.

"에리얼, 자니?"

어제 로튼 남작저에서 새벽 늦게 집으로 도착한 거라, 남동생의 잠든
얼굴만 살짝 보고 나왔었다.

정해진 휴가 날이 아니었기에 남동생은 누나가 오는지도 모를 것이다.

원래라면 편지로 '언제, 몇 시에 들를게'라며 꼭 말했지만 어제는 그럴
시간이 없었다.

휴가 날도 아니었는데, 솔리아가 에델에게 휴가를 권했기 때문이었다.

*[에델, 일이 있어 수도에서 며칠만 지내기로 했어. 결혼식 때 입을 드
레스를 구하다가 일이 좀 꼬였거든.*

*붓꽃 의상실은 안 됐고, 며칠간 둘러보면서 괜찮은 의상실을 찾아볼
까 해.*

버디와 함께 호화스러운 호텔에서 지내는 중이니까 걱정은 마.

*내 거처는, 로튼 남작에게도 따로 말해 뒀으니 에델에게 묻지는 않을
거야.*

*아, 저번 휴가 이후로 한 번도 집에 간 적 없었지? 남동생 볼 겸 집에
한번 갔다 와.]*

솔리아가 바로 돌아오지 않자 걱정했던 에델은 그녀의 편지를 받고 안도했다.

그리고 시녀 일과를 마무리한 뒤, 가벼운 짐만 챙겨 집에 도착한 거였다.

남동생 에리얼은 어릴 적부터 몸이 약한 데다, 5년 전부터는 이름 모를 희귀병도 앓기 시작했다.

그래서인지 에리얼은 에델의 아픈 손가락이었다.

가족은 에리얼과 에델, 둘뿐이라 더 애틋한 남매 사이였다.

"……에리얼?"

방문 앞에서 노크하려던 에델은 멈칫했다.

방문이 반쯤 열려 있었다. 아주머니가 열어 두신 걸까?

집에는 옛날부터 품삯을 받고 에리얼을 봐주시는 아주머니가 늘 상주해 있었다.

'창문 열고 잔 건 아니겠지? 안 그래도 몸이 약한데…….'

에리얼은 열병을 자주 앓으면서도 밤에 창문을 열고 자는 것을 좋아했다.

열이 올라서, 아주머니에게 몇 번 혼이 난 뒤로는 조심하는 듯했지만.

벌컥!

"너, 또……!"

문을 활짝 열었던 에델은 말을 잇지 못했다.

에리얼은 어디 갔는지 없었다.

그런데…….

"하유, 또 창문 열고 잤네!"

아주머니가 한숨을 푹푹 내쉬며 이불을 끌어 올렸다.

"그러게, 말 좀 들으라니깐! 너희 누나가 나만 보면 어찌나 잔소리인지…."

이상했다. 아주머니가 귀신에게라도 홀린 걸까?

빈 침대였는데, 마치 에리얼이 그곳에서 자고 있다는 듯 구는 모습이. 침대 위에는 하얀 붕대가 깔끔하게 말려 놓여 있을 뿐이었다.

"아주머니……. 뭐 하세요?"

"잉? 너거 남동생 이불 덮어 주고 있잖여?"

빈 침대에 에리얼이 누웠다고 착각하면서도 아주머니의 눈빛은 또렷했다.

"아니, 아니지…. 에리얼이…. 내 동생이……."

소스라치게 놀란 에델은 곧바로 문을 열고 나와 집 안 곳곳을 뒤졌지만, 그 어디에도 에리얼의 모습은 찾을 수 없었다.

그날 밤이 돼서야, 에리얼은 집으로 돌아왔다.

"대체 어디를……!"

누나 미치는 거 보고 싶냐고 에델이 울면서 소리치는 때였다.

"누나, 미안해. 이해해 줘……."

이제 열아홉인 백발의 소년, 에리얼이 에델을 끌어안았다.

꿈을 꾸듯 몽롱한 목소리로 속삭이면서.

"다시는……."

에델은 입술을 달싹였다. 남동생이 할 말은 뻔했다.

……다시는 그러지 않을게.

늘 누나인 제 말을 잘 듣는 얌전한 남동생이었으니까.

에리얼은 눈매를 내리깔았다. 늘 눈을 가리던 깨끗한 붕대나, 잘 때마다 꼈던 안대가 사라진 모습이었다. 병적으로 눈을 가리려 했던 남동생이었는데도.

"다시는 연락도 없이 집에 들르지 마."

그의 파란색 눈동자가 어둠에 잠겨 갔다.

"내 허락 없이는 움직이지 말아 줘, 에델."

늘씬하고 섬세한 손이 에델의 등을 다독였다.

"여러 사람의 신분으로 사는 건 꽤 피곤한 일이니까…."

에리얼은 피로한 낯으로 한숨을 흘렸다.

"누나는…… 내가 시키는 대로 그 애 곁을 지키면 돼."

그게 누나의 역할이야.

평민 신분으로 줄곧 하녀로 일해 왔던 에델. 그녀가 솔리아의 시녀로 뽑힌 건 우연이었다.

에리얼이 만들어 낸 지극히 평범한 우연.

"그거 알아? 배신은 가장 가까운 곳에서 일어나는 거."

배신한 상대의 신뢰가 클수록, 절망도 커지는 법.

"에델, 나의 마리오네트…."

에리얼은 에델의 머리칼로 천천히 고개를 숙인 뒤, 입을 맞추었다.

에델에겐 애초에 남동생 같은 건 없었다. 에리얼이 5년 전부터 희귀병을 앓던 것도 아니었다.

"죽어 가던 아이의 몸에 내가 들어온 것뿐이니까…."

모든 것이 평범했던 소년. 그러나 성체인 대천사 에녹이 들어감으로써, 아름답고도 병약한 몸으로 육체가 재구성된 것뿐.

"날 좀 더 즐겁게 해 줘, 솔리아."

에리얼은 기대감에 입꼬리를 느슨히 올렸다.

"지독한 놈."

막시밀리안 후작의 타박에 노아는 턱을 괸 채 눈을 가늘게 떴다.

"멋대로 스승님의 측근에게 접근한 걸 탓하시는 거라면…."

"됐다. 피도 눈물도 없는 녀석 같으니라고!"

노아는 오히려 의문이라는 듯 눈을 깜빡였다.

후작가의 기사단장인 드골에게 접근해서 정보를 탈취했지만, 그에겐 어떤 위해도 가하지 않았다.

그리고 그 사실을 노아는 막시밀리안에게 들키고 말았다.

사실은 협상하려고 일부러 들킨 거지만.

"그 부지런하던 드골 녀석이 오늘도 휴가를 냈어!"

"언령으로 명령을 따르는 건 꽤 피곤한 일이라서요."

노아는 스승의 충복을 두둔했다.

그가 원해서 자신에게 복종한 건 아닐 테니.

"누가 그걸 물어봤드냐! 잠이 없던 녀석이 이틀 내내 열네 시간씩 몰아서 자빠져 잔다는데…. 내 참, 어이가 없어서…!"

"빠르면 이틀만 푹 자도 회복할 겁니다."

노아는 스승이 분통을 터뜨리는 이유를 알면서도 모른 척했다.

"내 측근을 그렇게 써먹었으면…! 허, 들키지나 말든지!"

"완전 범죄도 할 수 있었지만―."

노아의 친절한 설명에 막시밀리안은 버럭 열정을 냈다.

"차라리 이 늙은이 모르게 일을 꾸미지 그랬냐! 빼먹을 건 다 빼먹어 놓고 더는 빼먹을 정보가 없으니까, 그제야 들킨 척을 해?!"

"알고 계셨네요."

역시, 스승은 눈치가 빨랐다.

여러 풍파에도 막시밀리안 가문과 후작 위를 유지할 만하다.

"네놈 속내가 시커멓다는 건 내 진즉 알았지! 지 아비를 쏙 빼닮아서…!"

선대 레니스터 백작이자, 노아의 아버지를 언급했다가 그는 턱에 힘을 줬다.

'하르딘 레니스터……. 그놈은 분명…'

금기를 깼노라고 환히 웃던 얼굴이 생각나 마른침을 삼켰다. 반쪽 얼굴은 환희에 젖은 채, 다른 반쪽에는 절망으로 얼룩져 있던.

그래, 그게 그의 마지막이었다. 홀연히 사라졌던 하르딘은 마차 사고로 숨졌으니까.

"아무것도 아니다."

막시밀리안은 헛기침으로 얼버무렸다. 그러나 그걸 놓칠 노아가 아니었다.

"제 아버지가 왜요."

노아는 미간을 살짝 찡그렸다. 대체 뭘 숨기는 거지?

"너무 닮아서."

"아들이니까요."

아들이 아버지를 닮는 게 이상한 일은 아니다.

그러나 막시밀리안은 그게 참 못마땅했다.

냉혹하고 계략적인 하르딘을 닮아 봤자…….

"이 얘기는 됐다. 그래서, 이 스승과 뭘 협상하려는 거냐? 뭘 원하는 게야?"

노아는 질문에 답하는 대신, 스승이 원하는 바를 먼저 짚었다.

"스승님께서 외손녀와 만나실 수 있도록 돕겠습니다."

"마리안느가 어디에 있는지나 알고?"

막시밀리안은 짜증을 팍 냈다가 노아를 곁눈질했다.

기회가 된다면 마리안느와 다시 만나 보고 싶었다.

"외손녀께서 수도의 반란군 시설에서 지낸다는 건 스승님도 아시잖습니까?"

"알지. 결계와 위장 마법으로 떡칠해서 그럴싸한 상가 건물로 꾸며 놨다는 것도."

마탑의 원로가 도와줬다는데 믿을 수가 있어야지!

"외손녀가 지내는 곳도 모르면 할애비 노릇은 관둬야지!"

"지금도……."

할애비 노릇은 못 하고 계신데?

노아는 말하려다 관뒀다.

막시밀리안의 눈매가 부리부리해진 걸 보니, 금방이라도 멱살을 잡을 기세였다.

"마리안느 님도 스승님이 그분의 위치를 파악했다는 건 알고 계신다고 하더군요."

"…뭐? 드골 그놈이 그래?"

막시밀리안은 분통이 잔뜩 터졌다.

주군인 그가 외손녀에 관해 물었을 땐 고문당해도 입을 열지 않겠다더니.

"마리안느 님에 대한 정보를 후작님께 발설하지 않기로 영혼을 걸고 맹세했습니다.”

“드골, 이 새끼야! 너 대체 누구 편이야?”

“따지자면 전 손녀분 편입니다!”

어이가 없었다. 제게 충성을 바친다는 놈이!

단장직에서 내쫓든, 고문을 받든 입을 열지 않겠다는 태도여서 막시밀리안은 미칠 지경이었다.

‘그런데⋯⋯.’

그랬던 충복이 노아의 언령에는 단번에 무너졌다.

너무 손쉬워서 황당하고도 오싹할 지경이었다.

그만큼 노아 녀석이 대단한 건 안다만, 그래도 분통이 터지는 건 어쩔 수 없었다.

“⋯⋯그래, 좋다. 마리안느를 다시 만날 수 있다면 어떤 부탁이든 들어주마!”

“어떤 부탁이든?”

“그래, 이놈아! 제정신 박혀 있으면 생각해 뒀겠지만, 내 손녀가 날 자발적으로 만나야 한다!”

소름 끼치는 그 언령 능력을 쓰지 말란 소리였다.

“당연한 걸 말씀하시는군요.”

“네놈은 당연한 걸 당연하지 않게 생각하는 버릇이 있어서 그래!”

막시밀리안의 호통에 노아는 헛웃음을 터뜨렸다.

설마하니, 스승의 외손녀에게 언령을 쓸 일이 있겠는가.

아주 만약에 쓴다 해도 조부와의 만남을 억지로 성사시킬 생각은 추호도 없었다.

"스승님과 만나는 거야, 마리안느 님을 설득해서든, 협상해서든 어떻게든 해낼 겁니다."

"……흥."

"손녀의 마음을 돌릴 수 있을지는 스승님께 달린 거고요."

"그건 나도 안다! 그것까지 노아 네 녀석에게 부탁할 것 같더냐?!"

마리안느는 엄청나게 고집이 셌다.

노아든, 노아의 할애비가 오든 마음을 바꿀 위인이 아니었다.

세상 그 누구도 마리안느의 고집을 꺾지 못한다!

머리털을 걸고 그렇게 장담할 수 있었다.

"이제 노아 네가 원하는 걸 말해 봐라."

"'검은 나비'에 대해 알고 싶습니다."

노아의 돌직구에 막시밀리안은 눈을 흡떴다.

반란군을 검은 나비로 칭한 건 최근의 일이다.

그러나.

"반란군을 처음 모은 검은 나비가 누군지 알아야겠습니다."

노아가 원하는 건 반란군을 세웠던 검은 나비. 즉, 단체명이 아닌 인명이다.

반란군을 주도해 온 익명의 후원자.

그 사람의 정보를 알아야겠다고 생각한 건, 얼마 되지 않은 일이었다.

"어째서 그 검은 나비가 제 결혼에 반대하지 않는지도요."

푸르카 황제가 원한 결혼이며, 벤조 공작이 계획한 거였다.

그러나 둘은 비밀 실험 '청명'을 주도해 온 빈센트 박사의 꼭두각시에 불과했다.

황제는 꼭두각시인 줄도 모르는 꼭두각시.

벤조 공작은 그나마 자신이 꼭두각시인 건 아는 눈치였지만.

"빈센트 박사가 원하는 조건을 갖춘 게 솔리아라면……."

어째서,

반란군의 주인인 검은 나비도.

"솔리아 로튼을 제 아내로 맞이하는 데 동의한 겁니까?"

Chapter 6

"드디어 끝!"

마침내 지도를 복원해 낸 버디가 소파에 쓰러지듯 누웠다.

마침내, 그물자리 기법으로 만들었던 자수 주머니를 풀어낸 것이다.

"정말 고생 많았어, 버디."

버디는 퀭한 눈으로 고개를 끄덕였다.

"하암……. 그럼 저는 자러 가 볼게요."

밀린 잠을 자겠다며 버디는 휴게실로 떠났다.

맥밀런과 그의 따까리들이 워낙 잘해 준 탓에 버디도 납치됐단 경각심은 없는듯했다.

그렇게 휴게실에 홀로 앉아 지도를 빤히 보는데, 누군가가 뒤에서 불쑥 끼어들었다.

"웬 지도?"

맥밀런이었다.

"아, 찾는 게 좀 있어서요."

나는 경계 태세를 갖춘 뒤, 지도를 옷 안으로 욱여넣었다.

"거, 참······. 무슨 보물 지도라도 돼?"

"그랬으면 좋겠네요."

맥밀런은 내게서 지도를 빼앗아 갈 생각은 없어 보였다.

"어딘지는 알고?"

"어디라뇨?"

"지도에 표시된 목적지 말이야."

맥밀런은 어딘지도 모르면 소용이 없다며 피식거렸다.

"지도 잘 보는 애가 있는데, 불러 줘?"

"그건······."

썩 내키지 않았다.

지도의 위치를 알아낸 뒤, 맥밀런에게 말할 수도 있잖아?

"걱정 마. 나는 내 할 일로도 바빠서 보물 지도건 뭐건 저~언혀 관심 없으니까."

아.

딱 보니 아주 궁금해 죽겠단 표정이었다.

물론, 맥밀런은 무표정했지만, 그와 지낸 지 며칠 만에 깨달은 것뿐.

'강한 부정은 긍정이라는데.'

그걸 몸소 보여 주는 게 딱 맥밀런이다.

"······그럼."

지도를 잘 볼 줄 아는 사람? 알아 두면 분명 도움될 것 같긴 한데.

난 고민하다가 누군지 물어는 보기로 했다.

"마법사야. 마탑 소속의 원로 마법사."

"원로면 피곤하지 않으려나요?"

꼬장꼬장한 할아버지가 생각나서 나는 고개를 저었다.

"음."

나는 고민 중임을 알리듯 짧은 한숨을 흘렸다.

'맥밀런에게 내 지도 정보를 전부 말해 줄 수도 있고. 그 원로 마법사가 날 도와줄 리가 없잖아.'

내가 내키지 않는다는 기색을 보이자, 맥밀런이 계속 설득했다.

"말이 많긴 한데……. 귀에서 피 나올 정도로 시끄러운 것 빼곤 괜찮아."

아, 맥밀런은 설득은 더럽게 못 하는구나.

협박은 잘하는 것 같은데……. 회유에는 젬병인 듯했다.

"마법사라고 지도를 다 아는 건 아닐 텐데요?"

"이동 마법사거든."

이동 마법사?

이동 마법을 다루는 마법사는 정말로 희귀한 편이었다.

자기 자신은 물론, 사람이나 물체를 이동시키려면 엄청나게 정교한 마력 컨트롤이 필요했기 때문이었다.

공격 마법도 수식과 계산이 필수인 데다 어려웠지만, 이동 마법은 그보다 곱절은 더 까다로웠다.

"이동 마법사면…… 대마법사 아니에요?"

이동 전 영역. 그리고 이동 후의 영역의 좌표를 확인한 후, 위치 및 수식을 계산하여 본인과 이동하려는 상대의 마력까지 계산.

그런 뒤, 영역의 마나를 측정한 다음에 공간을 왜곡해 비트는 것인데….

어정쩡하게 시도했다간 이동 후에 오른손이 사라졌다든가. 몸이 반이 없어졌다든가. 그런 끔찍한 일도 빈번했다.

대부분은 이동 마법을 시도하는 것 자체가 불가능에 가까워서 위험한 일을 겪는 것도 드물었지만.

"대마법사? 그런가. 뭐, 거의 그쯤이지."

맥밀런은 귀를 후비고는 누군가를 곧바로 불렀다.

"포포 할배! 할 일 없으면 와 봐요."

허공을 향해 불러서 나는 멀뚱멀뚱 지켜봤다.

아니나 다를까. 양 뿔이 달린, 하나로 높이 묶은 분홍 머리칼의 소녀……가 모습을 드러냈다.

'저 뿔은 가짜겠지?'

마법사 특유의 오래된 나무 지팡이.

멜빵 바지에 붉은 리본으로 높이 묶은 머리.

의기양양하게 제 허리춤에 손을 얹은 소녀 마법사.

대략 열두 살쯤으로 보였는데 정말 귀엽게 생겼다.

"안녕…?"

"안녕하세요오!"

아, 잠깐만…….

눈앞에 있는 건 마법사 소녀인데.

분명, 포포 할배라고 하지 않았어? 마탑의 원로라고 했는데?

나는 눈을 비볐다가 볼을 뜯기 시작했다.

"마탑의 귀염둥이 포포랍니……!"

브이 자로 눈가를 가리려는 포포 어쩌고를 맥밀런이 툭 쳤다.

"할배, 지도 좀 봐 달래."

"아, 씨. 내 말 끊지 마!"

포포는 역정을 내더니 날 보며 다시 웃었다.

"예쁜 요정님! 마탑의 귀염둥이 포포에게 부탁할 일이 있으신가요?"

날 보는 과하게 반짝거리는 눈동자.

서 있는 데도 꽃받침 하는 기묘한 자세가 부담스러웠다. 겉모습은 소녀인데 도대체 왜 할배라는 거지?

"아, 네…."

호칭을 뭐라고 해야 하지?

고민 끝에 난 그냥 '저거'라고 생각하기로 했다.

잠시 후.

"이 지도는 마탑령에 속한 블루윈터 유적지가 틀림없어요!"

맥밀런은 관심 없다면서 은근슬쩍 듣고 있었다.

"블루윈터 유적지?"

그곳엔 내가 찾는 게 있었다.

"아, 할배. 거기 에녹 레니스터의 조각상이 있는 곳 아니야?"

'……!'

난 놀랐지만 그런 기색을 감췄다. 되레 맥밀런이 물을 줄은 몰랐다.

"그렇긴 해요. 마탑 소속이 아닌 맥은 못 가는 곳이지만요. 히힛."

"열받으니까 그딴 식으로 쪼개지 마, 할배."

맥밀런이 양반다리를 한 채 표정을 일그러뜨렸다.

"흥……. 내 귀여움을 모르는 당신이 불쌍해."

맥밀런의 매서운 기세에 포포는 내 등 뒤로 숨었다.

휙, 쭈욱.

다짜고짜 내 기다란 치마를 당겨서 조금 당황했다. 다행히 발목 쪽이라서 내버려 뒀지만.

다른 쪽이면 로켓 펀치를 날릴 뻔했다.

"하여간, 저 할배. 예쁜 요. 정. 님 봐서 눈 돌아갔네?"

"히힛. 요정니임!"

"기분 나쁘게 쪼개지 마."

맥밀런의 반응을 눈여겨보던 나는 슬그머니 포포를 떼어 냈다. 포포가 소녀라면 귀엽겠지. 근데 뼛속까지 할배라면 좀 그렇잖아.

찰거머리일 줄 알았던 포포는 금방 떨어졌다.

"후잉."

추욱, 하고 물에 젖은 솜뭉치처럼 바닥에 늘어지긴 했지만.

"그래서 뭐에 관한 지도인데?"

이번에도 맥밀런이 포포에게 자연스레 물었다.

닥치고 지도 정보나 밝히란 소리였다.

……어허!

그건 안 되지. 어딜 지도 정보를 엿들으려고?

'비밀!'

나는 그런 뜻으로 포포에게 눈을 부라렸다.

그러자 놀랍게도 그는(?) 내 말을 따랐다.

"맥에겐 비밀이지롱! 히힛."

맥밀런은 어이가 없다며 혀를 찼고, 포포가 내게 손짓했다.

그가 퉁! 하고 나무 지팡이를 퉁기자 공기가 묵직해졌다.

"요정님! 포포가 맥이 못 듣도록 공간을 분리했어요!"

키 차이가 크게 나서 한쪽 무릎을 꿇자, 포포가 내 귀에 속닥거렸다.

공간 분리 했는데 꼭 이렇게 귓속말해야 하나?

그래도 지도가 어떤 건지 말해 줄 것 같단 말이지. 귀찮지만, 장단에 맞춰 주기로 했다. 좀 맞춰 준다고 손해 보는 건 아니니까.

"별. 꽃. 열. 매가 새겨진 장소랍니다! 짜잔!"

……별꽃 열매?

정말로 별꽃 열매 위치가 새겨진 지도라고?

그때, 마부가 유품으로 남겼다던 종이의 그림을 봤었다.

별꽃 열매라고 추측은 했지만 정말일 줄은 몰랐다.

"요정님, 곧 떼돈 벌어요오!"

"정말요?"

"대박 부자! 일확천금! 노다지!"

킬킬거리며 웃던 포포가 음흉스레 눈을 접었다.

뭐랄까.

'와, 축하해요! 10년 만에 대박! 1등으로 복권 당첨!'이라며 축하해 놓고 실은 '이거 다 꿈이야!' 하고 놀리는 표정이었다.

"난 별꽃 열매가 있는 위치를 알지롱."

"어떻게 아는데요?"

"내가 그려 준 지도라서."

그걸 왜 죽은 마부가 지니고 있던 건데?

의아했지만, 포포는 시치미를 뚝 뗐다. 그러곤 화제를 돌렸다.

"별꽃 열매는 마탑의 보물! 아무나 가져갈 수 없답니당!"

"그러면?"

"마탑 소속의 마법사가 연구 목적으로 소량을 채취하면 모를까."

……그럼.

난 안 되겠는데?

시무룩한 표정을 짓자, 포포가 팔을 휘휘 저으며 격려해 왔다.

"요정님도 별꽃 열매를 훔칠 수도 있어요! 그럼 징역 15년!"

"……?"

"……?"

내가 의아해하자, 포포는 되레 의문이란 표정이었다.

"……!"

아, 하고 깨달은 얼굴로 그는,

"마탑 원로 짬밥을 내세우면! 14년으로 줄일 수 있을지도…?"

라고 말해서 내 화를 돋우는 데 일가견을 보였다.

'진짜 머리 콩, 쥐어박고 싶다.'

만약, 포포가 말해 준 정보가 진짜라면 그의 도움이 필요했다. 마탑에 아는 사람도 없고, 마탑주와는 얼굴을 본 적도 없으니까.

포포 말이 진짜인지 아닌지, 여기서 진위 확인은 할 수 없으니까…. 일단, 물어나 보자.

"어떻게 얻는지는 됐고…. 별꽃 열매의 효능이나, 다른 것도 아는 게 있어요?"

"후웅…. 마탑의 연구재를 함부로 누설하면 징역 5년!"

자기는 마탑 원로라서 4년 하고도 6개월만 감옥에 있으면 된단다.

그런데…….

"요정님, 혹시 생각하고 있는 사업이라도 있어요?"

포포가 은근슬쩍 물어 왔다.

……아, 그게 있었지.

난 남작저의 수석 셰프 제프리와 나눴던 이야기를 떠올렸다.

올해 황실에서 추진하는 식음료 사업이 있는데… 그중 대표적인 하나가, 기사나 용병들이 먹을 수 있는 이동식 식량이었다.

우승자로 발탁되면 사업 대상자로 선정!

'그런 데다……'

그 까다로운 갤러리 스포르자에 입점할 수도 있었다.

"이동식 식량 사업을 하려고 했거든요. 샌드위치라든지…."

나는 말하면서도 미간을 살짝 찌푸렸다.

맥밀런은 숨만 쉬어도 경계하게 되는데, 이상하게 포포란 마법사는 처음 봐도 친근했다.

순한 양 같아서 그런가? 의식하지 않으면 마음이 몽글몽글해지는 기분이었다.

조개껍데기를 바치는 수달이나, 쓰다듬어 달라고 배를 보이는 물개를 볼 때 흐뭇한 미소가 지어지듯이 마음이 풀리는 뭔가가 있었다.

'근데 결국 할배라며? 마법사라더니, 헛수작 부린 거 아니야?'

실은 무척이나 해로운데, 무해한 것을 보는 느낌이랄까.

고심하던 난 포포에게 별꽃 열매에 대해 묻기 시작했다.

처음엔 의심하려 했는데, 볼수록 마음이 풀렸다. 특히, 저 분홍빛 몽실몽실한 머리칼을 볼 땐 더욱더.

"제 사업과 별꽃 열매가 큰 상관이 있으려나요?"

평소라면 사업 아이템 얘기는 절대 안 꺼냈을 텐데. 나 스스로도 신기할 만큼 열린 태도였다.

"관계가 있을지도?"

말하며 포포는 고개를 갸웃거렸다.

"별꽃 열매와 그 보석 결정에 특별한 효과가 있으니까요!"

일반적인 꽃에는 결정이 없지만, 별꽃은 평범한 꽃이 아닌 듯했다.

별꽃 열매는 결정뿐만 아니라, 별꽃 자체가 초대박 레어 아이템이라나.

"별꽃의 꽃잎, 열매, 결정, 뿌리 각각에 특별한 마법의 정수 효과가 깃들어 있답니다. 어떤 효과인지 자세히는 말할 수 없지만."

말할 때마다, 분홍색으로 몽실한 머리칼이 흔들렸다.

"그러면……."

혹시 별꽃 열매로 대박 나는 것도 가능한가?

기대감에 부풀어서 포포를 볼 때였다.

왜인지 포포는 거짓말할 것 같지 않았다.

"아, 근데 썩을 놈의 마탑주도 별꽃 열매는 눈독 들이고 있어서."

포포는 한숨을 폭 내쉬더니,

"그게 있죠오……. 요정님. 싹수없는 마탑주 놈팽이가 내가 연구하던 별꽃 열매를 싹 수거해 갔어요."

그래서 엿 됐다며 포포는 울상을 지었다.

난 컨셉의 괴리감을 느끼면서도 꿋꿋이 물었다.

"마탑주도 별꽃과 그 열매의 효능을 아나요?"

당연히 알겠지만 혹시나 해서 물었다.

난 아직 별꽃과 별꽃 열매의 효능은 모른다.

별꽃과 그 열매에 관한 연구 자료는 마탑 소속 마법사가 아니면 보기 힘들 것 같고….

실제로 채취해서 연구해 봐야 알 것 같은데.

"그 못된 썩을 놈이 내 자료를 다 털어 가서."

못된 썩을 놈?

아까부터 그러는데, 마탑주 말하는 거 맞지?

나는 포포의 장단에 맞춰 주기로 했다.

"그럼 썩을 놈이 엄청 관리하겠네요? 포포 님이 '대단한 열매'라고 했으니까."

"응, 요정님! 초대박 레어 아이템이니까 아무나 못 가져가! 접근 금지라고 보면 돼요."

포포는 심각한 표정을 짓더니 자기 머리를 뽁뽁 뽑기 시작했다.

고민할 때 하는 습관 같은 건가?

고불고불한 양털 같은 머리칼에서 분홍빛 털이 흩날렸다.

어째, 벌써 탈모 같기도…….

슥.

나는 충동적으로 포포의 머리칼을 슬쩍 뽑았다.

뽁!

분홍색 털 뭉치가 계속 나와서 계속 뽁, 뽁 뽑을 때였다.

이 분홍빛 털 뭉치에…! 사람을 매료시키는 마법이라도 걸린 걸까?

그때, 포포가 끌끌 혀를 찼다.

"에잉. 썩을 놈이 나서도 상용화는 안 되지, 안 돼."

"왜요?"

뽁! 뽁!

"흠. 별꽃 열매는 사람의 손이 닿으면 시드니까요?"

그게 마법사라도 예외가 없단다.

현 마탑주이자, 불의 탑을 다스리는 대마법사 세드릭이라 해도.

현존하는 세계 최고의 이동 마법사인 포포도….

"별꽃의 꽃잎은 물론, 열매까지 사람의 손을 거치면 푸른 별빛 가루만 남기고 사라져 버려요."

포포는 한숨을 폭 내쉬곤 덧붙였다.

"문제는, 그 가루도 곧 안개처럼 소멸된단 거고···."

"아쉽다···. 다루기가 굉장히 까다롭나 봐요."

왜 내가 아쉬워하는지 포포는 관심 없었다.

그저 자기가 귀여워 보이려 칭얼대며 울상을 지을 뿐.

"그치 그치! 그래서 남아 있는 별꽃이 얼마 없기도 해요오···."

뽁!

난 열심히 들으면서 부지런히 손을 놀렸다.

계속해서 분홍색 양털을 모으는데도 포포는 별 제지가 없었다.

"···에효. 200년 전에 성녀 튤리파가 별꽃을 피운 뒤로는······."

그럼 별꽃의 역사가 200년은 된 건가?

다시 물으니 '최근에 핀 꽃이 200년 전에 핀 거예요!'란 설명이 돌아왔다.

뭐야? 그럼···.

그걸 왜 쉐릴은 해티 마을로 가서 찾은 건데?

내 의문은 포포가 곧 해결해 주었다.

"별꽃 열매가 피는 땅을 마탑에선 '해티'라고 부르거든요! 제국의 작은 깡시골도 '해티'니까······."

포포는 이동 마법사라 그런지 제국 전역의 위치와 명칭에 빠삭했다.

'······그러면.'

쉐릴이 아예 잘못 짚은 건가?

"바보라서 헷갈린 듯?"

포포는 근엄한 표정으로 팔짱을 꼈다.

어찌어찌 별꽃 열매가 귀하다는 건 들었는데, 그게 뭔지 짐작조차 못 했다는 거다.

"별꽃과 그 열매는 무조건 마탑이 관리하니까, 절대 못 찾는 건데."

"다른 곳에선 볼 수 없나요?"

포포가 눈썹을 올렸다.

"마탑령인 블루윈터 유적지 말고는 별꽃 열매가 자랄 수 없는 환경이라서."

이제 슬슬 '요정님' 소리가 귀찮나 보다.

컨셉에서 조금 멀어진 포포가 중얼거렸다.

"이제 한 다섯 송이 남았던데…. 곧 멸종될지도 모르겠어요오! 그 썩을 놈은 식물 다루는 덴 별 재주가 없어서."

하긴…. 마법사라고 다 식물을 잘 다루진 않겠지.

'정령사도 아니고.'

마탑주의 험담을 한 귀로 듣고 흘리곤 물었다.

"별꽃과 그 열매를 피워 내기가 아무리 까다롭다고 해도…… 마탑에서 보호하고 관리하면 번식시킬 수도 있지 않나요?"

"우음. 별꽃 열매는 S급 희귀 보호종으로 지정된 지 오래인데…."

포포는 어쩔 수 없다며 고개를 저었다.

"그 꽃을 피울 수 있는 건 마녀뿐이라서."

마녀만이 피울 수 있다?

'마녀에 대해선 전혀 아는 게 없는데.'

난 한숨만 쉬었다.

그도 그럴 것이… 마법사는 희귀한 편이지만 곳곳에 존재한다. 마탑도 있다.

불의 탑. 물, 바람, 대지의 탑 등등 말이다.

그리고 더 희귀하지만 정령사도 있고.

'마녀는 동화나 전설에 나오는 존재 아닌가?'

나는 심각한 고민에 휩싸이면서도 손을 부지런히 놀렸다.

뽁!

······하고 뽑을 때마다, 포포의 머리에선 분홍색 털이 차올랐다.

민들레처럼 흩어진 분홍색 털 뭉치가 곳곳에 퍼진 상태였다.

"아, 저기···. 미안해요! 뽑는 게 너무 재밌어서 그만···."

"괜찮아요, 괜찮아. 울 요정님은 눈부시게 예쁘니까, 후훗!"

언제 '울' 요정님이 된 거지···?

아무튼. 포포는 자기는 양 수인이라, 계속 털이 난다며 히죽 웃었다.

"마법이 깃든 양모라서, 도쉬즈 왕국산 비단보다 귀한 거지롱."

날 위해서라면 계속 뽑혀 줄 수 있단 말에 난 바로 관뒀다.

'심심해서 뽑는 건 괜찮은데. 그게 상품으로 팔린다고 생각하니···.'

좀 거부감이 들었던 탓이다.

솔직히 멍때릴 때, 뽁뽁이 터뜨리듯 뽑은 감이 없잖아 있기도 하고.

"초면인데 왜 저한테 잘해 주시는 거 같죠?"

이건 좀 궁금해서 곧바로 물었다.

"예쁘니까!"

"여미새?"

포포가 그 줄임말을 알 리가 없겠지만, 난 순간 정색했다.

"···아니이! 그건 아니지, 요정님! 나 진짜로 여자에 미친 새끼 아니라고!"

대체 어떻게 다른 세계의 줄임말을 해석한 걸까?

"요정님도 좀 빠삭한가 보다?"

"뭐가요?"

대체 뭐가?

난 포포 당신이 그 줄임말을 아는 게 더 신기한데!

"블루윈터 유적지에서 석판 좀 봤나 봐?"

……?

돌돌 돌려서 말하다 보니 알아듣기 어려웠다.

블루윈터 유적지?

석판?

"아, 그 석판에….”

고대어가 있다고 하던데.

도대체 '여미새' 같은 신종 줄임말과 고대어 석판이 무슨 관련이 있단 말인가.

"혹시…이. 요정님도 마법사인데 아닌 척하는 건 아니지?"

"그럴 리가요."

내게 힘순찐이냐고 물어보신다면 아니라고 대답하는 게 인지상정.

누구보다도 빙의 후 대마법사, 소드 마스터, 성녀 삼위일체를 원했던 탐욕적인 인간이 난데.

"하긴…. 울 요정님은 느껴지는 마력이 하나도 없는 건 봐서 마법사는 글러 먹긴 했어!"

여기서 기분이 나빠야 정상이지?

다른 사람이 말했다면 울컥했을 텐데, 포포가 말하니 무해해 보였다.

"하나도 없다는 건 오늘 처음 알았네요. 마법사로서 재능이 코딱지만큼도 없다는 걸 친히 알려 줘서 고마워요, 포포 님.”

"헤헷…. 그리 고마워하지 않아도 돼!”

포포는 재능이 있고 없음을 눈치채는 게 빠르다나.

그래서 이렇게 알려 주면 마법사 지망생들이 엄청나게 좋아한다고 했다.

눈치 없는 새끼….

속으로 '눈없새'도 알아들을까? 하던 때였다.

"요정님도 기뻐해서 다행이다!"

"……."

"어째 길가의 돌멩이보다도 마력이 없지? 진짜 신기해!"

"……."

"사람이 아닌가? 시들기 직전의 강아지풀보다 마력이 없어! 연구 대상 감이야!"

무릇, 살아 있는 거라면 마력이 있다는데 난 조금도 없단다.

"자연에는 마나가, 생명에게는 마력이 존재하는데 요정님은 희귀 케이스인가 봐."

"아, 네…."

후우…. 나한테도 토끼 인형이 있었으면 좋았을 텐데. 분풀이 토끼 인형을 퍽퍽 때리면 스트레스가 좀 풀렸겠지?

왜 유X가 토끼 인형을 주먹으로 쳤는지 알 것 같은 기분.

"의사처럼 진단해 주면 다들 좋아하더라구, 히."

나는 잠깐 천장을 봤다가 눈가를 훔쳤다.

그래….

타고난 마력이 쥐뿔도 없어서 돌멩이보다 못하고 강아지풀보다 하찮구나.

"아, 맞아!"

포포는 뒤늦게 이유도 알려 줬다. 그가 왜 날 좋아하는지.

인간, 동물, 물건 상관없이 반짝이고 예쁜 것들을 좋아한다나.

내가 왜 포포가 싫은지도 알았으면 좋겠다.

"그럼 비밀 얘기는 끝! 이제 원래 공간으로 돌려보낼게."

포포는 나무 지팡이를 위로 들며 볼을 부풀렸다.

내가 울적해하자 포포는 별꽃 열매 때문이라고 착각했다.

그가 팔을 휘적거리며 나를 위로하려 애썼다.

"그건 어쩔 수 없어, 요정님."

"……."

"별의 마녀만이 별꽃을 피울 수 있어서."

마탑에 다섯 송이 있다는 별꽃을 빼돌리기도 그랬다.

그럴 방법도 없거니와….

아무리 나라도 그건 좀 양심에 찔리니까.

감옥에 15년 갇히고 싶지도 않고. 포포 찬스로 14년으로 콩알만큼 단축받는 것도 사양이다.

포포가 여전히 마법 지팡이를 든 채 위로를 건넸다.

"마녀면 별꽃이든 열매든 막막! 싹틔울 수 있지만 요정님은 마녀가 아니니까!"

그 다섯 송이도 성녀에서 별의 마녀로 각성했던 튤리파의 유지에 따라, 소유권자가 후대의 마녀란다.

그러니 마녀만이 가져갈 수 있다나….

'마녀라면 누구든지 마탑주에게서 합법적으로 별꽃 열매를 뜯어낼 수 있다는 거네?'

그걸로 상용화해서 장사하든 삶아 먹든 없애 버리든 소유권자인 마녀 마음인 거고.

'됐어. 어차피 내 것도 아닌데 뭘 괜히 아쉬워해?'

나는 기운을 내려 뺨을 톡톡 쳤다.

퉁!

"아, 요정님! 다른 건 다 비밀인데…."

공간이 바뀌어서 포포의 목소리가 흐릿하게 들렸다.

"이건 꼭 맥에게 말해야 할 거 같아!"

대체 뭘?

"요정님은 쥐꼬리만큼도 마력이 없다는 걸!"

아니, 그걸 왜 말해?

내가 마법사가 되겠다고 한 것도 아닌데!

"그러니 요정님은 절대 ――의 ――일 리가 없다고!"

하필, 중간에 외쳤던 단어가 들리지 않았다.

'뭐라고 한 건지 다시 물어볼까?'

그러려던 나는 얌전히 입을 다물었다. 포포의 눈동자에 냉랭한 한기가 들어차 있었다. 사람 하나는 그냥 없앨 것 같은 표정으로.

마법사는 집중할 땐 원래 성격을 보인다고 하던데…. 무서움과 함께 호기심도 들어서 슬쩍 곁눈질했다.

"잔뜩 비웃어 줘야지. 이번엔 검은 나비도 틀린 거니까."

순간, 성숙한 목소리가 들려와서 난 흠칫하면서도,

'비웃는다고? 누구를?'

검은 나비라는 단어는 똑똑히 듣고야 말았다.

* * *

한편, 그 시각.

검은 나비의 목적을 알게 된 노아는 혼란스러웠다.

"검은 나비는 노아 네 녀석을 지키기 위해 반란군을 세운 거다."

"날 위해서라고?"
반란은 대의를 품기 마련이다.
혹은 황제가 되겠다는 강렬한 욕망을 품든지.

"널 위해서 모든 걸 버렸지."

그러니.
노아도 검은 나비의 뜻에는 거스르는 행동을 하지 말라고 했다.
"그가 솔리아와 나의 결혼을 동의한 이유는……."
막시밀리안이 했던 이야기는 노아에겐 충격이었다.

"검은 나비는 솔리아, 그 애를 이용해서라도 널 지키고 싶어 해."

아직까지는 그의 정체가 흐릿했다.
검은 나비가 노아를 지키기 위해 반란군을 세웠다면…….
"나와 관련된 사람이란 건데."
도대체 누가 노아 레니스터를 위해 헌신한단 말인가.
노아를 위해 헌신을 보여 준 건 솔리아뿐이었다.
한때 사랑했던 부모님은 6년 전, 마차 사고로 세상을 떠났으니까.
"도착했습니다, 나으리."

마부가 문을 열어 준 뒤 고개를 숙였다.

막시밀리안이 말했던 장소에는 한 사내가 나와 있었다.

이제 30대 초반은 됐을까.

"노아 님, 만나 뵙게 되어 영광입니다. 닛사 베히로입니다."

보랏빛 생머리를 길게 늘어뜨린 그가 노아에게 허리를 숙였다.

"처음 뵙습니다, 베히로 경."

닛사라고 자신을 소개한 사내는 고개를 끄덕였다.

"오래전, 베히로 경께선 스승님께 은혜를 입고 거둬졌다고 들었습니다."

"…아, 큰 빚을 지긴 했습니다."

막시밀리안 후작은 닛사의 은인이고, 그 사실은 노아도 들어 알고 있었다.

둘은 한 상가로 다가가며 대화를 계속했다.

"베히로 경께선 서대륙 출신이라고 들었습니다."

"그렇지요."

대답한 닛사가 잠깐 말을 붙였다.

"서대륙에서 용병 생활을 하다가, 장례를 치르려고 누이와 함께 해로를 건너 동대륙으로 왔습니다."

어느새 상가의 지하 입구였다.

닛사의 말을 듣다가 노아는 미간을 찌푸렸다.

'장례를 치르려고 누이와 해로를 건너왔다고?'

누구의 장례를?

그러나 묻지는 않았다. 서대륙 출신이라 제국 공용어가 낯설고 어려운 건가 싶어서.

그런 것치곤 굉장히 유창한 어조였지만.

"유명한 용병단에서 실력자로 손꼽혔다고, 스승님께서 계속 칭찬하셨죠."

"아…."

닛사 베히로는 잠깐 생각하는 듯하더니 눈가를 휘었다.

"붉은사자용병단에서 지냈었습니다. 한동안은."

＊ ＊ ＊

닛사 베히로와 노아 레니스터, 이 둘 사이에 잠깐의 침묵이 흘렀다.

단순히 지냈다기엔…….

"스승님 말씀으론, 사자왕 라이언을 가까이에서 모셨다고 하던데."

말하며 노아는 미간을 찌푸렸다.

아무리 생각해도 닛사 베히로의 숨겨진 정보가 떠오르지 않는다. 그의 비밀이나 숨겨 둔 과거 같은 것들은.

인간의 기억은 작위적이며 편파적이었다. 방어 기제의 한편으로 본인에게 유리한 편으로 기억하는 것도 어찌 보면 당연했다.

그리고 그 사실을 노아 또한 알고 있었다. 기억은 감정이나 생각으로 크든 작든 가공된다는 것을.

마음과도 밀접했다. 상처받았던 어린 시절을 이상할 정도로 잊거나, 몇 달 전 일은 잘 기억하지 못하면서 수년 전 사건은 또렷하게 기억하는 것도 그런 이유였다.

'솔리아와 관련된 것은 전부 잊지 않았어.'

적어도 노아는 그렇게 생각했다. 그가 모르는, 잊어버린 기억들이 얼마나 있을지는 알 수 없더라도. 실제로 기억하는 게 빙산의 일각이라 해도.

잊혀진 사실보다는 그가 기억하는 실제가 더 중요했다. 그 실제를 근거로 노아는 움직이고 있으니까.

'그나마 선명하게 떠올릴 수 있는 건, 솔리아와 관련된 기억뿐인가.'

솔리아와 겪었던 사건과 그때 자신이 느꼈던 감정. 그녀가 죽게 되는 계기나, 죽음과 밀접하게 관련된 일들은 놀라울 정도로 선명하게 기억나곤 했다.

'나머지 것들은….'

솔리아의 죽음과 관련된 사람들은 실제로 만나기 전까진, 안개가 깔린 듯 어렴풋하게 아는 정도다.

'그러다가….'

그 상대를 실제로 만나게 되면 자의와 상관없이 기억이 확대된다. 솔리아를 중점으로 어떤 일이 있었는지 차츰 깨닫게 되는 식으로.

'그녀와 결혼했을 때. 그리고 어떤 이유로든 죽었을 때.'

그때의 기억은 지나칠 만큼 세세하고 선명했다. 마치, 죽음의 원인을 기억해 두면 솔리아의 죽음을 막을 수 있다고 굳게 믿는 것처럼.

바보 같은 집착일지도 몰랐다. 어리석은 발악이라 해도 노아는 그녀의 죽음을 기억해서 정말로 다행이라고 안도했다.

'같은 이유로 죽게 되는 건 막을 수 있을 테니까.'

가장 먼저 떠올렸던 기억이, 솔리아와의 이혼이었단 건 스스로도 의문이었다.

여덟 살, 처음으로 언령을 각성해 황태자를 구하고 쓰러졌던 날.

일주일간 의식이 없었던 그때. 과거는 절대로 아니며, 미래였지만 확실히 미래라고도 할 수 없는 기묘한 일들을 꿈으로 꿨었다.

'시간이 흐른 뒤에야 알게 됐지.'

정략결혼 문제로, 솔리아와 만나고 함께 있는 시간이 늘어나면서 잊었던 기억이 서서히 되살아났다.

'이제는 확실히 알고 있어.'

그때 형이라고 생각했던 남자는 노아 자신이었으며, 낡은 가죽 가방을 쥔 여자는 솔리아였음을.

'첫 각성을 했던 그때는 몰랐지만….'

꿈속에서 봤던 레니스터는 망했고 저택은 폐허가 되어 버렸단 것도, 이제는 이해했다. 그런 미래가 반복될 수도 있다는 것도.

아버지 하르딘의 품에서, 그가 봤던 고대어로 된 어려운 책.

그것에서 보고 들었던 기억이 있다. 수많은 사업과 황제의 정보책으로 일하느라 얼굴 볼 틈 없이 바빴던 아버지였다.

그런 그가 가끔은 서재에서 노아를 커다란 무릎에 앉혀 놓곤, 어려운 책들을 읽어 주곤 했다. 남편과 어린 아들을 찾으러 온 어머니 벨지안이 잔소리를 해도 이때만큼은 아버지도 고집을 부렸다.

"우주는 하나가 아니란다, 아들. 네가 하나의 세계로 인식하면 하나일 뿐이지만."

"또, 또! 그런 이상한 소리는 관둬요! 우리 아들은 고작 다섯 살이라고요!"

"다섯 살도 알 건 알아야지. 아들, 그렇지 않나?"

"우웅? 웅!"

제일 좋아하는 생크림이 들어간 과자다. 그걸 애 눈앞에서 달랑달랑 흔드는 아버지의 술수를 어머니는 깨달았지만, 노아는 깨닫지 못했다.

아니, 애초에 상관없었다.

덥석.

참새처럼 입부터 들이댄 아들을 보며 아버지는 피식거렸다. 어머니는 못 말린다는 듯 이마를 손으로 짚으며 한숨을 쉴 뿐.

"아들, 네가 인식한 세계가 늘어나면 늘어날수록…. 흠음, 이걸 어찌 말하지?"

"하아, 딘! 언제까지 그런 어려운 이야기만 늘어놓을 거예요, 노아 아빠!"

"아들, 대답."

어머니는 한숨만 연신 쉬었고, 아버지는 계속 재촉했다. 과자에 제대로 홀려 버린 노아는 알겠다며 고개를 주억거렸다.

"다중 우주에선 수천의, 아니… 셀 수 없이 많은 시간선이 흐르지. 어떤 결말을 맞을지는 네게 달린 거다."

"노아가 무슨 책 속의 인물이에요? 결말은 무슨 결말!"

어머니의 잔소리와 타박에도 아버지는 꿋꿋하게 말했다. 아무리 바빠도 이건 꼭 말해 줘야겠다는 근엄한 표정으로.

이마가 살짝 보이도록 반듯하게 올린 흑발. 그 아래 한 가닥이 아들에게 당겨져도, 볼이 마구 꼬집혀져도 하르딘은 노아에게서 시선을 떼지 않았다.

"아들, 지금 네가 살아가는 이 시간선은 계속 흐르고 있단다. 네가 각성하지 않고 평범한 사람으로 자라면 다른 시간선을 볼 일은 없을 거다."

"웅…. 냠. 아빠아, 과자 더 주세요!"

"이 아버지처럼 각성한다면…. 아니, 더 높이 각성하면 다른 시간선들도 보이게 될 거야. 네 시간과 겹쳐진 때일 수도 있고, 때로는 겪었거나 겪지 않은 과거, 빗나가거나 다가올 미래일 수도 있지."

그 과거가 하나로 겹치면 변하지 않는 과거가 되며, 겹치지 않고 하나씩 틀어지면 미래 또한 바뀌게 된다.

아버지가 하신 말씀은 그런 류의 것이었다.

"보이지 않아야 할 것들이 보이고, 들리지 말아야 할 것들이 들리게 될 거야."

"…네에?"

"그래도 기죽지 말거라. 스스로를 미쳤다고 생각하지도 말고. 자랑스러운 레니스터의 핏줄이라면 견뎌야 하는 과업이니 말이다."

"…네에."

"견디고 또 견뎌라. 버티고 또 버티다 보면 좋은 날도 올 거다. 이 아버지처럼 멋진 남자가 돼서 사랑하는 여자와 결혼도 하고."

하르딘은 그 말을 하며 고개를 돌렸다. 어느새 아내인 벨지안이 맞은편에 앉아 남편인 자신과 노아를 바라보며 헤실거리고 있었다.

그러다 하르딘과 눈이 마주치자 "허, 참 나." 하며 새침하게 눈을 흘겼다.

"하여간, 당신도 참…. 그래도 그 말이 맞아요. 언젠가 노아가 커서 어

른이 되면, 멋진 남자가 되면 마음에 드는 여자를 데려오겠죠. 아, 정략
결혼은 안 시킬 거야. 난 분명히 말했어요."

"그래요, 우리 벨의 뜻대로 다 합시다."

"내 며느리가 될 사람을 만나면 꽉 끌어안아 준 뒤, 인어의 눈물을 물
려줄 거예요. 아, 청혼할 때 쓰라고 노아에게 먼저 줘야겠다."

"벌써 청혼이에요? 벨, 잊었어요? 우리 아들 이제 고작 다섯 살인 거."

인어의 눈물.

서대륙과 동대륙을 가른 흑해와 홍해. 그 사이, 바다의 아주 깊은 곳
에서 수천 년의 시간을 지내 온 인어족이 있다는 전설이 있었다.

인어의 눈물에는 특별한 힘이 있었는데, 그게 마법이든 이능이든 견
뎌 낼 수 있는 면역을 가지게 해 준다는 것.

그래서 노아는 인어의 눈물이 필요했지만, 아쉽게도 드골 단장은 인
어의 눈물을 가져오지 못했다.

'어쩔까…'

그 목걸이의 마지막 소유자는 마리안느였고, 그녀는 이름과 신분을
바꾼 맥밀런이 돼서도 어딘가에 그 목걸이를 숨겨 두고 있었다.

'드골 단장에게서 정보를 캐냈단 걸, 맥밀런이 눈치챘을 가능성은…'

아예 없다고는 할 순 없지만, 그리 크지도 않았다. 그녀가 과민할 정
도로 꽁꽁 숨겨 둔다고 드골 단장이 말했던 대로였다.

맥밀런은 그녀의 외조부인 막시밀리안과는 절연한 사이였다. 그러니
스승의 도움을 기대할 수도 없는 상황.

'…일단은.'

인어의 눈물은 잠시 보류하기로 했다. 지금은 닛사 베히로와 상가의

지하 입구로 들어왔으니 말이다. 이제 건물 안과 이어진 두 번째 문만 찾으면 끝이었다.

상가로 꾸몄지만, 실은 반란군 시설이란 것쯤은 노아는 물론 닛사 그도 알고 있을 것이다.

'닛사 이 남자를 솔리아와 만나게 해도 되는 건가?'

수백 번을 속으로 걱정했던 노아다. 때로는 위험을 알면서도 일을 강행할 때가 있는데, 바로 지금이었다. 주어진 상황에선 이게 최선이라고 노아는 확신했다.

닛사 베히로. 한때, 솔리아의 목을 쳐 냈던 사내를 레니스터로 불러들이는 것은.

그러나 이번 생에는 있지도 않은 일. 시간선이 다르니 미래라고도 할 수 없지만, 같은 미래가 발생할 가능성은 제로였다. 수백 번을 생각하고 또 생각해서 내린 결론이었다.

'솔리아가 그때와는 완전히 다른 사람이 되었으니까.'

분명, 첫 번째 결혼 때 솔리아는 닛사 베히로를 특히 어려워했다.

남편인 자신을 대할 때는 비웃거나 "가난뱅이 주제에."라며 조소를 흘려 대던 솔리아였다.

그렇게 레니스터의 재산을 제 것인 것처럼 사치를 부리다가도, 닛사 베히로가 나타나면 값비싸고 귀한 장신구를 뺄 정도였다.

그리고 막시밀리안의 추천에 따라, 레니스터 백작가의 기사단장이 된 닛사도 솔리아를 경멸했다.

아니, 그건 단순한 경멸 정도가 아니다.

살의.

처음에는 살의를 참아 내던 닛사가 결국 터뜨렸던 사건이 있었다.

'그때 분명, 솔리아의 잘못으로….'

닛사가 데려온 부하 둘이 죽게 됐다.

그때, 들려온 목소리가 노아의 상념을 깨뜨렸다.

"옛날에는 가깝게 지냈습니다. 그때의 전 순진하고 멍청해서 그 더러운 놈이 제 누이에게 찝쩍대는 것도 눈치채지 못했습니다."

닛사 또한 사자왕과 케케묵은 악연을 곱씹은 듯한 표정이었다. 노아가 오래간 말이 없었는데도 전혀 신경 쓰지 않았다.

"제 누이보고 예쁘다며, 소개해 달라고 했던 그때!"

뿌드득!

이 가는 소리가 꽤 살벌하다고 노아는 생각했다.

"그 사시사철 발정 난 수사자 놈을 처리했어야 했는데…."

"추악한 잘못을 저질렀나 보군요."

그러면 죽이고 싶은 마음이 들 만도 하지.

노아가 담담하게 묻자, 뒤늦게 정신 차린 닛사는 긴 한숨을 내쉬었다.

그때가 언제인데…. 아직도 사자왕 이야기에 이토록 흥분하다니, 스스로가 부끄러웠다.

"괜찮습니다. 그 새낀 이제 무능력자니까요."

그토록 부유한 사자왕이?

"밤에 힘쓸 일은 없을 겁니다. 그 새낀 낮에도 힘을 써 댔지만."

노아는 뒤늦게 이해했지만, 굳이 묻지는 않았다.

사자왕이 고자란 소식은 듣지 못했는데….

"하릴없이 늑대만 키우는 꼴을 보니 속이 시원했지만요, 하하하!"

노아는 문득 궁금증이 들었다.

잘못했다간 스위치를 건드는 느낌이긴 한데.

'알아 둬서 나쁠 건 없겠지.'

"한번 붉은사자의 용병이 되면, 용병단의 왕에게 충성하고 끝까지 목숨을 바친다고 들었습니다."

그런데 왜 닛사 당신은 관뒀지?

그런 뜻에서 물은 질문에 닛사는 잔잔한 미소를 지었다.

"그가 제 누이를 건드렸으니까요."

빌어먹을 새끼.

선명한 욕설에 노아의 눈이 커졌으나, 잠깐뿐이었다.

산전수전 다 겪은 노아는 적응이 빠른 편이었다.

"원래도 몸이 약한 아인데, 사자왕의 아이를 가졌으니 얼마나 고생했겠습니까?"

뿌드득!

닛사는 또다시 이를 거칠게 갈았다. 건치 특유의 여유일지도 모르겠다.

"용병단에 머무르면 언젠가 사자왕을 암살할 것 같아서……."

그 전에 제 목이 잘리겠지만, 하고 닛사는 웃었다.

'이 사내를…… 솔리아의 곁에 두는 건 위험한 선택인 건 확실해.'

노아는 판단하면서도 그 선택을 무를 수 없다고 생각했다.

그 이유는 꽤 복잡했지만.

"눈물겹게도 조카 곁을 떠나야 했습니다. 후우……."

이럴 때 뭐라고 반응하지?

노아는 솔리아가 다시 그리워졌다. 그녀였다면….

"저런, 조카도 있습니까?"

위로의 말을 잘 건넸다고 생각한 노아였다.

닛사는 노아의 위로에 고개를 숙이고는 킬킬 웃었다.

"알렉세이 칸샤, 그놈이 제 조카입니다."

뭔가 엄청난 사연이 있는 것 같은데?

"아, 조카를 잘 두셨네요."

노아는 의미 없는 칭찬을 건네곤 생각했다.

그러니까.

몸이 원체 약했던 닛사의 누이가 사자왕의 아이를 낳았고, 그 조카가 2대 용병왕인 알렉세이 칸샤……

"아. 아까 장례를 치렀다는 건…"

말을 흘린 노아는 잠깐 생각했다.

"아주 소중한 사람의 장례였습니다."

"누이 말고 가족이 더 있습니까?"

닛사는 아니라며 고개를 저은 뒤, 긴 한숨을 흘렸다.

"하…. 후작님이 도와주지 않으셨다면 장례는 실패했을 겁니다."

닛사는 한탄하듯 말했지만, 더 자세하게는 얘기하지 않았다.

듣다 보니 더 의문이다.

"베히로 경께선 나이가 많아 보이지 않는데."

그의 누이가 알렉세이의 어머니였다면 닛사는 족히 50대로 보여야 했다.

"아, 음……. 먹을 만큼 먹었지만 전 꽤 동안입니다. 스스로 말하기 부끄럽지만요."

닛사는 자기가 있던 서대륙에선 남자의 나이를 묻는 건 실례라며, 대충 얼버무리고는 방글거렸다.

"그래서…… 앞으론 노아 님을 지켜 드리면 되겠습니까?"

닛사는 감흥 없는 얼굴로 노아를 훑었다.

막시밀리안 후작과 약속한 게 있으니, 노아의 명이라면 지옥 불에도 뛰어들 생각이었다.

"아뇨, 전 괜찮습니다."

지금의 노아에게 위협이 되는 존재는 없었다.

그를 실험체로 이용하려는 푸르카 황제, 꿍꿍이를 숨긴 빈센트 박사가 끔찍이 노아 레니스터를 생각한 덕에, 그 어떤 대단한 암살자가 온들 이미 황제 선에서 컷이었다.

그런 데다, 성년에 가까워질수록 노아의 이능인 언령이 강화되어 사실상의 위협은 없었다.

아직까지는 말이다.

'어릴 적보단 언령 능력이 강화됐어도⋯. 지금은 흑사자로 불리기도 우스운 수준이지만.'

청명의 흑사자.

그렇게 불렸던 에녹 레니스터는 인간의 한계를 뛰어넘은 초월자였다.

'살아남아 완전하게 각성해야 초월자가 될 테고. 에녹 레니스터가 그랬던 것처럼.'

그러니, 각성을 앞둔 성년이 된다면 모를까. 지금은 딱히 목숨의 위협이랄 게 없었다.

앞으로 4년.

노아 자신이 완연한 어른으로 성장하며, 운명이 격변하는 시간.

그리고 그 시간이 눈 깜짝할 사이에 다가올 거란 직감이 강하게 들었다.

"응? '전' 괜찮다고요? 그러면은……."

지켜 주겠단 호의를 거절하고는 생각에 잠긴 노아에게 닛사가 고개를 갸웃하며 입을 뗐다.

내가 빚을 진 막시밀리안은 분명, 노아 레니스터를 지키라고 했는데?

"솔리아 로튼을 지켜 주십시오."

"……?"

노아의 태연한 표정. 지극히 당연한 것을 말하듯 담담한 목소리.

그와 상반되는 황당한 요구에 닛사가 눈썹을 올렸다.

걔가 누군데?

누군지는 알아야 호위를…….

"저와 결혼할 여자입니다."

노아의 설명은 간결했으나 닛사는 어느 정도 눈치를 깠단 표정이었다.

아, 요놈 봐라?

"혹시……."

"뭔데 뜸을 들이십니까?"

"여자에게 간이고 쓸개고 다 내어 주는 타입?"

닛사는 노아를 '쓸개 없는 놈'이라고 저도 모르게 평가했다.

결혼할 여자의 호위를 부탁할 만도 했지만, 닛사의 상식은 남들과 달랐다.

붉은사자용병단에서 호위나 암살을 의뢰받았을 땐, 남편과 아내가 서로의 목숨을 노리고 부모와 자식이 권력을 두고 맹렬하게 부딪쳤으니.

약육강식이 익숙한 세계였다.

제 조카인 알렉세이 칸샤는 아버지인 라이언의 생명을 빼앗지 않았던가!

물론, 그 생명 말고 다른 생명 말이다.

후계자였던 알렉세이 본인 말고 다른 후사가 태어나면 귀찮아진다면서.

'아무튼…….'

노아가 반란군에 있어 아주 중요하다고 들었다.

야채수프의 야채, 딸기주스의 딸기처럼 핵심 그 자체라고.

'그런데…….'

근데 솔리아 어쩌고는, 누군지 전해 들은 바가 일절 없었다.

고로.

소드 마스터로 대단한 검술가이며, 붉은사자용병단에서도 세 손가락 안에 드는 강자에, 네임드 암살자로 활약했던……!

이 닛사 베히로가 신경 써 가며 지킬 만큼, '솔리아 어쩌고'가 중요한 위인은 못 된다는 소리였다.

닛사는 어처구니없다는 표정으로 투덜거렸다.

"저 같은 인재를 제대로 활용 못 하시는…"

노아는 초면인데도 닛사의 말을 무시하고는 허름한 상가의 두 번째 문을 열고 들어섰다.

* * *

뽁, 뽁!

나는 오늘도 포포의 분홍빛 털을 뽑는 중이었다.

"뽁뽁이도 쉽지 않네요. 그래도 아가씨께서 결혼식 때 입으실 드레스에 필요하다니까…"

버디도 내 옆에서 동참 중이었다. 이미 반란군 시설에서 벗어난다는 선택지는 없는듯했다.

"여기도 꽤 살기 좋은 곳 같아요."

버디는 이곳이 마음에 든다며 배시시 웃었다.

"그 정도야?"

"남작저에서 지낼 때는 엄청 긴장했어서…."

실수할까 봐 몸에 잔뜩 힘을 주고 주변을 경계했다나.

"아무 생각 없이 자수 주머니를 한 땀 한 땀 풀어 가니까 좋더라고요."

"의외로 겁이 없다니까?"

"아가씨가 곁에 계시니까요."

말하곤 버디는 쑥스러운 듯 뺨을 긁적였다.

"그래도 남작저에 돌아가야겠죠?"

"응. 그야 뭐…."

나는 가만히 정좌로 앉아 있는 포포의 머리털을 뽑으며 나직한 한숨을 흘렸다.

"노아랑 곧 결혼할 거야. 그러면 남작저에서 지내는 날도 얼마 남지 않았고."

"레니스터 가문의 저택에서 지내게 되겠죠? 어떨지 궁금해요!"

나는 분홍색 양털을 바구니에 한데 모았다.

'음. 이만하면 됐나?'

제법 수북해져서 뭔가 만들 수 있는 양이었다.

"저택은 '로열 슐라예'로 불리는데…. 크기는 성만 하고."

"이름도 멋지네요! 엄청 큰 저택인가 봐요."

그저 떠날 생각에 버디는 설렌 듯했다.

"응. 크기는 큰데 폐쇄된 곳이 더 많을 거야. 파산했으니까."

저택 관리에는 많은 비용이 든다.

관리만 잘되면 저택의 구조를 전부 활용하는 게 유용했지만, 관리에 드는 비용이 턱없이 부족한 까닭에 폐쇄된 곳이 더 많았다.

'아, 식량 창고에 큰 문제가 있었는데.'

이맘때쯤 식량 창고에 넘길 수 없는 문제가 터진다.

그런데, 아직 결혼 전이라 내가 건들 수 없는 영역이었다.

"우와…. 결혼하시면 아가씨께서 저택 관리를 맡으시는 거예요?"

"아마도."

결혼하고서 노아가 동의한다면야, 그리 어려울 것도 없었다.

근데 한 가지 마음에 걸리는 건 있었다.

'바로 기사단장…!'

레니스터는 백작가다. 기사단과 그것을 지휘하는 기사단장이 있기 마련.

그런데 파산한 뒤로 기사단은 해체됐다. 6년 전, 기사단장도 사고로 목숨을 잃었다고 했다.

'노아를 데려가려고 나온 황실 근위대와 맞섰다가……'

아무리 황제를 따르는 근위대와 근위대장이라 하여도 귀족 가문의 기사단장을 명분 없이 처리할 수는 없었다.

그러나 푸르카 황제는 그걸 가능케 했다. 온갖 죄를 뒤집어씌우면 그만일 테니.

그렇게 레니스터 백작 가문이 기사단이 없는 채로 6년이 흐른 지금.

'결혼하자마자 새로운 기사단장이 부임됐지.'

그 사람을 떠올리자 속이 거북해졌다.

"……아가씨?"

"응?"

"안색이 너무 창백하세요!"

놀란 버디가 내게 다가와 어깨를 붙잡았다.

내 얼굴이 희게 질렸다며 그녀는 더 당혹해했다.

"아, 난 괜찮아…. 그냥 졸려서 그런 거야."

그때 일을 떠올리다 보니 얼굴색이 안 좋아졌나 보네.

그것도 그럴 것이, 새로운 기사단장은 날 죽인 남자였다.

그의 검에 의해 내 목은 잘렸고, 그렇게 난 죽었었다.

* * *

솔리아로 처음 빙의했던 1회 차.

그땐 유채화의 기억도 없이, 로튼 남작의 말만 들었었다.

어릴 때 아버지의 폭언과 학대로 자존감이 무척 낮았던 솔리아는, 로튼 남작이 시키는 대로 했다.

어머니라는 보호막이 있었다면 몰라도, 아픈 어머니는 솔리아를 돌볼 수 없었고 결과는 방관으로 이어졌다.

아버지의 폭언과 학대. 아픈 어머니의 방관 아닌 방관.

어릴 적엔 워낙 가난하게 자라서 친구도 없었다.

열두 살에 로튼 남작이 데려왔지만 귀족 사회에 제대로 자리 잡을 수도 없었고.

기댈 곳 하나 없었던 솔리아에게 아버지는 유일한 끈이었다.

유일한 가족마저 그녀를 놔 버린다면 세상에 홀로 고립된 거나 마찬가지였으니까.

그래서 솔리아는 노아와 결혼하고도 줄기차게 그를 괴롭혔다.

사치도 조금씩 일삼았다. 노아는 별말이 없었고, 그의 측근은 하녀장과 집사뿐.

선대 레니스터 백작 때, 주인 일가를 충직하게 지켰던 집사 베르도와 시녀장 카렌은 황실 근위대에 의해 살해당했다. 기사단장 토호 또한 죽임을 당한 직후였다.

사용인들은 살겠다며 백작가에서 도망쳤고, 그나마 담대한 이들은 추천장만 겨우 받고 결국엔 도망쳤다. 사용인들 중에서 말단 계급이었던 하인 조웰과 하녀 타샤만이 레니스터에 남았다.

그들은 자연스레 각각 집사와 하녀장이 되었고, 조용한 성격의 하녀장 타샤는 노아에겐 최선을 다했지만, 솔리아에겐 어떤 반응도 보이지 않았다.

집사 조웰은 불만을 표했지만 드센 성격은 아니라서 솔리아에게 따지지는 않았다.

모시는 주인인 노아도 가만히 있는데, 집사가 언성을 높인다고 솔리아가 듣기라도 했겠는가.

그렇게 로튼 남작의 학대로 자존감이 깎일 대로 깎인 솔리아는 첫 사교계 데뷔에서 개망신을 당한 뒤로, 비싸고 좋은 드레스와 장신구에 집착하게 됐다.

보통은 제국법으로 열여섯이 되면 각 가문 영애들이 최고로 좋은 드레스를 입고 데뷔탕트를 치르겠지만, 솔리아는 평민에서 귀족 영애가 된 거라 남다른 케이스였다.

때는, 열일곱의 솔리아가 레니스터 백작 부인이 되어 사교계에 첫 등장을 보였던 때.

그녀의 드레스를 보고 귀족 영애, 영식, 귀부인 할 것 없이 모두가 비웃었다.

그나마 점잖은 귀족들은 헛기침했지만, 그중에서 한창 잘나가던 조지나 딕토를 필두로 조리돌림을 당해야 했다.

"쿡! 저 꼴 좀 보라지."

"싸구려 원단이라 드레스 치맛단이 다 우그러진 것 봐요."

"와, 진짜 대단하다. 어떻게 저런 드레스를 맨정신으로 입고 올 생각을 했담."

"보석으로 치장해도 어쩜 저리 촌스러울 수가 있죠?"

"졸부 딸이라면서요? 게다가 정통 귀족 작위를 얻겠답시며 파산한 가난뱅이 백작과 결혼했다네요."

"보석도 가짜 아니야? 조지나 영애가 물어봐요."

"꺅, 싫어요! 말 섞으면 촌뜨기 냄새 날 것 같아."

그 뒤로 솔리아는 펑펑 울고는 연회가 열리는 일주일 동안 방 밖으로 일절 나서지 않았다.

솔리아는 결혼했지만, 귀부인들은 그들의 모임에 받아들여 주지 않았다.

레니스터 백작 부인이 나이가 어린 데다, 차 마시는 습관부터도 안 잡혀 있다며 무시했을 뿐.

하는 수 없이 나름 잘나가는, 조지나 영애가 이끄는 무리에 어울리려 했는데, 그때마다 받은 건 경멸과 조롱이었다.

개무시를 당하면서도 그들의 눈에 띄려 노력했지만, 솔리아가 노력할수록 그들의 조롱과 비난은 거세졌다.

솔리아가 커다란 잘못을 했을까?

답은 아니었다. 자존감이 낮고 유약했던 그녀는 누군가를 괴롭힐 성정은 못 되었다.

그저, 만만했기에 또래 귀족 영애들의 타깃이 된 것뿐.

그 당시 솔리아는 못되게 말하지도 못했다. 본인 기준에선 '나 진짜 더럽게 못되게 말하네'겠지만, 듣는 입장에서는 그다지…….

나름대로 아버지 명령을 따라 남편인 노아를 괴롭히려 노력했지만, 노아 입장에서는 옆구리를 콕 찌르는 것보다 타격이 없었다.

"가난뱅이! 내, 내가 당신과 결혼한 건 순전히 작위 때문이에요!"

"죄송합니다."

"빈털털이 주제에!"

"빈털털이라 죄송합니다, 부인."

"우리 둘 다 성년이 되면…… 그래서 아, 아이가 생기면 당신과는 끝이에요!"

"아이는 싫습니다. 그것 빼고는 전부 부인의 뜻대로 하시길."

노아에게는 이미 괴롭힘에 도가 튼 사람이 있어 면역이 된 뒤였다.

황제가 몸소 나서서 인격과 영혼을 깎는 말을 뱉어 냈으니.

사람이 제대로 돌아 버려서 살인 충동에 휩싸일 만큼, 하수 처리장도 못 건질 만한 언사가 가득이었다.

다른 세계의 연예인 여럿을 힘들게 한 악플러도, 푸르카 황제의 언행

앞에선 한 수 접을 정도였다.

"노아 네놈은 추악하고도 역겨운 괴물 새끼다! 빌어먹을 괴물 새끼라,
네 아비와 어미 모두 죽게 했지."

"……"

이미 면역이 된 노아는 별다른 대꾸를 하지 않았다.

이것도 슬슬 질릴 참이었다. 아홉 살 때부터 들었던 레퍼토리니까.

힘든 건 그것뿐이었다. 언제 푸르카 황제를 죽일지 몰라서, 살인 충동
을 억누르는 것뿐.

"큭큭, 너 같은 새끼를 애지중지 기른 네 부모도! 죽고 나선 다시는 네
놈을 볼 일이 없어 안도할 게다."

속으로 '사생아라 저렇게 열등감이 넘치나' 싶었다.

눈앞에서 사람이 죽어 나가도 놀라지 않았다.

사실은 망가진 거였지만, 노아는 본인 스스로가 망가졌단 자각도 하
지 못했다.

"도망칠 생각은 마라! 감히 벗어나려 한다면 네 자식 새끼도 똑같은
실험을 받게 될 테니."

그때가 열다섯이라 아이가 있을 리 만무했지만, 어떻게든 자식을 가
지게 해 실험체로 쓰겠단 엄포였다.

바스티아 제국의 황제가 이렇듯 몸소 노아를 지독히도 괴롭히는데, 두 살 연상의 부인이 몇 마디 한다고 슬퍼하거나 트라우마가 생길 노아가 아니었다.

하지만 이건 어디까지나 노아의 입장이라, 솔리아는 모르는 사실이었다.

그녀는 아직도 1회 차의 자신이 노아에게 트라우마를 심어 줬다고 굳게 믿고 있으니까.

어찌 됐든.

1회 차의 솔리아는 욕도 잘 못했다. 어떻게 하면 사람에게 상처를 줄 수 있는지는 알았기에, 되레 남편인 노아를 괴롭힐 때도 심한 말은 하지 않았으니까.

그랬던 솔리아는 레니스터 백작저에서 점점 고립되면서 미쳐 갔다.

어느덧 그녀의 눈빛은 몽롱해졌고 입은 거칠어졌다.

그러나 딱 하나.

그렇게 패악을 부리면서도 타인의 뺨을 치거나, 머리채를 쥐는 등의 행동은 일절 하지 않았다.

물건을 깨부수거나, 제 뺨을 때리거나 스스로에게 심한 자해를 한 적은 있어도.

심성이 여리고 착해 누군가를 괴롭힐 수 없는 사람.

그런데도 그걸 몰라서 자신을 악녀라 규정지으며 어설프게라도 남편을 괴롭혔던 부인.

그녀는 누구보다 타인의 온정과 따뜻한 말 한마디를 필요로 했지만, 이미 깨져 버린 상태로는 용기조차 내지 못했다.

노아 또한 그런 복잡한 사실을 모르는 상황이었고, 그는 구태여 솔리아를 감싸 안으려 하지 않았다.

누군가를 다정하게 위로하기엔, 그 상처를 감싸 안기엔 노아 자신도 이미 망가진 채 지쳐 버렸으니까.

솔리아가 망가진 건 로튼 남작과의 악연의 굴레를 끊지 않았기 때문이었다.

그래서 그렇게 체념하며 살았다. 순응만이 답이라고 생각하면서.

바뀔 용기도, 깨부술 담력도, 다르게 살고 싶다는 욕망도 모두 파헤쳐진 채로.

그렇게 솔리아의 사치는 나날이 심해져서 결국엔 무기고까지 손을 댔다.

노아와 결혼한 지 3년이 지났을 무렵, 새로 부임한 기사단장 닛사 베히로는 대대로 기사단을 정비했다.

기사단 정비를 가능케 한 수입원은 폐광산이었다. 그것도 억지로 사들인.

노아는 숙부였던 모르도 자작에게서 폐광산을 받게 됐는데, 이게 여간 골칫거리가 아니었다.

광산에서 나오는 건 전부 쓸모없는 돌뿐이었다. 보석으로 세공될 가치가 없는 것들이라 채광을 중지했는데, 제국법에 따라 광산을 소유했다는 이유로 계속해서 보유세를 내야 했다.

보통은 광산을 소유하면 좋아라 하겠지만, 수입도 없는 폐광산이라 세금만 뜯겼다.

그런 데다 모르도 자작이 광산 주변으로 관광 사업을 하겠다며 손을 댔다가, 작업을 하던 인부 열두 명이 광산에 파묻히게 되었다.

그 보상금 하며, 사건을 무마하느라 드는 비용만 레니스터 백작가의

5년 예산보다 컸다.

엎친 데 덮친 격으로, 오염 물질이 나온다는 소문도 퍼져서 저주받은 광산이라며 모두가 꺼려 했다.

세금 폭탄을 받고 정줄을 놓은 모르도 자작은 광산을 조카이자 레니스터의 가주인 노아에게 헐값에 팔아 버렸다.

노아도 그 폐광산이 쓰레기란 건 알고 있었지만, 황실에서 압력을 준 탓에 매입을 거부할 수가 없었다.

황실로선 레니스터에 빚이 쌓이면 쌓일수록 노아를 입맛대로 휘두를 수 있기에 환영했으리라.

그러던 어느 날.

부유한 사업가로 알려진 딕토 자작이 대뜸 노아를 찾아와 저주받은 폐광산을 사겠다는 뜻을 밝혔다.

노아로서는 거부할 이유가 없었기에 황실의 허가 아래, 폐광산을 되팔았다.

보통의 사람이라면 부유한 사업가가 폐광산을 사들이는 이유를 궁금해하고, 혹시 금이라도 캘 수 있는 게 아닌가!

…라며 의심하고 조사했겠지만 오랜 인체 실험을 받아온 노아에겐 폐광산이든 금광이든 그냥 그런 광산일 뿐이었다.

딸 바보로 유명한 딕토 자작이 황실에 사업체 하나를 넘겼다는 소문이 퍼졌지만, 이미 노아는 그런 것까지 신경 쓸 기력이 아니었다.

매일매일 받는 실험에 몸은 녹초가 됐고 정신은 넝마가 됐다.

그렇게 빚이 계속 쌓이던 상황에서, 기사단을 재정비할 수 있는 수입이 폐광산을 팔면서 들어왔다.

기사단장은 노아를 설득해 기사단을 꾸릴 것을 원했고, 그맘때쯤엔 레니스터 영지에 마물이 출몰하는 일이 잦아져 노아로서도 허락하지 않을 이유가 없었다.

그때, 솔리아가 기사단장이 사들이는 무기에 손을 뻗친 것이다.

3년 동안 여기저기 멸시와 비난 받아 온 솔리아는 더는 유약하지 않았다.

그녀는 살아남는 법을 터득했고, 최대한 잔머리를 굴려 기사단장이 거래하려던 최고 품질의 '은빛 독수리 무기상회'와 계약하려던 걸 막았다.

그러고는, 그 당시 두 번째로 이름을 날렸던 '얼음상회'와 계약하게 했다.

문제는, 얼음상회가 치밀한 수법을 써서 검을 만들 때 철 함량을 과도하게 낮추었다는 것이다.

물론, 검을 만드는 최고 장인들과 얼음상회의 상회장 및 그의 최측근 말고는 이 사실을 몰랐다.

특수한 기법으로 제작했기에 경도가 가볍고 검에 탄성이 있어서 오히려 각광받았다.

사람끼리 대전할 때는 그 사실을 알기 힘든 데다, 오히려 검날이 가볍게 움직여 대전에서 유리한 결과를 이끌어 냈기에 선풍적인 인기를 끌 뿐이었다.

그런데…….

얼음상회에서 판매한 무기에는 심각한 문제가 있었다.

마물과 목숨 걸고 붙을 때는 검날이 쉽게 부러지고 망가진다는 거였다.

사람끼리 붙는 예의를 갖춘 대전에서는 유리할지 몰라도, 치열하게 진화해 살아남은 마물 델몬에게는 통하지 않았다.

오죽하면 얼음상회의 슬로건이 '얼음처럼 서늘하고 날카롭게'였는데, 철 함유 조작 사건이 밝혀진 뒤로는. 델몬의 손톱 하나에 얼음처럼 잘게 부서진다며 조롱받을 정도였다.

추후, 얼음상회의 상회장은 푸르카 황제에게 막대한 뇌물을 써서 사형은 면하게 된다.

그러다 황제가 눈감아 줬단 소문이 퍼지면서 결국 뇌물만 바치고 사형당하게 됐지만.

그 당시, 푸르카 황제로서도 노아를 필두로 한 비밀 실험 '청명'을 성공시켜야 했기에 금전적으로 쪼들리는 상황이긴 했다.

이 문제로 기사단장이 미쳐서 솔리아의 목을 친 건 아니다.

세상에 그 누가, '레니스터 백작 부인께선 정의롭지 못한 행동을 했으니 목을 치겠소!'라고 하겠는가.

레니스터 영지에서 출몰하던 델몬을 처리하러 갔던 기사단장, 델몬에게 팔다리가 뜯겨 사지를 잃은 기사와 함께 백작저로 돌아와야 했다.

노아에게 충성을 바치겠다며, 주군의 영지와 영민을 제대로 지키겠다고 직접 데려온 부하 둘을….

제 목숨만큼이나 아끼던 부하 둘은 물론, 그가 새로이 뽑았던 스물의 기사가 모두 죽어 버린 것이다.

그렇게 잃은 전력이 스물둘.

그러나 그 어떤 보상과 사죄로도 죽은 이들의 삶과 노력해 온 가치를 되갚을 수가 없었다.

기사단장이 목숨을 바쳐 구해 온 사지를 잃은 기사마저 숨이 멎었다.

솔리아를 대할 때는 적당한 예의와 적절한 무관심. 엮이지 않도록 가깝지도 멀지도 않은 거리를 유지했던 기사단장은 오열했고 격노했다.

그가 검을 빼 들고 백작 부인이 머무는 침실을 찾아간 건 어찌 보면 예상할 수 있는 결과였다.

그 무렵, 솔리아는 붓꽃 의상실에선 왜 자신을 고객으로 받아 주지 않느냐며 투덜대면서 이번 시즌에 입을 드레스를 걸치던 중이었다.

기사단장은 솔리아를 죽이려 검을 들이밀었으나, 솔리아는 제 잘못을 인정하고 반성하는 대신 목소리를 높였다.

절대로 자기 잘못이 아니라고.

내가 미쳤다고 기사들이 쓰는 검에 장난질을 치겠느냐고.

정말로 그랬다면, 그 검을 제대로 살피지 못한 기사단장의 잘못이라고.

남편인 노아 레니스터가 결재를 거부했다면 터지지 않았을 사고라고.

피투성이였던 기사단장은 피가 철철 흐르는 손으로 검을 꽉 쥐다가 솔리아를 한참 노려본 뒤, 그녀의 방을 떠났다.

사실상, 남편인 노아와는 별거한 지 오래였기에 각자 따로 방을 쓰고 있었다.

그렇게 솔리아의 방을 떠난 뒤, 기사단장은 정식으로 노아에게 백작 부인의 처형을 요구했다.

아무리 분노해도 주인의 허락 없이는 그의 아내의 목을 벨 수 없다는 확고한 신념이 있었기 때문이었다.

그 뒤로도 미쳐 버린 솔리아가 반성의 기미를 보이지 않자, 결국 기사단장은 노아에게서 '레니스터 백작 부인'을 사형시켜도 좋다는 허가서를 받았다.

그렇게 악녀로 패악질만 부렸던 멍청하고도 오만한 솔리아는 남편의 기사단장의 검에 의해 목이 잘렸다.

목이 잘리며 붉은 피가 후드득 떨어졌다.

흐드러지게 핀 꽃잎이 떨어지듯.

* * *

뜻밖의 사람을 마주한 뒤로 솔리아는 잔뜩 얼어붙었다.

"……왜 여기 있어?"

너무 놀라서 절로 반말이 나왔는데도 그 사실조차 자각하지 못했다.

"노아, 네가 왜 여기에…."

맥밀런 일행에게 납치되던 날.

코끼리도 재운다던 마취제로 그녀는 거의 하루를 꼬박 잤었다.

일어나자마자 솔리아가 했던 일은 노아에게 서신을 보내는 거였다.

'납치됐다는 말은 일부러 하지 않았어.'

결혼식 때 입을 드레스를 맞추기 위해 수도에서 며칠 지내게 됐다고만 했을 뿐.

그래야 걱정하지 않을 테니까.

"그러는 솔리아야말로……."

노아는 말하다 말고 솔리아를 보고는 눈을 찡그렸다.

"대체, 저건 또 뭔…."

정확히는 그녀의 옆에 철썩 붙어 있는 포포를 보고 난 뒤였다.

노아는 솔리아와 그녀 주변의 사람들을 모두 알고 있다고 자부할 수 있었다.

솔리아가 제법 아끼는 위치에 그 자신이 있었고, 그다음이라고 해 봤자 시녀인 에델과 버디.

기타 등등으론 남작저의 수석 셰프 제프리와…….

"저건 목록에 없었던 것 같은데…."

노아는 길게 말을 끌었다.

그의 눈에는 아지랑이처럼 일렁거리는 포포의 마력이 보였다.

겉으로는 귀여운 척, 수줍은 척, 얌전한 척하는 소녀의 모습이었지만….

"왜 위험한 걸 달고 있는 거지?"

노아도 너무 놀란 나머지 반말이 튀어나왔다. 평소라면 예의를 차려서 말을 높였을 텐데.

"응?"

솔리아는 도저히 이해가 가지 않아 미간을 살짝 찌푸렸다.

"……위험한 거라니?"

"저거, 말입니다."

뒤늦게 정신을 차린 노아가 포포를 손으로 가리켰다.

예의 바른 말투와는 다르게 무례한 손가락질이었다.

"아, 이건……. 포포예요. 마탑의 이동 마법사."

솔리아도 뒤늦게 포포를 소개했다.

아직도 놀란 상태였지만, 지금은 보는 눈이 많아서 태연한 척 굴었다.

'근데 포포가 왜? 그냥 무해한 양 수인 아닌가?'

노아의 표정이 워낙 심각해 보여서 솔리아는 고개를 갸웃했다.

"족히 이백 살은 넘게 먹은 것 같은데."

"포포 님, 진짜 이백 살?"

솔리아가 포포를 콕 집으며 물었다.

"엥."

포포는 그게 무슨 개소리냐며 눈을 동그랗게 떴다.

"포포는 열두 살인데에…."

그러곤 순진무구한 얼굴로 하고는 솔리아 뒤에 숨었다. 노아는 못 볼 꼴을 봤다는 듯 얼굴을 일그러뜨렸다.

"왜 이상한 것들을 달고 다니는 건지…."

"것들?"

노아의 말을 들을수록 솔리아는 의문 그 자체였다.

"검은 나비도 그렇고…."

노아는 말을 흐리며 솔리아를 곁눈질로 살폈다.

검은 나비, 라는 단어를 들었을 텐데도 그녀는 별다른 표정 변화가 없었다.

포포가 위험하다고 말했을 땐, 무방비한 표정으로 '그런가?' 했으면서.

'아직 검은 나비의 정체를 모르는 건가?'

노아는 그녀가 모른다고 확신했다. 그러자 안도와 불안이 함께 찾아 들었다.

'나도 검은 나비가 누군진 모르니까.'

노아도 모르는 미지의 존재에 대한 불안감.

단순히 아군이라기엔 석연치 않은 구석이 있었다.

정말로 그가 노아 자신을 위해서 반란군을 세웠을까?

그랬다면 왜 유년 시절에 자신이 고통받도록 내버려 둔 거지?

푸르카 황제가 내린 명령으로, 인체 실험을 받으면서 영혼과 인격을 깎는 모욕을 듣는 걸 방관하면서까지.

'날 구해 주려면 언제든지 기회가 있었을 텐데.'

검은 나비가 어중이떠중이라거나, 세력을 키울 능력이 없었다면 애초에 기대도 안 했다.

그러나 그는 반란군을 세운 지 1년 만에 푸르카 황제보다 많은 재산을 보유하는 데 성공했다.

물론, 사업으로 이룬 게 아니라…

'제국에서 가장 부유한 대부호 다섯의 재산을 빼앗는 식으로.'

그들이 과연 순순히 검은 나비에게 충성을 바쳤을까?

답은 '아니요'였다. 수단과 방법을 가리지 않고 제국의 부호로 자리 잡은 그들이 황제도 아닌 자의 명령을 들으려 했겠는가.

분명, 검은 나비와 맞서려 했을 거다.

막시밀리안의 측근인 드골 단장이 했던 말이 떠올랐다.

"한때는…… 대부호 다섯이 검은 나비 하나를 잡기 위해 암살자를 고용했었습니다."

언령에 의한 복종.

드골 단장은 노아에게 복종한 상태라서 거짓이나 허구를 말할 수는 없었다.

그가 잘못 아는 정보를 진실이라고 착각해 말할 수도 있으나, 그러기엔 막시밀리안 측근의 정보력이 너무나도 뛰어났다.

드골 단장은 막시밀리안 후작 가문의 기사단장이지만, 최고위 정보 길드의 수장 출신이었다.

그만한 자가 스승님께 충성을 바친 것을 보면 그럴 만한 이유가 있었겠지만.

'그걸 물어봤어야 했나.'

어쨌건, 드골 단장이 7년 전에 있었던 황태자 납치 사건을 꾸몄다는 것은 알고 있었다.

자그마치 9년을 준비했던 납치 시도.

황실 신년회 때, 드골과 그의 부하들은 황태자를 납치해 푸르카 황제에게 협상을 시도하려 했었다.

그걸 저지했던 게 노아 자신이었고. 고작 여덟 살에 무력과 지력이 뛰어난 소수 정예들을 굴복시킨 것이다.

노아 때문에 계획이 좌절되고 드골을 제외한 다른 부하들이 발각되어 모두 처형됐는데도 그는 노아를 원망하는 기색이 아니었다.

오히려 9년을 갈아 넣은 계획이 실패한 건 드골 자신의 책임이며, 어떤 변수에도 대응했어야 했다고 자책했지만 그것 또한 불가능한 일이었다.

미래를 정확히 예측한다면 모를까. 그때의 노아 레니스터가 고대의 능력인 '언령'을 각성할 거라고 누가 생각했겠는가.

'1단계 각성이라, 불완전에 그쳤지만.'

드골은 노아 또한 운명의 피해자라고 안쓰럽게 여겼었다.

노아 레니스터도 6년 전, 마차 사고로 아버지와 어머니 모두를 잃었으므로.

"검은 나비⋯."

대답은 다른 쪽에서 들려왔다.

며칠 전의 과거를 떠올렸던 노아가 상념에서 깨어나 제 옆에 있던 키 큰 사내를 바라보았다.

190센티미터에 가까운 큰 체격이지만 덩치가 있기보다는 호리호리해 보였다.

"이상한 놈이긴 했죠"

닛사였다. 막시밀리안 후작의 부탁으로 노아를 지키기로 맹세했던, 서대륙 출신의 뛰어난 검술사.

'그리고……'

암살자로 한참 활약했던 닛사가 고개를 갸웃했다.

"아, 기억나요."

그는 묻지도 않은 말을 은근슬쩍 흘렸다.

"사람을 노예처럼 부리던 개XX."

'그 정도로 잘 안다고?'

갑작스러운 욕에 노아는 의아한 듯 눈초리를 좁혔다.

"검은 나비와 어떤 사이길래 기억하는 겁니까?"

"……그놈을 암살하려 했다가 되레 죽을 뻔해서."

닛사는 말하곤 변명하듯 손을 내저었다.

여긴 반란군 시설이다. 검은 나비의 본거지이기도 했다.

"돈에 쪼들려서 그런 거고, 다시는 그런 짓 안 합니다."

"그건 상관없습니다. 애초에 그쪽과 아는 사이도 아니고."

"아하."

닛사는 다행이라며 방긋거렸다. 노아는 곧바로 물었다. 검은 나비에 관한 단서를 찾아야 했다.

"기억할 만한 특징이라도 있습니까?"

노아는 솔리아를 흘끗 봤다가 닛사 쪽으로 시선을 돌렸다.

마음 같아선 솔리아를 둘만 있는 곳으로 데려가 안부부터 묻고 싶었다. 그러나 검은 나비가 누군지 아는 것도 중요했다.

그리고 지금이 아니면 닛사가 입을 열 것 같지도 않았다.

"파란 눈."

닛사는 꿈을 꾸듯 몽롱한 표정으로 말했다.

"세상을 집어삼킬 것 같은 어둑하고도 밝은…."

그 사내의 눈은 기이하리만치 파랬다.

어둠을 조각낸다는 파란 불꽃.

"괴물의 눈동자."

타오르던 불꽃 속에서 소름 끼칠 만큼 냉혹한 시선.

온기라고는 한 점 없는 무감정한 파란 눈은….

"공동."

그래, 공동(空洞)이었다.

아무것도 없이 텅 빈 어둠 그 자체.

동굴은 끝이 있다지만, '그것'은 끝을 보이지 않는 긴 어둠.

그 자체였다.

* * *

노아와 함께 온 티 하우스.

2층의 프라이빗 룸에서 우리 둘은 서로를 마주 보며 대치 중이었다.

노아를 만나면 하고 싶은 말이 많을 것 같았다.

그런데 막상……

"보고 싶어서 미치는 줄 알았습니다."

와락!

낯간지러운 말을 잘도 뱉으며 노아가 나를 끌어안았다.

"납치됐다는 소식을 들었을 땐…."

그의 품에서 아늑한 온기를 느끼려던 난 눈을 번쩍 떴다.

"……납치?"

그게 무슨 소리야?

난 노아에게 납치됐다고 말한 적이 없었다.

도움이 필요한 상황이었다면 그렇게 밝혔겠지.

'아니…. 아니지. 숨겼을 수도 있겠다.'

노아의 언령이 대단하다지만, 그는 아직 제대로 쓰지 못하는 단계였다.

불러 봤자, 노아만 위험해질 것 같아서 말하지 않았던 건데.

'언령을 쓸 줄 알았다면 레니스터가 가난할 일도 없을 테니까.'

푸르카 황제 상대로는 언령을 쓸 수 없다 해도, 여러 귀족들로부터는 계약을 맺든 사업을 해서든 막대한 이득을 꾀할 수 있었다.

아, 황제의 방지책이 뭔지는 나도 모른다. 당연하게도 그럴 거라 생각한 거니까.

'빈센트 박사가 언령에 대비하는 대책을 세워 뒀겠지.'

제압해서 통제하려는 상대가 맹독을 가진 뱀이거나, 시퍼런 송곳니를 가진 사자다.

맹수를 다스릴 목줄이나 쇠사슬 정도는 걸어 뒀으리란 뜻.

'그게 뭔지 노아가 말해 준 적은 없었고.'

알았다면 그 방지책을 없애려 노력했을 텐데.

'내게 말할 정도로 신뢰는 없는 건가?'

아니면, 그 방지책이 엄청난 거라 없앨 방법이 없다고 생각했던 건가.

'그나저나….'

노아가 누구에게서 내가 납치된 사실을 들었는지 알아야 했다.

노아의 곁에 있던 그 찜찜한 남자는 둘째 치더라도.

"…납치라뇨?"

뻔하지만 난 일단 모르쇠 작전을 펼쳤다.

'노아로서도 별수가 없을 거야.'

난 노아에게 사실대로 털어놓을 생각이 없었다.

맥밀런과의 우연적인 만남—아마도 맥밀런 쪽이 의도한 거겠지만—과, 내가 마주쳤던 루이스 소위. 즉 카본 대제독의 아들을 만났던 건 더 말할 필요가 없어 보였다.

'정보 교환이면 몰라도.'

그가 어떻게, 누구에게 내가 납치된 사실을 들었는지 말하지 않는 이상.

"…들어 알았습니다."

들었다니? 누구에게?

노아는 맞은편 소파에 앉은 채 나를 직시했다.

조금도 거리낄 것이 없다는 태도로.

"드골 단장에게서."

…드골 단장?

그게 누군데? 그런 눈빛으로 보자 노아가 한숨 끝에 말했다.

"제 스승인 막시밀리안 후작의 기사단장입니다. 한때 정보 길드의 수장이어서 아는 게 많은 자고요."

막시밀리안 후작은 알긴 해도 그의 측근까지 세세히 알긴 어려웠다. 그래도 이름 정도는 들었던 것 같지만.

'정보 길드 수장이란 건 몰랐네.'

여기서 드는 의문.

"그런 사람이 왜 노아를 돕는 거죠? 내가 납치된 사실은 정보 길드의 수장이라 알았다고 쳐도…."

납치된 게 아니라며, 노아를 속이는 게 더는 의미가 없었다.

이미 그는 나보다 많은 정보를 가진 듯했으니.

"맥밀런과 관계된 일이니까요."

맥밀런? 그 인간이 갑자기 왜 나와?

노아는 내 의문을 알아차린 듯 천천히 입을 뗐다.

"맥밀런은 가명."

그건 나도 알아. 그가 주력으로 쓰는 저격 총의 이름이라며.

"그, 아니…. 그녀의 진짜 이름은 '마리안느'."

노아는 정보를 읊으며 내게서 시선을 떼지 않았다.

"한때, 막시밀리안 후작 영애로 불렸으며…"

내가 어떤 반응을 보이는지 살피려는 거다. 난 태연한 척하며 테이블 밑으로 드레스 자락을 꽉 쥐었다. 노아에게 내 감정을 들키고 싶지 않았다.

"벤조 공작과 결혼하고선 벤조 공작 부인으로 불렸습니다."

말도 안 돼….

"……!"

나는 입을 떡하니 벌렸다.

미친….

마리안느는 죽었잖아. 분명 살해됐다고…!

심장이 쿵쿵, 뛰었고 귓가에 노아의 목소리가 왱왱 맴돌았다.

"드골 단장으로선… 주군인 막시밀리안 후작의 외손녀, 그녀의 행방을 추적하는 게 당연했습니다."

나는 놀라운 감정을 추스르고는 겨우 물었다.

그럼…….

"노아는 그 정보를 어떻게 들은 건데요?"

막시밀리안 후작이 얘기했다면 모를까.

"그건……."

노아는 잠깐 차로 목을 축이고는 한숨을 흘렸다. 이윽고 그의 무심한 목소리가 정적을 깨뜨렸다.

"그를 상대로 언령을 썼으니까요."

……언령?

그걸 대체 언제부터 쓸 수 있던 거야?

그러고 보니 이상했다. 왜 난 노아가 언령을 쓸 수 없을 거라 확신한 거지?

"언제부터 언령을 쓸 수 있었는데요?"

여기선 난 큰 실수를 하고 말았다.

이번 생의 노아는 언령에 대해 내게 말한 적이 없었다.

노아 레니스터에게 언령의 힘이 있다는 걸, 황실과 고위 귀족은 들어 알고 있을지도 모르지만….

'7년 전 황태자 납치 사건 때, 그 연회 장소에 있던 사람들이라면….'

알지도 모르지. 그렇지만 가십지에도 나오지 않은 소식이었다.

'뭐라 해명하지?'

어떻게 언령에 대해 아느냐고 묻는다면, 누군가에게 들었다고 말할 생각이었다.

"……."

"……."

그러나 그는 묻지 않았다. 그저 고개만 살짝 끄덕일 뿐.

노아는 찻잔의 귀퉁이를 느릿하게 어루만졌다.

"솔리아와 만난 뒤로."

노아는 서서히 손길을 떼며 제 머리칼을 쓸어 올렸다.

스윽.

늘씬한 손가락에 흑단 같은 짙은 흑발이 미끄러지듯 흘러내렸다.

무언가 큰 결심을 한 듯한 표정이라서 난 잠자코 그의 대답을 기다렸다.

왠지, 그래야만 할 것 같아서.

"솔리아에게도 언령을 썼었습니다. 로튼 남작저에서……."

* * *

"……."

모두 듣고 난 솔리아는 한참이나 말이 없었다.

티 하우스의 프라이빗 룸은 소리 차단과 보안 마법이 걸려 있어, 둘의 대화를 제외하곤 소리가 새어 나가거나 다른 사람의 대화가 들리지 않는 구조였다.

오케스트라가 연주하는 잔잔한 음악이 영상 구슬로 흘러나올 뿐.

꿀꺽.

노아는 마른침을 삼키며 긴장한 상태로 솔리아가 입을 열기를 기다렸다.

뺨이라도 맞고 당장 무릎이라도 꿇으려 했지만 솔리아는 어쩐지 멍한 표정이었다.

"그날, 후원에서 내가 했던 말을 들었다고…."

자신을 상대로 언령을 썼단 사실에 놀란 그녀는 생각에 빠진 듯했다.

그러다 무언가를 떠올린 듯 눈이 크게 떠졌다.

"널 대신해 살아갈게, 가엾은 솔리아…."

솔리아는 제 얼굴을 쓸어내리더니 긴 한숨을 쉬었다.
"가끔 그래요…. 좀 이상하게 들리겠지만."
그녀는 속이 타는 듯 냉수를 시키곤 그대로 마셨다.
"가끔 내가, 나 자신이 다른 사람처럼 느껴져서……."
해명하던 그녀는 눈을 찌푸렸다.
말할수록 더 꼬이는 기분.
'에라, 모르겠다!'
그냥 노아에게 단도직입적으로 묻는 거야!
"노아는 대체 왜 언령을 쓴 거예요?"
그때, 노아가 무슨 말을 했는지 솔리아는 기억해 내지 못했다.
당연했다. 언령이란 그런 거였으니까. 잊으라면 잊게 된다.
"알고 싶으시다면 다시 언령을 쓸 수도 있지만…."
"사양할게요, 그건."
두 번은 경험하기 싫다며 솔리아가 눈을 치켜떴다.
"나한테 다시는 언령 같은 거 쓰지 마요."
평소에는 온화하던 눈동자가 제법 사나웠다.
"…그러겠습니다."
노아는 순순히 답했다.
솔리아의 허락 없이, 언령을 쓴 건 명백한 그의 잘못.
허락을 구하는 것도, 써도 된다며 허락하는 것도 좀 이상한 일이지만
말이다.
"그게 날 위해서라는 이유가 있다고 해도, 난 용납하지 않아요."

솔리아는 팔짱을 끼곤 노아를 노려봤다.

"그때의 기억은…."

노아는 잠깐 망설였다.

자신이 솔리아와 여러 번 결혼했다는 걸 그녀가 알아도 되는 건가?

'단편적인 기억뿐이지만.'

노아가 기억하는 건 단편적인 것뿐.

명확한 경계선을 그어 놓은 듯, 솔리아와 관련된 기억만이 잠깐잠깐 생각날 뿐이었다.

때로는 그녀가 죽는 악몽도 꿨고, 건강해지라며 자신에게 약초를 달여다 주는 다정한 꿈도 꿨었다.

'그래도 더 속이고 싶지 않아.'

노아는 잠깐 한숨을 흘렸다가 말했다.

"그날 후원에선…."

왜 여기에 있느냐고 묻던 솔리아.

그때의 노아는 대답하는 대신, 솔리아를 뒤에서 꽉 끌어안을 뿐이었다.

쏟아지는 비를 맞으며 노아는 그녀의 귓가에 속삭였다.

"숨바꼭질, 좋아한다는 걸 깜빡했다고…."

했었는데.

듣던 솔리아는 눈을 찌푸렸다가 제 이마를 매만졌다.

"……!"

무언가 떠오른 눈치였다.

"아."

그녀는 잠깐 눈을 크게 떴다가, 개의치 말라며 손을 휘저었다.

"별거 아니네요."

살짝 웃는 입꼬리가 부드럽게 올라가 있었다.

'……뭐지.'

솔리아의 묘한 반응에 노아는 눈매를 가늘게 떴다.

방금 전만 해도 화를 내던 사람이 이젠 웃고 있으니.

"말해 줘서 고마워요."

노아 자신이 솔리아와 겪었던 여섯 번의 삶을 단편적으로 기억한다고 말하지도 않았는데….

"중요한 것도 아니고."

솔리아는 괜찮다며 어깨를 으쓱했다.

'이렇게 넘어가는 건가?'

노아는 솔리아가 이해를 해 준 것 같아 다행이라고 생각했다.

좀 찜찜하긴 했지만, 그로서도 '여섯 번의 전생을 기억하고 있습니다'라고 말하기가 무척이나 껄끄러웠다.

게다가 그게 전생인지, 혹은 노아 혼자만이 겪은 왜곡된 기억인지. 누군가 조작된 기억을 심은 건지 확인할 방법이 없었다.

'적어도 확신을 한 후에….'

그게 정말로 있었던 사건이라는 확신이 필요했다.

다른 생의 노아 레니스터가 겪었던 확실한 증거와 확신이 생긴다면….

그때는 솔리아에게도 묻고 싶었다.

'솔리아도 나와 같은 경험을 한 건지….'

우리가 여러 번 결혼했고, 한때는 지독한 악연이었으며, 서로에게 무관심했다는 것도 알고 있을는지.

솔리아와 했던 여섯 번…. 아니, 다섯 번의 결혼 생활을 어렴풋하게나마 기억하긴 했다.

'세 번째 전생에선 솔리아와 결혼하지 않았어서….'

그때도 혼담이 오고 갔지만 솔리아가 도망쳤었다.

그런 뒤, 로튼 남작과 함께 폭발 사고에 휘말려 죽게 됐다는 소식을 들었을 뿐.

'그때는 아무런 감정도 들지 않았어.'

당연했다. 전생으로 그려진 다섯 번의 결혼 생활을 기억해 낸 건… 지금이 유일했으므로.

'횟수로 치면 일곱 번째.'

노아는 스스로의 기억력이 좋다는 것에 안도했다.

'실제일까…. 허구일까.'

한때는, 끔찍한 기억마저 놓지 못해 원망했었지만.

'혹, 빈센트 박사가 내게 심어 놓은 기억일 수도 있는 건가?'

아니, 그렇지 않다.

확실한 증거는 없으나, 점차 선명해지는 직감이 말해 주는 듯했다.

언령은 생명을 복종시키는 힘이면서, 그와 동시에 오감을 비롯해 직감마저 인간의 영역을 뛰어넘도록 해 주는 초월적인 권능이었으므로.

'이 모든 게 허상이라면 실험 때문이겠지.'

최악의 경우엔 인체 실험을 받아 그 충격으로 생긴 부작용 때문일 수도 있고.

단순한 부작용으로 치기엔 너무도 생생했지만 말이다.

꿈이란 것은 정제되지 않은 욕망과 스스로도 통제할 수 없는 무의식이 발현되는 장소란 말도 있지 않던가. 그렇지만….

'욕망의 표현 같지도 않아.'

단지 솔리아가 좋아서.

그녀와 함께 있고 싶어서 결혼 생활을 꿈꾸는 거라면….

꿈으로도 꿨고, 현실에서 문득 떠오른 생생한 전생의 기억이 '솔리아와 노아 레니스터의 행복한 결혼 생활'이어야 했다.

그러나 첫 번째 결혼 생활에서 솔리아는 노아를 괴롭혔다.

두 번째 결혼 생활에선 결혼하고서도 노아 자신을 계속 피해 다녔었다.

'폐병에 걸려 수도원에서 숨이 멎었지.'

그때, 그녀의 나이가 고작 스물이었다.

세 번째는 결혼을 거부하고 도망쳤다가 폭발 사고로 사망.

네 번째로 결혼했을 때는, 느닷없이 로튼 남작의 부동산을 모두 빼돌려 노아 자신의 명의로 돌렸었다.

그러다 남작에게 매수된 가신에게 단검을 맞고 사망.

다섯 번째 결혼 생활 때는 기억이 유독 흐릿했다.

늘 약초를 챙겨 줬던 솔리아가 실수로 독초를 달여 건넨 뒤로….

의식을 차렸을 땐 수년이 지난 뒤였고, 레니스터가에서 쫓겨났던 솔리아는 길바닥을 헤매다가 아사.

그리고….

가장 선명히 기억하는 여섯 번째의 결혼.

'…과 이혼.'

비가 퍼붓던 날.

이혼하자던 솔리아의 표정과 목소리가 지금도 생생했다.

유독 선명한 기억인데도 그때의 솔리아가 어떻게 됐는지는 모르겠다.

'이혼하고서 그녀가 레니스터 저택을 떠난 뒤로….'

그 뒤로는 어떤 일이 있었는지 기억나지 않는다. 그녀가 탄 마차가 떠나가던 게 기억의 마지막이었으므로.

'처음, 언령을 각성하고 꾼 꿈에서도 그게 끝이었지.'

흔히 전생이라고 할지, 아버지 하르딘이 말했던 것처럼 다른 시간선일지 정확히 판단할 순 없어도….

여섯 번째의 솔리아는 역시 죽었던 건가?

혹은 살았는데 다시는 볼 수 없었던 거라면…….

"아."

노아는 무언가 깨달은 표정이었다.

그 자신이 솔리아의 죽음을 선명하게 기억하는 이유.

'설마….'

솔리아의 죽음을 막으라는 뜻이라면?

'……!'

여섯 번째의 노아 레니스터가 심어 둔 장치라면….

"이젠 알겠습니다."

노아는 가까스로 마른침을 삼켰다. 그의 목울대가 미약하게 움직였다.

그는 자리에서 일어났다. 머릿속이 어지러웠지만 내딛는 걸음은 스스로 놀랄 만큼 멀쩡했다.

와락!

솔리아의 곁으로 다가가 그녀를 꽉 안으며 노아가 속삭였다.

"다시는 혼자 두지 않을게요."

어떤 죽음이든 솔리아 혼자서 겪게 하지 않을 생각이었다.

그녀의 죽음이 노아의 힘으로 막을 수 없는 필연적인 거라면….

"같이…."

노아는 목이 멘 채 쓰게 웃었다.

제 것 같지 않은 낮고도 쉰 목소리가 낯설게 들렸다.

솔리아가 듣기에도 그럴까?

"…난 언제든 솔리아의 곁을 지킬 겁니다."

솔리아가 반드시 죽어야 한다면 자신도 함께 죽을 것이다.

제 목숨을 걸어 살릴 수 있다면 몇천 번이든 살릴 것이다.

"앞으론 당신을 위해서…."

솔리아 로튼의 평온을 위해서.

노아는 '나의 안온'이라고 속으로 중얼거리며 다시 한번 솔리아를 꽉 끌어안았다.

"당신이 살 수 있는, 온전히 살아갈 수 있는 세상을 만든다면…."

솔리아가 자신을 구원했으니, 이제는 그가 그녀를 구할 차례였다.

그의 안온이 행복하게 웃으며 살아가기를, 노아는 절실하게 바라고 또 바랐다.

* * *

결혼.

인생의 중대사며, 일생에 한 번 있는 이벤트이자 기회.

'…라고는 말 못 하겠다.'

솔리아로 살면서 같은 상대와 여섯 번을 결혼했으니 말이다.

"도착했습니다."

마부가 문을 열어 줬다. 신랑 예복을 입은 노아가 먼저 내리고, 그다음이 내 차례였다.

"여기가 레니스터 저택입니다."

노아의 손을 잡은 채, 눈앞에 펼쳐진 거대한 저택을 넋 놓고 바라봤다.

'여러 번 봤는데도 볼 때마다 놀라게 되네.'

이번 생의 솔리아는 로열 슐라예에 온 게 처음이다.

그도 그럴 것이, 노아와 결혼하기 전에는 딱히 저택에 올 일이 없었다.

파산 직전의 저택을 놀러 가 봐야 서로 부담만 될 테니….

"결혼한 게 아직도 실감이 안 나요."

은빛으로 빛나는, 황홀할 만큼 아름다운 저택을 바라보며 연신 감탄했다.

'지금 문제로 폐쇄된 곳이 많은 게 아까울 지경이야.'

나는 아쉬움에 혀를 차고는 노아와 함께 저택 안으로 들어섰다.

"사실… 저도 아직 얼떨떨합니다."

노아가 내 귓가에 속삭이고는 나와 보폭을 맞춰 걸었다.

어느새 레니스터 저택의 사용인들이 마중 나와 있었다.

"그래도 로열 슐라예를 마음에 들어 하셔서 다행입니다."

"멋지니까요. 빈말이 아니라 진짜로!"

파산만 안 했으면 더 화려하고도 웅장한 모습이었을 텐데.

가까이 다가가서야, 여기저기 깨진 벽과 오래된 이끼와 넝쿨로 뒤덮인 몇몇 외관 건물들이 보였다.

멀리서 볼 땐 고아한 은빛으로 빛나는 저택이지만, 오래간 보수 작업을 하지 못한 까닭에 곳곳에 거슬리는 부분이 많았다.

"돈만 많으면 싹 고치고 싶다."

"…죄송합니다."

노아는 면목 없다는 듯 사죄의 말을 전했다.

"노아 탓이 아닌걸요. 망할 사기꾼들 때문이지."

"……아."

노아는 사기당한 적은 없는데, 하며 고개를 갸웃했다.

황실에도 뜯기고, 다른 가문에도 빚을 잔뜩 떠안았지만 사기는 아니었다.

"제가 온 이상, 더는 덤탱이 쓸 일은 없을 거예요."

"…마음은 감사하지만ㅡ."

노아는 염려하듯 눈을 찡그렸다.

그 모습도 심장에 해로울 만큼 잘생겨서 난 괜히 시선을 옆으로 돌렸다.

티 하우스에서 낯간지러운 말을 들은 탓인지….

생각지도 못한 청혼을 받아서 그런지.

'알긴 알았는데….'

노아가 제 입으로 청혼하겠다고 했으니 조만간 하리라 생각했었다.

근데 납치된 반란군 시설에서 대뜸 티 하우스로 데려가 청혼할 줄 몰랐던 거지.

내 속을 아는지 모르는지 노아가 난처한 표정을 지었다.

곤혹스럽다는 듯 눈을 내리깔았다가 살짝 뜨는 모습은, 사람을 홀려 영혼을 삼킨다는 매혹적인 악마 같았다.

지금도 이렇게 잘생겼는데 나중에 크면 한 인물 하겠다.

나와 다르게 속이 깨끗한 노아가 나직한 한숨을 흘렸다.

"솔리아가 저로 인해 위험해지는 건 원치 않아서…."

뭐래. 내 걱정보단 자기 앞날이나 걱정하라니까.

"난 이미 알고 결혼한 거예요."

사기 결혼 했다고 노아를 원망할 마음은 없다는 소리다.

"황제 놈이 노아를 등쳐 먹는 것쯤은."

노아는 입을 떡하니 벌렸다.

그도 그럴 것이, 결혼 전에는 황제의 '황' 자도 언급한 적 없다가……
어제 혼인 도장을 찍은 뒤로 황제 폐하를 '황제 놈'이라 폄하했기 때문이
겠지.

같은 배를 탄 거나 마찬가지잖아? 더 이상 내 생각을 숨길 필요도 없
었다.

"놀란 건 알겠는데, 그래도 등쳐 먹는 건 사실이잖아."

나는 이미 알고 왔다며 노아의 옆구리를 팔꿈치로 콕 쳤다.

"……그건."

노아는 눈에 띌 정도로 당황한 기색이었다.

내가 자세한 사정을 모른다고 생각했나 보다.

'하긴….'

다른 세계에서 유채화로 살다가 교통사고로 죽고, 졸부의 딸인 솔리
아로 빙의.

빙의된 시기는 제각각.

스스로도 놀라울 만큼 유채화의 기억과, 일곱 번 솔리아로 살았던 기
억을 세세하게 기억하고 있으며….

'본의 아니게 노아 레니스터를 지키는 중입니다.'

라고 말하면 바로 병원에 감금되겠지.

최악의 경우엔 악질만 모아 둔 수도원으로 보내질 가능성도 농후했다.

'물론.'

노아가 나를 수도원에 보낼 일은 없겠지만.

내 목표는 노아를 죽지 않게 잘 각성시킨 뒤, 내 갈 길 가는 것입니다만….

그 전에 반드시 알아낼 게 있었다. 내가 죽을 수밖에 없었던 이유. 어째서 일곱 번을 솔리아로 살아가고 있는지도…!

이번 생엔 순순히 죽어 줄 마음이 없었다. 이렇게 구르는 이유가 뭔지, 내가 왜 그토록 죽어야 했는지 알아내기 전까지.

'지난 여섯 번을 죽어야 했던 게, 빌어먹을 운명의 농락인지…. 단순한 우연인지도 파헤쳐 주마!'

아, 그런데 한 가지 의문은 있다.

'이세계에 빙의했다면 누가 세계를 창조했을까?'

무신론자인 만큼 세계가 어떻게 창조됐는지는 별 관심은 없다.

'누가' 만들었느냐는 알고 싶었지만….

일곱 번이나 솔리아로 살아가는 빙의 체험 해서 그런지, 이곳이 어느 책 속이란 확신은 들었다.

뭐라 말로 설명할 수는 없다만….

* * *

이번에는 반복되는 죽음의 굴레를 끊을 수 있을까?

나는 침대에 벌러덩 누운 채 고민에 잠겼다.

'이제는 알고 싶어. 정말로….'

내가 빙의한 세계가 어떤 세계인지.

이야기의 결말이 어땠는지….

'그래, 내 운명도.'

침대 옆자리는 비워져 있었지만, 침대는 물론 방 전체에 따듯한 온기가 흘렀다.

타닥타닥.

"따뜻하네…. 지난번 때는 겨울에 너무 추웠는데…."

주홍빛으로 타오르는 벽난로 속 모닥불에 들떴던 마음이 한결 안정되는 기분이었다.

여섯 번째 결혼 때는 너무도 추워서 벌벌 떨었다. 그때는 내 뜻이 아니라, 집사가 권하는 대로 귀빈실에 머물렀었다.

같은 방이지만 가구도 채워져 있었고, 침구류도 꽤 좋은 편이었다.

겨울이라 준비했다기엔 그때도 같은 달이었는데, 벽난로를 켜 달라고 해야 한참 늦게 켜지곤 했다.

"레니스터의 집사와 하녀장이 날 좋아하나?"

그럴 리가 없다고 단정 지으려던 난 피식 웃고 말았다.

아마도 노아가 따로 부탁한 거겠지.

그러니 집사든 하녀장이든, 그런 소문을 듣고도 내가 머무는 방을 깨끗하고 포근하게 준비해 준 거고.

"…좋지 않은 소문을 들었을 텐데."

솔리아 로튼이야, 졸부의 딸이니 알려진 게 많지 않다.

유명해지려면 특이점이 있어야 한다. 동전의 양면처럼 정반대일지라도.

많은 사람들에게 각광받을 정도로 뛰어나거나, 정말로 최악이거나.

그런 의미에서 솔리아는 조용히 지낸 편이었다. 해 봤자 남작저에서 무례한 사용인들 정리한 것밖에 더 있겠는가.

'이번 생에선 패악질을 부린 적은 없으니까.'

그런 나에 비해, 로튼 남작의 소문은 정말로 안 좋았다.

그 개같은 인성을 숨길래도 숨길 수가 없었겠지만…. 역시 멍청하다니까.

진짜 악당은 소문이 나지 않게 잘 처신하는 법.

오히려 '진짜'들은 제국에서 존경받거나, 높은 자리에 서서 선망의 시선을 받곤 했다.

하기야, 주어진 값이 악당의 하수인 아니면 삼류 악역일 텐데.

그 이상으로 처신하는 것도 이상했다. 설정 붕괴란 거지.

"빡세게 준비하지 않아도 괜찮은 건가?"

원래는 레니스터의 집사 조웰과 하녀장 타샤의 마음을 얻으려 각고의 노력을 기울일 생각이었다.

그들의 주인인 노아가 나를 몹시도 싫어하거나 경멸했으면, 두 사람을 내 편으로 만드는 게 필수적이었을 것이다.

물론 노아가 날 경멸하지 않고 그저 무관심했어도 그랬겠지.

그래야 저택에서 내 활동 반경을 넓힐 수 있을 테니까.

"이젠 그럴 필요가 없다는 거네."

집사와 하녀장에게 노력과 시간을 퍼붓지 않아도 그들은 날 마님으로 깍듯이 대할 터이다.

'앞으론 사업에 좀 더 집중할 수 있겠어.'

거기다 내가 알아낼 것들이 많아졌다.

반란군과 검은 나비, 라든지.

더 생각하려 했지만 지칠 대로 지친 몸이 거부해 왔다.

"이렇게 잠들면 안 되는데……. 하암…."

결국, 나는 밀려오는 수마를 이기지 못하고 잠들어 버렸다.

*　*　*

'…예상대로야. 나한테 적대감을 안 보여.'

얼마 만의 단잠인지, 어제는 푹 잔 덕분에 피로가 풀렸다.

이른 정오에는 노아와 함께 식사하고는, 레니스터의 집사 조웰과 하녀장 타샤와 가벼운 이야기를 나눴다.

'뭐, 잘 부탁한다는 인사치레였지만.'

원래는 어제, 레니스터 저택에 오자마자 사용인들의 소개를 받아야 했지만 너무 피곤할 것 같다며 노아가 오늘로 미룬 것이다.

"보름 뒤에는 마님께서, 선대 백작 부인 벨지안 님께서 쓰시던 침실을 쓰실 수 있도록….."

하녀장 타샤가 긴장한 기색으로 내 눈치를 살폈다. 그건 집사 조웰도 마찬가지였다.

"내 눈치들 볼 것 없어요. 그렇게 까다로운 편도 아니고."

"네, 마님."

대답한 하녀장은 괜스레 집사와 시선을 교환했다.

'아, 난 왜 저러는지 알지.'

내가 노아와 결혼하고 저택에 왔던 어제.

선대 백작 부인이 쓰던 침실 대신, 귀빈실에 머물겠다고 했기 때문이었다.

'좀 껄끄러워서였는데.'

게다가 이전 생에서 집사와 하녀장은 소심하게 거부의 뜻을 보였다.

불을 지필 벽난로에 나무 장작은 넣어 됐지만, 장작 수가 적다든지.

수프를 갖다줬는데 고기는 별로 없고 콩과 당근만 가득하다든지.

'그땐 로튼 남작이 노아를 괄시하고 괴롭혀 댔으니까….'

노아가 그 사실을 굳이 집사와 하녀장에겐 말하지 않았겠지만, 로튼 남작이 레니스터로 와서 행패를 부리는 걸 저들도 몇 번 봤겠지.

그래, 어쩌면 나도 노아를 괴롭혔을 거라고 지레짐작해서 소심한 항의를 했던 걸지도.

'집사와 하녀장…. 둘 다 소심쟁이라 날 각 잡고 괴롭히진 못했던 거고.'

그래서 생각해 낸 게 콩 수프, 당근 수프, 개수를 줄인 장작 따위였다.

좀 심하다 싶으면 축축한 수건을 쓰라며 정리해 둔 정도. 이건 좀 짜증 나긴 했었다.

'흐음.'

나는 속으로 한숨을 삼킨 뒤 우물쭈물거리는 두 사람을 차례로 응시했다.

"무슨 문제라도 있나요?"

"아, 저…. 선대 백작 부인께서 쓰시던 침실을 쓰시지 않는 이유라도 있나요? 혹시 저희가 무슨 잘못이라도 했는지…."

눈치만 보는 중년의 집사를 대신해 더 나이 든 듯한 하녀장이 나섰다.

'응? 아니. 좋았는데.'

그래도 이번엔 성심성의껏 준비한 태가 났다.

잘 꾸며진 백작 부인의 침실은, 휑하지도 않고 좋은 가구들도 채워져 있는 데다가…

'이글거리는 벽난로 때문에 화마인 줄 알았다고.'

깨끗한 커튼과 푹신해 보이는 침구. 거기다 물병에 싱싱한 꽃까지.

다른 귀족 가문이라면, 그게 기본 중의 기본이지만. 백작 부인이 머무는 침실이니 말이다.

그런데도 이전엔 기본도 갖추지 못했던지라, 지금은 오히려 신기했다. 정말로 내 노력으로 미래가 바뀌었다 싶어서.

'레니스터 가문에선 좀 편히 지내고 싶긴 했어.'

솔리아로서 일곱 번째로 눈뜬 뒤, 로튼 남작저에선 줄곧 날을 세우느라 심신이 좀 지쳐 있었다.

'최근엔 반란군에 가입하란 권유도 받았고.'

그래서 혼란스러운 데다, 머리도 지끈거려 몸 컨디션이 꽝이었다.

레니스터로 와서까지 사용인들과 기 싸움 해야 했다면 결혼 1일 차에 저택을 뛰쳐나갔을지도 몰랐다.

'뭐, 내겐 잘된 일이지. 마님 대접받아서 나쁠 건 없으니까.'

근데 궁금하긴 하다. 대체 노아가 어떻게 말했길래?

아무 짓도 안 했는데 왜 집사와 하녀장 둘이 내게 호의를 보이지?

'음. 순수한 호의는 아닌가?'

막연한 호의라기보단, 뭔가… 내 눈치 보는 것에 가까웠다.

그게 꼭 마님의 눈치를 보는 시종의 모습이라 더 낯설게 느껴졌다. 저 둘과 나는 이번 생에선 초면인데 말이야.

"…저, 마님?"

하녀장의 부름에 난 언제 생각에 빠졌냐는 듯 말했다.

"결혼했다는 게 실감이 안 나서 그랬던 거예요. 선대 백작 부인께서 쓰시던 침실을 쓸 수 있다면 제겐 좋은 일이죠."

"크흠, 마님께서 그러시다면야…."

집사가 안도의 한숨을 길게 쉬었다.

"보름 뒤엔 백작 부인의 침실에서 머물 거예요. 걱정하지 말고 일들 봐요."

"네, 마님."

"휴우…. 다행입니다."

두 사람을 다독이듯 말하자, 하녀장과 집사가 꾸벅 고개를 숙였다.

'내가 백작 부인의 침실을 꺼려 했던 건….'

어찌 보면 별거 아닌 이유다. 내게는 나름 이유가 있었지만.

첫 번째 생에선 내가 노아를 괴롭히기도 했고, 다섯 번째는 그에게 독초를 잘못 줘서 사경을 헤매게 했다.

그러다 보니….

'아무렇지 않게 벨지안 레니스터가 머물렀던 침실을 못 쓰겠다고 해야 하나.'

벨지안은 노아의 어머니니까.

귀신이니, 유령이니 이런 것들은 신경 쓰지 않지만, 이런 걸 또 신경 쓰는 스스로가 낯설었다.

"아, 그리고."

나는 내가 차를 다 마실 때까지 곁을 지키는 두 사람에게 말했다.

"노아… 아니, 백작님께서 성년이 되실 때까진 우린 서로 각방을 쓸 거예요."

성년이 돼서도 은근슬쩍 각방을 쓰자고 할 생각이었다.

지금이야, 노아가 귀엽고 편하긴 한데….

'가끔 어른스럽게 굴 땐, 나도 모르게 긴장했지만.'

서로 성년이 돼서도 한 침대를 쓰라니! 절대 안 되지. 암, 안 되고말고.

"…아, 네."

집사가 고개를 끄덕였다. 하녀장도 '성년까지?'란 의아한 표정이었지만 일단 고개를 주억거렸다.

'지킬 건 지키자.'

노아와 나. 우리 둘은 결혼했지만 한 침대에서 자기 애매한 나이다. 내가 말 안 했어도 하녀장이 권했을 거고.

'아예 어리면 모를까…'

난 데뷔탕트를 진즉 했어야 할 나이고, 노아도 마냥 어린애는 아니었다. 또 우리는 진짜 사랑해서 결혼한 사이도 아닌데, 한 침대를 쓰는 건 좀 부담스러웠다.

"대신… 두 분께서 편히 쉬실 수 있도록 응접실과 후원은 잘 꾸며 두겠습니다."

집사가 '이것만은!' 하는 얼굴로 말해 왔다.

"그래요, 그럼."

난 딱히 상관이 없었던지라 흔쾌히 고개를 끄덕였다.

노아와 둘이서 함께 차를 마시거나, 쉴 공간을 만들어 준다는데 거절할 이유가 없었다.

"아, 손님을 맞이할 응접실도 잘 정돈되어 있나요?"

"그럼요, 마님."

하녀장이 반색했다. 드디어 솜씨를 보이게 되어 기쁜 표정이었다.

'그전까진 레니스터에 찾아올 만한 손님이 딱히 없었으니까.'

아, 저택을 찾아온 사람들이 아예 없던 건 아니다. 빚을 갚으라며 독촉하러 온 귀족들과 그들의 하수인이 대부분이었을 뿐.

"귀빈께서 곧 오신다는 전언을 받았습니다."

집사가 헛기침을 하며 자연스레 껴들었다.

"귀빈?"

아, 그랬지.

결혼식 다음 날 손님을 맞이하기로 했었다.

보통은 가족들이나 친한 친구들이 방문하겠지만…. 로튼 남작과는 수목원 사업 때문이 아니면 볼 용건도 없었다. 그래서 딱히 편지도 남기지 않았고.

'솔리아는 친구라 부를 만한 사람도 없지.'

다른 몸에 빙의하면 다를 줄 알았는데, 역시 천성은 어디 안 가나 보다.

'하기야…. 신경 쓸 게 너무 많았어.'

어중간한 위치라서 귀족 영애들을 친구로 사귀기도 그렇고. 평민과 친해질 기회도 없었다.

'뭐, 됐다.'

지금은 살아남는 게 먼저니까, 일상의 평온함은 뒤로 미룰 수밖에.

"고마워요, 조웰. 앞으로도 내가 알아야 할 소식은 빠짐없이 전해 줘요."

"네, 마님."

집사 조웰이 흐뭇한 미소를 지을 때였다. 하녀장 타샤가 집사를 견제하듯 끼어들었다.

"저, 마님…. 그 버디란 아이가 머물 거처도 준비해 뒀었습니다. 오늘 저녁에는 도착한다고 하더군요."

음, 사는 곳이 바뀌게 됐으니 영지 이전 수속을 밟느라 꽤 바쁠 거다.

그리고 레니스터로 오기 전에 그녀가 살았던 수도 쪽 빈민가를 돌아보고 싶다고 해서 그러라고 했다.

"아직 서툰 면도 있겠지만 잘 부탁할게요. 명석한 아이라, 타샤가 가르쳐 주는 대로 잘 배워 나갈 거예요."

타샤가 결연한 얼굴로 고개를 끄덕였다.

"에델이란 시녀는…. 이번에 서신을 받았는데, 남동생이 부쩍 아파서 며칠 집에서 머물며 간호한다고 들었습니다. 그래도 보름 전엔 오겠다고 마님께 전했다고 하더군요."

"아, 참…. 그랬죠."

원래라면 기억했겠지만, 그간 결혼 준비로 너무 바빠 정신이 없던 탓에 잊어버렸다.

'아픈 남동생이 있다고 했지….'

올해 열아홉이랬나.

성실했던 에델이 며칠 휴가를 낼 정도면 많이 아픈 듯했다.

"에델이 돌아오면, 그녀에게 주소를 물어 남동생에게 보낼 약재와 몸에 좋은 것들을 챙겨서 보내 줘요."

"네, 그러겠습니다."

비용은 수목원을 관리하는 내 이름으로 대면 된다.

벤조 공작이 일부 건물을 줬고, 로튼 남작에게도 몇 개 뜯어내서 레니스터의 빚은 전부 갚았다지만. 그래도 아끼는 편이 좋겠지.

레니스터의 예산은 극도로 아끼면 1년. 조금 더 허리를 조인다면 1년 반까지 버틸 수 있는 정도였다.

'그래도 빚을 전부 갚은 게 어디야.'

어디서 새로운 빚이 생기지 않는 이상, 레니스터 백작가에 딸린 빚은 없었다.

'황실도 요새 좀 잠잠한 것 같고….'

얼마 만의 평화와 고요인지.

레니스터는 여전히 가난한 백작가였지만, 그 많은 빚을 전부 갚은 것만으로도 마음이 놓였다.

나도 숨통이 트이는데 노아는 어떻겠는가. 집사와 하녀장도 왜인지 안색이 밝아 보였다.

'아, 근데…. 에델 남동생의 병명이 뭐였지?'

그건 에델이 말하지 않아서 모르겠다. 내 쪽에서 먼저 묻기도 좀 그렇고.

똑똑.

"마님, 귀빈께서 오셨습니다."

에델의 남동생을 잠깐 생각하다 보니 벌써 약속 시간이 된 모양이다.

"응? 아직 3시야?"

자리에서 일어난 채 무심결에 벽에 걸린 시계를 봤던 나는 눈을 끔뻑였다.

'약속 시간이 4시인데?'

날 만나기로 한 귀빈이 약속 시간보다 한 시간이나 더 빨리 도착한 것이다.

바로 가 봐야겠다. 그쪽의 성격이 급한 건지, 내게 급한 용건이 있는 건지 모르겠다만.

"금방 가겠다고 전해 줘요."

따로 할 일이 있는 건 아니라서, 간단한 준비 후에 바로 귀빈을 볼 생각이었다.

* * *

"결혼하고 나니 얼굴이 활짝 폈네?"

뭐래. 결혼한 지 이제 고작 이틀인데?

"이래서 다들 결혼하란 건가?"

마치 자기는 결혼을 안 해 봤다는 투다.

바보. 이제 작작 속이지? 그쪽의 정체는 다 알거든.

"한 번, 했잖아요?"

"……!"

예상대로다. 태연자약하게 농담하던 맥밀런의 표정이 굳었다.

"제국에서 대단한 권세가와 결혼했으면서."

"너….."

"어땠어요? 벤조 공작과의 결혼 생활은?"

철컥.

대답 대신 권총이 장전되는 소리가 들렸다.

"무례하네."

으드득.

맥밀런 그, 아니… 그녀가 사탕을 깨물고는 날 죽일 듯이 노려봤다.

"사탕에 권총이라, 꽤 괜찮은 조합이네."

"허세는."

"그쪽에게 배운 거예요."

나는 지지 않고 받아쳤다. 왜, 쏘려면 쏘든지.

'장검으로 위협했으면 좋았을 텐데.'

1회 차 땐, 노아의 기사단장이었던 닛사 베히로한테 목이 싹둑 잘린
바람에….

사람의 목은 쉽게 잘리지 않는다는데. 닛사는 소드 마스터니 한 번에
잘랐겠지.

맥밀런은 총잡이 쪽이니까, 총이 익숙한 거겠지만. 그리고 왠지, 그녀가 날 절대로 해치지 않을 거란 확신이 있었다.

인생에 '절대로'란 없다지만, 그래도.

일곱 번이나 빙의를 반복했으니 이번에도 죽으면 여덟 번째 기회도 있지 않을까?

그렇게 생각했던 난 고개를 설레설레 저었다. 왠지 이번 생에 죽으면 엿 된다는 직감이 강하게 든다. 말로 설명할 수 없지만 그런 확신이.

"네 머리통을 쏴서 터뜨릴 수도 있는데. 무례한 건 천성인가?"

"무례하긴요."

아직 시작도 안 했는데.

'이쪽은 정보를 파헤칠 마음의 준비를 단단히 해 왔다고.'

맥밀런이 쉽지 않은 상대란 건 나도 잘 알지.

이런 사람에게 온순하게 굴어 봤자 사냥당하기 딱 좋다.

거봐, 콕 찌르니까 자기가 마리안느라고 바로 인정하잖아.

역시 자극하는 방식으로 초강수를 두길 잘했다.

맥밀런이 음울한 얼굴로 나를 노려봤다.

"아무런 거리낌도 없나? 여자의 숨겨 둔 과거를 아무렇게나 밝혀 놓곤."

"왜, 가장 사랑받았던 과거라면서요."

"……."

"사교계의 꽃이었던 과거가 자랑스럽지 않아요?"

휙.

맥밀런은 혀를 낮게 찬 뒤 상체를 숙였다. 어느새 테이블 위에 반쯤 걸터앉은 채였다.

'움직임 좀 봐. 고양이인 줄 알았네.'

마치, 바이러스에 감염돼 좀비의 머리통을 깨부수던 좀비 사냥꾼 언니를 보는 기분이었다.

'나도 찍고 싶다, 무쌍.'

무쌍하다… 서로 견주어 쌍을 이룰 만한 것이 없다. 이 얼마나 멋진가! 나도 꿀 빨고 싶어!

하늘은 뭐 하나. 빙의시켜 놓고 아무런 능력도 안 주고, 칫….

목숨을 위협받는 상황에서도 태평하게 생각에 빠진 내 모습에 맥밀런이 화난 듯 눈썹을 추켜올렸다.

"내 과거를 아는 놈치고 오래 사는 놈은 못 봤는데."

꾸욱.

날 내려다보며 권총으로 내 이마를 꾹 누르는 게 퍽 그녀다웠다.

"…와, 살벌하시네."

"네 예쁜 대가리에 구멍이 뚫려도 그렇게 무례할까?"

"한번 시험해 보든지? 예쁠지 안 예쁠지 봐야 알 것 아냐."

호기롭게 말하고 나서 난 바로 후회했다. 기 싸움에서 절대 밀리면 안 된다고 생각했던 건 내 오산이었다. 젠장!

아, 씨…. 좀 무서운데?

각 잡고 이마에 권총 들이미니까 살 떨렸다. 엄마야, 나 진짜 죽나?

'하느님. 부처님. 마왕님. 천사님.'

무병장수까진 안 바라더라도 이번 생은 좀 오래 살게 해 주시죠.

"내가 **뼛속까지** 예쁜 건 확신하는데."

"미친년."

맥밀런이 질린다며 날 욕하더니, 권총을 더 힘주어 밀었다.

야, 씨! 권총으로도 부항 자국 생기겠다고!

'야, 웃어. 솔리아 로⋯. 아니, 솔리아 레니스터. 웃으라고.'

뒤늦게 밀려든 긴장감에 손끝이 떨렸지만 애써 감춘 뒤, 입꼬리를 끌어 올렸다.

맥밀런, 당신에겐 절대 약한 모습 못 보여 주지.

'원래 인생은 99퍼의 깡과 1퍼의 허세로 산다고.'

빌어먹게도, 대체 내게서 뭘 원하는지⋯.

당신의 목적이 뭔지 오늘 꼭 알아야겠으니까.

* * *

침묵 끝에 대치가 길어졌다.

슬슬, 맥밀런의 기운이 빠지기 시작했다.

마치, '네 집 이제부터 내 거임'을 시전하는 악마 공룡 둘X를 보는 집주인 아저씨의 표정이다. 딱.

"장례식은 국장으로 치러 줘요. 일주일."

"미쳤나?"

"황제가 묻히는 곳에 묻어 주면 더 좋고."

"⋯하, 샹. 돌겠네."

맥밀런은 날 찰지게 욕하더니, 천천히 권총을 거뒀다.

'휴, 다행이다. 계획이 통해서⋯.'

혹시라도 나한테 총 쏠까 봐 걱정했는데, 다행히 내 생각대로 자극하니 맥밀런도 물러섰다.

혼자서 열 뻗쳐서 권총을 휙 꺼낼 때와 다르게, 다시 갈무리할 땐 여유로운 동작이었다.

'저 숙련된 움직임…. 폼 나긴 하네.'

뒤끝 없이 물러서는 모습이 깔끔했다. 내가 맥밀런을 협박하거나 반격한 것도 아닌데. 살려 달라고 울지도 않았다.

'그럼 아까는 왜 그렇게 화낸 거지? 나한테 비밀을 들켜서? 아니면 은근히 급발진하는 타입?'

……이라고 보기엔, 어째 저 행동도 다 계산적으로 보인단 말이지.

'일부러 화난 척한 것 같은데.'

내가 얼마나 대담한지 테스트…할 리는 없겠지. 에이, 설마…. 반란군이 그렇게 할 짓이 없어?

"뭐야. 여자가 총을 뽑았으면 무라도 쏴야지."

"무는 왜 쏘는데."

"모르면 됐어요."

새침하게 흘긴 뒤, 나는 맥밀런의 진의를 살피려 눈을 가늘게 떴다.

"그래. 내가 사. 교. 계의 꽃이던 공작 부인 마리안느다. 됐냐?"

"인정하니 얼마나 좋아요? 시간 낭비 안 해도 되고."

"어떤 새끼한테 들었어?"

노아 새… 아니, 우리 노아한테 들었다.

"그건 비밀."

내가 뻗댈수록 분위기는 풀어지기 시작했다. 이미 맥밀런 기가 제대로 빠져 눈 밑이 퀭했다.

역시, 계획대로.

"협박 끝났으면 자리에 좀 앉아요. 올려다보느라 목 빠지겠네."

"허…. 너 또라이지?"

맥밀런은 나보고 "이 개또라이."라고 욕하면서도 내가 권한 대로 의자에 앉았다.

"또라이라면서 말은 잘 듣네."

"너 혹시, 몇 번 죽어 봤지."

"……?"

나도 모르게 '당연하지!'를 외칠 뻔했다. 막상 내가 '여섯 번을 솔리아로 죽고 살아나, 일곱 번째 살아가는 중이랍니다'라고 하면 믿지도 않을 거면서. 내가 제정신 아니라며, 미쳐도 단단히 미쳤다고 생각하겠지.

…근데, 뭐야. 역시 아니지? 그럴 리가 없잖아.

내가 일곱 번 솔리아로 살고 여섯 번 죽은 것도 알… 리가 없지.

'괜히 뜨끔했네.'

나는 모르쇠로 일관했다. 모르겠슈, 배 째라가 최고다.

"너한테 원한 가진 인간 많을 것 같은데. 산처럼 쌓아 뒀을 텐데 어떻게 멀쩡히 살아 있지? 후우, 지독한 것….'

"……?"

나처럼 사회 질서 잘 지키는 굿 걸에게 원한을 가진 놈들이 있다고?

"한 놈 있었는데, 서열 싸움에서 이겨서 괜찮아요."

"그 한 놈이 누군데."

"내 친부."

맥밀런은 '아, 계속 저것한테 말리네'라며 짜증 난단 표정을 짓다가 뒤이어 정신 차리곤 본론으로 들어갔다.

"말싸움하기도 귀찮고…. 도돌이표밖에 안 될 것 같으니 인정하마. 내가 마리안느 벤조다."

"네. 그다음엔?"

"난 널 설득하러 온 거다. '을'의 입장이란 거지."

맥밀런이 스스로를 '을'이라니까 좀 이상했다. 슈퍼 을이라면 모를까.

"사람 잘못 찾아온 거 아니에요? 난 갑이 못 된다니까?"

갑을병정 중에 '정' 정도라니까?

그리고…. 저쪽이 착각해서 헛걸음한 거든, 벼락 맞을 확률로든 내가 능력자라 쳐.

"설득이라는 식상한 표현보다는 '이용'한다는 게 더 솔직하고 좋지 않아요?"

"그런가?"

까드득.

맥밀런은 피식거리더니 품에서 다시 막대사탕을 꺼내 물었다.

이 인간…. 역시 사탕 중독이야!

"우린 솔리아, 빌어먹게도 네 힘이 필요해. 우리의 목적을 위해서라면 네 구두도 핥을 수 있지."

"…윽."

와, 너무너무 싫은데? 슬리퍼를 신고 있어서 다행이었다.

"…말이 그렇단 거야. 충성의 대가로 목숨도 바칠 수 있고."

아니, 무슨 목숨이 여러 개세요?

언제 봤다고 나한테 목숨을 바친다 만다야.

내가 엄청나게 강한 소드 마스터라면 인정. 근데 아니잖아!

"아니…. 아무리 봐도 난 아닌 것 같아서요."

"맞아. 틀림없이 너지."

"나 말고 내 남편 아니에요?"

복종해야 할 상대가 난 아닌 것 같은데.

노아는 언령의 힘을 가졌으니까. 황제 놈도 탐낼 정도로 대단한 능력이고.

"난 아무런 이능도 없어요. 무. 능. 력. 자라고 한 서른 번 말씀드릴까?"

없을 무(無)!

……라니까. 당신들, 번지수 잘못 찾았어.

"희귀한 능력이니 지금껏 몰랐던 거겠지."

"없으니까 모른다에 로튼 남작을 걸죠."

"아, 그딴 건 필요 없어. 넌 마녀다. 모른다고 발뺌하지 마."

"……?"

차라리 선녀라고 하지.

"내 성깔이 좀 더럽긴 해도 마녀 소리 들을 정도는 아니에요."

"아니, 진짜 마녀."

맥밀런이 심드렁히 사탕 껍질을 까며 지껄였다.

"우리가 필요한 건 너다. 너 말고 다른 것들은 눈에 들어오지도 않아."

"눈이 먼 게 아니고요?"

"다른 것들은 하찮거든."

"성녀니, 대마법사니, 소드 마스터니, 그런 존재를 찾아가라니까요."

"그것들 합친 것보다 너, 솔리아 레니스터가 더 센데."

"……."

난 침묵했고 주변이 조용해졌다.

맥밀런이 턱을 괸 채 나를 턱짓했다.

"제왕이 여기 있는데…. 왜 굳이 자잘한 것들을 찾아가야 하지?"

자, 자잘한 거라니….

"넌 우리가 찾던 왕이다."

와, 진짜 대충대충 말한다. 진정성이 조금도 없어 보였다.

"왕을 찾으면 더럽게 치사해도 머리를 조아려야지."

"왕한테 짜증도 내고?"

"하, 씨. 로튼 남작 아직도 살아 있나? 혈압 올라서 진작 뒤졌을 것 같은데."

아쉽게도 잘 살아 있습니다만.

"…왕이 왕이 되길 거부하겠다면? 왕이 싫다는데 어쩌려고. 왕왕 싫다고."

맥밀런은 완전히 정색했다. 눈빛으로 뺨을 때릴 기세였다.

"기각."

'……?'

왕한테 반항해?

대체, 반란군은 어떻게 생겨 먹은 집단이야?

"너 말고는 다른 선택지가 없어서 말이야. 태양이 하나면, 그쪽에 충성을 바칠 수밖에 없잖아."

아, 인공 태양 하나 만들라고.

"더울 땐 태양을 욕해도 추울 땐 필요한 법. 제멋대로에, 까칠하긴 마왕급이고…. 고집은 장군 저리 가라에, 의심은 더럽게 많아도 태양이니 우러러볼 수밖에 없지."

부스럭부스럭. 바스락바스락—.

맥밀런이 테이블에 아무렇게나 둔 사탕 껍질을 차곡차곡 모아 제 주머니에 쑤셔 넣었다.

"쓰레기는…."

"왜, 쓰레기 말은 들을 가치도 없어?"

아니! 그쪽이 쓰레기 잘 주워서 신기하다고요.

저격수로 사람 처리할 때는 가차 없다더니…. 쓰레기는 모범 시민처럼 잘 줍는단 말이지.

그나저나 이쯤 되면 그런가, 하는 생각도 든다.

나 사실, 한 따까리 하는 사람인 건가?

'이래서 사람이 혹하는구나.'

저렇게 확신을 가지면서도 의욕 없이, 귀찮다는 투로 말하니까 더 진짜 같았다.

"솔리아, 네가 없으면 우리 반란은 의미 없어."

맥밀런은 턱을 괴고선 그 위에 깍지 낀 손을 올렸다. 협상이라도 하는 자세였다.

"우리?"

대체 우리가 누군데.

"그건….''

맥밀런이 게슴츠레 날 보더니 묘한 한숨을 흘렸다.

"우린 검은 나비."

사냥 직전의 목표물을 포착한 사냥꾼처럼.

사락.

맥밀런의 얼굴을 가리던 검은색의 반쪽 가면이 사라져 간다.

"바스티아 제국의 전복을 꾀하는 자들이다."

오른쪽 얼굴의 입꼬리가 선득하게 올라간 건 그대로였다.

"응?"

'검은 나비?'

실로 대충 꿰맨 자국에 검은 나비 문양이 새겨져 있었다.

문신보다는 마법으로 남긴 흔적 같았다.

"문신이…."

칠흑처럼 검은 나비가 파란 빛 가루를 뿌리고 있었다.

'검은 나비에 속한 자들은 다 저런 문신이 있나?'

기괴한데 아름다웠다. 성흔으로도 보여서 난 한동안 시선을 떼지 못했다.

그때, 맥밀런이 낮게 읊조렸다.

"게임에서 절대 지지 않는 자들이지."

"와…."

대단한 자신감이라서 나는 감탄하고 말았다.

"승리밖에 모르는 오만한 멍청이들이고."

얼이 나간 내 표정이 재밌었던지 맥밀런이 악동처럼 웃었다.

"패배는 재미없으니까."

그녀가 나른하고도 무심하게 덧붙였다.

"패배할 일 없는 절대자를 찾아서 전부 베팅하거든."

* * *

도박은 패가망신의 지름길이라고 생각한다.

그런데, 나 솔리아 레니스터에게 전부를 걸겠다고? 정체도 모르는 반란군이?

"나 진짜 당황스럽네."

와, 살면서 이렇게 황당한 적이 있었나?

방금 내뱉은 말은 진심이다.

맥밀런이 '패배는 재미없다'고 했을 때, 난 무언가 비틀린 기분을 느꼈었다.

어떻게 그리 자신 있을 수 있지?

'하, 고작 1년 된 반란군이라면서…!'

반란에 실패하면 모두가 죽게 될 텐데.

"어찌 그리 자신 있는 거냐는 눈빛이네."

응접실의 문 앞에 선 맥밀런이 이해한다며 시니컬한 미소를 날렸다.

"오합지졸들이나 모인 반란군 주제에…."

라고 생각했지?

"쿨럭!"

"맞네."

내 생각을 정확히 꿰뚫은 탓에 난 헛기침했다.

그러나 곧 기세를 되찾고는 맥밀런을 날카롭게 직시했다.

"그렇다면 증명해 봐요."

"뭘?"

심드렁히 묻던 맥밀런이 재차 물었다.

"우리가 뭘 준비하면 되는데?"

'우리?'

역시 검은 나비를 말하는 거겠지? 맥밀런도, 검은 나비도 반란군이니까.

"내가 원하는 게 있어요. 그걸 이루려면 황후의 시녀가 돼야 하고요."

맥밀런이 고개를 갸웃하더니 제 턱을 매만졌다. 어느새 문고리를 잡던 손은 뗀 후였다.

"황후의 시녀가 되게 해 달라…."

혼자 중얼거린 그녀가 고개를 또 갸웃했다.

"그게 검은 나비에 협력하는 조건?"

"아뇨."

황후의 시녀가 무슨 말장난이야? 그 어려운 자리를 만들어 주겠다는 건 허풍에 가까웠다.

'그리고 정말로 황후의 시녀가 된다 해도…'

그걸 대가로 반란군에 협력할 정도로 메리트 있는 조건은 아니었다.

"됐어요, 그건."

"…아하. 우리도 그게 조건은 아닐 거라 생각했어."

아까부터 왜 계속 '우리'라고 하는 거지? 지금 나와 협상하는 건 맥밀런뿐인데.

'옆에 누구 있어? 도청 장치가 있는 건 아니겠지?'

맥밀런이 말버릇으로 '우리 루이스 소위'라든지. '우리 솔리아'라는 건 들었지만.

지금은 아예 그 느낌이 달랐다.

"여기 누구 있다는 듯이 말하네요."

"누가 있긴."

맥밀런은 친화력 갑인 카피바라처럼 히죽 웃었다.

'안 그런 인간이 저렇게 웃으니 가식적이야.'

"도청 장치나, 뭐 그런 게 있는 건 아니죠?"

"없어. 하늘에 맹세코."

"……."

"아, 외조부 걸게. 됐냐?"

인성 봐. 내가 경멸하자 맥밀런이 정정했다.

"외조부 머리털 정도는 괜찮지?"

"그건 괜찮죠."

근데 아무리 봐도 이상하다.

"지금의 내가 황후의 시녀가 된다는 건 너무나도…."

한숨 끝에 말했는데, 공교롭게도 맥밀런과 말이 겹쳤다.

"어려운 조건이니까."

"너무 쉽잖아, 그건."

상식선에서 좀 아니지 않나?

황후와 말도 섞어 본 적 없는 내가, 황후의 시녀가 되는 게 너무 쉽다고?

너무 과한 자신감은 독이라는데…. 어째 진짜 같아서 난 고개를 설레설레 저었다.

"황후의 시녀는 됐어요. 대신…."

"어, 대신?"

맥밀런이 내 말을 받고는 가만히 기다렸다. 내가 대답할 때까지 참을성 있게.

"황실 연회에 참석할 수 있게 해 줘요."

"겨우?"

그게 조건이냐며 맥밀런은 황당한 표정을 지었다.

"반란군에 협력하겠단 조건은 아니에요. 난 내 뜻을 정확히 밝혔으니까, 나중에 와서 딴말하지도 말고요."

"…뭐, 알았어."

"대신 반란군의 세력이 어떤지 볼 거예요. 재산 규모나 군사력까진 알아낼 수 없더라도…."

"왜?"

왜냐니….

이번에도 맥밀런은 의아한 표정이었다.

"난 외부인이잖아요?"

"그래서, 그게 뭐."

"외부인에게 기밀을 알리진 않을 텐데? 반란군의 재산 규모와 군사력을 알린다는 건…."

내가 황실에 붙으면 약점이 될 수도 있잖아.

"아아."

맥밀런은 이해했다는 얼굴이었다.

"우린 이미 준비됐어."

대체 뭘….

"검은 나비의 에이스에게 모든 걸 공개할 준비가."

〈다음 권에 계속〉